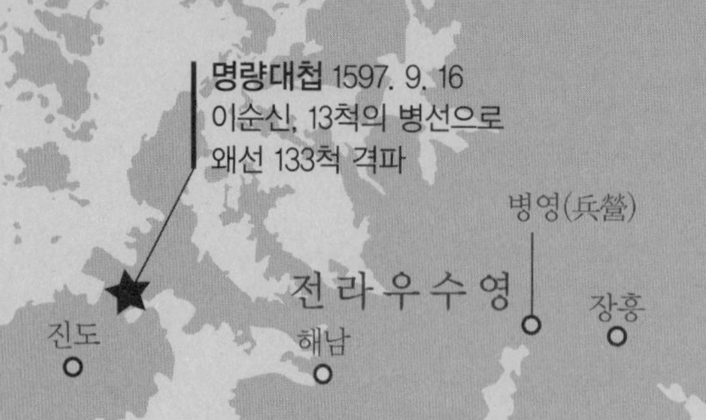
명량대첩 1597. 9. 16
이순신, 13척의 병선으로
왜선 133척 격파
병영(兵營)
전라우수영
진도
해남
장흥
광양
순천
고흥
전라좌수영
여수
완도

명
길주
정문부
서산대사
선조의 몽진
의주
묘향산
유성룡
평양
사명대사
이정암
금강산
권율(행주대첩)
연안
행주
신 립
명군
조헌 · 영규스님
충주
옥천
김덕령
고경명
담양
광주
나주
의령
진주
거제도
왜군
김천일
해남
곽재우
이순신(명량대첩)
김시민(진주대첩)
일본
이순신(한산도대첩)

임진왜란 주요 격전지역

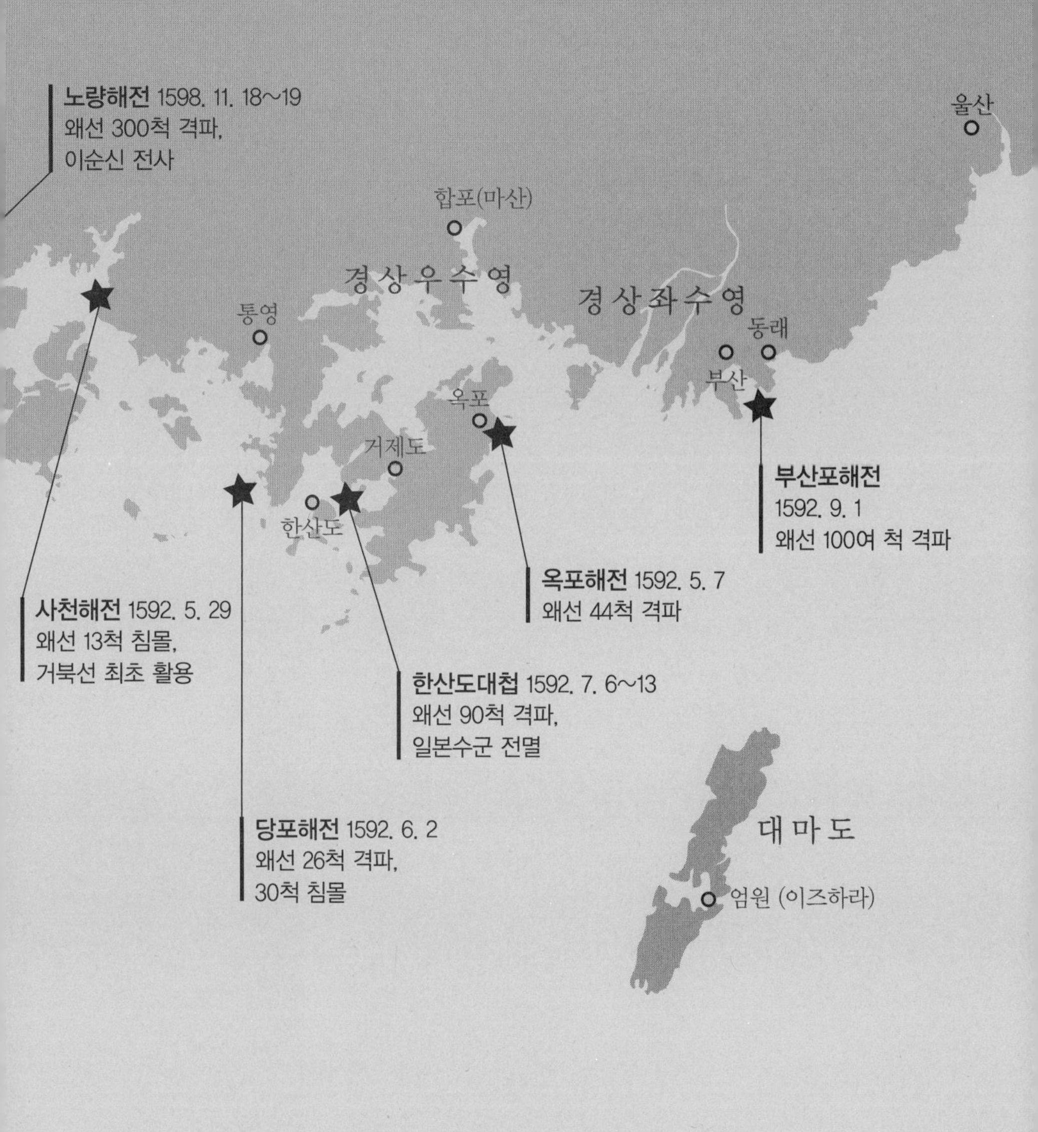

노량해전 1598. 11. 18~19
왜선 300척 격파,
이순신 전사
울산
합포(마산)
경상우수영
경상좌수영
통영
동래
부산
옥포
거제도
한산도
부산포해전
1592. 9. 1
왜선 100여 척 격파
옥포해전 1592. 5. 7
왜선 44척 격파
사천해전 1592. 5. 29
왜선 13척 침몰,
거북선 최초 활용
한산도대첩 1592. 7. 6~13
왜선 90척 격파,
일본수군 전멸
당포해전 1592. 6. 2
왜선 26척 격파,
30척 침몰
대마도
엄원 (이즈하라)

일본

소설

징비록

1

이번영 장편소설 왜란

소설 징비록 · 1

폭풍전야, 어둠의 빛깔들

2012년 6월 30일 발행
2014년 5월 25일 2쇄
2015년 2월 5일 3쇄
2015년 3월 5일 4쇄
2015년 3월 15일 5쇄

지은이_ 李繁榮
발행자_ 趙相浩
발행처_ (주) 나남
주소_ 413-756 경기도 파주시 교하읍
출판도시 518-4
전화_ (031) 955-4601 (代)
FAX_ (031) 955-4555
등록_ 제 1-71호(1979.5.12)
홈페이지_ http://www.nanam.net
전자우편_ post@nanam.net

ISBN 978-89-300-0605-7
ISBN 978-89-300-0572-2 (세트)
책값은 뒤표지에 있습니다.

이번영 장편소설 왜란

소설
징비록

1

폭풍전야, 어둠의 빛깔들

나남
nanam

· 책머리에 ·

《징비록》(懲毖錄)은 조선 선조 때의 재상 서애 유성룡(西厓 柳成龍, 1542~1607)이, 정무와 군무의 최고기관인 비변사의 수장으로서, 피비린내 나는 전장의 일선을 몸소 겪은 현장 지휘자로서, 임진왜란이란 참혹한 전란을 겪고 나서 이를 돌이켜보며 그 전말을 기록한 저술이다.

징비(懲毖)란, 《시경》(詩經) 〈소비〉(小毖) 편에 있는 '내가 지난 일의 잘못을 징계해서(懲) 후환이 없도록 조심하리(毖)'〔予其懲而毖後患(여기징이비후환)〕라는 구절에서 유래한 말이다.

그러므로 《징비록》은 책제목에 이미 그 저술의 동기와 뜻이 담겨 있다. 다시 말해 유성룡은 임진왜란의 비극적 참화를 절대 잊지 말고 반성해야 한다는 사명감으로, 후대에 다시는 그런 모진 환란이 없기를 바라는 간절한 소망으로 이 책을 썼던 것이다.

유성룡은 자신을 포함한 조정의 신료들, 임금, 사대부, 군지도부, 백성 등의 잘잘못과 전란으로 발생한 모든 일들을 가감 없이 있는 그대로 적나라하게 기록했다.

이런 저자의 충정이 《징비록》을 수준 높은 저서로 만들었고 그래서 서책으로는 드물게 국보(제 132호)로 지정되었다.

임진왜란은 이 땅의 역사상 가장 비극적인 전란이었다. 7년이나 계속된 전란으로 나라의 거의 모든 고을이 잔혹하게 유린되었고, 인구의 거의 절반이 원통하게 희생되었다.

그러므로 《징비록》에는 가슴 저미는 비탄과 끓어오르는 울분으로 땅을 치고 통곡해야 할 만큼 신산한 감회가 서리어 있기도 하다.

그래서 이 땅의 사람들은 《징비록》을 읽고 성찰하고 분발해야 했건만 불과 40여 년 뒤 병자호란이라는 전란을 겪었고, 그 후에도 또다시 긴 세월 일본의 식민통치를 당해야만 했다.

과거의 잘못을 되새겨 반성하고 고치지 않는다면 불행한 환란은 언제고 다시 되풀이될 수도 있을 것이기에, 여전히 유성룡의 사명과 소망은 각별하고 또 소중하다는 생각이 들었다.

그래서 한문으로 된 원본 《징비록》을 그대로 번역하지 않고 여러 관련 자료들을 덧붙여 누가 읽어도 이해하기 쉬운 《징비록》을 쓰고자 했고, 여러 해를 넘긴 각고의 노력 끝에 《소설 징비록》으로 나오게 되었다.

모쪼록 이 책이 이 땅의 더 많은 사람들에게 도움이 되어 피를 토하는 심정으로 이 나라와 후손들을 걱정했던 선조들의 간절한 소망이 이루어지기를 바란다.

임진왜란 발발 7갑년(420년)인
2012년(임진년) 봄 용마산 우거에서

이번영

소설 징비록 1

폭풍전야, 어둠의 빛깔들

차 례

• 책머리에 4
• 등장인물 14
• 임진왜란 연표 17
• 게시문 18

칼과 글 23

문약(文弱)한 왕 선조는 일본을 통일한 무장(武將) 출신 풍신수길이 사신단을 보낸다고 하자 미개한 나라의 불학무식한 왕이라고 냉소하며 선심 쓰듯 허락한다. 그러나 혹시라도 두 나라 사이에 분란이 생겨 전쟁이 일어난다면 글보다는 칼이 앞서게 된다는 사실은 간과한다.

왕사(王使), 그 수수께끼 35

대마도 도주 종의조는 풍신수길이 조선을 침략하려는 뜻을 알고 일본사신을 가장한 대마도 사람 귤강광 등을 조선에 보내 경고의 메시지를 주기로 한다. 조선으로 간 귤강광은 일본의 조선 침략 가능성을 알리기 위해 일부러 위협적이고 무례한 태도를 보이며 조선의 관리와 군대를 조롱한다.

시(詩)없는 연회 51

조선에서는 국가 간의 만남에서 시 한 줄 짓지 못하는 귤강광을 무식하다고만 탓하고 그의 태도가 무엇을 의미하는지는 아무도 알아채지 못한다. 귤강광은 계속해서 일본군대가 얼마나 대단한지 은근히 자랑하며 조선을 협박한다.

대마도의 운명 64

풍신수길이 일본을 통일하자 대마도 도주 종의조는 풍신수길에게 항복한다. 종의조는 이제 대마도의 명운이 일본에게 달렸다고 생각하여 풍신수길의 행보에 촉각을 곤두세우고, 그가 조선과의 전면전을 준비한다는 사실을 알게 된다.

가미카제 72

원과 고려의 연합군이 대대적인 병력을 이끌고 일본을 침략한 적이 두 번 있었는데, 그때마다 폭풍우가 일어나 연합군 함선이 침몰해 일본은 위기를 모면했다. 일본사람들은 이 폭풍을 신이 보내준 바람이라 하여 가미카제(神風)라 불렀다.

무쿠리 고쿠리 92

원과 고려의 연합군은 일본을 침략하러 가면서 고려와 일본 사이에 위치한 대마도에서 대살육을 자행한다. 대마도 섬은 피로 물들고 그때 생긴 원한과 공포는 대대로 골수에 사무쳐 대마도 사람들은 전쟁 공포증을 갖게 된다.

조선왕을 데려오라 114

대마도 도주 종의조는 조선과 일본의 전쟁을 막기 위해 천주교 신자로서 조선침략을 막고 싶어하는 일본의 군수장교 소서행장과 함께 계책을 논의한다. 그리고 계책대로 풍신수길에게 조선이 항복하려 한다는 거짓정보를 흘리자 풍신수길은 조선의 왕이 직접 와서 항복하기를 바란다.

도주의 죽음 128

종의조는 풍신수길에게 조선왕을 데려오기 위한 절차를 밟고 있다고 계속 속였으나 가짜 일본사신으로 조선에 간 귤강광이 별 소득 없이 돌아오자 낙담하여 건강이 상한다. 그러던 중 종의조가 숨지고 그의 후계자 종의지가 대마도 도주가 된다.

왕사, 다시 오다 147

종의지는 조선에 가짜 사신을 한 번 더 파견해 일본에 통신사를 보내줄 것을 요구한다. 조선은 통신사를 보내는 조건으로 손죽도 왜란과 관련된 오도와 피난도의 도주, 변절하여 왜구가 된 조선인 출신 사화동을 잡아올 것을 요구한다.

200년의 숙제 167

명나라의 예부시랑 석성은 부인이 조선역관 홍순언에게 큰 은혜를 입은 일 때문에 조선에 대해 우호적이다. 석성은 조선의 사신단에 소속된 홍순언이《대명회전》내용의 수정보완을 요구하러 명에 오자 일이 성사되도록 큰 도움을 준다.

미물이 변하여 사람이 되다 186

조선 태조 때부터 참으로 오랫동안 왕실과 조정을 힘들게 했던 종계변무(宗系辨誣: 조선왕조의 조상이 명나라의 《태조실록》과 《대명회전》에 잘못 기재된 것을 고쳐 주도록 주청하던 일)의 일이 마침내 해결되자 선조는 크게 기뻐한다.

조선인 왜구 196

손죽도 왜란의 희생자로 왜구에게 잡혀갔던 수군 김개동과 이언세가 천신만고 끝에 조선으로 돌아온다. 이들의 귀환은 조선인으로 일본에 귀화하여 왜군의 길잡이가 된 사화동의 존재를 상세히 밝혀주는 계기가 된다.

군왕의 적개심 214

조선조정에서 서인 송익필과 정철의 모략으로 동인 정여립이 역신으로 몰리며 이와 연관된 수많은 사람이 처형되는 기축옥사가 일어난다. 이 사건은 허술하게 조작된 증거들이 모이며 조선 최대의 역모사건으로 둔갑한다.

불운의 천재 정여립 227

정여립은 서인 이율곡의 제자였다가 동인 편으로 건너간 데다 스승 율곡을 비판하여 서인과 동인 모두의 반발을 샀다. 이후 관직을 버리고 낙향해 학문연구를 하며 대동계를 결성해 왜구토벌에 앞장섰으나, 따르는 사람들이 늘어나면서 주변의 견제를 받기 시작한다.

불운의 천재 송익필 248

송익필의 아버지 송사련은 동인 안당의 아들 안처겸을 역모로 고변하고 안씨 가문의 재산을 차지한다. 후에 안씨 가문의 억울함이 밝혀지고 안당의 손자 안윤은 복수를 위해 송익필 일문을 환천시킨다. 이에 송익필은 서인 정철과 손잡고 동인 정여립의 역모사건을 조작하여 동인세력에 치명타를 입힌다.

헌부지례(獻俘之禮) 266

종의지는 조선이 통신사를 보내는 조건으로 요구한 조선인 왜구 사화동을 잡아오고 대마도 사람들을 오도와 피난도의 도주로 가장해 바친다. 이에 조선은 약속도 지키고 일본의 동정도 살피기 위해 일본에 통신사를 파견한다.

통신사(通信使) 285

소서행장과 협력한 종의지는 일본에 온 조선 통신사가 풍신수길에게 항복하러 온 것처럼 꾸민다. 풍신수길은 이러한 속임수를 믿고 조선이 명 정복사업에 선도적인 역할을 맡을 것을 명한다.

가도입명(假道入明) 312

조선이 일본의 명 정복사업에 앞장서라는 풍신수길의 명령을 조선에 그대로 전할 수 없는 종의지는 '가도입명'(假道入明: 조선의 길을 빌려 명나라에 조공을 드리러 가는 것이다)이라는 핑계를 대며 조선이 일본에게 조공 길을 내주지 않으면 틀림없이 전쟁이 일어날 것이므로 대책을 강구해야 할 것이라고 경고한다.

사직지신(社稷之神), 이순신을 기용하다 320

우의정 유성룡은 만약 일본이 쳐들어오면 바다의 방어가 가장 중요하다고 여겨 이순신을 전라좌수사로 추천한다. 선조는 유성룡의 뛰어난 인품과 예지를 믿고 이순신을 기용한다.

폭풍은 다가오는데 329

일본에 통신사로 다녀온 황윤길, 허성 등이 일본의 심상치 않은 기류를 감지하고 일본의 침략에 대비해야 한다고 주장한다. 그러나 당쟁으로 인해 혼란한 조선조정에서는 전쟁에 대한 경고를 묵살한다.

동원령(動員令) 346

풍신수길은 일본 전국에 동원령을 내리고, 일본은 온통 전쟁준비로 바삐 돌아가게 된다. 이에 조선조정에서도 불안한 느낌을 갖기 시작하지만 단호하고 강력한 방책을 강구하려는 노력은 하지 못한다.

전쟁 드디어 닥치다 374

조선은 전쟁에 대한 방책으로 성곽을 수축하고 무기를 준비한다. 하지만 훈련된 군사와 체계적 전략을 활용할 줄 아는 장수는 부족했다. 1592년 4월 13일 일본은 약 20만 명의 병력을 이끌고 뒤늦은 전쟁준비로 허둥대던 조선에 침입한다.

토붕와해(土崩瓦解) 393

부산첨사 정발은 일본군에 맞서 열심히 싸웠으나 패하여 부산성이 함락된다. 그 다음 날에는 동래부사 송상현이 분전하였으나 패하여 동래성이 함락되면서 조선땅은 일본군에게 짓밟히게 된다.

망국의 간성(干城)들 413

좌도수군절도사 박홍, 우도수군절도사 원균, 좌도병마절도사 이각, 경상감사 김수 등 고위 관직자들은 일본군을 퇴치하기는커녕 겁을 먹고 도망간다. 의지할 곳 없는 백성들은 뿔뿔이 흩어진다. 일본군은 너무도 쉽게 승리하며 빠르게 조선을 잠식해간다.

경당문노(耕當問奴) 428

조선조정에서는 1592년 4월 17일에 왜군의 침입을 처음 알게 된다. 계속된 장계에 선조는 심각한 상황임을 깨닫고 뒤늦게 전쟁에 대비하기 위해 도체찰사에 유성룡, 도순변사에 신립, 경상도순변사에 이일을 임명한다.

• 작품해설/고승철 441

소설 징비록 · 2

살육의 광풍, 생존의 몸부림

· 장군 이일(李鎰)
· 장군 신립(申砬)
· 야반도주(夜半逃走)
· 장군 신각(申恪)
· 임진강(臨津江) 전투
· 외로운 함대
· 첫 출동
· 평양 탈주
· 국경의 강
· 의심은 풀리고
· 평양 패전
· 이름 없는 이순신의 이름
· 참으로 천운이다
· 마침내 우군 함대
· 의병장 곽재우(郭再祐)
· 의병장 권응수(權應銖)
· 의병장 고경명(高敬命)
· 의병장 조헌(趙憲)
· 의병장 정문부(鄭文孚)
· '핫바지' 타도 특명
· 전함(戰艦) 건조령
· 완병지책(緩兵之策)
· 의병들의 성장
· 연안성(延安城) 전투
· 부산 해전
· 진주성(晉州城) 전투

소설 징비록 · 3

참담한 상흔, 다시 망각 속으로

· 천군(天軍)맞이
· 장군 이여송(李如松)
· 평양 탈환
· 조선백성 1만 명
· 패주하는 명장(名將)
· 행주산성(幸州山城) 전투
· 강화(講和)에 매달리다
· 왜군 남하
· 서울 수복
· 2차 진주성 전투
· 강화(講和)의 조건
· 임금의 환도
· 땅을 가르고, 왕을 바꿔라
· 강화 진행
· 강화 실패
· 재침의 서막, 차도살인(借刀殺人)
· 꼭두각시놀음
· 회자수(劊子手)들 춤추다
· 백의종군(白衣從軍)
· 조선수군 전멸되다
· 다시 통제사(統制使)에
· 직산대첩(稷山大捷)
· 입신의 예술, 명량대첩
· 명나라의 공포
· 임금의 석고대죄
· 수군도독 진린
· 인지장사에
· 귀천의 바다
· 도미천에 말 세우고

이순신(李舜臣) 임진왜란 7년 동안 불패의 신화를 이룩한 민족의 영웅. 선조 때 무과에 급제하였으며 임진왜란이 일어나자 전라좌수사와 3도 수군통제사를 지내며 수많은 해전에서 승리했다. 거북선, 학익진법 등 과학적 군함과 체계적 전술을 도입하여 우리나라 전쟁사를 새로 쓰게 했다.

유성룡(柳成龍) 퇴계 이황 문하에서 공부하고 문과에 급제한 후 동인의 선봉이 되어 예조판서, 대제학, 영의정 등을 지냈다. 임진왜란이 일어나 나라가 무너져갈 때 4도체찰사를 맡으며 명장 이순신을 추천하고 뛰어난 지략으로 위기마다 지혜로운 해결방안을 제시했다. 후에 임진왜란의 어려웠던 사정과 전쟁에 대한 대비책을 담은 《징비록》을 저술했다.

선조(宣祖) 조선의 14대 왕으로 어렸을 때 이름은 이균(李鈞)이었으나 후에 이연(李昖)으로 바꾸었다. 서화에 능했고 인재를 등용하여 국정 쇄신을 위해 노력했다. 그러나 대내적으로는 당쟁을, 대외적으로는 외적의 침입을 막지 못해 재위기간 내내 백성들을 내우외환에 시달리게 했다. 임진왜란 때 의주로 몽진하였으며 그 도중에 광해군을 세자로 책봉하여 분조(分朝)하고, 명나라에 구원을 요청하였다.

귤강광(橘康廣, 다치바나 야스히로) 조선과 일본의 전쟁을 막기 위해 대마도에서 전략적으로 만들어낸 가짜 일본왕사. 미숙한 처신으로 풍신수길의 노여움을 사 제거당했다.

김성일(金誠一) 임진왜란 직전 황윤길, 허성과 함께 통신사(부사)로 일본에 다녀왔으나 풍신수길의 힘을 과소평가하여 전쟁이 일어나지 않을 것이라고 주장했다. 경상우병사로 부임하던 중 파직 소환되었으나 초유사에 임명되고, 그 후 경상우감사에 임명되어 전란 극복에 전념하다 병사했다.

소서행장(小西行長, 고니시 유키나가) 약재상을 운영하던 천주교 집안 출신으로 대마도 도주 종의지의 장인이다. 풍신수길의 신하로 군수장교를 지냈으며, 임진왜란 때 왜군 선봉장으로 평양성을 함락하였으나 이여송의 군대에 밀려 퇴각한 후 명과 강화교섭을 벌였다.

송익필(宋翼弼) 조모가 천출인 이유로 벼슬길에 나가지 못했으나 서인의 막후 조정자로 군림했으며 기축옥사를 일으킨 핵심세력이었다.

유근(柳根) 뛰어난 문장가로 선조 때 문과에 급제한 후 이조정랑, 선위사 등을 거쳐 좌찬성에까지 올랐다. 정유재란 때 운량검찰사를 맡으며 명나라에서 보내준 군량미를 수송하는 임무를 훌륭히 완수해냈다.

이덕형(李德馨) 영의정 이산해의 사위로 선조 때 문과에 급제해 이조정랑을 지내던 중 선위사로 발탁되어 통신사 파견과 관련해 일본과 협상을 벌였다. 임진왜란 때는 명나라와 교섭하여 구원병 파병을 성사시키는 공을 세웠다.

이산해(李山海) 명종 때 문과에 급제하여 두 차례 영의정에 올랐고 당대의 문장가로 이름이 높았다. 대표적인 동인으로 후에 북인의 영수가 되었으며 크고 작은 당쟁의 중심에 있었다.

이정암(李廷馣) 명종 때 문과에 급제한 후 사성, 동래부사, 대사간, 승지, 이조참의 등을 지냈다. 임진왜란 때 황해도 의병장과 초토사를 겸하여 황해도 지역 의군과 관군을 모두 지휘하였다. 연안성 전투에서 승리하여 호남과 의주를 잇는 서해안의 남북통로를 보전했으며, 의병들이 지켜야 할 의군법을 만들었다.

정여립(鄭汝立) 선조 때 문과에 급제해 벼슬길에 올랐으나 동인과 서인 모두의 미움을 사 낙향하였다. 이후 대동계라는 조직을 만들어 학문과 무예를 교육하였는데 이것이 역모로 몰려 원통하게 참살당했다. 정여립과 함께 그와 연루된 많은 동인들이 희생되었는데 이 사건을 '기축옥사'라 한다.

정철(鄭澈) 서인의 거두이자 가사문학의 대가로, 좌의정 시절 세자책봉 문제에 관여하다 선조의 미움을 사 귀양길에 올랐다.

종의지(宗義智) 대마도의 도주로 소서행장의 사위이다. 일본왕사로 조선을 방문하여 통신사를 보내줄 것을 요청했다. 임진왜란이 일어나자 소서행장 휘하 장수로 조선에 침입했으며, 조선조정과의 강화를 요구했으나 성사되지 못했다.

평조신(平調信) 대마도의 외교담당 대신으로 조선에 내왕하며 신임을 얻어 당상관의 벼슬까지 받았고, 일본 본토의 유력자들과도 우호적 관계를 유지했다. 조선과 일본이 전쟁을 하면 그 사이에 위치한 대마도가 큰 피해를 입기 때문에 두 나라의 전쟁을 막기 위해 노력했다.

풍신수길(豊臣秀吉, 도요토미 히데요시) 일본의 전국시대를 통일한 후 봉건제도를 확립하고 스스로 관백(關白)에 올랐다. 일본 전체를 지배하는 실질적인 최고 권력자였으며 대륙침략 야욕을 달성하기 위해 조선을 침략하여 임진왜란을 일으켰다. 그러나 전쟁이 교착상태에 빠지고 명과의 강화교섭이 제대로 진행되지 않는데다 일본 안에서 자신의 세력이 약해지자 사망하면서 조선과 휴전 합의를 하고 철수하라는 유언을 남겼다.

허성(許筬) 〈홍길동전〉의 저자 허균의 이복형으로 선조 때 문과에 급제하여 임진왜란 직전 황윤길, 김성일과 일본에 통신사(서장관)로 파견되었다. 일본에 다녀와 심상치 않은 풍신수길의 태도와 시정의 분위기를 전쟁의 징조로 파악하고 이에 대비할 것을 주장하였으나 당시 조정에서는 받아들여지지 않았다.

황윤길(黃允吉) 임진왜란 직전 통신사(정사)로 일본을 방문하여 전쟁의 기운을 감지하였다. 조선에 돌아와 일본의 심상치 않은 정황을 보고하고 이에 대비할 것을 주장하였으나 당시 조정에서는 받아들여지지 않았다.

· 임진왜란 연표 ·

1592. 4. 13	일본, 약 20만 명의 병력으로 조선 침입
1592. 4. 14	부산성 함락, 정발 전사
1592. 4. 15	동래성 함락, 송상현 전사
1592. 4. 25	경상도순변사 이일, 상주에서 패함
1592. 4. 28	도순변사 신립, 충주 탄금대에서 패한 후 자결
1592. 4. 28	선조, 광해군을 세자로 책봉
1592. 4. 30	선조, 평양으로 몽진
1592. 5. 3	일본군, 한양 점령
1592. 5. 7	이순신, 옥포에서 일본함대 격파
1592. 5. 29	이순신, 사천에서 거북선을 최초로 사용
1592. 5	선조, 이덕형을 명으로 보내 구원요청
1592. 6. 11	선조, 의주로 몽진
1592. 6. 16	일본군, 평양 점령
1592. 7	한산도대첩
1592. 7	의병장 곽재우, 의령 · 현풍 · 영산 등지에서 일본군 격파
1592. 7	서산대사, 전국의 승병을 일으킴
1592. 7	임해군 · 순화군, 회령에서 일본군에게 잡힘
1592. 8	명나라 대표 심유경, 강화를 위한 회담 시작
1592. 9	이순신, 부산포에서 일본수군 대파
1592. 10	제 1차 진주성 전투
1592. 12	명나라 이여송, 약 4만 명의 병력을 이끌고 압록강을 건너옴
1593. 1	의병 · 관군 · 명군, 연합하여 평양성 탈환
1593. 2	행주대첩
1593. 2	심유경, 일본과의 강화회담 재개
1593. 4	일본군, 한양에서 철군 시작
1593. 6	제 2차 진주성 전투
1593. 8	명군, 철군 시작
1593. 10	선조, 한양으로 돌아옴
1597. 2	일본과 명이 진행하던 강화회담이 깨져 정유재란 발발
1597. 2	이순신, 무고로 투옥
1597. 7	원균, 칠천량에서 대패, 이순신 재임명
1597. 9	명량대첩
1598. 9	풍신수길 사망, 일본군 철군 시작
1598. 11	이순신, 노량해전에서 일본군을 대파하였으나 전사

게시문 1

나라가 나라가 아니다

오늘의 나라 형세는 마치 오랫동안 고치지 않고 방치해 둔 만간대하(萬間大廈)에 비유할 수 있습니다. 크게는 대들보에서 작게는 서까래에 이르기까지 썩지 않은 것이 없는데, 그저 근근 그날만 넘기며 지탱하는 형국입니다.

오로지 날로 더 썩어서 붕괴할 날만 기다리는 그 집과 오늘의 나라꼴이 무엇이 다르다 하겠습니까?

이러지도 저러지도 할 수 없다 해서 방치한다면 100가지 폐단이 날로 더하고 하는 일은 날로 실패해서 백성들의 삶은 날로 힘들어지고 마침내 나라는 망하게 될 것입니다.

지금 나라의 저축은 1년을 지탱할 수가 없습니다. 이야말로 나라가 나라가 아닙니다.

– 율곡(栗谷) 이이(李珥), 〈상소문〉

그저 하늘이 도운 까닭이다

아, 임진년의 전화(戰禍)는 참혹했도다. 수십 일 동안에 삼도(三都: 서울, 개성, 평양)를 지키지 못했고, 팔방(八方: 조선 팔도)이 산산이 무너져 임금이 수도를 떠나 파천하셨다. 그러고도 우리에게 오늘날이 있게 된 것은 그저 하늘이 도운 까닭이다.

– 서애(西厓) 유성룡(柳成龍), 《징비록》(懲毖錄)

게시문 2

나라가 흥하려면, 나라가 망하려면

나라가 흥하려면 군자가 기용되고 소인이 쫓겨나는 등 반드시 상서로운 징조가 나타난다. 반대로 나라가 망하려면 어진 이는 숨고 나라를 어지럽히는 난신들이 귀한 몸이 된다. 나라의 안위는 군주의 명령에 달려 있고, 나라의 존망은 인재의 등용에 달려 있다.

– 사마천(司馬遷),《사기》(史記),〈초원왕세가〉(楚元王世家)

그때 나라가 망하지 않은 것은

세상 사람들이 임진전란에 유성룡 선생이 온 힘을 다해 애쓴 큰 공로가 있다고 말한다. 그러나 나는 유 선생의 경우에는 이것은 사소한 공로이고 그보다 훨씬 더 큰 공로는 충무공 이순신을 등용시켜 나라의 위기를 구제한 일이라고 생각한다. 그때 나라가 망하지 않은 것은 오로지 충무공 한 사람이 있었기 때문이다. 시초에 충무공은 일개 부장에 불과했다. 유 선생이 아니었다면 다만 군졸 중에서 목숨을 버리고 말았을 것이다.

그렇다면 국가를 회복시키고 백성의 평안을 가져온 공로는 과연 누구 때문에 이루어진 것인가?

– 성호(星湖) 이익(李瀷),《서징비록후》(書懲毖錄後)

게시문 3

오늘의 세상사를 보노라니 가슴이 찢어지고

사관(史官)은 논한다.

한산의 패배에 대해 원균은 책형(磔刑: 기둥에 묶어놓고 양쪽에서 창으로 찔러 죽이는 형벌)을 받아야 한다. 다른 장졸들은 모두 죄가 없다.

원균은 원래 조잡스럽고 모진 성정의 무지한 위인으로서 이순신을 백방으로 모함하여 몰아내고 자신이 그의 자리를 차지했다. 겉으로는 일격에 적을 섬멸할 듯 장담했으나 지혜가 고갈되어 군사가 패하자 먼저 도망가서 사졸이 모두 어육(魚肉)이 되게 만들었다. 그 죄를 누가 책임져야 할 것인가.

한산에서 한 번 패하자 호남이 함몰되었고, 호남이 함몰되자 나랏일이 다시 어찌할 수 없게 되었다. (군왕을 잘못 만난) 오늘의 세상사를 보노라니 가슴이 찢어지고 뼈가 녹는다.

– 《조선왕조실록》, 선조 31년 무술(戊戌; 1598년) 4월 2일

게시문 4

읽으려 안 했고 읽어도 몰랐다

우리는 왜 그토록 힘이 없었는가?
우리는 왜 그토록 짓밟혀야 했는가?
우리는 왜 그토록 한에 차야 했는가?
우리는 왜 그토록 극한을 겪어야 했는가?
우리는 왜 그토록 견뎌야 했는가?
우리는 왜 그토록 말할 수도 없었는가?
우리는 왜 그토록 분노할 수도 없었는가?

《징비록》을 읽고 가슴을 치고 울분을 토하며 눈물을 삼키지 않는 사람은 조선사람이 아니다.

그러나 조선의 사대부들은 읽으려 안 했고 읽어도 몰랐다. 사대부들은 제갈량(諸葛亮)의 〈출사표〉(出師表)를 들먹이며 이를 읽고 눈물을 흘렸다.

《징비록》을 읽고 치욕과 분노와 가슴 치는 고통을 조금이라도 함께하는 수고가 있었다면, 조선은 결코 일본의 식민지가 되지 않았을 것이다.

—송복(宋復), 《서애 류성룡 위대한 만남》

칼과 글

어탑에 정좌한 임금 선조는 흐뭇한 기색이었다.

회심의 미소를 띤 채 그러나 엄숙한 목소리로 앞에 부복한 선위사를 향해 한마디 일렀다.

"시는 나라의 체통이고 위신이오. 국위를 선양토록 하시오."

"성은이 망극하옵니다. 성심을 다해 어명을 받들겠나이다."

이조정랑 유근(柳根)이 머리를 조아렸다.

벅찬 가슴으로 떨리는 목청을 겨우 가다듬어 군명을 받들고 탑전을 물러나왔다. 목청이 떨릴 만도 했다. 유근은 입국하는 일본왕의 사신을 맞이하는 선위사(宣慰使: 외국 사신을 안내하고 접대하는 임시관직)가 되었는데 3품관의 자리를 5품관인 자신이 버젓이 차지한 때문이기도 했다.

《경국대전》에는 사신을 접대하는 선위사는 3품 조관(朝官: 조정에서 근무하는 관원)이라고 기록되어 있었다. 그렇기에 의당 3품 조관 중에서 뽑아야 했지만 그러나 문제가 있었다. 그것은 합당한 사람이 없다는 것이었다.

합당한 사람이란 시(詩)를 잘 짓는 사람이었다. 외국 사신을 맞을 때는 피차 시를 지어 읊는 것이 법도였다. 이번에도 물론 사신이 조선 땅에 발을 들여놓게 되면 주고받는 시의 잔치가 있을 터였다. 시로써 국위를 선양하고 시로써 사신을 아예 무량한 감동으로 이끌 수 있는 사람이어야 했다. 시는 나라의 체통이요 위신이었다. 특히 임금 선조에게 시는 그 무엇보다도 큰 국가 대사요 국가의 명운이었다.

"지금은 비상시기요. 선위사를 비상한 방법으로 뽑아도 좋소."

임금은 비상한 때이니 비상한 방법을 쓰기로 했다.

그래서 5품관인 이조정랑 유근을 발탁했다. 그는 나이도 적당했다. 39세. 늙지도 젊지도 않았다. 그는 얼마 전 전체 문관들을 대상으로 실시한 정시(庭試: 대궐 안에서 보는 특별시험)에서도 장원을 해서 한 등급 특진한 수재였다.

지금을 비상시기로 본 것은 잘한 일이었다. 그러나 비상시기에 오로지 시(詩)에만 주의를 기울인 것은 잘한 일만은 아닌 것 같았다. 중국도 아니고 새까맣게 미개한 섬나라라고 여기는 일본에서, 어떤 자가 무력으로 나라를 틀어쥐고 전왕을 제거하고 스스로 신왕이 되었다면, 그 신왕의 사신을 응대하는 데 당대 제일가는 문장가만으로는, 아무래도 어울리지 않을 것이었다.

유근이 나가자 임금은 배석한 조신들 중 직위도 연배도 제일 높은 좌의정 정유길(鄭惟吉)을 쳐다보았다.

"좌상의 생각은 어떻소? 잘해낼 것 같소?"

좌의정이고 누구고 딴소리를 할 계제가 아니었다. 이른바 천재시인을 시의 실력자인 임금 스스로 발탁해서 선위사로 삼지 않았는가?

"전하께서 내리신 판단이옵는데 여부가 있겠습니까? 아마도 일본왕사는 연속 감탄해 마지않을 것입니다."

"그러하옵니다."

"틀림없사옵니다."

여기저기서 맞장구치는 소리가 들렸다. 임금은 못내 흐뭇했다.

달포 전이었다. 1587년(선조 20년) 10월 24일.

대마도(對馬島) 도주의 특사가 도성에 들어왔다. 도주 종의조(宗義調)가 예조에 보내는 편지를 가지고 왔다.

경상감사 권극지(權克智)와 동래부사 이정암(李廷馣)이 대마도 특사가 부산에 와 있음을 조정에 보고했었다.

일본에 혁명이 일어나서 일본왕 원의소(源義昭)가 쫓겨나고 풍신수길(豊臣秀吉: 도요토미 히데요시)이라는 실력자가 새로이 왕이 되었고, 그 풍신수길의 사신이 조선에 들어가기 위해서 지금 대마도에 와 기다리는데, 그런 사실을 알리려 대마도주의 특사가 부산에 와 있다는 내용이었다.

조정에서는 우선 특사를 도성으로 올려보내라 했다. 그래서 올라온 특사는 조선에 잘 알려진 귤강련(橘康連)이었다. 그는 대마도 사신으로 조선에 자주 들어왔었고 조선조정으로부터 정 3품 첨지중추부사(僉知中樞府事)의 벼슬도 받았다. 초로에 접어든 노인이었으나 사람이 겸손하고 상냥한데다 조선말도 제법 잘해서 조선의 관원들과는 꽤나 부드러운 사이였다.

동평관(東平館: 일본사신이 와서 머무르던 객관)에서 하루 묵고 난 귤강련은 정 3품 통정대부(通政大夫)의 정장을 차려 입고 대궐에 들어가 임금을 뵈었다. 대마도주의 특사로서는 임금을 뵐 처지가 아니었으나, 조선의 신하로서 오랜만에 도성에 들어왔으니 임금께 문안을 드려도 좋다는 허락이 내린 때문이었다.

"오랜만에 멀리 왔으니 편히 쉬었다 가시오."

"성은이 망극하옵니다."

귤강련은 특별한 알현에 감사를 드리고 대마도에서 가져온 구리, 사향, 일본도 등 몇 가지 선물을 바쳤다.

대궐을 나온 귤강련은 주무부서인 예조에 들렀다. 예조판서 정탁(鄭琢)이 기다리고 있었다.

"새로이 왕이 되었다는 풍신수길이란 분은 어떤 분이오?"

"출신도 좋고 인품도 좋은 분입니다."

"출신이라면?"

"전전 천황이신 후내량(後奈良) 천황의 후궁 소생입지요."

그렇다면 비록 미천한 나라이긴 하지만 그 사신을 조선에서 맞이한다 해도 크게 욕되는 일은 아닌 것 같았다. 선조 임금도 중종(中宗)의 후궁의 손자이니 따지고 보면 피장파장이었다.

사실 이 출신 이야기는 풍신수길 자신이 지어낸 거짓말이었다. 일본에서는 대놓고 거짓말이라고 떠들진 못해도 이를 믿는 사람은 거의 없었다. 조선에서야 꾸며낸 이야기임을 알 리도 없지만, 안다 해도 우기면 되는 일이었다.

"그런 분이라면 우리 상감께서 국서를 받으셔도 무방하겠소."

"그렇다마다요."

"인품은 어떻소?"

"아주 훌륭한 장군이십니다."

"장군이라면 예를 들어 … ?"

"관우, 장비보다 더 용맹하십니다."

"무예가 출중하시군요."

"무예뿐만이 아닙니다. 재주는 제갈량보다 더 뛰어납니다."

예조판서는 조용히 미소를 짓고 있었으나, 옆에 동석하고 있던 참의 이정립(李廷立)은 실소를 참느라 소매로 입을 가리고 헛기침을 하고 있었다. 귤강련은 원래 허풍을 떠는 사람은 아니었다.

"귤 첨지도 나이 들면서 허풍이 좀 든 것 같소."

허물없어하는 예조판서의 친밀감이었다.

"하, 그렇습니까? 제가 말솜씨가 없어서 … ."

"귤 첨지 말인즉슨 관우, 장비, 제갈량이 한 몸이 되어 이 세상에 환생했다는 말인데, 그런 대단한 사람이 일본에 태어났단 말이 아니오?"

"글쎄올시다. 저야 뭘 알겠습니까만 아무튼 일본에서는 그만큼 훌륭한 분이라고들 말하고 있습니다."

"예, 그렇군요. 벌써 때가 된 것 같소. 귤 첨지 모시고 가 점심 대접을 해드리지요."

판서가 일어서면서 참의에게 고개를 끄덕여 보였다.

자리를 옮겨 점심을 들면서부터는 분위기가 훨씬 더 부드러워졌다. 첨지와 참의가 다 같은 정 3품이란 점도 있었지만 대하기 어려운 판서가 동석치 않은 탓이기도 했다.

"자, 반주도 한잔 드시지요. 우리는 벼슬이 같으니 동년배 친구라 생각해도 좋소. 거리낌 없이 이야기 좀 해봅시다."

"아하, 감사합니다. 그렇게 하십시다."

조선에 오는 일본사람들이 으레 그렇듯 귤 첨지도 몇 번씩 고개를 숙이고 나서야 술잔을 들었다.

"풍신수길이라는 신왕은 시를 잘 지으시오?"

"전쟁 속에 살아오신 분이라 아마도 시 같은 것은 잘 모르실 겁니다."

"왕이 시를 모른다…, 그러면 글은 얼마나 배웠는지요?"

"그것도 아마…, 잘 모르실 겁니다. 그러나 병법은 다 아십니다."

풍신수길은 가나〔仮名(가명) : 일본 문자〕를 읽고 쓸 정도였다. 이른바 글이라고 하는 한문(漢文)은 자기 이름자 정도 쓸 뿐이었다.

"허어, 왕이란 사람이 글을 모른단 말이오? 글은 모르고 병법만 아는 왕이 나라를 다스린다면…?"

귤 첨지는 뭘 생각하는 듯하다가 한참 만에 대답했다.

"글쎄올시다. 그게 참…, 많이 다르군요."

귤 첨지는 뭔가 답답하다는 표정으로 고개를 약간 모로 꼬고 있었다. 글을 모른다고 해서 왕이 되지 말란 법이 있단 말인가? 비록 글은 도대체 모르는 사람일지라도, 그러나 어마어마한 능력과 지위를 가지고 천하에 군림하는 현실의 왕, 풍신수길이란 사람이 분명히 일본에는 존재하고 있지 않은가?

"뭐가 다르단 말이오?"

피차 허물없이 이야기하는 지경에 이르고 있었다.

"소인이 뭘 알겠습니까마는 소인 소견으로는 일본에서는 칼이 제일이고, 조선에서는 글이 제일인 것 같습니다. 칼과 글이니 많이 다르지 않겠습니까?"

참의는 답답하다는 생각이 들었다. 칼이 제일이라고 하는 것은, '일본은 아직도 미개한 나라요' 라고 떠벌리는 것과 같았다. 그런 줄도 모르고 대견한 것처럼 말을 하는 귤 첨지를 일일이 가르쳐 줄 수도 없어 참의는 답답한 심정이 되었다.

그러나 귤 첨지야말로 참으로 중대한 진실 하나를 말해 주고 있었다. 일본에서는 칼이 제일이고 조선에서는 글이 제일이라고.

참의도 당시 조선에서는 천재라고 칭송받는 사람이었다. 그러나 귤 첨지의 대답 속에 도사린 놀랄 만한 진실은 간파하지 못하고 있었다. 혹시라도 두 나라 사이가 나빠져서 부딪치고 다투다 전쟁이라도 일어난다면, 얼마든지 그리고 대개는 글이 아니라 칼이 앞서게 된다는 진실을, 귤 첨지가 탁 터놓고 말해 주었는데 … .

"그건 그렇고 일본왕의 사신은 언제 맞아들이는 게 좋겠소?"

"소인이 대마도에 돌아가서 알리고 왕사가 출발할 준비하고, 그러려면 보름 정도는 걸려야 왕사가 부산에 오를 수 있겠습니다."

"알겠소."

"이왕이면 서두는 편이 좋겠습니다만 … , 그래야 해가 가기 전에 왕사가 돌아가 보고할 수 있지요."

"그리되도록 해봅시다."

"고맙습니다."

"그런데 말이오. 만약에 사정이 잘 안 돼서 왕사를 받아들이지 못한다면 어찌되겠소?"

"일본왕이 조선에 안 좋은 감정을 가질 수도 있겠지요."

미개한 것들이 감정을 가져본들 별수 없겠지만 그래도 조용한 게 나을 성싶었다.

"아무튼 잘되도록 해 봅시다."

"고맙습니다."

귤 첨지는 점심을 마치고 예조를 나와 동평관으로 돌아갔다. 예조에서는 예조의 의견을 첨부한 보고서를 임금에게 올렸다.

임금은 곰곰이 생각해 보았다.

'미개한 나라에 불학무식한 왕이라니 상대해 줄 푼수는 아니지만, 힘깨나 쓴다고 하니 그쯤 알고 어루만져 주는 것이 좋을 것 같구나.'

임금은 예조에 왕사를 받아들이라는 비답(批答: 임금의 하답)을 내리며 한마디 했다.

"일본의 신하들마저 다 무식하다고는 볼 수 없소. 천형(天荊) 같은 문장가도 많다 하지 않소? 그리 알고 대처하시오."

천형은 전에 사신으로 왔던 일본 승려였다.

대마도주의 특사 귤강련은 조선에서 일본왕사를 맞이하기로 했다는 소식을 전하기 위해 바로 도성을 출발했다. 소원대로 조선조정에서 내려준 한 쌍의 사냥매에 더욱 고무되어 발길 가벼이 남행길을 재촉하였다.

조선조정은 일본의 왕사를 받아들이기로 한 바에야 선위사를 소홀히 뽑을 수는 없었다. 선조는 요란을 떨었다. 삼공(三公) 대신들을 불러 상의했다. 의정부에서는 각 관청에 공문을 보내 적임자를 천거하도록 했다. 천거된 사람들을 놓고 중신들이 모여 어전회의도 가졌다.

"이번 사신을 맞이하는 일은 매우 중요하오. 더구나 일본사람들은 시에 능숙한 사람들이 많다 하는데 시를 주고받다가 혹시라도 미진한 점이 있어 비웃음이라도 사게 되면 그 결과가 가볍지 않을 것이오. 그러니 선위사는 직위와 관계없이 당대 제일의 문장가를 선임해야 할 것이오."

선위사를 자청하는 사람들이 각 관서마다 넘쳐났다. 모두 다 내로라 하는 자칭 천재시인들이었다. 과연 조선은 글의 나라요 글(文)이 빛(明)나는 문명국가(文明國家)였다. 그래서 선위사 하나를 뽑느라 어전회의도 여러 차례 가졌다.

일본 신왕의 사신을 통해서 일본 신왕과의 첫 거래가 시작되는 마당이 아닌가? 선조는 본때를 보여주고 싶었다. 어차피 시는 나라의 체통이요 명운이었다. 신경이 쓰이지 않을 수가 없었다. 그래서 당대 제일가는 문장가는, 조선의 만세법전인 《경국대전》의 조문을 어기면서까지, 결국 선조 스스로 뽑고야 말았다.

그렇게 뽑힌 조선 제일의 문장가 이조정랑 유근(柳根)도, 나라의 체통과 명운을 빛내줄, 그리고 자신의 위상과 출세를 빛내줄 시심(詩心)으로 빠근히 고무되어 기운차게 남행길에 올랐다.

11월 하순이었다.

꽤나 추운 날씨였지만 바람이 세지 않아 부산 포구는 안온했다. 어제 대마도에서 건너와 동래부에 소식을 전한 일본의 지로관(指路官: 안내원) 평강승(平康勝)이 먼저 와 기다리고 있었다.

저녁나절 선위사 유근이 동래부사(東萊府使) 이정암의 안내를 받으며 부산 포구에 도착할 즈음, 사신 일행의 배들이 선창에 닿았다. 이윽고 가슴이 떡 벌어진 장대한 체구의 한 사나이가 앞서고 뒤따라 수십 명의 수하들이 육지로 올라섰다. 기다리던 선위사 일행이 다가서자 지로관이 양편의 대표자를 소개했다.

"먼 길에 수고가 많습니다."

유근 선위사의 공손한 인사에 일본의 사신 귤강광(橘康廣, 다치바나 야스히로)은 한마디 대꾸도 없이 고개만 한번 끄덕였다. 그리고는 여기저기를 둘러보는 데만 정신을 팔았다. 첫인상이 뜻밖에도 너무 볼썽사나웠다.

"자, 우선 객관에 들어가 좀 쉬도록 합시다."

이정암이 부산포의 왜관으로 일행들을 안내했다. 사신이 포구에 들어서면 우선 간단한 술대접을 하게 되어 있었다.

일행은 왜관에 들어가 서로 마주보며 자리를 잡았다. 갈라져 자리를 잡고 보니 양편은 확연한 차이를 보였다.

선위사 쪽 사람들은 우선 얼굴이 하얗고 밝았다. 그리고 단정하고 차분했다. 사신 쪽 사람들은 사신 귤강광 자신을 비롯해서 모두 다 오래 햇볕에 타 구릿빛이 된 얼굴들을 쳐들고 여기저기 두리번거리느라 수선스러웠다.

이정암은 사신 귤강광을 이리저리 살펴보았다. 어제 지로관으로부터 이름을 들은 뒤부터 지난번 왔다간 귤강련과 형제간이거나 가까운 일가일지도 모른다는 생각이 들어서였다. 지로관은 그들의 관계를 전혀 모른다고 했다.

귤강련과 같은 50대의 지긋한 나이로 보였지만, 귤강련과는 모습과 태도가 너무나 달랐다. 귤강련은 좀 마른 체구에 정갈하고 겸손했다. 아무리 보아도 닮은 데가 없었다.

술이 한 순배 돌 때였다.

"하아, 술맛 하나는 괜찮소다."

조선땅에 올라와서 인사말도 없던 사신의 첫마디였다.

이정암은 깜짝 놀랐다. 사신이라는 자가 이렇게 무례하고 건방질 수가 있단 말인가? 그럼 다른 것은 다 괜찮지 않다는 말인가?

동래부사로 내려와 근 반년 동안 주로 하는 일이 왜인들을 다루는 일이었다. 사신으로 오가는 왜인들, 부산의 왜관에 눌러 사는 왜인들, 장사하러 오가는 왜인들.

조선사람들과 어울리는 사이 때때로 소동도 벌어지고 패싸움도 벌어져 골치 아픈 때도 있었지만, 어느 일본사람도 지금 귤강광처럼 무례하고 건방진 자는 아직 없었다. 그동안 상대한 왜인들은 어느 경우에도 연거푸 머리를 숙였고 앉아서도 손을 짚고 엎드려 머리를 숙였고 말씨는 공손하고 조용했다.

그런데 이 사신 귤강광은 사찰 입구의 사천왕상같이 험상궂게 생긴 상판을 쳐들어 젖히고, 허리를 꼿꼿이 세우고 앉아서는, 몸을 좌우로 제법 흔들어대며, 걸신들린 듯 마시고만 있었다. 이정암은 속이 뒤틀렸지만 참을 수밖에 없었다.

사신은 체면이고 눈치고 없었다. 술 굶은 주정뱅이가 모처럼의 좋은 술에 홀린 듯 자작으로 부어가며 계속 마셨다. 그저 퍼마신다고 해야 옳았다. 그러다 술에 대취했는지 입을 벌린 채 코를 곯기 시작했다. 기막히게 어이없는 광경이었다.

이정암과 유근은 조용히 밖으로 나와 동래부로 향했다. 이정암은 말을 달리면서 생각해 보니 내일 일이 심란했다. 왕사에 대한 예의로 내일 밤에는 동래부 객관에서 사신 일행을 모시고 잔치를 베풀어야 했다.

"내일은 동래부에서 연회를 베풀어야 할 텐데…, 걱정되는군요."

이정암의 허탈한 한마디였다.

"아무래도 상놈들 같지요?"

유근도 심란했다.

"그런지는 모르겠지만 아마도 무사들인 것 같소. 왕이 장군이어서 무사를 보냈는지도 모르겠소."

"부사(副使)라는 사람은 중이 아닙니까?"

부사는 삼현(三玄)이라는 젊은 승려였다.

"그렇지요. 하지만 왜국에선 중도 칼을 쓰는 모양입니다."

"부사께서는 저런 자들을 매일 상대하실 테니 참 힘드시겠습니다."

"왜인들이 다 저렇지는 않습니다. 저 사신이라는 자는 아무래도 이상합니다."

어둠이 짙어지고 있었다. 선위사 유근의 마음에도 어둠이 짙어지고 있었다.

왕사(王使), 그 수수께끼

다음날 밤에는 예정대로 동래부 객관에서 연회가 베풀어졌다. 양편에서 각각 10명씩 참석했다. 여기저기 꽂아 놓은 커다란 촛대들이 연회장을 환하게 밝힌 가운데 어여쁜 기녀들이 술시중을 들었다.

두어 순배 술잔이 돌고 나자 선위사 유근은 귤강광을 바라보고 잠깐 고개를 숙여 예를 표한 다음 환영의 인사말을 했다.

"조선을 찾아주신 일본의 왕사님과 일행 여러분의 노고에 우선 치하를 드리는 바입니다. 이번에 왕사께서 오심으로 해서 앞으로 두 나라는 더욱 돈독한 관계로 발전할 것이라 여기는 바입니다. 그리고 또한 두 나라는 더욱 향기롭고 부드러운 관계로도 발전할 것이라 기대하는 바입니다. 왜냐하면 앞서 이 소식을 조선에 전하고자 대마도의 특사로 오셨다 가신 귤강련 선생을 얼마 전에 맞은 데 이어서, 지금 왕사로 오신 귤강광 합하를 또 맞이하게 되었기 때문입니다. 두 분 다 귤씨 성이 아니십니까? 귤나무는 꽃이 향기롭고 열매는 부드럽고 맛이 좋습니다. 그러니 참으로 상서로운 일이 아닐 수 없습니다. 앞으로 뜻하신

대로 왕사의 임무를 잘 마칠 수 있도록 미력하나마 최선을 다해 왕사님을 모시고자 합니다."

선위사 유근의 인사말에 대한 통역이 끝나자 일본사람들은 서로 쳐다보고 미소를 지으며 고개를 끄덕였다. 그리고는 모두 다 귤강광을 쳐다보았다.

귤강광은 그러나 자작(自酌)으로 술을 따라서 홀짝홀짝 마시고 있을 뿐이었다. 보다 못한 부사 삼현 스님이 그의 귀에 대고 뭐라고 속삭였다. 그러자 귤강광은 소리를 버럭 지르며 한마디 내뱉었다.

"싸움터에서 칼만 쓰던 몸이오. 스님이 알아서 대꾸해 주시오."

느닷없는 돌발사태였다. 순간 분위기가 얼어붙었다. 부사 삼현이 일어섰다. 고개를 깊이 숙이고 나서 입을 열었다.

"선위사 합하, 동래부사 합하, 우리를 이렇게 따뜻하게 맞아 주시는데 대해 먼저 감사의 말씀을 드립니다. 앞으로 두 나라의 관계는 선위사 합하의 말씀처럼 참으로 잘되리라고 확신합니다. 이번에 지존이 되신 우리 신왕께서는 전 일본을 통일한 위대한 군주로서 온 나라의 존경을 받습니다. 또한 이웃나라와도 돈독한 선린우호를 바라시는 마음 각별하시어 이번에 이렇게 왕사를 보내시어 그 뜻을 전하시는 바입니다. 아무쪼록 그 뜻을 헤아려 주시어 모든 일이 예상대로 이루어지도록 잘 돌봐 주시기 간절히 바라옵니다."

제법 조리 있는 답사였다. 일본사람들은 생기 돋는 얼굴로 서로 쳐다보며 고개를 끄덕였다. 그러나 귤강광은 무뚝뚝한 표정인 채 연속 술을 홀짝거렸다. 그러면서 황소머리같이 커다란 얼굴을 쳐들고 조선쪽 사람들을 노려보듯 이리저리 건너다보고 있었다. 참으로 경악할 만큼 어이없는 일이었다.

이정암은 동래부사로 온 이래 그동안 상대한 많은 일본사람들을 떠올려 보았다. 수백 명에 이르렀다. 사신들, 관원들, 상인들, 주민들, 그들은 직위 고하를 막론하고 하나같이 머리를 숙였다. 그들은 그냥 한 번으로 족한 법이 없었다. 적게 숙여도 세 번이요 심한 사람은 만나서 헤어질 때까지 끝없이 고개를 숙였다.

그런데 이 귤강광이란 자는 도대체 어떻게 된 판인지 알 수가 없었다. 그저 뻣뻣할 뿐이었고 그저 안하무인일 뿐이었다.

귤강광의 거만한 태도를 사과라도 하듯, 삼현이 미안해하는 미소를 지으며 두 손으로 술잔을 받들어 유근에게 올렸다.

"선위사 합하, 한 잔 드시지요."

"고맙소이다."

유근이 부드럽게 대답하는 사이 이정암이 일어나 잔을 들고 귤강광에게 술을 권했다. 귤강광이 한 손으로 술잔을 받아 들자 기녀가 술을 따랐다. 이정암은 일본사신의 수하들에게도 돌아가며 술을 권했다. 그럭저럭 분위기는 무르익었으나 어색하기는 마찬가지였다.

귤강광을 잠시 노려보던 이정암은 기녀를 불렀다.

"대접 두 개를 가져오너라."

이정암은 귤강광을 파탈(擺脫: 구속이나 예절로부터 벗어나 터놓고 행동함)로 이끌고 싶었다. 잠시 후 귤강광과 이정암 앞에는 큰 대접이 하나씩 놓였다. 이정암은 거기에 소주를 따르도록 했다.

"자, 이걸로 듭시다."

한마디 마치자마자 이정암은 쉬지 않고 단번에 대접을 비웠다. 귤강광의 눈이 휘둥그레지더니 그도 단숨에 소주대접을 비웠다. 둘은 그렇게 몇 차례 소주대접을 비웠다.

"동래부사는 문관이라 들었는데 그렇습니까?"

귤강광에게서 처음으로 제대로 된 말이 나온 셈이었다.

"맞소. 문관이오."

"허허, 이 사람만큼은 술을 하시는 것 같소."

이제 과연 좀 터놓는 듯했다. 그런데 옆에 앉은 유근이 걱정스러운 듯 낮게 속삭였다.

"영감, 술이 과하신 것 같소이다."

"뭐, 이 정도는 괜찮습니다."

"혹 국가대사에 소홀하실까 해서…, 시(詩) 말입니다."

"알겠소이다. 이쯤에서 시작해 볼까 합니다."

외국사신을 맞으면 피차 시를 읊어 사명의 의의와 양국의 돈목을 피력하는 것은 법도였다. 시의 능력과 품격은 나라의 역량과 위상을 결판내는 핵심적 무기도 되었다. 그래서 사신을 맞을 때의 시는 진실로 국가대사였다.

이정암은 천천히 일어나 좌중을 둘러보며 시작(詩作)을 시작(始作)할 때가 되었음을 알렸다.

"자, 여러분 잠깐만 조용히 해주십시오. 이제 두 나라 친선을 두터이 하고 이 뜻 깊은 만남을 기리기 위해서 서로 시를 지어 읊어보도록 하겠습니다. 잠시 동안 시상을 가다듬으시고 좋은 시를 지어 주시기 바랍니다. 그리고 시의 운(韻)은 삼현 스님께서 정해 주시기 바랍니다."

이정암의 말이 끝나자 기녀들이 분주히 움직였다. 참석한 사람들 각각에 한 벌씩 종이와 붓과 벼루가 돌아가고, 참석자들 옆에서 기녀들이 먹을 갈기 시작했다.

좌중은 조용해지고 조선쪽 사람들은 눈을 지그시 감고 시상에 잠겼다. 드디어 다가온 이 자리에서 두드러진 실력을 발휘하여 임금의 관심을 사고자, 미리부터 마음속에 지어 두었던 시구들을 찬찬히 검토하였다.

그러나 일본쪽 사람들은 전혀 달랐다. 서로 마주보며 눈만 껌벅거렸고 왕사란 사람은 전혀 무관한 듯 술만 들고 있었다. 운을 부르기로 되어 있는 삼현 스님이 난처한 얼굴이 되었다. 자꾸 귤강광의 눈치를 보고 있었다. 그러나 귤강광은 전혀 시를 지을 자세가 아니었다.

이정암은 귤강광 옆에 앉은 통사를 쳐다보며 눈짓을 했다. 눈치를 챈 통사가 귤강광에게 속삭였다.

"이제 시를 지어 읊을 차례입니다."

그러자 귤강광이 벌컥 화를 냈다.

"그런 게 무슨 필요가 있소? 시 같은 건 난 몰라요."

알고도 억지를 부리는 것인지 정말로 모르고 시비를 거는 것인지는 알 수 없었다. 그러니 시작은 다 틀리고 말았다.

조선쪽 사람들은 맥이 탁 풀렸다. 국위선양도, 뽐내보려던 시작의 명성도 다 틀려 버렸다.

"자 자, 술이나 듭시다."

이정암이 분위기를 돌렸다. 기녀들은 종이와 벼루를 밀어놓고 잔을 들어 술을 권했다.

기녀가 가득 채운 대접의 술을 단숨에 들이켜고 난 귤강광은 조선쪽 선비들을 죽 훑어보았다. 그러다 눈을 곧추뜨고 큰 소리를 내질렀다.

"여보시오. 당신네들 신가 뭔가 하는 걸 읊어서 도대체 무얼 하겠다는 거요?"

조선쪽 사람들이 어이가 없어 멍하고 있자, 큘강광은 주먹을 들어 상을 한 번 쾅 쳤다. 그리고 일어서더니 조선쪽 사람들에게 삿대질을 해가며 고함을 질렀다. 이 또한 경악스러운 돌발사태였다.

"당신네들 그 시라는 것을 들고 전쟁할 것이오? 그 시라는 걸로 뭘 막겠다는 거요? 총도 막고 칼도 막겠다, 이거요? 어흠…."

큘강광은 비틀거렸다. 그들 일행이 몰려와 그를 부축했다. 삼현 스님이 앞으로 나와 엎드려 사과했다.

"왕사께서는 원래 선량하신 분입니다. 그런데 술에 취하시면 가끔 이렇게 실수를 하십니다. 너무 큰 실수를 저질러 이거 참으로 죄송합니다."

삼현은 방바닥에 엎드려 몇 번이고 머리를 조아렸다. 그저 참는 수밖에 없었다. 이정암은 밖에 대고 사령들을 불렀다.

"왕사님을 침소로 모셔라."

업혀 나가는 강광의 뒷모습을 보며 이정암은 가슴속이 꺼림칙했다. 그가 소란을 피워서만은 아니었다. 취중진담이라 했는데 강광이 하필이면 전쟁이란 말을 꺼냈다는 게 마음에 걸렸다. 이런 데서 불쑥 튀어나올 말이 아니었다.

그는 유근을 돌아보았다. 시를 읊어야 하는 국가대사가 이렇게 어이없이 망가져 버린 때문인지 유근은 몹시 피곤해 보였다.

"먼저 들어가 쉬시지요."

"고맙습니다. 그럼 … ."

유근이 나가자 이정암은 분위기를 되살려 연회를 계속했다.

"자 자, 아직 술이 많이 남았소. 우리는 좀더 듭시다."

장내에는 다시 화기가 돌고 술잔들이 오고 갔다. 이정암은 삼현 스님에게 물어보았다.

"지난번 대마도 특사로 오신 분도 귤 씨요, 이번에 오신 왕사도 귤 씨이고 함자도 비슷한데 혹시 친척간은 아니신지요?"

"글쎄올시다. 저는 잘 모릅니다만 … ."

삼현은 차분했다. 풍채도 헌헌장부였다.

"일본에는 귤 씨가 많은 모양이지요?"

"예, 그런 셈이지요. 그러나 많다기보다는 귀족 가문의 성씨지요. 일본에서는 원(源) 평(平) 귤(橘) 등(藤) 이 네 성씨 일족들을 최고의 귀족으로 칩니다. 귤 씨는 민달천황(敏達天皇)이라는 아주 존귀한 분의 후손이라 합니다."

"아, 그렇군요. 그런데 이번에 왕사를 파견한 데는 특별한 사유라도 있는지요?"

이정암은 강광의 취중발언을 생각하며 물었다.

"특별한 사유야 뭐 있겠습니까? 새로이 나라를 세웠으니 우선 이를 알려드리고 앞으로 서로 왕래하면서 우호를 다지자는 것이겠지요."

"서로 왕래한다면 이쪽에서도 왕사를 보내야 한다는 뜻인가요?"

"그렇지요. 사신을 한쪽에서만 보내고 한쪽에선 안 보낸다면 섭섭한 쪽이 생기지 않겠습니까?"

말이야 옳은 말이었다. 그러나 조선쪽으로 보면 그런 걸 고려할 필요가 전혀 없었다. 그동안 그들이 쫓아와 아쉬운 소리를 하면 늘 들어주었기에 그들이 갑자기 섭섭하다고 시비할 처지도 아니었다.

"가령 이쪽에서 사신을 안 보낸다면 어찌될까요?"

"섭섭하다 보면 화가 날 수도 있겠지요."

화가 나면 예상치 못한 무슨 환란이 생길 수도 있는 일이었다. 좀더 말끝을 이어 보고 싶었지만 그 이상 캐물을 수도 없었다. 사신을 보내는 일은 어차피 조정에서 결정할 사안이었다. 이정암은 웃으며 대화를 마무리지었다.

"뭐, 그럴 리야 있겠습니까? 다 잘되겠지요. 자, 한 잔 더 듭시다."

연회는 별 탈 없이 끝났다.

다음날 이른 아침에 내아의 숙사로 이정암을 찾아온 젊은 사령이 있었다.

"아무래도 말씀을 드려야 할 것 같아서 뵈러 왔습니다."

"무슨 얘기냐?"

"왕사란 분이 말입니다. 저 … ."

"그래, 말해 보아라."

"작년 가을에 와서 사미(賜米: 조선에서 대마도에 내려주는 쌀)를 받아간 사람이 틀림없습니다."

이정암은 깜짝 놀랐다. 대마도에서는 해마다 배를 끌고 와서 조선에서 내려주는 곡식을 받아갔다. 배를 끌고 와 사미를 받아갔다면 그건 대마도의 도선주(都船主, 선장)일 텐데 뱃사람이 일국의 왕사로 왔다면 이것은 전대미문의 대사건이었다.

"틀림없단 말이냐? 혹 잘못 본 게 아니냐?"

"어젯밤 그분을 침방에 눕히다가 소인이 깜짝 놀랐습니다. 자세히 뜯어보았는데 틀림없습니다."

사미 싣는 일은 부산에서 했다. 도선주는 부산첨사가 상대했고 부산의 왜관에서 기거했다. 동래부에는 문서로만 보고했다.

"너도 사미 싣는 일을 도왔더냐?"

"예, 그때에도 보았습니다만 그전에도 보았습니다."

"뭐라? 그전에도 보았단 말이냐?"

"예, 몇 해 전에는 여기 동래에서도 묵어갔습니다. 대마도 사신이 여기 객관에서 묵고 도성으로 떠났는데, 그 사신의 시종으로 따라다니는 것을 보았습니다."

"뭐라고? 왕사가 시종으로 따라다녔다고?"

"예, 틀림없습니다."

이게 도대체 어찌된 일이란 말인가? 일본왕사라는 사람이 본토 사람도 아니고 대마도 사람인데 게다가 도선주와 시종을 지냈던 주제꼴이란 말인가? 참으로 희한한 일이었다.

"음, 알았다. 너만 알고 아무에게도 말하지 말라."

아무튼 더 두고 보는 수밖에 없었다. 이정암은 객관으로 나갔다. 어제 연회를 함께한 사람들이 모여 조반을 들고 있었다.

어제 저녁 만취해서 있을 수 없는 실례의 소동을 일으키고 들어갔던 강광은 언제 그랬냐는 듯 멀쩡한 모습이었다. 삼현 스님 이하 수행원들은 모두 고개를 숙여 인사했다. 그러나 강광은 눈 한 번, 고개 한 번 움직이는 법 없이 여전히 뻔뻔스럽고 안하무인이었다.

한 그릇 밥을 꾸역꾸역 입으로 다 넣어가면서도, 한 대접 소주를 반주로 다 들이켜 가면서도, 어제 실례했다는 말 한마디는 고사하고, 미안해하는 혹은 계면쩍어하는 기색조차 없었다.

'수수께끼야.'

이정암은 강광을 다시 한 번 자세히 관찰했다. 덩치도 다르고 수척하고 비대한 차이는 있어도 그는 분명 귤강련과 닮은 데가 있는 것 같았다. 닮았다면 둘은 서로 가까운 친족일 터였다.

'참으로 대단한 수수께끼야.'

닮았다고 생각하니 이정암은 더욱 의아스러웠다. 귤강련은 양순하고 점잖고 예절에 밝았다. 그런데 강광은 천하에 없는 개차반이요 망나니가 아닌가?

조반을 마치자 삼현 스님 이하 수행원들은 다 얌전히 무릎을 꿇고 앉아 있었다. 그런데 강광만은 등을 벽에 기대고 다리를 쭉 뻗대고 앉아서 이를 쑤시고 있었다. 그 꼴을 보는 조선쪽 사람들이나 일본쪽 사람들이나 쳐다보는 사람들이 오히려 민망해서 무안할 지경이었다. 그런데 강광의 꼴은 갈수록 태산이었다. 그는 눈을 감고 아예 드러누워 버렸다.

이정암이 우리쪽 통변을 시켜 일어나도록 해보았다.

"왕사님, 이제 도성으로 떠날 시각입니다."

"으응? 도성으로 간다고?"

강광은 눈을 감은 채 대꾸했다.

"그렇지요. 오늘 떠나셔야 합니다."

통변의 말이 떨어지기 무섭게 강광은 벌떡 일어나 주먹으로 방바닥을 내리쳤다.

"무슨 소리야? 오늘은 못 간다. 피곤해서 … ."

그는 다시 벌렁 누워 버렸다. 별수 없었다. 편히 쉬라 하고 이정암과 유근 이하 조선쪽 사람들은 다 나와 버렸다. 삼현 스님이 쫓아 나오며 연신 허리를 굽혔다.

"정말 죄송합니다. 성미가 좀 괴팍해서 … ."

"알겠소. 피곤하시다니 그럴 수도 있겠지요."

이정암과 유근은 따로 별채로 들어가 마주 앉았다.

선위사인 유근이 더 답답한 모양이었다.

"이 노릇을 어찌하지요? 무식해도 분수가 있지 …, 혹시 일부러 저러는 건 아닐까요?"

"내 생각에도 그러는 것 같소만 … ."

"일부러 그런다면 왜 그럴까요?"

"글쎄요. 아무래도 풀기 쉽지 않은 수수께끼에 걸린 것 같소이다."

"저 사람을 어떻게 하지요?"

"그래도 일국의 사신인데 어찌하겠소. 왕명이 없는 바에야 우선은 참고 인도하는 수밖에 없지요."

유근은 걱정이 태산 같았다. 저런 망나니를 왕사라고 모시고 도성까지 가야 하고 또 모시고 부산까지 내려와서 배를 태워 보내야 한다고 생각하니 속이 터졌다.

"이게 심상한 일이 아니오. 우리가 조정에 보고해서 알려야 할 것 같습니다."

이정암이 먼저 의견을 말했다.

"그래야겠지요. 저도 보고를 올리겠습니다."

"이게 무슨 수수께끼인지 앞으로 선위사께서 한번 짐작해 보시는 것이 좋을 것이오."

두 사람은 조정에 보고할 장계(狀啓)의 초를 잡기 시작했다.

피곤하다고 나자빠진 강광은 도성으로 떠나기 전 사흘 동안을 더 버티며 야료를 부렸다. 조선쪽에서는 끼니때가 되면 술을 곁들여 밥상을 차려 밀어 넣고는 그들과 상종하기가 싫어 아예 피해버렸다.

그들은 끼니를 마치고 나면 마당으로 몰려나왔다. 몽둥이들을 들고 서로 치고받고 휘두르며 소란을 피웠다. 무술을 단련하는 중이라고 했다. 무술 단련이 그치는가 하면 일행이 모두 다 괴상한 노래를 합창하면서 큰 소리를 내질렀다. 사기를 높이는 중이라고 했다. 동네가 시끄러워 골치를 앓았다.

이 모든 일에 왕사라는 작자가 앞장서고 있었다. 조선사람들은 할 말을 잃고 말았다. 그렇게 3일을 보내고 나서야 그들은 서울로 떠났다. 도성까지 데려갈 수 있는 수행원은 25명 이내로 한정되어 있었다. 강광은 25명이 넘는 나머지 수행원들은 지로관 평강승(平康勝)과 함께 부산에 남겨놓았다.

귤강광 일행, 그를 인도하는 선위사 유근 일행, 그리고 역졸, 짐말들이 더해져 행렬은 근래 없었던 구경거리였다. 그러나 섣달로 접어든 촌야에는 이런 볼거리를 구경하는 사람들은 거의 없었다.

그래도 귤강광 일행은 어쨌든 보란 듯이 요란을 떨고 다녔다. 향도기병들을 앞질러 나가 10여 명이 말을 달리면서 겨울 들판을 휘돌기도

하고, 야산 수풀 속으로 달리며 꿩, 노루 같은 산짐승들을 휘몰아 쫓기도 했다.

우리 쪽은 사뭇 달랐다. 기병을 제외한 관원들은 말은 탔으되 역졸들에 경마를 잡히고 천천히 그리고 얌전히 걸었다. 그 모양이 강광에게는 또 시빗거리가 되었다.

"차라리 말을 타질 말든가. 저럴 바에야 달구지를 타는 게 낫지."

"경마 잡히고 전쟁 한번 치러 봐야 제대로 말을 타겠군."

우리쪽에서 아예 말대꾸를 하지 않아 시비는 붙지 않았다.

칠곡(漆谷) 가까운 인동현(仁同縣) 지경에 들어서자 객관으로 향하는 길 양편에 병사들이 창을 짚고 죽 도열해 서 있었다. 오래전부터 내려오는 전통적 행사였다. 일본사신이 지나갈 때면 고을마다 길가에 병사들을 도열시켜 일종의 무력시위를 행하기로 되어 있었다.

이런 행사를 강광은 인동에서 처음 보게 되었다.

"아니, 이게 창이야? 이렇게 짧은 창으로 어떻게 전쟁을 해?"

또 전쟁타령이었다. 병사들은 눈만 껌벅거리며 대답이 없었다. 병사들은 전혀 병사가 아니었다. 병사는 장부에만 있고 실제로는 없었다. 일이 벌어지면 각 마을의 농부들을 닥치는 대로 끌어다 녹슨 창을 잡혀 주고 당일치기 병사로 세워 두는 게 실상이었다.

옷은 남루하고 얼굴엔 핏기가 없고 깡마른 몸은 허기져 구부정한 채 녹슨 창에 기대어 엉거주춤하게 서서 섣달의 강추위를 견디고 있었다. 무력시위의 위세를 보이기는커녕 주먹밥 한 덩이라도 던져주기를 고대하며 추위를 참아내는 불쌍한 걸인들의 군상이었다. 이런 꼴을 보이느니 차라리 폐지하는 게 낫겠다는 상소도 있었지만 전통은 고수되었다.

강광은 혀를 차며 머리를 돌렸다.

“쯧쯧, 조선은 망했다.”

“건방진 놈이….”

선위사는 화가 치밀어 한마디 우물거렸을 뿐, 그게 무엇을 의미하는 발설인지 수수께끼로 미루어 짐작해 볼 생각은 하지 않았다. 조선쪽 사람들 다른 누구도 마음에 두는 사람은 없었다.

경상도 상주(尙州)의 객관에서는 성대한 환대를 받았다. 큰 고을이기에 물자도 넉넉했다. 잔칫상은 푸짐하고 술맛은 향기롭고 기생은 나긋했다. 상주목사 송응형(宋應泂)이 차린 연회는 달콤했다. 간간히 울리는 풍악소리와 함께 밤이 깊은 줄을 몰랐다. 술이 거나해지자 강광은 주기가 발동했다. 나이 들어 몸은 마르고 머리고 수염이고 아주 하얗게 센 송응형을 물끄러미 쳐다보더니 강광은 묘한 웃음을 띠며 입을 열었다.

“조선에서는 지방관이 병권도 잡고 있다지요?”

“그렇소만….”

“전쟁에는 몇 번이나 참가하셨소?”

“전쟁은 없소. 조선은 개국 이래 200년간 태평성대요.”

강광 얼굴의 묘한 웃음기는 가시지 않고 있었다.

“200년의 태평성대라, 그런데 희한한 일이 하나 있소이다.”

“희한한 일이라니요?”

“오랜 세월 싸움터에서 살아온 이 사람도 겨우 반백인데, 태평성대에 산해진미에 어여쁜 기생들에 무슨 걱정이 있어 목사어른은 그렇게 호호백발이 되셨소?”

"이런 후레자식을 그냥…."

송응형의 말에 강광은 통변을 쳐다보았다.

"무슨 말인지 웅얼거려서 잘못 들었소이다."

통변은 그렇게 둘러댔다. 송응형은 얼굴이 일그러졌다. 사태를 눈치챈 유근이 기생들을 향해 고개를 쳐들자 거문고 소리가 울리고 노랫가락이 흘러나왔다. 여수를 자극하는 계면조(界面調: 슬프고 처절한 곡조)의 애달픈 가락이었다.

연회장의 수런거림은 가라앉고 사람들은 노랫가락 속으로 빠져들고 있었다. 일본 수행원들 중에는 기생들의 조선 노랫가락에 입을 벌린 채 넋을 놓고 감상하는 자들도 있었다. 그러나 강광은 아랫입술을 내민 채 고개를 모로 꼬고 천천히 끄덕거리고 있었다.

노래가 끝나기 무섭게 귤강광은 고개를 치켜세우더니 이젠 노래 타박이었다.

"딱 죽어가는 소리가 아니오? 노래라는 게 기백이 있어야지. 우리를 환대하는 노래라면 더욱 기백이 있어야지."

또 송응형을 놀리고 싶었는지 귤강광은 그쪽으로 고개를 돌렸다.

"노래를 들으면 말이오, 그 나라가 망할지 흥할지 짐작할 수 있다고 했소. 자, 이제 우리 일본의 기백 있는 노래를 한번 들어 보시오."

귤강광이 자기 수행원들에게 한마디 하자 수행원들은 다 일어나서 목청을 가다듬었다. 그리고 누군가의 시작 소리에 귀청 떨어지게 시끄러운 합창이 시작되었다. 손짓, 발짓을 보태가며 목청껏 질러대는 노랫소리는 전혀 노래 같지가 않았다. 요란한 소음(騷音)의 폭거였다.

송응형은 머리가 지끈거려 아예 눈을 감고 이를 악물었다.

"어떻소? 목사 어른, 조선 노래보다는 백배 기백이 있지 않습니까?"

귤강광은 사뭇 조롱조였다.

"글쎄올시다."

마땅찮은 기색으로 송응형은 선위사 유근을 쳐다보았다. 천재시인이라는 유근도 뾰족한 대꾸가 떠오르지 않는지 머리를 갸우뚱거리며 일어서서 귤강광 쪽을 쳐다보았다.

"일본 노래에 취해서 밤 깊은 줄도 모르고 이거 실례했습니다. 자, 침소에 드시지요. 왕사 어른."

다들 자리를 떴다. 조선사람들은 괴이하고 괴로운 연회에서 겨우 해방된 셈이었다.

시(詩) 없는 연회

유근이야말로 죽을 지경이었다. 기분 좋은 상황이라 해도 엄동설한의 수행에 몸이 부대낄 텐데 예상치도 못한 개차반을 나라의 손님이라고 모시자니 고달픔이 이루 말할 수가 없었다. 입은 부르터 피가 흐르고 발은 동상에 헐어 진물이 나고 온몸이 쑤시면서 오한이 들락날락했다.

그러나 강광을 위시해서 일본쪽 사람들은 전혀 딴판이었다. 폭풍한설에도 한기를 모르고 천리 길에도 노독이 없으며 코가 비뚤어지게 마셔도 아침에는 멀쩡했다. 그러고도 힘이 남아 한촌을 가노라면 행렬을 뛰쳐나가 이리 뛰고 저리 달렸다.

'시는 나라의 체통이고 위신이오. 국위를 선양토록 하시오.'

국위를 어찌 선양한단 말인가? 임금의 지상명령인 이 시를 어찌할 것인가? 어명은 귀와 가슴속에 여전히 쇠북소리로 남아 있는데 국위선양은 고사하고 어전에 복명해야 할, 시 짓는 재미의 꼬투리 하나 얻지 못하고 돌아와 임금 앞에 멀뚱거려야 할 처지가 되고 보니 몸보다 마음이 더 까라졌다.

유근은 그래서 시 이외에는 사실 아무런 감각도 기찰도 없었다. 일본왕사의 감춰진 사명을, 그 기상천외의 처신 때문에 더욱 감각하고 기찰하기 쉬웠지만, 이 깊숙한 저의를 알아내 대처하는 일이야말로 오히려 참으로는 국위선양이었지만, 그런 일은 시와 함께 다 도로(徒勞)가 되고 말았다.

수수께끼를 풀어 보라는 동래부사의 말에 실마리가 전혀 잡히지 않았다.

지겨운 여정 끝에 일본사신들을 동평관(東平館: 일본사신이 묵는 객관. 서울시 중구 예관동)에 안내하고 나서 유근은 곧바로 임금을 뵈러 들어갔다.

"고생이 많았소. 일본왕사라는 작자가 못되게 굴었다는 얘기는 내 다 들었소."

"황공하옵니다."

"왕사라는 자가 시는 아예 안 지으려고 했다면서?"

"예, 그런 것 같았습니다."

"왕사라는 사람이 미리 겁을 먹은 거요. 하하, 선위사의 명성에 놀라서 말이오."

"……."

"부전이굴인지병(不戰而屈人之兵: 싸우지 않고 상대 군사를 굴복시키는 것)이 선지선자야(善之善者也: 최선의 것이다)라 했소. 선위사는 싸우지 않고도 이겼으니 국위를 크게 선양한 것이오."

"황공하옵니다."

불안했던 마음이 좀 가셨다. 유근은 한 잔 어사주에 생기를 돌이키며 대궐을 나왔다.

"일본왕사라는 자는 시를 안 지으려고 하는 게 아니고 무식해서 시라는 것을 아예 모른다고 하더라."

소문은 금방 쫙 퍼졌다.

귤강광은 유근만의 실망이 아니었다. 시깨나 잘 짓노라고 재던 조정사람들, 시로 빛깔을 내서 임금의 마음을 붙잡아 그 덕 좀 보려고 기회를 단단히 벼르고 있던 사람들, 그들에게도 이만저만한 실망이 아니었다.

강광은 동평관에 들어서도 여전히 트집을 잡고 행패를 부리며 못되게 굴었다. 시를 모르는 무식한 왕사의 꼬락서니라니 별수 있겠느냐 해서, 조선쪽에서는 그 행태를 못 본 척, 못 들은 척 그저 참아가며 돌봐주었다.

원래 일본왕사가 오면 예조판서가 연회를 베풀어 환대하게 되어 있었다. 《경국대전》에 의한 법도였다. 그러나 시에 실망한 조정사람들은 목에 핏대를 세웠다. 이번 왕사의 경우에 연회는 가당치도 않다는 것이었다. 시 없는 연회는 전대미문이라 했다.

그러나 전대미문은 아니었다. 여진족의 사신들을 유숙시키던 북평관(北平館: 서울 종로 6가 70번지)의 전례에는 시와 상관없이 연회는 늘 있어왔다.

그래서 임금은 일본왕사 강광에게도 연회를 베풀어 대접하라고 예조에 지시했다. 그러나 연회는 기약이 없었다. 또 왈가왈부가 계속되기 때문이었다. 시도 못 짓는 불학무식한 자, 행동거지가 불한당 같은 자를 어찌 예조판서가 대접할 수가 있는가? 예조정랑의 대접이면 합당한 게 아닌가? 아니다. 일본왕사는 예조판서가 대접하는 것으로《경국대전》에 정해져 있으니, 마땅히 나라의 법전을 따라야 하는 게 옳지 않은가?

사신은 사신의 나라가 관계되어 있기에, 시만 국가대사가 아니라 연회도 또한 국가대사였다. 임금도 예조도 쉽사리 판단을 내릴 수가 없었다.

조선조정이야 어찌됐든 강광은 할 일은 하고 있었다. 며칠 후 예조에 들러 조선에 온 목적을 적은 글을 바쳤다. 그날의 강광은 소문과는 전혀 딴판이었다. 동작이 차분하고 조심스러웠으며 언사가 적절하고 조리가 있었다.

"저희는 여기 글에 서술한 바와 같이 새로이 일본의 국왕이 되신 풍신수길 전하의 사신으로서 귀국에 인사드리러 왔습니다. 저희 전하께서는 앞으로 양국의 돈독한 선린우호를 간절히 바라고 계십니다. 하오니 조선에서도 그 호의에 동조하는 표시로 회례사(回禮使)를 보내는 것이 마땅하지 않을까 여기는 바입니다."

일본에서부터 예조를 예방하는 연습을 얼마나 했고, 해야 할 인사말을 얼마나 외웠는지는 모르지만, 아무튼 그날 예조에서는 일국의 왕사답게 처신하고 점잖게 돌아갔다. 전혀 딴 사람처럼 행동한 귤강광이, 한편으로는 대견하고 한편으로는 이상야릇하다고 여기면서 고개를 갸우뚱거리는 사람들이 많았다.

그들에 대한 연회는 시 읊기 없이 베풀기로 했지만, 연회의 주관자가 판서냐 정랑이냐 하는 문제로 시일은 자꾸 천연되었다. 그러다 결국은 판서가 베풀기로 결정되었다. 1587년 그해도 다 가는 12월 22일에 예조판서 정탁(鄭琢)의 주관하에 일본왕사 강광에 대한 연회가 베풀어졌다.

강광이 도성에 들어온 지 20여 일이 지나서였다. 의정부 수장도 참석해서 저들의 속셈이 무엇인지 알아보라는 임금의 뜻에 따라 좌의정 정유길(鄭惟吉)도 참석했다. 수장인 영의정 노수신(盧守愼)은 병석에 누워 있어 불참했다. 73세의 정유길은 노회하면서도 온화 신중한 원로였다.

정유길은 연회 도중에 조용히 연회장에 들어섰다. 좌중의 환영을 받으며 상좌로 안내받아 좌정한 정유길은, 미소를 머금은 채 부드러운 목소리로 강광에게 인사말을 했다.

"먼 사행길에 노고가 많으십니다. 참례하여 인사드리라는 어명을 받고 이렇게 뵙게 되어 매우 기쁩니다."

"이런 영광이 없습니다. 참으로 황송합니다."

강광은 참으로 황송한 마음인 것 같았다. 그는 두 손을 바닥에 짚고 머리를 조아렸다. 그 순간 강광은 불현듯 자기도 모르는 사이 일본사람 본래의 공손한 처신으로 돌아온 듯했다.

연회는 아주 차분했다. 서차에 따라 양편으로 질서정연하게 앉은 사람들 앞에는 각각의 독상이 차려졌다. 악공들은 대기한 채 조용했고 시중드는 기녀들은 침묵 속에 움직였으며 술잔은 예식에서처럼 정중하게 오고 갔다. 대화하기 좋은 분위기였다.

두어 번 술잔이 오가자 좌의정 정유길을 향하여 강광이 의미심장한 질문을 던졌다.

“대감께서도 들어 아시겠지만 저희 일본에서는 혁명이 일어났습니다. 그것을 조선에서는 어떻게 생각하십니까?”

신하로 있던 자가 무력으로 자기 임금을 쫓아내고 그 자리에 앉았다면 이건 군신의 도리를 저버린 역적이었다. 조선의 관원들은 모두 긴장했다. 몇 사람 침을 삼키고 있는 사이 정유길은 천천히 하얀 수염을 쓰다듬었다. 듣자마자 수오지심(羞惡之心: 불의를 부끄러워하고 불선을 미워하는 마음)에 가슴이 서늘하여 납작 엎드리게 할 천금 같은 한마디를 마음속에 가다듬고 있는 듯 보였다.

정유길은 따라 놓은 술잔을 들어서 여유 있게 한 잔 마시고 입을 열었다.

“지난번 대마도주의 특사가 왔을 때 들었지요.”

정유길은 말을 잠깐 멈추더니 기녀에게 손짓해 술을 따르라고 했다. 강광이 좀더 긴장하는 듯했다. 조선사람들은 제 앞가림도 제대로 못하면서 남의 일에는 잘 나서서 감 놔라 배 놔라 목에 핏대를 올린다는 것을, 강광도 알고 있었기에 그는 사뭇 긴장되기도 했고 호기심이 일기도 했다.

정유길은 잔기침을 한 번 하고 나서 말을 이었다.

“일본에서 혁명이 일어나고 신왕이 등극했다는 소식을 들었습니다만….”

‘이제 마침내 질타가 터질 차례구나.’

강광은 침을 꼴깍 삼켰다.

“그 일은 당신들 나라에서 당신들이 한 일이니….”

‘이런, 이 늙은이는 그게 아닌가?’

강광은 긴장이 풀렸다.

"조선사람들이 어떻게 생각하고 말고 할 계제가 못 되지요."

강광은 풀린 긴장을 되돌리며 말을 덧붙였다.

"이번에 일본에서는 100여 년 이상이나 지속되던 전국의 난리가 평정되고 통일된 새 왕조가 창건되었습니다. 이런 엄청난 일을 이룩하신 분이 바로 이번에 신왕이 되신 풍신수길이라는 영걸이십니다."

"소식 들어 아는 바이지요. 통일된 나라가 새 임금을 모시고 번성하기를 진심으로 바라는 바입니다."

정유길은 그저 담담했다.

"감사합니다. 선린우호를 위해서 저희가 온 것을 계기로 조선에서도 그동안 단절되었던 통신사(通信使)를 일본에 보내주시기를 신왕께서는 간절히 바라고 계십니다."

강광의 개차반 행티는 전혀 보이지 않았다.

"노력해 보도록 합시다."

정유길은 이미 알아차릴 것은 다 알아차린 듯 자리를 떠날 차비를 하며 한마디 덧붙였다.

"왕사께서는 돌아가실 때 혹 소용되는 게 있으신지 미리 말씀해 보시지요."

"있사옵니다. 전에 특사 귤강련에게 매를 주셨다 하온데 저에게도 주시면 고맙겠습니다."

"드리도록 해보지요."

"규례를 상고하시어 가능한 대로 많이 주시면 더욱 고맙겠습니다만…."

"하, 그래요? 많이 가져다 어디에 쓰시는지요?"

"매사냥을 하면서 군사들을 단련시킵니다."

"군사들은 얼마나 됩니까?"

"30만쯤 될 것입니다."

"하, 그래요? 그렇게 많은 군사를 지탱하려면 어려움이 많을 텐데요?"

"신왕께서는 군사가 많을수록 더 좋다고 하십니다. 신왕께서야 고금에 없는 영웅이시니까요."

"그 많은 군사를 어디에 쓰지요?"

"그거야 왕께서 생각하시는 바가 있지 않겠습니까?"

그 말을 하면서 강광은 상체를 세워 뒤로 젖혔다. 강광은 사실 전쟁 얘기를 하고 싶었다.

'일본 신왕은 이제 조선을 치기 위해 만반의 준비를 하고 있습니다.'

이렇게 말하고 싶었다. 그러나 선린우호를 말해 놓고 그럴 수는 없었다. 이 영리한 늙은이에게는 간접적인 위협으로도 뜻은 전달된다고 생각했다.

정유길은 무슨 뜻인지는 짐작했다. 기분이 언짢았다. 그러나 아무래도 허풍을 떠는 것 같았다.

30만 대군이란 까마득한 대륙에 걸터앉은 명국에서나 가능한 일이지, 별로 크지도 않은 오랑캐 섬나라에서야 어찌 가당키나 한 일이겠는가? 정유길은 애써 평상심을 되찾으며 일어섰다.

"이 늙은이는 이제 물러갈 때가 된 것 같소."

어려운 상전이 나가고 나자 분위기는 일신되었다. 연회장은 돌연 활기가 넘쳤다.

악공들이 가락을 타자 기생들이 노래 부르고 춤추었다. 쉴 새 없이 잔이 채워지고 사람들은 잘 어울려 돌아갔다.

강광은 잔을 치우고 주발에다 술을 따르라 하고 따르는 대로 들이마셨다. 한참을 마시고 나더니 갑자기 오른손을 번쩍 치켜들고 기생들을 향하여 한마디 했다.

"자, 너희들 잠깐 여기를 좀 보아라."

그리고 왼쪽 소맷자락을 잡더니 빙긋이 웃으며 말을 이었다.

"너희들 내가 아주 귀한 보물을 선물하랴? 지금 당장 말이다."

갑자기 실내는 조용해지고 기생들과 악공들은 슬슬 그의 곁으로 기어가고 있었다.

"너희들 후추(胡椒)라는 것, 소문은 들어보았느냐?"

대개 인도의 소산품이었다. 중국의 절강성을 거쳐 대마도에 들어왔다. 고가의 무역품으로 일반 백성들은 구경도 못하는 아주 귀한 물건이었다.

"알고 있지요. 지금 주세요."

강광은 소매에서 봉지 하나를 꺼내 뜯었다. 그리고는 손에 한 움큼 새까만 알맹이들을 따르더니 방 한가운데 돗자리 위에 획 던져 뿌렸다. 과연 후추였다.

"옜다. 마음대로 가져라."

기생과 악공들이 쏜살같이 달려들었다. 밀치고 당기고 훔치고 빼앗고 악쓰고 옷을 찢고…. 장내는 순식간에 아수라장이 돼 버렸다.

예조판서 정탁은 그 광경을 차마 눈뜨고 볼 수 없었다. 정탁이 일어나서 밖으로 나가자 젊은 관원들이 소리쳤다.

"무슨 짓들이냐? 물러나지 못할까?"

그러나 바닥에 덤벼든 사람들은 아무도 아랑곳하지 않았다. 구석으로 흘러가 틈새에 박힌 알맹이들마저 다 주울 때까지 끝내 난장판이었다.

강광은 술을 홀짝거리며 싱글거리고 있었다. 좀처럼 보기 드문 희귀한 꼴불견을 감상하는 것이었다.

선위사 유근이 일어섰다. 연회를 마쳐야만 했다.

"왕사 어른을 침소로 모셔라."

비틀거리는 강광을 부축해서 가마에 태웠다. 광화문 앞 예조에서 남산 기슭의 동평관까지는 꽤 먼 거리였다. 그 길을 다 가는 동안 강광은 곤드레가 된 듯 조용했다.

동평관에 도착하여 가마에서 내리자 강광은 멀쩡했다. 우리쪽 통변을 뚫어져라 쳐다보더니 느닷없는 한마디를 내던졌다.

"틀림없다. 안 됐지만 조선은 망했다."

그리고 손가락을 쳐들고 통고하듯 단호한 한마디를 던졌다.

"기강이 이미 허물어졌으니 망하지 않고 어쩌랴."

이날 연회에서 일어난 이 꼴불견 사건은 조정에서 커다란 논란거리가 되었다. 마침내 사헌부에서 계청(啓請: 임금에게 아뢰는 일)했다.

> 예조에서 일본국 사신에게 연회를 베풀어 줄 때 일본국 사신이 기생과 악공들에게 후추를 내던졌는데, 저마다 앞을 다투며 빼앗아 가져서 비웃음을 샀습니다. 예조 당상관은 그 과오를 추궁하고 담당 당하관은 파면토록 하옵소서.

이 일이 있은 후 도성의 공기는 좀더 험악해졌다.

"귤강광, 이 개차반 불한당을 그냥 둘 수는 없다."

흥분해서 팔을 걷어붙이는 사람들이 늘어갔다.

동평관에서는 왕사 일행의 행패가 여전히 계속되었다. 자기들을 돌봐주는 사람들을 걸핏하면 욕질하고 쥐어박고 걷어찼다. 동평관에는 일찍이 많은 일본사신들이 묵어갔지만 전에는 이런 변고는 단 한 번도 없었다.

또 하나 더욱 놀라운 일은 강광과 지난번 대마도의 특송사로 왔다간 귤강련이 형제라는 사실이었다.

"전에 형제가 함께 온 일이 있었지요. 그때 자기들 입으로도 형제라고 했고, 함께 온 다른 사람들도 다 그렇다고 했습니다."

동평관의 녹사(錄事: 서기)가 조용히 유근에게 알려주었다. 또한 강광은 살인강도를 저지른 건달이란 소문까지 돌았다. 유근은 은근히 떠보기로 했다. 그러나 그는 이런 희한한 왕사를 파견한 수수께끼를 풀어볼 생각은 아예 잊고 있었다.

"항간에 실없는 얘기가 떠도는 모양이오. 하지만 왕사께서 혹시 들으시더라도 신경 쓰지 마십시오."

"무슨 얘기요?"

"왕사께서 전에 대마도 특송사로 오셨던 귤 첨지와 형제분이란 얘기입니다. 함자 때문에 생긴 소문이겠지요?"

강광이 갑자기 언성을 높였다.

"그래요. 형제면 어떻단 말이오?"

강광으로 해서 줄곧 속을 썩여서인지 유근도 언성을 높였다.

"형제라 어떻다는 말은 하지 않았소."

"그까짓 게 무슨 상관이라고…, 다른 얘기는 없소?"

"또 있소."

"뭐요?"

"왕사께서도 대마도 사람이라는 얘기요."

"그렇소. 대마도 사람이오. 그래서요?"

"뭐, 그냥 그렇다는 것이오."

"여러 소문을 나도 들었소. 내가 가짜 왕사다, 대마도의 건달이 왕사로 가장하여 한탕 하러 왔다, 그렇게 쑥덕거린다고 들었소."

"그런 소문도 들었단 말이오?"

"당신네들에게는 건달로 보일지 모르지만 나는 칼을 쓰는 무사요. 내가 가짜 왕사라 하는 모양인데 나는 국서를 가지고 왔소. 그것도 보지 않고 무슨 헛소리들을 하는 거요?"

"……."

더 할 말이 없었다. 유근은 멋쩍어져 나왔다.

항간이고 조정이고 이제는 가짜냐 아니냐로 말들이 많았지만 그 진부를 가려낼 방도는 없었다. 그렇더라도 그해가 다 저물어가면서 조정의 대세는 가짜로 굳어가고 있었다.

그런데 그때 갑자기 대마도 사람으로 조선의 첨지 벼슬을 받은 또 한 사람 내야선우위문(內野膳右衛門)이 도성에 나타났다.

강광 일행이 서울로 떠난 이후에도 길 안내원인 지로관 평강승은 부산에 그대로 남아 있었다. 대마도 도주는 평강승을 통해 수시로 강광의 소식을 듣고 있었다.

강광이 조선에 들어서면서 공포 분위기를 조성하고 사람들을 협박하며 거칠게 구는 바람에, 조선사람들이 놀라고 겁을 먹어 쩔쩔맨다는 소식도 들었다.

"조선사람들, 잔뜩 겁을 집어먹고 절절매야지. 그래야 우리가 원하는 대로 될 게 아닌가?"

대마도 도주의 정청에서는 도주 종의조(宗義調) 이하 중신들이 득의의 미소를 짓고 있었다.

그러나 시간이 좀 흐르자 소식은 엉뚱하고 불길하게 변해갔다. 조선사람들이 겁을 먹고 절절매는 게 아니라 했다. 사실은 강광 이하 일본사람들을 사람 같지 않다고 여겨, 아예 상종하지 않으려 한다는 것이었다. 사신이라 해서 마지못해 참아가면서 그냥저냥 돌봐주는 것이라 했다.

"협박하는 것도 요령껏 해야지, 이 미련한 것이 천치 광대 노릇을 한 게 아닌가?"

과연 조선사람들은 강광을 광대 보듯 우습게보기 시작했다.

"이거 큰일이오. 대판(大阪, 오사카)의 독촉이 벌써 여러 차례인데 강광이 일을 망치고 있으니 이러다가 우리 대마도가 결딴나는 게 아니오? 이 일을 어찌하면 좋겠소?"

그렇다고 강광을 중도에 불러들일 수는 없는 노릇이었다. 도주 종의조는 중신들을 모두 불러들였다. 궁리 끝에 내야선우위문을 보내기로 했다. 조선조정의 여론을 살피고 상황을 조절하기 위해서였다. 내야도 조선에서 벼슬을 받았고 조선사람들이 매우 신임하는 사람이었다.

대마도의 운명

전국(戰國) 일본을 통일하고 풍신수길이 대판성(大阪城, 오사카 성)에 들어간 것은 1583년 6월이었다.

거대한 대판성에 좌정하고 보니 천하가 자기 손아귀에 다 들어와 있음을 실감할 수 있었다. 각지에서 힘을 과시하며 다투던 전국의 영웅들이 사방에서 찾아와 무릎을 꿇었다. 영웅들뿐이 아니었다. 천황가의 황족들, 귀족들, 학자들, 부호들, 스님들, 별의별 사람들이 다 찾아와 아첨을 떨고 충성을 맹세했다.

대판성에 정좌한 수길은 1585년 7월 스스로 일본 최고의 벼슬인 관백(關白)의 지위에 올랐다. 일본에는 유명무실하나마 천황이라는 이름의 군왕이 있었기 때문에 군왕이라 칭하지 않았을 뿐, 수길은 일본 천하에서 누구도 거역하지 못하는 사실상의 절대군주가 되었다.

그가 관백에 오르면서부터 통일의 여세를 몰아 조선을 치고 명국까지 칠 것이라는 소문이 대마도에도 심심찮게 들려왔다.

그러더니 2천여 척의 배를 만든다며 그 목재를 베어들이라는 명령이 실제로 전국에 내려졌고, 전투선 건조에 참고하고자 성능 좋은 서양의 배를 주문했다는 소문까지 들려왔다.

조선을 칠 것이라는 소문이 들릴 때는 나불거리기 좋아하는 수길이 한번 큰소리 쳐보는 것이라 여기기도 했지만, 엄청난 수의 배를 만들기 시작했다는 소문이 들리자, 대마도는 큰소리로만 여기고 그냥 있을 수는 없었다.

'실제로 전쟁이 터지는 게 아닌가?'

그렇다면 보통 큰일이 아니었다. 대마도는 이쪽에 짓밟히고 저쪽에 짓눌려서 다 뭉개져 버릴 판국이었다.

'정말로 전쟁이 터진단 말인가?'

뭐가 어떻게 돌아가는지 우선 형편을 살펴보기로 했다. 수길을 직접 만나보는 게 좋겠다는 결론이 나왔다. 그래서 대마도에서 가장 유능한 가로(家老: 일족 또는 토호의 신하)인 평조신(平調信)이 도주 종의조(宗義調)의 서신과 선물을 가지고 대판으로 갔다.

평조신은 대마도의 신하들 중 주로 외교를 담당했다. 그동안 본토를 왕래하며 유력자들과도 유대를 강화했다. 조선에도 여러 번 내왕하며 신임을 얻어 당상관의 벼슬도 받았다. 조선으로부터 무역의 특권을 얻어 그 덕분에 상당한 재력도 갖춘 부호였다.

그가 들고 간 도주의 서신은 대마도의 스님들이 모여 온갖 지혜를 다 모아 쓴 것이었다. 항복 같기도 하고 아닌 것 같기도 하면서 수길의 환심을 살 수 있도록 내용을 그럴듯하게 꾸몄다.

대판에 올라간 평조신은 수길의 재정담당비서 소서융좌(小西隆佐)의 집에 머물렀다. 소서융좌는 원래 대판에서 남쪽으로 좀 떨어진 사카이〔界濱(계빈) : 大阪府堺市(대판부계시)〕 지역에서 약재를 다루던 무역상이었다.

약재 무역에는 인삼 무역이 최고였다. 수요가 많아 팔기도 좋고 이문도 많았다. 다른 약재들은 명나라, 유구(琉球, 오키나와), 동남아, 인도 등지를 오가는 무역선에서 마음대로 구할 수 있었으나, 인삼은 오로지 조선에서만 구할 수 있었다. 그래서 그는 대마도 무역선을 타고 조선에도 자주 드나들었다. 그는 아들 소서행장(小西行長, 고니시 유키나가)을 데리고 다녔다. 이들 부자(父子)는 함께 조선말도 배우고 조선 풍속도 익혔다. 대마도에 자주 드나들다 보니 자연스럽게 대마도 사람들과도 친숙해졌고 도주 집안과는 아주 가까운 사이가 되었다.

그러다 소서 부자는 수길의 신하가 되었다. 소서융좌는 수길의 재정 담당 비서로, 아들 소서행장은 군수장교로 활약했다.

어마어마한 전쟁 운운하는 수상한 시기가 되고 보니 절대 권력자 수길의 측근에 친근한 소서 부자 같은 사람들이 있다는 것이 대마도로서는 참으로 다행한 일이었다.

도주는 일찍이 소서 일가와 좀더 밀착된 관계를 유지하는 게 좋겠다고 결심했다. 소서행장에게는 마침 꽃다운 나이의 어여쁜 딸이 있었다. 대마도에서 간절하게 청원했다. 소서 부자도 좋다고 했다. 그래서 행장의 딸은 도주 종의지(宗義智)에게 출가하게 되었고 두 집안은 이제 혈연으로 맺어진 사돈 간이 되었다.

종의조는 종의지의 백부였다. 사돈을 맺던 당시는 젊은 종의지가 도주였고 원로 종의조는 도주의 자리에서 물러나 있었다. 그러다 세상이 시끄러워지고 어려운 일이 많아지자 종의조가 다시 도주 자리에 앉고 종의지는 양자로 삼아 다음을 잇게 했다.

대판에 올라간 평조신은 소서융좌의 소개로 수길을 만났다.

1586년 여름이었다.

평조신은 다다미 바닥에 손을 짚고 머리를 조아린 다음 도주 종의조의 편지와 선물 보따리를 내밀었다.

편지는 어려운 문자를 섞어가며 주로 초서체의 한자로 쓴 것이었다. 수길이 직접 편지를 읽을 수는 없었다. 수길의 문서를 다루는 승려 승태(承兌)가 읽어주며 어려운 문자는 설명을 곁들였다. 다 듣고 난 수길은 기분이 좋은 기색이었다.

"기특한지고."

수길은 항복하는 내용으로 여기고 있었다. 그리고 측근이 열어 보인 선물을 쳐다보더니 놀라운 듯 눈을 크게 떴다.

"하하, 이거 아주 귀한 것이로군. 호랑이 가죽이라. 호랑이 가죽, 이거 일본에는 없지?"

측근을 쳐다보며 물었다.

"예, 일본에는 없습니다."

수길은 평조신을 쳐다보았다.

"그래, 이 귀한 물건을 어디서 구했는가?"

"조선에서 구했습니다."

"조선이라…. 조선엔 이런 게 많은가?"

"아주 많습니다."

"그렇잖아도 내 조선을 들이칠 작정이네."

"예에? 아, 그러십니까?"

평조신은 깜짝 놀랐다.

'소문이 사실이 아닌가?'

"일본 땅에서 이제 나를 거역하는 놈은 없지. 그런데 말이야. 저 구주(九州, 규슈)의 도진의구(島津義久, 시마스 요시히사)란 놈이 버릇없이 굴고 있네. 그래서 … ."

"예에 … ."

"봄바람이 불면 구주로 바람 좀 쏘이러 갈까 하네. 가는 길에 도진 녀석의 버릇도 좀 고쳐주려 하는데 그대 생각엔 어떤가?"

"도진이 얌전하게 무릎을 꿇지 않겠습니까?"

"그래 맞아. 그리고 … . 도진이 무릎을 꿇고 나면 조선에 들어가야 하겠는데 … , 대마도는 조선 사정을 잘 안다지?"

평조신은 가슴이 답답해지기 시작했다.

"좀 아는 편입니다."

"그리고 특히 자네는 조선 사정을 꿰뚫고 있다던데?"

'아니, 그런 것도 다 알고 있단 말인가?'

평조신은 도둑질하다 들킨 기분이었다.

"그저 조금 알고 있을 뿐입니다."

"들어가 깨끗이 쓸어버릴 작정인데 그대 생각에는 어떤가?"

"깨끗이 쓸어질 것입니다."

"그렇겠지. 그런데 자네는 말이야 … ."

"예에?"

"조선을 쓸어버릴 때는 선봉을 서야겠어. 알겠는가?"

"예, 알겠습니다."

마음과는 정반대로 대답은 시원하게 나왔다.

"수고했네. 가서 기다리게. 도주에게 편지를 써 줄 것이네."

주눅 들고 맥 풀어진 채 돌아와 기다린 며칠 후 수길의 편지가 당도했다. 평조신은 그 편지를 들고 대마도로 향했다.

편지내용은 간단했다.

> 진상한 호랑이 가죽 10장과 승냥이 가죽 10장은 잘 받았소. 나는 해가 비치는 일본 땅은 다 평정할 것이오. 곧 구주를 구경하러 갈 것이오. 그때 조선에 군대를 보낼 것인데 귀하도 준비되는 대로 동병하도록 이르는 바이니 충성을 다하시오.

평조신이 대마도에 도착하면서 대마도는 크나큰 걱정으로 날을 지새우게 되었다. 수길이 정말로 조선을 치러 들어갈 것인지, 혹은 큰소리 쳐보느라 그러는 것인지 확실히 알 수는 없었다.

그래서 소서행장에게 상의해 보았다. 일단은 항복하고 보자는 행장의 의견이었다.

다음 해 1587년 수길은 드디어 수륙군 20만을 동원하여 구주에 버티고 있는 도진의구를 밀어냈다.

도진은 400여 년 동안 구주에 군림해온 명문거족의 수장이었다. 그에게 있어 수길은 어디서 한 번 들어본 적도 없는 무명이요, 천박하기 이를 데 없는 미물이었다. 수길이 몇 번 편지를 냈으나 도진은 턱을 쳐들었을 뿐 응대조차 하지 않았다. 그런데 수길의 힘이 밀려왔다. 그

엄청난 힘에 도진은 변변히 대항해 보지도 못하고 구주의 남쪽 끝으로 밀려나 궁지에 몰렸다.

수길이 구주 남단 녹아도(鹿兒島, 가고시마)의 북서쪽 천내(川內, 센다이)라는 작은 고을에 도착해 좌정했다.

작은 고을은 떠나갈 듯 밤이고 낮이고 요란스럽게 벅적거렸다.

수길의 천내 도착에 맞춰 대마도에서도 세 사람이 와서 주막에 짐을 풀었다. 수호대(守護代: 대마도주 다음의 지위) 좌수경만(佐須景滿), 가로 평조신, 그리고 강광이었다.

형식상 대표는 좌수경만이었지만 도주 종의조의 부탁대로 실제로는 평조신이 대표 노릇을 하고 있었다. 짐을 풀고 나서 평조신은 수길이 묵고 있는 태평사(泰平寺)로 갔다. 그 절에는 소서행장이 있었다. 소서행장은 이번 구주 토벌작전에서도 군수사령관으로 내려왔다. 평조신은 소서행장을 만나러 간 것이다.

평조신은 10년도 더 연하인 소서행장에게 공손히 머리를 조아리고 도주 종의조의 편지와 고려인삼 선물을 바쳤다. 소서행장은 고려인삼의 알싸한 향기를 맡으며 눈을 감고 잠시 조선의 산하(山河)를 떠올렸다. 그는 조선을 생각할 때마다 왜 어머니의 품처럼 안락한지 그 까닭을 알 수 없었다.

"오시느라 수고했소."

편지는 간단했다. 만사 평조신에게 일러 보내는 터이니 잘 돌봐 달라는 내용이었다.

"어찌하면 대마도가 살겠습니까?"

평조신이 조용히 물었다.

"별수 없소. 지난번 말했듯이 우선 항복하고 보는 것이오."

"장군님 말씀을 따르라 하셨습니다."

"전하께서 가까이 오셨는데도 대마도가 가만히 있으면 어찌되겠소? 망하게 되지요."

"늘 인도해 주셔서 고마울 따름입니다."

"별말씀을…. 마리아를 생각해서도 무심할 수야 없지요."

마리아는 종의지와 혼인한 소서행장 딸의 세례명이었다. 소서행장 집안은 천주교를 믿었다. 수길의 주위에는 천주교 신자들도 여럿 있었다.

"그런데 저 … 전하께서는 조선을 치시겠다고 자주 말씀하시는 것 같은데 정말로 그럴까요?"

"소문을 들으면서 '설마, 설마' 하는 사람들도 많을 것이오. 그러나 전하께서는 반드시 조선을 치실 것이오. 엄청난 수의 함선을 공연히 준비하겠소? 그리 알고 대처해야 할 것이오."

'그럼 진짜로 전면전이란 말이 아닌가?'

평조신은 가슴이 뚝 떨어졌다. 전면전이 일어난다면 일본, 조선 어느 쪽이 승리하든 상관없이, 또다시 대마도는 대마도 사람들의 핏물로 질퍽거리는 도살장이 될 게 분명했다.

가미카제

대마도 사람들에게는 전쟁이라 하면 엄습해오는 공포가 있었다. 그것은 대대로 전해 내려오는, 속이 문드러지는 통한에 서린 공포요, 소름이 돋고 치가 떨리는 원한에 절은 공포였다.

그것은 오래전 원구(元寇, 겐코)의 침략으로 유래된 공포였으나 아직도 생생한 대마도의 공포였다.

원(元, 몽골) 나라와 고려가 연합해 대대적으로 두 번씩이나 일본을 침략한 적이 있었다. 그런데 그때 원과 고려 연합군의 함선들이 두 번 다 폭풍우를 만나 거의 다 침몰하는 바람에 일본은 위기를 모면했다.

일본사람들은 이 폭풍을 신이 보내준 바람이라 하여 가미카제(神風, 신풍)라 불렀고, 자기들 나라는 신이 지켜주는 신국(神國)이라 여겼으며, 자기들은 신이 지켜주는 백성이라고 으스댔다.

그러나 대마도는 전혀 그렇지 못했다. 무려 300여 년 전의 일이었으나 대마도 사람들은 아직도 그때의 공포에 떨고 있었다.

1274년(고려 충렬왕 즉위년) 10월 3일, 원과 고려의 연합군으로 이뤄진 이른바 정동군(征東軍)이 일본을 정벌하기 위해서 고려의 남해안 마을 합포(合浦, 마산)를 떠나면서 바로 원구의 침략은 시작되었다.

정동군은 군사 총원 3만 3천 명, 뱃사람 총원 6천 7백 명, 함정 9백 척의 구성이었다. 이 중 원나라 군사가 2만 5천 명, 고려 군사가 8천 명.

초공(梢工, 키잡이), 수수(水手, 배꾼), 인해(引海, 뱃길 안내인) 등으로 구성된 뱃사람 6천 7백 명은 모두 고려에서 징집되었다.

원래 원나라에서는 고려에서 군사 1만 명과 뱃사람 1만 5천 명을 징집하라 했으나 고려에서는 사람이 모자라 다 채우지 못했다. 함정 900척의 마련도 원의 명령에 따라 모두 고려의 부담이었다.

전함 300척, 상륙용 전마선 300척, 그리고 보급선 300척이었다. 병사들은 300척 전함에 나누어 타고, 전마선은 전함에 싣거나 전함에 매달아 끌고 갔다. 원정중에 음용할 식수가 보급선 100척에 실렸고, 상륙 후 전투에 쓸 말들이 보급선 100척에, 나머지 보급선 100척엔 식량과 무기 등이 실렸다.

연합군 총사령관은 정동도원수로 임명된 몽골인 흔도(忻都)였다. 그 휘하 좌군사령관인 좌도원수는 유복형(劉復亨)으로 항복한 송나라 장수였고, 우군사령관인 우도원수는 원래 고려사람으로 그의 조부가 원에 귀부해서 실세가 된 부원분자 홍다구(洪茶丘)였다. 고려군 8천 명은 따로 편성되어 고려의 중신인 김방경(金方慶)이 도원수를 맡았다. 김방경은 자신보다 나이가 32살이나 젊은 홍다구가 원나라 위력을 등에 업고 이래라저래라 목소리를 높이는 바람에 울화가 치밀었으나 꾹 참았다.

900척의 정동연합군 함대는 10월 5일 저녁나절 대마도 아래 섬 서쪽 좌수포(佐須浦) 앞바다에 당도했다.

흔도는 기함의 함교에 올라와 육지를 바라보았다. 잔잔한 파도가 찰싹거리는 절벽의 해안선이 아름다웠다. 절벽이 끝나는 한쪽에 넓고 깨끗한 모래사장이 있었고 그 너머 작은 마을은 참으로 태평스러워 보였다.

흔도는 고려인 인해를 불렀다.

"여기가 어디냐?"

"좌수포라 합니다. 그리고 저 너머에 엄원(嚴原)이란 곳이 있는데 도주는 아마 거기에 있을 것입니다."

"이 근처에는 많은 배가 정박할 수 있는 곳이 있느냐?"

"아주 좋은 곳이 있습니다. 여기서 조금만 북쪽으로 가면 윗섬과 아랫섬 사이에 천모만(淺茅灣)이 있습니다."

흔도는 기함으로 장수들을 불렀다.

"내일 새벽에 상륙하겠소. 홍다구 장군이 먼저 상륙하여 기선을 제압하시오. 형편을 보아 후속 상륙을 지시하겠소. 홍 장군은 나와 함께 여기 좌수포에 정박하고, 다른 부대는 천모만 쪽으로 이동하여 정박하시오."

이때 좌수포 연안에서 바다를 보고 있던 마을사람들은 깜짝 놀랐다. 이게 도대체 어찌된 일이란 말인가? 귀신에 홀린 게 아닌가? 저녁 무렵 앞바다에 갑자기 난데없는 섬이 솟아올랐으니 ….

솟아오른 커다란 섬은 점점 연안으로 다가오고 있었다. 다시 보니 다가오는 섬은 바다를 새카맣게 덮고 있는 대(大) 선단이었다. 주민들은 대경실색이었다. 주민들은 달렸다. 중앙 산지 너머 엄원(嚴原, 이즈하라)에 있는 대마도의 정청 국부관(國府館)으로 달렸다.

"큰일 났습니다. 좌수포 앞바다에 엄청나게 많은 배들이 나타났습니다."

"배가 얼마나 많기에 이리 소란인고?"

"갑자기 섬이 솟아올라 다가오는 그런 모양입니다. 수를 헤아릴 수가 없습니다."

당시 대마도주인 종조국(宗祖國)은 나이 68세의 노인이었다.

"원나라 군사 같더냐? 고려 군사 같더냐?"

"알 수가 없습니다. 그저 커다란 섬같이만 보입니다."

종조국은 마침내 올 것이 왔다고 여겼다.

6번째의 초유사(招諭使: 선린을 권유하러 온 원나라 사신)로 일본에 왔던 원나라의 사신 조양필(趙良弼)이 소득 없이 돌아간 게 작년 5월이었다. 강력한 통치자 세조(世祖, 쿠빌라이)가 다스리는 원나라로서는 1년이면 정벌 준비는 충분했다.

도주 종조국은 즉시 무사들을 소집했다. 80여 명이 모였다. 무사들 몇 명은 인근 부락으로 보내어 장정들을 동원해서 뒤따르도록 하고, 그는 그 밤으로 무사들을 데리고 달려 이른 새벽 좌수포에 이르렀다.

거센 바닷바람에 종조국의 허연 수염이 휘날렸다. 그는 고려말 통역을 작은 배에 태워 이미 상륙 준비를 하는 선발대 전함 앞으로 내보냈다.

"어느 나라 사람들이냐? 무슨 일로 왔느냐?"

상륙하려던 원나라 병사가 대마도 배를 보자 지휘관에게 물었다.

"대마도에서 사자가 온 것 같습니다. 이리 데려올까요?"

"데려올 것 없다. 다 쏘아 버려라."

"다 쏘아 버리라 하신다. 쏘아라."

전마선을 타고 오던 병사들은 일제히 활을 들어 쏘았다. 통역을 포함한 뱃사람 모두 피를 흘리며 바닷속으로 떨어졌다.

"북을 울려라. 빨리빨리 상륙하라."

순간 북소리와 함성은 천지가 떠나갈 듯 요란했고 화살은 메뚜기 떼처럼 새카맣게 날아와 온 좌수포 해안을 뒤덮었다. 일본의 무사들은 오랜 내전으로 잘 단련된 강자들이었지만 몽골의 대군 앞에선 어찌해 볼 틈도 재주도 없이 모두 다 쓰러지고 말았다.

당시 일본의 무사들은 일대일에서는 잘 싸웠지만 이른바 작전이라는 것의 개념에는 전혀 무지했다. 전쟁을 일종의 예술로까지 발전시킨 몽골의 전법을 알 리 없는 대마도 무사들은, 좁은 울타리 안의 타작마당에 끌려와 한꺼번에 도리깨로 타작당하듯 그렇게 죽어갔다.

종조국은 칼을 빼어들고 진두지휘했지만 속수무책이었다. 빙 둘러싼 몽골병사들의 화살을 맞고 고슴도치가 되어 말과 함께 쓰러지고 말았다.

"너희들, 어떻게든 구주의 태재부(太宰府)로 가라. 빨리 이 사실을 알려라."

그는 가신들에게 이렇게 한 마디를 남기고 숨을 거두었다. 그 아침 서둘러 도착한 대마도의 후속 부대도 단 한 사람 남김없이 전멸되고 말았다.

"수고했소. 훌륭한 작전이었소"

육지에 올라온 흔도는 우군 사령관 홍다구의 노고를 치하했다.

"감사합니다."

흔도는 고려군 도원수 김방경에게 눈길을 돌렸다.

"일기도(壹岐島)는 고려군 차례요. 실력을 보이시오."

"알겠습니다. 단시간 내에 제압하겠습니다."

홍다구가 흔도의 눈치를 살피더니 조심스레 건의했다.

"군사와 말들을 육지에서 좀 쉬게 한 다음 일기도로 진격하는 게 좋겠습니다."

쉬게 한다는 말 속에는 아주 중대한 속뜻이 들어 있었다. 지휘관들은 그 속뜻을 잘 알고 있었다.

"좋소. 7일 정도 쉬도록 합시다. 병사들에게 충분한 휴식을 주고, 말들도 충분히 먹이도록 하시오."

흔도의 이 말은 7일 동안 마음대로 전리품을 확보해도 좋다는 속뜻을 함께 전하는 명령이었다.

정동연합군, 특히 원의 군대는 좌수포(佐須浦)는 물론 비전승(比田勝), 가지포(加志浦), 엄원(嚴原) 등 주민 거점들에 쳐들어가 점거하고, 무자비하게 죽이고 뺐고 태웠다.

때에 따라서는 사람이고 가축이고 아랑곳하지 않고 무참하게 살육하는 것이 몽골군의 침공방식이었다. 젊은이는 물론이요 늙은이고 어린아이고를 가리지 않고 다 죽였고, 쓸 만한 물건을 취하고 나서는 모두 불을 질렀다. 그들은 침략의 싸움터에서 그렇게 즐기는 것이었다. 가학의 쾌미와 잔학의 희열을 만끽했다.

여자들은 좀더 비참했다. 원래 일본에서의 전투는 전적으로 남자들의 몫이었다. 그러기에 여자들은 피란가지도 않았고 놀라 숨지도 않았고 평시처럼 하던 일을 계속했다.

대마도의 여자들도 마찬가지였다. 몽골군과의 싸움도 남자들만의 몫이려니 여기며 피신하지 않고 방심했다. 그러다 그들은 일찍이 겪지 못한 참혹한 희생을 치러야 했다. 침략군은 닥치는 대로 겁탈 강간하고 나서 무참하게 죽여 버렸다. 쓸 만한 여자들은 손바닥을 꿰뚫어 뱃전에 묶어 놓고 부려먹었다.

몽골군의 행태에 놀라 뒤늦게나마 다행히 산속으로 피란한 사람들도 있었다. 그러나 몽골군은 산속으로도 쫓아왔다. 샅샅이 뒤져서 학살하고 엉덩이가 넓은 여자들은 잡아갔다. 몽골군은 어린애들의 울음소리를 듣고 쫓아왔다. 그들은 어린애들에게는 무기를 쓰지 않았다. 어린애의 목을 움켜잡고 그냥 조였다. 어린애가 늘어지면 아무데고 휙 내던져 버렸다. 좀더 잔인한 놈은 어린애의 발목을 잡고 제 어깨 위쯤으로 들어 올렸다가 땅바닥에 패대기쳤다.

7일을 이렇게 쉬고 연합군은 일기도로 향했다.

일기도의 수호(守護, 도주)는 평경륭(平景隆)이었다. 평경륭은 태재부로 침략 소식을 전하러 가는 대마도주 종조국의 가신에게서 정동군에 대한 소식을 들었다.

평경륭은 자기도 사자를 따로 태재부로 보내 북구주(北九州)의 수호인 태재부사(太宰府使) 소이자능(少貳資能)의 지원을 요청했다. 그리고 그는 주성인 통결성(桶桔城)에 병력을 집결시켰다.

일기도의 공략은 고려군이 맡았다. 10월 15일 이른 아침 김방경의 전군은 통결성으로 향했다. 김방경은 칼을 빼들어 휘두르며 병사들을 독려했다.

"우선 회회포(回回砲)를 쏘아서 성벽을 파괴하라!"

회회포는 몽골군의 신무기였다. 커다란 수박 덩어리만 한 쇳덩어리에 화약을 가득 채워 거기에 달린 도화선에 불을 붙여 멀리 날리는 무기였다. 그 철환(鐵丸)이 공중 또는 지상에서 폭발하면 파괴력과 굉음이 엄청나서 가히 천지를 진동시켰다.

쾅! 쾅!

공격은 한낮이 지나도록 계속되었으나 통결성은 잘 버텨냈다.

"고려군만으로는 쉽지 않겠습니다. 우리가 도와야 할 것 같습니다."

흔도의 기함에서 전투를 지켜보던 좌군 사령관 홍다구는 마음이 급해졌다. 성이 곧 함락될 것 같았다. 시기를 놓치면 전리품을 얻을 기회를 잃는 것이었다.

"그렇게 하시오."

흔도의 명령이 떨어지자 홍다구 군은 상륙을 시작했다. 상륙이 다 끝나기도 전에 성은 무너지기 시작했다.

도주 평경륭은 가신을 불렀다.

"태재부에서는 우리를 버린 것 같다. 원군이 없으니 우린 이제 끝이다. 내 머리를 태재부로 보내라. 무슨 뜻인지 태재부에서 알 것이다."

그리고 평경륭은 평소 가슴에 품고 다니는 날카로운 칼을 꺼내 스스로 배를 갈랐다. 가신은 눈물을 흘리며 평경륭의 목을 잘라 그 머리를 싸안고 태재부로 향했다.

통결성은 완전 점령되고 침략군의 분탕질은 이틀 동안 계속되었다. 홍다구 군은 여기서도 약탈과 살육의 주류였다. 무사, 주민, 남녀노소

가릴 것 없이 잔인하게 처치했다.

"좌군은 응도(鷹島)의 적을 토벌하시오. 그런 연후에 박다(博多)에 상륙하겠소."

흔도는 좌군 사령관 유복형에게 기회를 주었다.

좌군은 10월 17일 응도에 상륙했다. 매 한 마리가 응도 상공을 날고 있었다. 응도 침공은 당초 계획에는 없었다. 응도는 일기도에서 박다로 가는 동쪽에 있는 섬이 아니고 그쪽 방향과는 아무 상관도 없는 서남쪽 섬이었다.

응도에서는 80명의 무사들이 상륙하는 적을 맞아 싸웠으나 단시간에 섬멸되고, 주민들도 모두 살해되었다. 그런 살육전을 하늘을 날고 있는 매가 지켜보고 있었다. 유복형의 좌군이 이틀 동안 실컷 노략질을 즐긴 작은 섬 응도는 철저하게 유린됐다.

10월 19일 오후 원·고려군의 전 함대는 박다만의 금진항(今津港)에 모습을 드러냈다.

대마도의 종조국이 숨을 거두며 보낸 사자는 거친 파도를 헤치느라 7일 뒤에야 태재부에 도착했다. 태재부에서는 대마도가 침공당한 사실을 즉시 막부〔幕府: 쇼군(將軍)이 정무를 보는 정청〕에 보고했다.

태재부의 소이자능은 박다에서 정동군을 맞아 결전할 각오로 구주 각지에 연락병을 보냈다.

애초에 이 전쟁은 충분히 피할 수 있는 전쟁이었다. 일본 지도층(막부)의 무지와 무성의 탓에 당하는 불행이었다. 일본의 막부는 수차례에 걸친 원나라의 친선통상 요청을 모두 거절해 버렸다.

원나라가 어떤 나라인지, 친선통상의 진의는 무엇인지, 통상을 하면 어떤 영향이 있는지 등을 파악하기 위해서 한 번쯤 사신을 보내 볼 일이었다. 그러나 막부에서는 그런 시도조차 하지 않았다.

소이자능은 친선통상을 위해서 제 5차 초유사로 왔다가 일본 당국의 답서 한 장 얻지 못한 채 원으로 돌아가는 사신 조양필에게 부탁했다.

그래서 자기 사람 12명을 딸려 보냈다. 고려와 원나라를 직접 체험하고 오도록 시킨 것이었다.

조양필이 제 6차 초유사로 일본에 다시 나올 때 그 12명을 데리고 나왔다. 그들의 체험 보고를 들으며 소이자능은 깜짝 놀랐다.

"원나라는 일본보다 수십 배 더 크옵니다. 듣도 보도 못한 온갖 희귀한 물자가 넘치옵니다. 우리가 배울 건 배워야 하옵니다."

그는 1년 동안 일본의 구주 태재부에 머물면서 정치, 관제, 지리, 풍속, 산물 등에 관한 실상을 낱낱이 기록했다. 이를 정리하여 원 황제 쿠빌라이에게 보고했다.

조양필은 일본을 좀더 설득해 보자는 쪽이었다. 제 5차 초유사의 교섭이 실패한 다음부터 쿠빌라이는 결심을 굳혔다. 결심은 무력 정벌이었다. 제 6차 초유사로 나왔던 조양필이 역시 통상을 거절당하고 돌아가자 1273년 5월 쿠빌라이는 마침내 일본 정벌의 명을 내렸다.

소이자능은 애초부터 싸울 필요가 없는 전쟁이라고 생각했지만 이제는 다른 도리가 없었다. 침략군을 막아내기 위해서는 싸울 수밖에 없었다.

소이자능의 연락으로 구주 각지에서 모여든 군사는 5천여 명이었다. 그는 침략군이 상륙할 만한 곳에 그들을 나누어 배치하고 침공에 대비했다.

침략군은 금진항(今津港)의 가까운 모래사장으로 상륙했다. 지키던 5백 군사가 용감하게 돌진해 들어갔으나 일각도 못 되어 모조리 섬멸되고 말았다. 침략군은 그곳에 일부 병력을 남겨두고 동쪽으로 이동해 백도원(百道原) 연안에 닻을 내렸다. 소이자능도 백도원 해안에 저지선을 구축하고 대기했다.

다음날 아침, 침략군은 일본 본주(本州)의 지원군을 차단하기 위해 일단의 함선을 장문(長門)으로 파견하고, 주력군은 곧바로 상륙을 감행했다.

징징! 쿵쿵! 와와!

수백 척 함선에서 터지는 징과 북소리 그리고 군사들의 함성이 천지를 진동시켰다. 일본군은 처음 들어보는 이 요란한 소리에 정신이 얼떨떨해져 멍하니 구경만 했다.

일본군의 군마들이 더욱 놀라 날뛰었다. 방향을 잃고 아무데로나 뛰어 달렸고 자기 병사들 속으로 돌진해 들어가기도 했다. 하는 수 없었다. 일본군은 멀리 후퇴하여 다시 전열을 가다듬었다.

"천하에 우리 무사(사무라이)가 물러서다니….”

그때까지 일본의 전투는 개인전이었다. 그들은 싸우기 전에 서로 조상의 이름부터 시작하여 자기 신분을 일일이 밝혔다. 그리고 정정당당하게 대결했다.

"나는 선대 천황의 가신 오다 나카무라(太田中村)의 11대 후손 오다 가쓰모토(太田勝本)다.”

상대를 이기고 나면 상대의 목을 베어 허리춤에 찼다. 그 목은 용감하게 싸웠다는 증거였고 보상받기 위한 증거였다.

"다시 나가 싸워야 한다."

일본군은 투구와 갑옷과 무기를 다시 매만졌다. 그리고 다시 싸워 적의 목을 베기 위해 전진했다.

장수가 앞서 말을 달리며 따르는 부하들에게 뭐라고 명령했지만 적군의 함성이 너무 커 부하들은 잘 들을 수가 없었다. 그저 자기 장수가 가는 대로 따라다녔다.

거리가 가까워지자 침략군이 회회포를 발사했다. 일본 장수가 탄 말이 회회포 소리에 놀라 날뛰며 적진 속으로 달리자 부하들은 영문도 모르고 따라 달려서, 일거에 몰살당하기도 했다.

전술이니 전략이니 하는 것을 전혀 알지 못하는 일본군이었다. 유라시아 대륙을 주름잡으며 고도화시켜온 몽골군의 전법을 그들은 느껴볼 수도 없었다. 몰살을 면하려면 그저 후퇴하는 것이 제일이었다.

"후퇴하라. 중산(中山)에서 싸운다."

사령관 태재부사 소이자능은 77세였다. 어제부터 눈 한번 붙여 보지 못한 채 이를 부드득 갈았다.

일본군은 중산에서는 밀릴 수 없다는 각오로 덤벼들었다. 하지만 산허리 초록빛이 핏물로 붉어지면서 시체만 쌓여갔다.

"수성으로 후퇴하라."

소이자능은 외치며 몸서리쳤다. 수성(水城)은 복강(福岡, 후쿠오카) 남쪽 40여 리에 있었다. 정신없이 수성으로 쫓겨 와서 보니 남은 병력이 부상자까지 다 합쳐도 400명이 채 못 되었다. 4천 6백여 명이 희생되었다. 싸움이 아니라 도살을 당한 셈이었다.

"내일이면 끝인가?"

소이자능은 장렬한 최후를 결심하고 있었다.

날이 저물면서 침략군은 수성을 멀리 포위한 채 그날의 전투를 마무리하고 있었다. 전사자를 묻고 부상자를 옮기고 전리품을 챙기고….

흔도가 우도원수와 고려군 도원수를 불렀다. 좌도원수 유복형은 다른 곳에서 아직 전투중이라 나타나지 않았다.

흔도는 우도원수 홍다구와 고려군 도원수 김방경에게 말했다.

"이번의 출정은 응징이 아니라 훈계의 차원이었소. 이 정도면 목적을 이룬 것 같소. 황제께서 강조하신 훈계의 차원으로선 충분하다고 생각하오. 준비도 그 정도 하고 온 것이었소. 이제 일본도 우리 황제의 위엄을 알고 사자를 보내 조공을 바칠 것이오. 그만 돌아가고자 합니다."

그때 전령이 들어와 좌도원수 유복형의 도착을 전했다. 그는 어깨에 화살을 맞아 많은 피를 흘리고 들것에 실려 왔다.

"빨리 배로 옮겨 치료토록 하라."

날씨 또한 수상하게 돌변하고 있었다.

"비가 내립니다. 아무래도 철수를 서둘러야겠습니다."

홍다구의 조언이었다.

"피로한 병사들이 비를 맞아서는 안 되오. 모두 승선토록 하시오."

점점 굵어지는 빗방울을 피해 병사들은 승선을 서둘렀다. 해안가로 흘러내리는 여러 갈래의 핏물이 박다만을 벌겋게 물들이고 있었다.

그 밤 흔도의 기함에서는 승전축하 연회가 베풀어졌다.

"승전을 축하드립니다."

"그런데 언제 출발합니까?"

"의원의 말로는 유복형 장군을 즉시 데리고 가 수술치 않으면 생명이 위험하다 하오. 지금 바람이 일고 있다 하니 확인해 보고 괜찮다면 바로 출항해야 하겠소."

흔도는 고려인 인해를 불렀다.

"무슨 바람이 불고 있는 것이냐?"

"남쪽의 따뜻한 바람이 북쪽의 찬바람을 만나면 가끔 이런 돌풍이 일어납니다."

"항해하는 데에는 괜찮겠느냐?"

"지금 상태로는 별 지장은 없을 것 같습니다."

흔도의 명령이 떨어졌다.

"돛을 올리고 즉시 출항하라."

900척의 대(大) 함대는 북쪽 바다로 나아갔다. 10월 20일 저녁 무렵이었다.

날은 곧 칠흑 같은 어둠으로 변했다. 비는 점점 더 억수같이 쏟아지고, 돌풍에 뒤집힌 파도가 산같이 솟으며 너울거렸다. 앞, 뒤, 옆, 가까이 가는 배들조차 보이지 않았다. 박다만을 벗어나기도 전에 벌써 배들끼리 부딪쳐 깨지고 있었다.

"불을 밝혀라. 등불을 켜라."

그러나 폭풍이 몰아쳐 점등은 불가능했다.

박다만을 떠나 지하도(志賀島)를 지나다가 기어이 대란이 일어나고 말았다. 앞서 가던 배들이 암초에 걸려 좌초하면서 뒤따르던 배들이 잇따라 부딪쳐 깨졌다.

그뿐이 아니었다. 폭풍 속 성난 파도의 너울을 타고 배들은 미친 듯이 오르내리다 뒤집히고 부서지며 수없이 바닷속으로 사라졌다. 세상을 떨게 한 몽골군의 기세도 대자연의 힘 앞에서는 처량했다. 온전한 암흑의 바다, 밤이 새도록 몰아붙이는 폭풍의 노도에 벌벌 떨며 어지러이 아찔한 지옥을 오갈 뿐이었다.

뿌옇게 동틀 무렵에야 겨우 한숨 돌릴 수 있었다. 먹구름은 여전했으나 비는 그치고 바람도 잦아들었다.

"일기도가 보입니다."

"좌, 우도 원수와 고려군 원수의 배는 무사하다 합니다."

간밤의 아비규환 동안 멀미와 공포로 넋이 나간 흔도는 아직도 제정신이 아니었다. 참모들이 여기저기서 들어온 상황을 보고하자 정신이 돌아온 듯 흔도는 갑자기 소리를 꽥 질렀다.

"그놈, 고려인 인해를 불러오라."

흔도는 풀어 놓은 칼을 집어 들었다.

"어젯밤부터 보이지 않는다 합니다."

간밤의 폭풍 속에서 너울에 휩쓸렸는지 아니면 스스로 바다에 뛰어들었는지 알 수 없었다.

"다른 인해를 불러오라."

다른 고려인 인해가 불려왔다.

"날씨가 어떨지 말해 보아라."

"구름이 걷히고 바람이 잦아들고 있습니다. 오늘 내일은 괜찮을 것 같습니다."

"또 폭풍이 오면 너는 참수다."

"예, 적어도 오늘은 바람이 잔잔할 것입니다."

고려인 인해는 얼굴이 흙빛이 되어 물러갔다.

흔도는 도원수들을 불러들였다.

"장군들께서 참으로 고생이 많았소. 폭풍과 싸우다 전사한 병사 수가 꽤 많다 들었소. 가슴 아픈 일이오. 곧 일기도라 하니 잠시 쉬었다 갔으면 좋겠소만, 날씨가 좋을 때 좀더 가야 하겠소. 일단 대마도에 들어가 쉬도록 합시다."

폭풍에 혼이 나갔던 흔도는 하늘 보기가 두려웠다.

"대마도로 직항하라."

한편 지난 밤 수성으로 쫓겨 간 일본군들은 정동군의 야습이 있을까 두려웠다. 한잠도 이루지 못한 채 휘몰아치는 비바람을 견디며 뜬눈으로 밤을 새웠다.

아침이 오자 소이자능은 척후들을 내보냈다. 얼마 후 돌아온 척후들은 머리를 모로 꼬기도 하고 기쁨에 상기되어 히죽거리기도 했다.

"아무래도 이상합니다. 조요-옹합니다."

"조용하다니?"

"적군의 함선이 한 척도 보이지 않습니다."

"다시 말해 보아라."

"적군의 배가 어디에도 없습니다."

"건너편 지하도에서 태풍을 피하고 있는 게 아니냐?"

"그쪽으로도 보이지 않습니다."

"내 말을 끌고 오너라."

소이자능은 말에 올라 박다만으로 달렸다. 해안에 나가 사방을 둘러보고 바다 쪽 멀리까지 바라보았다.

"이게 어찌된 일인가?"

소이자능은 도대체 믿기지가 않았다.

"하룻밤 사이에 그 많은 함선이 흔적도 없이 사라지다니…?"

따라온 무사들 역시 넋이 나간 듯 멍하니 바다만 쳐다볼 뿐이었다.

"어젯밤 태풍으로 모두 침몰한 게 틀림없습니다."

"그런 것 같구나. 하늘이 도왔구나."

"가미카제가 도왔습니다. 그 '신풍'이 일본을 구하고자 적들을 모두 침몰시켰습니다."

"정말 그렇구나."

"일본은 신이 돕고 있습니다."

"가미카제."

"가미카제."

그들 모두는 팔을 들어 올려 만세를 부르며 '가미카제'를 목청껏 외치고는 수성으로 돌아갔다.

그 시각 정동군의 함대는 닻을 내리지 않고 그대로 대마도를 향해 나아갔다. 저녁 무렵 함대는 대마도 아랫섬의 엄원에 닻을 내렸다.

엄원은 조용했다. 사람이 없는 것인지 도망간 것인지 알 수 없었다. 조심스럽게 선발대가 상륙했다. 단 한 사람도 보이지 않았다. 해안에 경계병을 배치한 후 전 부대는 배안에서 오랜만에 꿀같이 달콤한 휴식을 취했다. 다음날 전부대가 상륙했다.

"며칠 뒤 조선의 합포로 돌아갈 것이오. 그동안 모든 것을 수습하여 회군에 대비하시오."

상륙 후 점검해 보니 돌아오지 못한 자가 무려 1만 3천 5백여 명이나 되었다. 대부분 태풍에 의한 수장이었다.

흔도는 황제의 굳은 표정이 떠올라 가슴이 철렁 내려앉았다. 어쩔 수 없는 일이었으나 은근히 울화가 치밀었다.

"황제에게 바칠 선물을 더 확보하시지요."

눈치 빠른 홍다구의 건의였다.

"병사들이 계속 고생했으니 그들에게 충분한 휴식을 주시오."

시간 여유를 갖고 마음껏 노략질을 하라는 뜻이었다. 울화가 치민 것은 흔도뿐이 아니었다. 병사들 또한 분기가 뻗쳤다. 이날부터 유례없이 참혹하고 가차 없는 살인극과 전리품 사냥질이 시작되었다.

국부관이 있는 엄원은 물론 사람들이 사는 모든 거점들은 철저히 유린되었다. 숨어 지냈던 사람들이 사냥감이 되고 말았다. 닥치는 대로 약탈하고 학살하고 강간하고 불 질렀다. 선물감이 될 만한 어린 남녀는 손바닥을 뚫고 묶어서 끌고 갔다.

깊은 산속으로도 밤낮으로 사냥해 들어갔다. 여전히 어린것들의 울음소리는 좋은 신호가 되었다. 부모들은 하는 수 없이 자식들을 목 졸라 죽였다. 차마 그럴 수 없어 달래다가는 들키기 일쑤였다. 그때는 함께 있던 모두가 희생되기 마련이었다.

어린것들은 이래저래 더욱 비참했다. 정동군은 이번에는 어린것들의 사지를 잡아 찢어 죽였다. 정동군은 10여 일 동안이나 눈에 벌겋게 핏발을 세우고 굶주린 승냥이 떼처럼 무리 지어 마을을 뒤지며 돌아다

냈다.

11월이 되어 정동군은 합포에 돌아와 포로와 노획물들을 정리했다. 지방군들, 초공, 수수, 인해들을 돌려보냈다.

12월 초, 정동군은 개경(開京)으로 개선했다. 흔도는 고려 충렬왕에게 미성년 남녀 포로 200명을 선물로 바치고, 홍다구와 유복형을 데리고, 황제에게 바칠 많은 포로와 전리품을 끌고 원나라로 돌아갔다.

다음 해(1275년) 정월, 북경에 도착한 흔도는 황제를 알현하고 귀환 보고를 했다.

"수고했소. 물러가 쉬시오."

보고를 듣고 흔도를 돌려보낸 다음 세조는 중서성 우승상 아랄한(阿剌罕)을 불렀다. 아랄한은 몽골족이며 선대부터의 충신으로서 송나라와의 전쟁에 참가한 무신이었다.

"일본에 대한 다음 방책을 생각하다 우승상을 불렀소."

"이번에 귀환치 못한 자가 1만 3천여 명이라 들었습니다만…."

"그렇다 하오."

"손실이 너무 큰 것 같습니다. 자랑스런 몽골병사로 전쟁에 나가 전사하는 것은 명예로운 일이나, 그냥 수장되는 일에 대해서는 좀 고려해야 할 것이옵니다."

"그렇소만…."

"그렇더라도 일본의 무례는 용서할 수 없습니다. 여러 번 초유사를 보냈지만 그들은 답서 한 장 보내지 않았습니다. 이것을 용서하면 그들은 더욱 방자해집니다."

"어찌하면 좋겠소?"

"이번에는 저들도 우리 전투력을 실감했을 것입니다. 그러니 마지막으로 한 번 더 문무를 겸비한 인사를 보내서 설득하면, 그들도 복종할 것이옵니다. 그래도 무례하게 나온다면 소신이 직접 출전하고자 하오니 하명해 주십시오. 우리 병사들의 원수를 갚고 저들을 철저히 응징할까 합니다."

세조는 한참 동안 눈을 감고 생각하다 눈을 떴다.

"우승상의 방책이 좋을 것 같소."

세조는 사신으로 갈, 문무를 겸비한 훌륭한 인재를 천거하게 했다. 대신들이 예부시랑 두세충(杜世忠)을 천거했다.

두세충은 몽골족이지만 초원에서 성장하지 않고 문명의 중원에서 성장했다. 과거에 수석으로 합격한 수재였다. 외모는 물론 지혜와 의기가 또한 출중했다.

사신 일행이 결정되었다. 정사 두세충(몽골인, 34세), 부사 하문저(何文著: 한족인, 38세), 부사 철도로정(위구르인, 33세), 서장관 과(터키인, 32세). 고려에서는 통변 서찬(徐贊: 고려인, 32세)과 여러 번 일본을 내왕해 지리를 잘 아는 초공과 인해 30명을 정하여 수행하도록 했다.

무쿠리 고쿠리

1275년 3월 원(元) 황제 세조는 일본으로 떠날 사신 일행의 알현을 받았다.

"이번 그대들의 임무는 무엇이라 생각하는가?"

세조의 물음에 두세충이 대답했다.

"첫째로는 폐하의 위엄을 일본에 펴서 그들이 복종토록 하는 것이고, 둘째는 그들의 상황을 파악하는 것입니다."

"잘될 것 같은가?"

"결과는 간단합니다. 소신이 살아서 돌아오느냐, 아니면 죽어서 돌아오느냐에 달려 있습니다."

"살아서 돌아오면?"

"소신이 살아서 돌아오면 폐하의 위엄에 그들이 복종하여 따르게 되는 것입니다."

"죽어서 돌아오면?"

"폐하께서는 일본 정복에 나서실 것입니다."

"음, 잘 알고 있군."

"목숨을 다해 폐하의 위엄을 일본에 펴겠습니다."

"살아서 돌아오게."

두세충 일행은 황제의 조서를 받들고 사행길에 올라 장문(長門)의 실진포(室津浦)에 도착했다.

실진포 수호는 이 낯선 사람들을 상륙시키지 않았다. 배를 탄 채 포구에 대기토록 했다. 그리고 급히 겸창(鎌倉, 가마쿠라) 막부에 사신의 도래를 보고했다.

막부의 장군 북조시종(北條時宗, 호조 도키무네)은 벌컥 화를 냈다.

"이런 뻔뻔할 것들. 우리 백성들을 그렇게 많이 죽여 놓고 또 왔단 말이냐. 태재부에서 철저히 조사한 다음 막부로 연행하라."

사신 일행이 배 안에서 거의 한 달이나 기다린 다음에야 구주의 태재부로부터 소이자능의 동생인 소이경자(少貳景資)가 나왔다. 배 안을 수색해서 병사나 무기가 없음을 확인한 다음 싣고 온 물품에 대한 자세한 목록을 작성했다. 그런 다음 일행을 상륙시켰다.

"무슨 일로 왔소?"

"수교를 맺고자 하는 황제의 뜻을 받들어 그 사신으로 왔소."

"막부로 연행하라는 막부의 명령이오."

"알겠소. 거기 가서 우리의 뜻을 전할 것이오."

정사, 부사, 서장관, 통변 등 5명은 소이경자가 직접 막부로 데려가고 나머지 수행원들은 태재부에 머무르게 했다.

막부에서는 장군 북조시종이 이들을 접견했다. 두세충은 매우 겸손한 태도로 그러나 전혀 위축됨이 없이 황제의 조서를 전달했다.

25세의 쇼군(장군) 북조시종은 두세충의 준수한 용모와 침착하면서도 당당한 태도를 보면서 마음속으로 감탄해 마지않았다. 그러나 겉으로는 매우 엄숙한 자세를 보이며 두세충의 말을 들었다.

"남송이 이미 멸망해가고 있으니 원나라 황제의 통치는 이제 중국 전역에 걸치고 있습니다. 또한 우리 황제폐하의 위엄과 은혜는 멀리 구라파(歐羅巴, 유럽)까지 미치고 있습니다. 황제께서는 귀국의 조공을 바라고 계시지는 않습니다. 다만 귀국과의 선린 수교를 원하십니다. 지난해의 불행한 사건은 황제의 본의가 아니었습니다. 그러기에 더욱 사신을 왕래시켜 선린하기를 바라십니다. 양국이 수교하고 특산물을 교환하며 우호를 다진다면 양국에 다 같이 큰 이득이 있을 것입니다."

상대에게 간파되어서도 안 되고 상대에게 압도당해서도 안 된다는 강박관념에 사로잡힌 북조시종은, 간략 명쾌한 두세충의 변설에 내심 찬사를 보내고 있었다.

'대단히 잘난 놈이구나. 이놈을 살려 보내서는 안 되겠다.'

북조시종은 아무런 대답도 하지 않은 채 사신 일행의 접견을 마쳤다.

며칠 후 북조시종은 막부의 대신들을 소집했다.

"지난번 조양필을 살려 보낸 이유는 우리가 수교할 의사가 없다는 사실을 황제에게 알린 것이었소. 그런데 지난해 대마, 일기, 박다 등에 쳐들어와 모두 불태우고 수많은 백성들을 학살했소. 우리에게 수교할 의사가 없음을 뻔히 알면서도 또 사신을 보내왔소. 이는 사신을 빙자해서 우리의 형편을 내탐하려는 것이 분명하오. 용서할 수 없는 일이오."

그는 대신들의 자문을 구하지 않았다.

"사신들을 사형에 처할 것이오."

대신들이 놀랐다.

"사신을 죽일 수는 없는 일이오."

"사신을 죽인다면 더 큰일이 벌어질 수도….."

대신들이 술렁거리기 시작했다.

"사형 집행은 이틀 후가 될 것이오."

노기 띤 시선으로 대신들을 쳐다보며 한마디 내뱉고 북조시종은 자리를 떴다. 이틀 후 두세충 일행 5명은 겸창의 형장으로 끌려가 처형되었다.

원나라를 떠난 지 8개월, 젊은 인재 다섯은 목이 잘린 채 거기 모래벌에 버려졌다. 한 무리 독수리 떼만이 아득히 허공을 맴도는 황량한 이국의 벌판이었다.

"수행원과 사공들도 모두 죽여라."

태재부에 막부의 명령이 전달되었다.

태재부로부터 처형 지시를 받은 자는 소이자능의 가신 미사랑(美沙郎)이었다. 미사랑은 참으로 난처했다. 그는 잠을 이루지 못하고 번민했다. 일충(一忠) 등 고려인 사공 네 사람 때문이었다.

고려인들은, 미사랑 등 일본인 12명이 중국사신 조양필을 따라 합포를 거쳐 원의 연경(燕京, 북경)을 방문했을 때 그들의 길 안내를 맡아 많은 도움을 주었고, 그들이 조양필을 따라 다시 일본에 돌아올 때도 정성스레 돌봐 주었다. 특히 그들이 합포에 머물 때는 일충의 집에 초대되어 일충 노모의 따뜻한 보살핌까지 받았었다.

일충 등이 사행길로 올 때마다 미사랑은 이들의 정이 담긴 선물도 늘 받았었다.

'일충이 죽으면 그 노모의 참담을 또한 어이하랴.'

미사랑은 집에 계시는 노모를 떠올렸다.

'차마 이들을 어찌 죽인단 말인가?'

미사랑은 고려인 네 사람을 사공들의 숙소에서 몰래 불러냈다.

"지금 즉시 도망가시오."

네 사람은 눈이 똥그래졌다.

"사신 일행이 처형되었소. 여기 사공들도 다 죽이라는 명령이오. 다시는 이곳으로 오지 말고 지금 빨리 피하시오."

말을 마치자 미사랑은 급히 돌아갔다. 고려인 네 사람은 즉시 바다쪽으로 달렸다. 밤중에 작은 쪽배를 훔쳐 타고 항해에 나섰다. 천신만고 끝에 대마도의 엄원 근처에 도착했다. 몰래 대마도에 올라가 숨어 살며 기회를 엿보았다. 4년의 세월이 흐른 1279년 8월, 그래도 용케 고려로 귀환할 수 있었다.

보고를 받은 충렬왕은 깜짝 놀랐다. 충렬왕은 이들 네 사람을 대동시켜 원나라에 사신을 보냈다. 보고가 전해지자 원의 조정은 쑤셔놓은 벌집이 되었다.

"일본은 짐승들의 나라입니다. 더 이상 참을 수는 없습니다."

"사신을 죽이는 놈들과 무슨 선린이 되겠습니까?"

"지금 즉시 출전을 명하소서."

"이번에는 반드시 일본을 정복하여 폐하께 바치겠습니다."

흔도와 홍다구가 앞장서 서둘렀다.

그러나 세조는 입을 다물었다. 함선과 군수물자의 준비도 시일이 필요했고, 멸망한 남송의 항복한 군사들의 처리도 고민해야 했다. 다음

한 해 세조는 원과 고려에 일본 원정을 준비시켰다. 그해 말, 마침내 황제는 출정명령을 내렸다.

원정군은 동로군과 강남군의 두 부서로 정해졌다.

동로군은 원과 고려의 연합군으로 총사령관은 정동행성(征東行省) 좌승상의 자격으로 충렬왕(忠烈王)이 되었고, 휘하 원군 도원수는 흔도, 부원수는 홍다구, 고려군 도원수는 김방경이었다.

군사는 원군 1만 5천 명, 고려군 1만 명, 도합 2만 5천 명이었고, 초공, 수수, 인해 등 사공 1만 7천 명, 함선 900여 척이었다.

강남군 총사령관은 정동행성 우승상 아랄한(阿剌罕)이 되었고, 휘하 도원수는 범문호(范文虎)였다. 군사 10만 명, 초공, 수수, 인해 등 사공 4만 2천 명, 함선은 4천 척이었다.

1281년(충렬왕 7년) 봄, 동로군은 고려의 남해안 마을 합포에 모였다.

4월 18일 합포에서는 대단한 장관이 펼쳐졌다. 동로군 총사령관 충렬왕이 출정군에 대한 사열을 실시했다.

900여 척의 선단이 일사불란하게 도열한 가운데 격식에 맞춰 군악이 울리고 병사들의 함성이 솟았다. 그리고 50여 발의 축포가 터졌다. 비좁은 합포만은 그 요란한 진동으로 터져나갈 듯했다.

5월 3일 동로군은 충렬왕의 배웅을 받으며 마침내 출정 길에 올랐다. 중국 절강성의 경원〔慶元, 영파(寧波)〕에서 출발하는 강남군과 일본의 일기도에서 6월 15일 합류하기로 했다.

동로군은 거제도의 송변포(松邊浦)에서 해상훈련을 한 다음 5월 21일 대마도 윗섬의 동쪽 대명포(大明浦)에 상륙했다.

원나라의 친선사절 두세충 일행을 처형한 북조시종은 원구의 재침을 예상하고 지역마다 방어태세를 갖추도록 조치해 놓았다.

1차 원구의 침공 때 무자비한 학살로 무인지경이 됐던 대마도는 겨우 7년이 지나고 다시 또 침공을 받게 되었다. 대명포에는 일본군 600명이 주둔했다. 이들은 다시 원구가 침략했음을 알자 이를 갈았다.

선발대로 오른 고려군은 호위병을 딸려 통변을 먼저 상륙시켰다.

"항복하면 아무도 다치지 않는다. 항복하라."

외치며 다가갔으나 일본군 쪽에서는 대답 대신 예고 없는 화살을 날렸다. 호위병 두 사람이 쓰러졌다. 고려군 선발대에는 공격명령이 떨어지고 동시에 회회포가 터졌다.

대명포구 언덕은 순식간에 생지옥으로 변했고 600명 군사는 남김없이 전사했다. 그들의 피가 흘러 골짜기를 이루니 이때부터 혈곡(血谷)이란 지명이 생겼다.

일기도로 출발하기 전까지 겨우 하루 동안 대명포 사방 100여 리에 사람은 그림자도 보이지 않고 모든 거처는 다 불태워졌다. 그다음 일기도 해안에 닻을 내린 동로군은 5월 28일 정오를 기해서 일제히 상륙공격을 감행했다.

일기도의 수호는 이제 19세 청년 소이자시(少貳資時)였다. 지금 태재부 수호를 맡고 있는 소이경자의 아들이었다. 소이자시는 1천여 명의 무사들과 함께 철통수비를 하고 있었지만 동로군의 상대는 되지 못했다. 상륙군의 회회포 한 방에 대장 소이자시가 폭사해 버리자 무사진용은 완전히 무너지고 말았다.

일기도 사람들에 대한 도륙은 1주일 간 계속되었다. 그사이 사방

420리의 섬에는 사람의 씨가 말라 버렸다. 강남군과 약속한 6월 15일까지는 아직도 10여 일이나 남아 있었다. 상륙군은 무료해졌다.

"아직도 열흘이나 남았는데 우리 먼저 박다만으로 진격하지요."

홍다구가 흔도를 부추겼다.

"황제의 지시를 따라야 하지 않겠소?"

"지금쯤은 선발대가 도착하여야 하는데 아무 소식도 없잖습니까? 송나라의 패잔병들은 믿을 것이 못됩니다."

"그럼, 우선 박다만 입구의 지하도(志賀島)와 능고도(能古島)를 점령해 상륙거점을 확보하고 기다려 봅시다."

다음날인 6월 6일 두 섬은 금방 점령되었다. 사방 30~40리의 작은 섬들에도 방어군은 있었지만 순식간에 섬멸되었다.

박다만은 섬과는 달리 경계가 만만치 않아서 상륙은 기다려야 했다. 두세충 처형 이후 막부의 북조시종은 박다 해변에 석축을 쌓고 12만 명의 군사를 동원하여 수비하고 있었다.

침략군은 박다만 입구의 섬을 점령하고 정박한 채 함부로 공격에 나서지 않았다. 며칠이고 꿈쩍도 하지 않자 박다만의 일본군이 오히려 초조해지기 시작했다. 일본군은 동원된 각 영주 단위로 진퇴가 결정되었다. 기다리다 지친 일부 영주들은 나름대로 공격을 감행했다. 주로 밤에 배를 타고나가 기습을 가했다. 그러나 역습을 당해 참패하기 일쑤였다. 그래도 영주들은 밤마다 덤볐다. 침략군은 귀찮기도 하고 잠을 잘 수도 없어 일기도로 다시 돌아갔다.

"적들은 우리가 무서워 일기도로 도망쳤다."

소이경자는 그들을 공격하고 싶었다. 그는 빠른 척후선을 내보내 동로군의 동태를 살피게 했다. 적군은 일부는 상륙하고 일부는 정박한 배 안에서 쉬고 있다는 보고였다.

소이경자는 일기도에서 죽은 아들의 원수를 갚고 싶었다.

일본의 배들은 20여 명이 탈 수 있는 소형 함선이었다. 50여 척을 동원하여 1천여 명의 병사를 태우고 소이경자가 앞장서 일기도로 향했다. 깜깜한 밤을 이용한 기습공격이었지만 이미 대비하고 있던 동로군의 반격에 대패하여 일본군은 거의 몰사하고 말았다. 소이경자를 포함한 20여 명 정도만 겨우 살아 돌아왔다.

한편 강남군의 총사령관 우승상 아랄한은 출정을 위하여 경원(慶元)으로 갔다. 범문호 이하 항복한 송나라 병사 10만이 주둔하고 있는 곳이었다. 그런데 갑자기 병이 들어 47세 장년의 몸으로 드러눕게 되었다. 병이 곧 회복될 가망이 없자 황제에게 사직원을 올렸다. 6월 1일 연경에 도착한 아랄한의 사직원을 들고 비서감 조양필이 황제가 휴식하고 있는 '게르'(몽골식 원형 천막)로 찾아갔다.

"아랄한의 병세가 위중한 모양입니다."

"사직원을 올릴 정도라니 병세가 심한 모양이오. 그렇다면 후임을 범문호에게 맡기면 어떻겠소?"

"그는 방어전 한 번 않고 맥없이 성을 바친 자입니다. 큰일을 맡기기엔 불안합니다."

"그럼 누가 좋겠소?"

"임안〔臨安, 항주(杭州)〕에 주둔하고 있는 아탑해(阿塔海) 장군이 좋을 것 같습니다."

아탑해는 47세의 몽골족 장군이었다. 남송 정벌에 출전하여 장세걸

(張世杰)의 군대를 장강에서 격파하고 임안에 입성하여 송의 항복을 받았다. 개선하여 좌승상에 임명됐으며 지금 임안에 주둔하고 있었다.

"아탑해라면 믿어도 되겠소. 그에게 임명장을 보내도록 합시다."

"이번 임명장은 소신이 직접 가지고 가 전달했으면 합니다만…."

황제는 잠시 동안 조양필의 의중을 살피는 듯하더니 미소를 머금고 입을 열었다.

"그렇게 하오. 짐의 뜻을 정확히 전달하려면 직접 가는 게 더 좋겠소."

조양필은 연경의 남쪽 통주에서 배를 탔다. 운하의 뱃길 덕에 꽤 빨리 임안에 도착했다.

"비서감께서 여기를 오시다니 이거 웬일이십니까?"

"아랄한 장군께서 병이 심합니다. 폐하의 임명장을 장군께 전하러 왔습니다."

"그런 일이라면 비서감께서 직접 아니 오셔도…."

"그렇지요. 그러나 직접 온 까닭은 폐하의 뜻을 전하기 위해서입니다."

"예?"

"이번 일본 원정에는 목적이 하나 더 있습니다."

"하나 더?"

"항복해온 송나라 군사들을 처리하는 일입니다. 말하자면 그들을 일본에 버리라는 뜻이지요. 그러니까 그곳에서 둔전(屯田: 자급을 위하여 주둔군이 경작하는 토지) 일 할 준비를 하고 떠나라는 것입니다."

"아, 알겠습니다."

10만의 대군을 버리고 와야 한다는 뜻을 알아차린 아탑해는 순간 식은땀이 솟았다.

"유념하시기 바랍니다."

강남군은 6월 18일이 돼서야 출발할 수 있었다. 4천 척의 선단은 일기도가 아니라 평호도(平戶島)로 향했다. 동로군과는 거기서 만나기로 다시 약속했다.

강남군에 의해 구출된 한 일본 어부의 건의에 따라서였다. 그는 고향이 평호도여서 박다만과 주위 일원의 방어태세를 잘 알았다. 박다만의 약간 남쪽에 있는 평호도는 일기도보다 좀더 넓은 섬인데도 전혀 방비가 없다고 했다.

선단을 출발시키고 범문호는 새 사령관인 아탑해를 기다렸다. 아탑해는 6월 26일에야 경원 사령부에 부임했다.

"농기구는 어떻게 되었소?"

아탑해는 황제의 또 다른 목적에 신경이 쓰였다.

"연락받은 즉시 농가를 다 뒤져서 충분히 확보했습니다."

28일 아탑해도 경원을 출발했다. 그에겐 바다가 처음이었다. 장강(양자강) 전투 때 배를 타 보았기에 바다 역시 장강 정도라고 생각했다. 그러나 항해 동안 아탑해는 생전 처음 당하는 배 멀미 고역을 치르느라 인사불성이었다.

평호도는 강남군의 선봉이 점령하여 새 성채도 세웠지만, 2천 5백필의 전마까지 거느린 병사와 사공 등 전체 14만여 명이 주둔하기에는 적합지 않았다. 식수도 모자랐다. 선봉부대를 제외한 나머지는 식수가 확보되는 응도로 상륙했다.

아탑해도 응도에 닻을 내렸다. 그는 육지에 올라오자마자 바로 침상에 드러눕고 말았다. 9일간의 항해 동안 그는 물 몇 모금 외에 먹은 것이 없었다. 배 멀미가 그렇게 지독할 줄은 몰랐다. 바다에 떠서 고생 한 사람은 아탑해뿐만이 아니었다. 바다에 익숙하지 못한 대다수의 병사들도 심한 배 멀미와 찌는 듯한 무더운 여름 날씨로 심신이 다 지쳐 버렸다. 섬에 오르고 보름이 지나서야 병사들도 말들도 겨우 정신을 차릴 수 있었다.

한편 태재부의 소이경자는 응도 수호로부터 보고를 받고 소름이 끼치고 식은땀이 흘렀다.

"4천 척이 또 왔다고?"

"응도의 아옹포(阿翁浦) 앞바다에 정박해서 상륙하고 있습니다."

"4백 척이 아니고 정말 4천 척이란 말이냐?"

"그렇습니다. 4천 척."

"몽골군이더냐, 고려군이더냐?"

"몽골군 같습니다."

"허어, 또 왔단 말이지?"

"저들이 바다를 건너왔으니 지쳤을 때 공격하는 게 좋지 않을까요?"

"함부로 나갈 게 아니다. 좀 기다려 보자."

소이경자는 1천 명의 군사를 이끌고 일기도의 동로군을 기습했다가 전멸당하고 겨우 20여 명만 살아온 일이 떠올라 몸을 떨었다.

응도에 상륙한 군사는 웬일인지 꿈쩍도 하지 않고 연일 쉬고만 있다는 보고였다. 배 멀미라는 것을 모르는 일본사람들로서는 그 이유를 알 수가 없었다.

'또 다른 함대를 기다린단 말인가?'

소이경자는 추세를 좀더 두고 보기로 했다.

"모두 다 현 위치에서 지키고 함부로 공격하지 마시오."

영주 단위로 소집된 방어군들은 영주 단위로 영주 마음대로 움직였다.

"전공을 세워야 토지를 하사받는다. 전공을 세우자."

영주들은 남보다 앞서 전공을 세우고자 조급하게 굴었다.

응도 수호는 응도 건너편 구주의 송포반도(松浦半島)에서 다른 영주들이 이끌고 온 5천 병사들과 함께 방어하고 있었다. 소이경자의 지시가 있었지만, 참지 못하는 영주들은 제 나름대로 공격을 감행했다. 이런 기습은 피로에 지친 아탑해를 좀더 지치게 만들었다.

평호도에 상륙한 강남군의 선봉장 평장정사(平章政事)가 김방경에게 권유했다.

"고려군도 평호도에 오르면 좋겠소."

이들은 일찍이 원의 수도 연경에서 함께 지낸 덕에 두 사람은 친해진 사이였다. 허락을 받아 김방경도 평호도로 왔다.

평호도 수호는 건너편 구주의 연안에서 약 4천의 병사들을 거느리고 지켰는데 그도 참지 못하고 고려군을 기습했다.

"아무래도 안 되겠소. 저 기습을 뿌리 뽑으려면 본토(구주)에 오르는 수밖에 없겠소."

허락을 얻은 김방경은 7월 15일 본토에 올랐다. 농민군이 태반인 일본 방어군은 금방 무너져 달아났다.

"경계를 철저히 하시오. 저들은 밤이 아니면 내일에는 반드시 공격해올 것이오."

새벽이 되자 과연 급보가 전해졌다.

"태재부 군사들이 이쪽으로 이동하고 있습니다."

"군사 수는 얼마나 되느냐?"

"1만쯤 됩니다."

김방경은 즉시 지휘관들을 소집해 작전지시를 내렸다.

"오늘의 전장은 이만리(伊萬里)가 될 것이오. 평장정사의 기병대만 여기 남아 송포의 군사들을 대적하고, 다른 부대는 작전 계획대로 이동하시오."

고려의 명장(名將) 김방경은 일본의 태재부 군사들을 그쪽으로 유인하여 몇 토막으로 잘라 섬멸해나갔다. 전투가 끝나가는 저녁나절쯤에는 1만여의 군사가 다 섬멸되고 겨우 7백 여의 군사들만이 살아서 달아났다.

"빨리 태재부성으로 후퇴하라."

지칠 대로 지친 소이경자가 앞서 달리며 바라보니 자기 군사들의 시체가 산을 이루고 있었다. 소름이 끼치고 가슴이 내려앉았다.

"공격 그만!"

김방경은 추격하는 부대를 불러 세웠다.

"태재부의 함락이 눈앞인데 밀어붙여야 되지 않습니까?"

"태재부성의 함락은 아탑해 장군의 몫이오. 그리고 저 많은 전사자의 시신들을 처리할 기회를 저들에게 주는 것도 좋지 않겠소?"

노획한 전리품과 포로들을 이끌고 고려군은 평호도로 돌아왔다.

응도의 아탑해 군막에서 7월 28일 작전회의가 열렸다.

"이제 군사들의 사기는 최상이오. 8월 1일 새벽을 기해서 총공격을 감행할 것이니 각 군은 철저히 준비해 주시오."

이제 아탑해도 원기가 충분히 회복된 것 같았다.

"상륙지점은 태재부와 가장 가까운 박다만이오."

김방경도 식량과 식수를 싣고 방목중인 군마들도 거두어 함선에 올렸다.

모든 점검이 끝난 7월 30일 석양 무렵 김방경은 기함에 올라 사방을 둘러보았다. 하늘은 끝없이 맑고 바다는 만파를 접고 잠잠했다.

그 고요 속으로 해가 지고 있었다. 하늘과 바다와 함선들은 홍적색의 장엄한 풍광으로 한동안 황홀하게 멈춰 있었다. 그 멈춤 때문이었을까, 바다의 표면을 살짝도 건드리지 않는 이상한 바람기가 김방경의 주위를 살포시 감돌아 나갔다. 김방경은 그 고요와 이상한 바람기가 불안했다. 인해 일충을 불렀다.

"이상한 바람기가 있는 것 같네. 이게 무엇인가?"

"도원수 님. 곧 크나큰 폭풍이 올 것 같습니다."

일충은 목소리가 상기되어 있었다. 그는 어마어마한 폭풍을 이미 예감했다.

"언제쯤 닥칠 것 같나?"

"오늘 밤 자정 안으로 닥칠 것 같습니다."

"장수들을 급히 불러오게."

고려군 장수들과 평장정사의 원군 장수들이 모였다.

"머지않아 큰 폭풍이 닥칠 것 같소. 함선들을 포구 안쪽으로 깊숙이 정박시키고 50보 간격으로 닻을 내리고 함선들을 단단히 고정시키도록 하시오. 전마선은 모두 육지로 올려 고정시키고, 장수와 병사들은 필수요원을 제외하고는 전원 육상으로 올라와 야영토록 하시오. 시간이 별로 없으니 서둘러 시행하고 끝나는 대로 보고하시오."

김방경은 평장정사에게 따로 부탁했다.

"응도에 계신 우승상께 바로 연락해 주시오."

연락병의 보고를 받은 아탑해는 밖을 한 번 내다보더니 실소를 지으며 반문했다.

"누구의 말이더냐?"

"고려군 도원수가 한 말이라 합니다."

"음, 그쪽 평호도는 어찌하고 있더냐?"

"함선을 깊은 곳에 정박시키고 50보 간격으로 닻을 내렸습니다. 그리고 모든 병사들은 육지에서 야영토록 했습니다."

아탑해는 70세 노구(老軀)로 출전한 김방경의 인품에 대하여 들은 바 있었다. 결코 헛소리는 아닐 것이라 여겨 범문호와 흔도를 불러 상의했다.

"그렇다면 지금쯤 바람이 불어야 하는데 이렇게 고요하니 공연한 염려인 것 같습니다."

일본의 폭풍이란 것을 전혀 모르는 범문호의 말이었다.

"이 밤에 함선을 이동시킬 수는 없고 현 위치에서 잘 고정시키라 하고, 장수들만 육지에 올라와 야영토록 하는 것이 좋겠습니다."

1차 일본 원정 때 밤중에 폭풍을 만나서 죽을 고생을 한 흔도의 말이었다.

"그게 좋을 것 같소. 모든 함선은 정박한 위치에서 고정시키고 장수들은 하선하여 육지에서 야영토록 하시오."

모든 병사들은 정박한 함선을 잘 고정시켜 놓고 승선하여 숙영에 들어갔고, 장수들은 상륙하여 육지에서 야영에 들어갔다.

그러나 범문호는 다시 함선으로 돌아가 나오지 않았다. 그는 폭풍 따위를 두려워한다는 게 가소로웠다. 그리고 또 그의 함선에는 포로로 잡은 여자들과 함께 낮부터 벌여 놓은 술판이 있었다.

시간이 지남에 따라 바람은 점점 세어졌다. 자정 무렵부터는 억센 빗줄기가 쏟아졌다. 자정 넘어 새벽으로 가면서 칠흑 같은 바다는 여느 모습을 거두어가고 있었다. 장대비는 퍼붓듯 쏟아지는데, 종잡을 수 없이 방향을 바꿔가며 휘몰아치는 무시무시한 폭풍을 타고, 파도는 동산 같은 너울을 흔들어 춤을 추면서, 드디어 모든 것을 휘감아 안고, 하늘로 한없이 올라갔다가, 바다 밑으로 한없이 추락하곤 했다.

쿠르르르릉!

하늘과 바다가 온전히 한 덩어리로 뒤엉켜 솟았다 떨어지며 닥치는 대로 쳐부수고 찢어발기며 으르렁거리는 그런 파국의 광란이 기세를 올리고 있었다.

광란은 다음날 대낮까지 이어졌다. 저녁나절부터 바람이 누그러지는가 싶더니 석양이 되면서 바람은 갑자기 사라졌다. 딱 귀신에 홀린 느낌이었다.

평호도의 김방경은 뜬눈으로 밤을 지새웠다. 군막의 지붕들은 자정 무렵부터 날아가 버렸다. 자정이 좀 지나자 진영의 성채를 이루던 통나무들이 제멋대로 하늘을 날아다녔다. 아름드리 고목이 뿌리채 뽑혀 나뒹굴었다. 장대비가 폭포처럼 쏟아지는 가운데 번개가 쉴 새 없이 번뜩이고 천둥이 귀청을 찢었다. 김방경으로서도 일흔 평생에 이렇게 무서운 폭풍은 처음이었다.

"전함을 보고 오너라."

새벽녘이 되자 김방경은 빗속으로 몇 사람 정찰병을 내보냈다.

"다소 부서지긴 했어도 다행히 대부분이 멀쩡합니다."

김방경은 한시름 놓았다.

"바람이 잘 때까지 움직이지 말라."

해질녘 바람이 멎자마자 김방경은 말을 달려 함대가 정박하고 있는 포구로 달렸다. 일부 파손된 배들이 있었지만 함선들은 거의 다 멀쩡했다. 기함에 오르니 인해 일충이 기쁨의 눈물을 흘리며 김방경을 맞이했다. 그는 밤새 기함을 돌보고 있었다.

"밤새 배에 있었단 말인가? 고맙네."

육지에서 야영하던 병사들도 거의 다 멀쩡했지만 그래도 50여 명의 실종자가 생겼다.

다음날 8월 2일 아침, 하늘은 맑고 바다는 잔잔했다. 숨결의 느낌이 전에 없이 상큼했다. 김방경은 함선과 장비의 수리를 지시하고 나서 평장정사와 함께 응도의 본진을 찾았다.

응도에 상륙하면서 둘은 너무나 놀라 한동안 입을 벌린 채 못 박혀 있었다. 아웅포 해변에 끝없는 돛대의 숲을 이루고 정박해 있던 4천 척 함선들의 자취는 찾을 길이 없고, 부서져 내린 함선들의 잔해 조각들만 바다를 가득 메우고 있었다.

둔전을 위해 싣고 온 삽, 괭이, 가래들과 각종 병장기들이 모래 벌 위에 아무렇게나 흩어져 있었고, 서로 뒤엉켜 죽어 있는 병사들의 시신이 온 만을 다 뒤덮을 지경이었다.

두 사람은 시신과 널빤지를 헤치고 가까스로 모래 언덕에 올라왔다.

살아남은 고려인 초공 한 사람이 달려와 무릎을 꿇었다. 초공은 말없이 눈물만 흘리고 있었다.

"우승상께서는 무사하신가?"

초공은 손을 들어 한쪽을 가리켰다. 우승상 아탑해는 모래 언덕 뒤편 움푹 파인 곳에 있었다. 위의를 갖출 양탄자는 고사하고 의자도 방석도 없이 그냥 맨바닥에 넋 나간 양 멍하니 앉아 있었다. 이제 14만 강남군의 위용과 4천 척 함선의 장관은 어느 한 모습도 찾을 길이 없었다.

흔도와 홍다구가 다가왔다. 그들 모습 또한 꼴이 아니었다.

"범문호 장군은 다행히 고려 초공들에게 구조되어 익사를 면했다 합니다. 지금 치료를 받고 있습니다."

지휘부가 모두 살아 있는 게 천행이었다. 8월 2일엔 우선 생존자들을 찾는 일에 몰두했다. 하루를 다 보냈으나 수색은 응도에 한정되었을 뿐, 조수에 밀려 송포반도 등 육지로 표류해갔을 생존자들은 생각해 볼 겨를도 없었다. 수색을 마치고 보니 살아남지 못한 자가 물경 10여 만이었다.

다음날 겨우 기력을 회복한 아탑해는 작전회의를 소집했다.

"군사 손실이 무려 10만이라 하니 우선 합포로 철수해서 전열을 재정비해야 하지 않겠습니까?"

회군하자는 범문호의 의견이었다.

"조수 따라 송포반도 쪽으로 표류해간 생존자들이 많을 것입니다. 그들을 찾아보아야 하지 않을까요?"

김방경의 의견이었다.

아탑해는 잠시 눈을 감고 궁리했다.

'일본 정벌은 천시가 불리해 성공하지 못했으나, 망국 송나라의 병사들을 비우는 일 하나는 성공한 셈이구나.'

아탑해는 눈을 뜨고 결론을 내렸다.

"내일 8월 4일 합포로 회군할 것이오. 장군들의 의견은 다 옳소. 그렇지만 식량과 장비도 부족한 판에 평호도의 군사만으로는 공격은 무리요. 황제의 문책이 있다면 다 내가 짊어질 것이오. 두 분 장군은 평호도로 돌아가서 함선을 인도하여 이쪽으로 오시오."

응도 앞바다에 버려진 수만 명 부하 병사들의 시신도, 송포 육지로 떠밀려간 수천 명 부하 병사들의 생목숨도 다 내팽개친 채, 아탑해는 좌우간 한시바삐 떠나고만 싶었다.

8월 4일 원정군은 응도를 떠나 회군 길에 올랐다. 함대는 석양 무렵 일기도에 이르렀다. 아탑해는 쉬지 않고 야간에도 그냥 항진을 계속하려고 했다.

"깜깜한 밤중에 바다 가운데서 돌풍이라도 만나면 큰일입니다. 지난번 이 근처에서 장수 홀로물탑(忽魯勿塔)의 전함이 150여 명의 병사들과 함께 공중으로 솟았다가 그대로 바닷속으로 곤두박질쳐 사라지고 말았습니다."

흔도의 말이었다.

"알겠소. 오늘 밤은 여기서 정박하고 내일 아침 출발합시다."

함대는 일기도에서 그 밤을 쉬고 다음날 아침 대마도를 향해 떠났다. 저녁나절 대마도 윗섬 대명포에 이르러 닻을 내렸다.

대마도 윗섬에는 아직도 꽤 많은 사람들이 남았지만 침략군이 반드시 다시 상륙할 것이라는 예상으로 매일 경계를 늦추지 않고 있었다. 8

월 5일 저녁때가 되자 과연 일기도 쪽 수평선으로 함선들의 실체가 희미하게 보이더니 점점 몸체를 키우며 윗섬을 향해 가까이 다가왔다.

"아아, 무쿠리 고쿠리 … ."

(아이고, 몽골, 고려가 온다.)

겁에 질려 외치며 대마도 사람들은 깊은 산속 은신처를 향해 부리나케 달아났다. 그날부터 며칠간 침략군은 노략질과 사람사냥에 미쳐 날뛰었다. 정복 실패와 노획 부실의 상실감과 불만감에 분기와 독기가 서려 올랐다. 침략군들 특히 흔도, 홍다구의 병사들은 이전보다 훨씬 더 악랄하게 날뛰었다.

"쉬잇, 무쿠리 고쿠리."

(쉬잇, 몽골, 고려가 온다.)

적어도 말귀를 알아듣는 아이들까지는 이 한마디를 들으면 공포에 떨며 쥐죽은 듯 찍소리도 내지 않았다.

어른들은 좀더 깊이 숨으며 어린것들을 단속했다. 철없는 어린것들이 딸린 사람들은 이번에도 하는 수 없이 자신의 어린것들을 손수 죽여가며 숨어 다녔다. 그러나 침략군들은 잘도 찾아내 잔인한 도륙을 실컷 즐겼다. 남녀노소를 불문하고 쓸모없는 사람들은 난도질해서 죽였다. 어린것들은 찢어 죽이고 여자들은 강간한 다음에 요처를 찔러 죽였다. 미성년의 동남동녀들은 손바닥을 뚫고 묶어서 끌고 갔다.

대마도는 대마도 사람들의 피비린내로 흥건히 젖은 원한과 공포의 늪이 되었고, 사람의 씨가 마르게 될 단말마의 뭍이 되었다.

이들 악귀, 야차 같은 침략군이 대마도를 떠나 합포로 회군하던 8월

9일, 일본 막부는 믿을 수 없는 희소식에 미친 듯 날뛰었다.

엄청난 폭풍으로 대함대가 10여 만의 병사들과 함께 하룻밤 사이에 사라지고, 나머지 침략군은 허둥지둥 퇴각하고 말았다는 보고가 전해진 날이었다.

"가미카제가 또다시 위력을 발휘했다."

"우리가 원구를 물리쳤다. 우리가 또 승리했다."

"이 나라는 신이 돌보는 나라다. 누가 감히 신의 나라를 침략한단 말인가?"

"승리의 축배를 들어라."

막부 이하 말단 백성에 이르기까지 일본인들은 '가미카제'의 위력에 감동하고 승리에 도취해 축배를 들었다. 그러나 대륙의 사이에 낀 섬들의 백성들에게는, 감동이고 축배고 모두 다 기막히도록 어처구니없는 일이었다.

대마도의 비극 역시 어느 쪽의 승리와도 아무런 상관이 없었다.

'가미카제'가 도와서 일본이 승리했건 말건, 대마도 사람들의 피로 온 섬을 물들이며 사람의 자취가 마르게 될 지경으로 도륙당한 대마도의 원한과 공포는, 대대로 골수에 사무쳐 300년이 흐른 지금에도, 대마도 사람들을 소름끼치게 하고 있었다.

"무쿠리 고쿠리."

300년이 흐른 지금에도 적어도 말귀를 알아듣는 아이들까지는 이 한마디면 쥐죽은 듯 찍소리도 내지 않았다.

조선왕을 데려오라

“무슨 방도가 전혀 없을까요? 전쟁은 절대로 아니 됩니다.”

평조신은 소서행장을 물끄러미 쳐다보았다.

“아무래도 방법이 없는 것 같소.”

대마도는 무슨 짓을 해서라도 또다시 전쟁으로 당해야 하는 파국은 막아야 했다. 때문에 작년 풍신수길의 편지를 받은 이후 머리를 맞대고 재주를 다해 묘책을 짜내고 있었다.

“저…, 조공을 바치면 어떨까요? 조선에서 바친다면 항복하는 게 되지 않겠습니까?”

소서행장은 잘못 들었나 했다.

“아니, 조선이 일본에 조공을 바치다니 그게 될 법이나 한 일이오?”

“물론 안 되지요. 그러니까 좀 꾸며 보자는 얘기지요.”

이 말에는 행장도 호기심이 솟는 듯 고개를 약간 기울였다.

“그럴 수도 있겠습니다만….”

“가만히 앉아서 죽을 수는 없고…. 저희로서는 이 방법밖에는 없는 것 같습니다."
"조공을 바치면 인질도 내놓아야 할 텐데요?"
"그것도 염려 없습니다."
"하아, 그렇습니까? 그렇다면 한번 해봅시다."
행장도 마음이 좀 가벼워지는 듯했다.
"참으로 고맙습니다."
"아참, 한 가지 꼭 유념해야 할 일이 있소. 관백은 좀 이상한 면이 있소. 관백을 뵐 때에는 할 수 없는 일도 불가능하다고 하면 안 됩니다."
"예? 아…, 알겠습니다."
대마도 사절단은 소서행장의 지시에 따라 그날 저녁(1587년 5월 4일) 풍신수길이 묵고 있는 태평사의 대방으로 들어가 앉았다.
얼마 있지 않아 풍신수길이 소서행장과 수군장수 구귀가륭(九鬼嘉隆)을 거느리고 대방에 들어섰다. 해적으로 이름난 구귀의 험상궂은 얼굴은 대마도 사람들도 알고 있었다. 눈썹이 시커멓고 뺨에 난 칼자국이 선명했다.
풍신수길이 좌정하자 대마도 사절단은 좌수경만, 평조신, 귤강광 순으로 그 앞으로 나아가 절하고 사절단장인 좌수경만이 충성을 맹세하는 글을 바쳤다. 도주 종의조와 후계자 종의지의 연명으로 된 것이었다. 문서담당 비서인 승려 승태(承兌)가 그 편지내용을 쉬운 말로 풀어 읽었다.
다 듣고 난 수길이 가만히 손가락을 들어 평조신을 가리키며 빙긋 웃었다.
"가만있자. 작년에도 왔었던가?"

그는 평조신을 바로 알아보았다.
“예, 그렇습니다.”
“작년에도 항복하고 금년에도 항복하고…, 그건 또 무슨 뜻인가?”
작년에 갖다 준 도주의 편지를 항복하는 편지로 알고 있었다.
“충성의 뜻을 거듭 다짐하는 것입니다.”
평조신은 얼른 그럴 듯한 대답으로 당황스러움을 모면했다.
“아무래도 확실하지가 않아. 도주가 직접 와서 항복해야겠어.”
“예, 알겠습니다.”
“그리고 종씨 가문에서 인질도 한 사람 데리고 와야 되겠어.”
“예, 알겠습니다.”
“그리고 내가 작년에 뭐라 했지?”
평조신은 수길의 구체적인 말이 무엇이었는지 갑자기 떠오르지 않았다.
“조선을 치신다 했습니다.”
우선 떠오르는 것은 이것이었다.
“맞아. 그때 선봉을 서라 했지?”
과연 그랬구나. 평조신은 퍼뜩 생각이 났다.
“예, 그래서 그에 대한 만반의 준비를 하고 있습니다.”
“이 사람, 덩치가 좋구먼.”
수길은 갑자기 귤강광에게 눈길을 돌렸다.
“하앗, 황송합니다.”
강광이 머리를 조아렸다.
“자네도 선봉으로 나설 것인가?”

"여부가 있겠습니까?"

"좋다. 좋아. 그 덩치를 보면 조선놈들이 기겁을 하겠다. 하하."

수길의 기분이 풀어지는 듯했다. 평조신은 이 기회를 놓치지 않았다.

"그런데 저, 전하."

"뭔가?"

"그동안 저희가 조선의 사정을 은근히 염탐해 왔습니다."

"그랬더니?"

"조선왕이 전하를 천하제일의 영웅으로 우러러 모시고 있습니다."

수길의 얼굴에 흡족해하는 기색이 떠올랐다.

"그래?"

"조선왕이 전하에게 복종할 뜻이 있다 합니다."

"복종한다면 어찌한다는 것인가?"

"그 땅과 백성들을 거느리고 전하에게 복종한다는 뜻으로 예물을 바친다 합니다."

"무슨 예물?"

"일본에는 없는 아주 귀한 것도 바치고, 또 인질도 바친다 합니다."

"그래? 참 기특한지고."

"그렇습니다. 그리고 아주 착한 순종입니다. 아주 고분고분할 것입니다."

"조선왕은 몇 살이지?"

"서른여섯 살입니다."

1587년이면 선조 이연(李昖) 36세, 풍신수길 52세였다.

"아들뻘이구먼. 젊은 놈이 핫바지(이나가스뻬이)가 아닌가?"

"이를테면 그렇습니다."

"하기야 제 발로 찾아와 항복한 핫바지가 어디 하나둘이던가?"

"조선왕도 아마 그럴 것입니다."

"그래. 하여튼 자네들 수고가 많았어."

"황송합니다."

"그러면 말이야. 조선왕은 언제 항복하러 오는 것인가?"

느닷없이 던지는 질문에 당황하여 평조신은 헛기침을 몇 번 하면서 대답할 궁리에 정신을 가다듬었다.

"저 …, 제가 아는 바로는 저 …, 조선의 법도는 우리 일본과는 좀 다릅니다."

"어떻게 다르다는 것인가?"

"왕이 직접 와서 예물을 바치는 법은 없고 대신이 올 것입니다."

"내가 왕을 불러도 오지 않을까?"

소서행장이 걱정스러웠던지 끼어들었다.

"그럴 리가 있겠습니까? 오라 하시면 오겠지요."

풍신수길은 잠시 찌푸렸던 얼굴을 활짝 펴고 말했다.

"그래, 물론 와야지. 내가 쳐들어갈 테니까."

"항복해도 쳐들어가십니까?"

평조신은 가장 궁금한 것을 물어본 셈이었다.

"조선은 다스리러 들어가야 되고, 또 명나라를 쳐야 하니까 조선에는 들어갈 수밖에 없지?"

"하아, 예 …."

수길은 귤강광을 쳐다보았다.

"자네, 이름이 뭐더라?"

귤강광은 커다란 몸집을 앞으로 숙이며 대답했다.

"유곡강광(柚谷康廣)입니다. 통칭은 차우위문(次右衛門)이라고 합니다."

조선사람들이 이름 외에 자(字)를 가지듯 당시 일본사람들은 통칭(通稱)이라는 것을 가지고 있었다.

"무슨 일을 하는가?"

"가끔 일꾼들(왜구)을 데리고 조선에 들어가 일도 보고 섬에 침입자가 나타나면 토벌도 하고 그럽니다."

"대마도에는 조선무역을 하는 사람들이 많다는데 자네는 어떤가?"

"조선무역도 하고 있습니다. 그래서 조선에는 여러 번 들어가 보았습니다."

"한양에도 가보았는가?"

"예, 거기도 여러 번 가보았습니다."

"조선군대는 허약하다고 하던데 사실인가?"

수길의 본심이 드러나는 질문이었다.

"헉험, 헉험."

대답에 조심하라는 표시로 평조신이 헛기침을 했다.

"조선군대입니까? 조선군대라는 말은 못 들었습니다. 군대가 아예 없는 것 같습니다."

귤강광은 주변머리가 없었다.

"아니. 군대 없는 나라도 있단 말인가?"

"딴 나라는 알 수 없으나 제가 본 조선은 군대라는 게 없는 것 같았습니다."

"거 잘됐구나. 그렇다면 쳐들어가기가 더욱 쉽겠지."

이 말을 듣자 귤강광은 비로소 적이 놀랐다. 전쟁을 말리러 온 자신이 오히려 전쟁을 부추긴 셈이 되고 말았다.

"조선에는 양반이라는 게 있다는데 주로 무슨 일을 하는가?"

"시(詩)라는 것을 짓고 말싸움을 합니다."

"아니. 말로 싸움을 해? 창칼을 들고 싸우는 게 아니고?"

"창칼은 고사하고 농사나 장사 같은 것도 안 합니다."

"농사나 장사도 안 한다고?"

"천하다고 안 합니다."

"그래? 희한하기는 하다만 움직이는 일이 없다면 그것들 아주 허약하겠는데?"

"그렇습니다."

"군대는 아예 없고 양반은 허약하고…."

수길은 평조신 쪽을 쳐다보았다.

"자네가 본 바로도 그런가?"

평조신은 사실 피가 마를 지경이었으나 이미 어쩔 수가 없었다.

"예, 그런 거 같았습니다."

"그것들 흐느적거리는 족속이라 하더니…."

"시라는 것에 취해서 그럴 것입니다."

"시에 취해서 술에 취한 것처럼 흐느적거린다. 허허허…."

모두들 따라 웃었다.

웃음이 가라앉자 구귀가륭이 수길 앞에 엎드리며 말문을 열었다.

"전하, 저도 전에 몇 번 조선에 가 보고 명나라에도 가 보았습니다."

"그래, 자네도 전에 그것들이 흐느적거린다고 했었지?"

"예, 전에는 분명 그랬습니다만 요즘 들리는 바로는 그렇지 않다고 합니다."

"그렇습니다. 제가 듣기로도 조선은 그렇게 만만한 나라가 아닌가 합니다."

행장이 구귀의 말에 힘을 실어 주었다. 수길은 입을 다물고 대마도 사신들을 잠깐 노려보았다.

"안 되겠어. 조선을 치려면 대마도부터 쳐야겠어. 헛소리로 흐느적거리고 있으니 말이야."

수길은 일어나 밖으로 나갔다.

털석, 더욱 납작하게 엎드린 세 사람은 가슴이 내려앉고 진땀이 흘렀다.

"물러가 보시오."

소서행장도 맥이 빠진 채 자리를 뜨며 일렀다.

며칠 지나 5월 8일, 구주의 실력자 도진이 드디어 항복했다. 수길은 기분이 매우 좋아져 도진 일가를 몰살시킨다는 소문과는 달리 구주 남단에 봉토를 남겨주어 살 수 있도록 해주었다.

그날 밤 소서행장이 구귀와 대마도 사절이 묵는 주막에 나타났다.

"도진이 항복했으니 구주 전체가 전하의 휘하에 들어왔소. 다음은 대마도를 처리하겠다는 게 전하의 뜻이오."

"대마도의 처리입니까? 어떻게 하신다는 것인지 … ?"

평조신이 조심스럽게 물어보았다. 행장은 소매에서 접힌 종이 한 장을 꺼내더니 펴 들었다.

"전하의 말씀이오. 적어 두는 게 좋겠소. 그리고 이 중 한 조목이라도 어기면 대마도는 결딴날 것이니 명심해서 거행토록 해야겠소."

평조신은 벼루를 끌어다 놓고 요점을 적었다.

나는 대판으로 가는 길에 상기〔箱崎: 지금의 복강(福岡)〕에 들른다.

첫째, 대마도주 종의조는 상기에 와서 기다릴 것.
둘째, 종실의 소년을 인질로 데려올 것.
셋째, 종의조는 조선왕으로 하여금 즉시 와서 항복케 할 것.
넷째, 조선왕이 항복하지 않으면 일본의 전 병력을 대마도에 집결시켜 조선을 들이칠 것임.

다음날 대마도 사절이 떠날 때 구귀가 전송 나왔다.

"아무래도 관백이 좀 이상한 것 같소. 아무한테나 대고 조선에 쳐들어간다고 하니 말이오. 그게 어디 보통 일이오?"

구귀는 조선침공을 어렵게 보는 것 같았다.

"그동안 고마웠습니다."

"별말씀을…. 전쟁은 없는 게 좋지요. 아무튼 우선은 어떻게 하든 조선왕을 끌어올 방도를 찾아보시오."

고맙다 인사하고 대마도 사절은 떠났다.

"조선과 전면전을 한단다."

소문이 퍼져 대마도는 공포에 휩싸였다.

하는 수 없었다. 도주 종의조는 종의지를 데리고 상기에 와서 기다렸다.

6월 7일, 풍신수길이 해변의 작은 마을 상기에 왔다. 마을은 온통 사람들로 가득 찼다. 적어도 백리 안쪽 사람들은 다 온 듯했다.

"천하영웅 관백의 정기를 받으러 가자."

수길과 아무런 관계가 없는 사람들도 일생일대의 큰일을 해내는 것처럼 열에 들떠 서두르고 있었다.

수길이 머무는 산문(절) 안에는 경도에서 축하차 내려온 황족, 귀족, 승려들과 각처의 다이묘(大名, 제후)들이 도열해 있었다. 그 말석에 대마도주 종의조 일행도 손을 맞잡고 서 있었다.

주체할 수 없이 기쁜 듯 온 낯이 웃음으로 주름진 수길이 고개를 끄덕이며 그 앞을 천천히 지나갔다.

대마도의 실력자 종의조 앞에 이르자 소서행장이 소개했다.

"대마도에서 온 종의조입니다."

말을 마치기도 전에 수길은 깜짝 반가워하면서 종의조를 와락 얼싸안았다.

"와 주셨군요. 참으로 반갑소."

"황공합니다."

소서행장은 그 옆에 서 있는 종의지를 소개했다.

"종의지입니다."

"이렇게 와 주니 참으로 반갑네. 어서 들어가세."

모두들 점심상이 차려진 커다란 다다미방으로 들어가 서차에 따라 단정히 앉았다. 수길은 상좌의 자기 옆에 종의조 부자를 앉힌 다음 좌중에 소개했다.

"오늘은 참으로 기쁜 날이오. 대판에서 가장 먼 대마도에서 파도를 헤치고 그 다이묘가 더구나 부자가 함께 와 주셨으니 이제 일본의 통일은 다 된 것이오."

식사를 시작하고도 수길은 대마도에 대한 관심을 계속 나타냈다.

"조선을 먹는 데는 대마도의 역할이 가장 크오. 조선왕을 항복시키는 일은 잘돼가오? 그래 조선왕에게 사람을 보냈소?"

"예, 지금쯤 조선으로 떠났을 것입니다."

"유구(琉球, 오키나와)도, 여송(呂宋, 필리핀)도, 고산국(高山國, 대만)도 다 항복하기로 되어 있소. 그런데 조선이 항복하지 않으면 바로 들이칠 것이오. 조선을 칠 때는 이들 세 나라도 군대를 보낼 것이오."

"예, 그렇군요."

"조선을 차지하면 대마도에게는 넓은 땅을 하사할 것이오."

"예, 고맙습니다."

"조선을 칠 때 대마도가 선봉에 설 수 있도록 만반의 준비를 하시오."

"조선왕이 와서 항복하면 …. 그래도 쳐들어가십니까?"

"말은 그러는데 아무래도 항복하지 않을 것 같소."

"저와는 친숙한 사이입니다. 제가 얘기하면 항복하러 옵니다."

"확실히 믿어도 되겠소?"

"그렇습니다. 조선왕이 오지 않으면 제가 할복하겠습니다."

"저도 할복하겠습니다."

종의지가 힘을 실어 주었다.

"그 결의가 좋소. 자, 이것은 정표요. 받으시오."

수길은 자기가 차고 있던 단검을 풀어 종의조에게 내주었다.

"믿어 주시니 고맙습니다."

종의조가 기회를 이용해서 건의서를 수길에게 바쳤다. 그것은 조선은 쳐들어가지 않아도 그의 땅이 된다는 것을 이치적으로 주장한 내용이었다.

"놓고 가시오."

면회를 마치고 돌아온 종의조는 수길의 주인장(朱印狀: 수길의 도장이 찍힌 인정서)을 기다렸다. 항복하면 대개는 주인장을 내렸다.

며칠이 지난 6월 15일 소서행장이 나타났다. 그는 말에서 내리자 기다리던 수길의 주인장을 꺼내 주었다. 종의조 부자에게 종전과 같이 대마도 영유를 인정한다는 증명서였다.

"참으로 고맙습니다."

소서행장은 한 통의 편지도 전했다. 바로 수길의 명령서와 같은 것이었다.

> 이번에 어명을 거역한 구주의 흉도를 토벌 평정했다. 여세를 몰아 주위의 모든 섬을 진압하기로 했던바, 그대들 부자는 때맞춰 찾아왔으므로 대마도 일원을 전과 같이 배정하여 다스리도록 하는 터이니 이후 충성을 다하라.
>
> 그리고 조선은 군대를 보내 토벌하려 했으나 종의조가 사리를 따져 설명하므로 우선 연기하노라. 그런즉 조선국왕이 일본궁성에 들어와 항복한다면 선례에 따라 관대히 처분할 것이고, 만일 지체한다면 즉시 바다를 건너 주벌을 가할 것이다. 그럴 경우에는 그 나라의 영토를 갈라 줄 것이다. 이에 회답하는 바이니 방심하지 말라.

종의조가 바친 건의서에 대한 회답 형식이었다.

"대마도는 지금 참으로 어려운 시기에 직면해 있습니다. 전하의 곁에 계신 장군께서 잘 돌봐 주십시오."

종의조는 공손히 손을 모으며 머리를 숙였다.

"최선을 다해 봅시다. 그리고 대마도는 합심하고 뭉쳐야 합니다."

전에 대마도의 사절로 수길을 보러 함께 왔던 좌수경만은 평조신에게 사사건건 냉소적이고 비협조적이었다. 그 뒤에도 둘은 원수지간처럼 지낸다는 말을 들었기에 소서행장은 좌수경만과 평조신의 합심단결을 촉구했다.

다음날 종의조 부자는 상기를 떠나 대마도로 돌아갔다.

종의조는 밤에도 잠을 이루지 못했다. 조선국왕을 항복시킨다고 장담은 해놓았는데 이 노릇을 어찌한단 말인가? 종의조는 중신들을 불러 거의 매일 회의를 열었다.

"조선왕을 무슨 재주로 데려옵니까? 애당초 안 될 일을 가지고 왈가왈부해 보았자 입만 아프지 다 헛일이오. 비싼 밥 먹고 헛일은 하지 맙시다."

좌수경만은 애초부터 틀렸다는 식이었다.

"무슨 일이든 할 수 있는 일을 궁리해 보자는 게 아니겠소?"

종의조의 가로(家老) 평조신의 말이었다.

"궁리하면 무슨 묘책이 나오는 모양인데 그 묘책대로 하면 되겠소그려."

좌수경만은 빈정댔다.

"왕이 어려우면 대신이라도 오도록 해보려는 것이오."

"대마도의 평조신이 말하면 조선의 대신들이 들어준답니까?"

더욱 빈정댔다.

"당신 지금 말 다했소?"

"다 죽고 싶어 환장했구먼. 관백이 그런 수작에 넘어갈 것 같소?"

무슨 짓을 해서든지 전쟁을 막아 보려는 판이었다. 은밀하게 하는 일은 마음이 맞아도 어려운데 저렇게 삐딱하게 나오는 사람이 있으니 큰일이었다.

종의조는 술이 늘어갔다.

도주의 죽음

어느새 8월 15일(1587년), 보름달이 환하게 비치는 가운데 대마도 수도 엄원(嚴原)의 서산사(西山寺)에도 수백 개의 등불이 켜졌다.

"마하반야 바라밀다 ….”

여느 때보다 더 힘찬 스님들의 독경소리가 멀리까지 흘러 퍼졌다.

도주 종의조가 다시 재를 올리는 아주 경사스런 날이었다. 도주는 그동안 천주교를 믿었으나 천주교를 금하는 관백 풍신수길의 방침에 따라 다시 불교〔임제종(臨濟宗)〕로 돌아왔다.

도주가 서양 코쟁이들의 귀신을 섬겨서 마음이 언짢던 도내의 많은 불자들이 기뻐서 빠짐없이 서산사에 모였다.

"역시 부처님이시다. 부처님의 공덕은 한이 없다.”

금방이라도 조선과 전쟁이 터져서 대마도는 모두 떼죽음을 당한다고 사람들이 웃음을 잃은 지 오래였다. 그러나 오늘은 모두들 기뻐하고 활기에 찼다.

"부처님이 전쟁도 막아 주실 것이다.”

한때나마 전쟁에 대한 걱정은 사라지고 서양 신부들 이야기로 웃음꽃이 피기도 했다.

절간에서 바닷가까지 사람들은 모여 앉아 술도 마시고 춤도 추고 노래도 불렀다. 달이 중천을 넘어 기울기 시작했다. 취한 사람들은 서로 부축하며 집으로 돌아가고 아주 취한 사람들은 놀던 자리에서 그대로 잠들었다.

밤이 깊어 사위가 조용해지는데 별안간 콩 볶듯 요란한 총소리가 울리고 창칼 부딪치는 소리가 났다.

"전쟁이 터졌는가?"

술자리에 그대로 꼬꾸라졌던 사람들도 깨어나 무작정 뛰었다. 총소리, 창칼 소리, 아우성 소리, 그리고 떼로 움직이는 발걸음 소리가 밤새도록 들려오다 날이 밝으면서야 잠잠해졌다.

해가 중천에 오르자 병사들의 전갈에 따라 사람들이 모두 서산사 동쪽의 금석성(金石城: 도주 일가의 거처 겸 정청) 밖으로 모였다. 성 안팎에는 전에 없이 많은 병사들이 늘어서 있는데 눈에 핏발이 서 있었다.

이윽고 대마도의 중신들을 거느리고 현소(玄蘇) 스님이 정문에 나타났다.

"간밤에 수호대(守護代) 좌수경만이 반란을 일으켰소. 부처님이 도우셔서 도주께서는 무사하시고 역도들은 모두 일망타진되었소. 역도들은 바닷가 선창에 효수될 것이니 모두 알려 구경토록 하시오. 이제 여러분들은 안심하고 각자 생업에 종사하시오."

이러쿵저러쿵 한동안 여러 소문이 떠돌았으나 달포쯤 지나자 다 잠잠해졌다.

그동안에도 종의조는 수길에게 여러 차례 편지를 보내 조선왕을 데려오기 위한 절차를 밟고 있다고 했다. 그때마다 풍신수길로부터는 격려의 편지가 왔다. 그러나 종의조 이하 중신들은 속이 타들었다. 그래도 좌수경만이 없어진 뒤에는 터놓고 은밀한 대책을 논의할 수 있어 다행이었다.

"가짜로 조선왕을 만들어 보자는 일은 그만두기로 했소?"

종의조가 물었다.

"예, 조선왕을 수행하고 갈 풍채 좋고 글 잘하는 대신들 수십 명을 만들어낼 수가 없을 것 같습니다."

조선 사정을 비교적 잘 아는 평조신의 대답이었다.

"조선에는 웬만한 시골에도 생원이니 진사니 하는 사람들이 한두 사람은 있습니다. 모두 다 시도 잘 짓고 글씨도 잘 쓰는 선비들입니다. 그런 사람들 수십 명은 금방 잡아 올 수 있지요."

귤강련이 말하자 몇 사람이 고개를 끄덕였다.

그러나 평조신이 이의를 제기했다.

"그래도 소용없습니다. 조선 선비는 대개 지조가 굳세고 왕에 대한 충성심이 대단합니다. 그들은 절대로 가짜 신하 노릇은 하지 않을 것입니다."

종의조는 고개를 끄덕였다.

"저, 통신사를 꾸미면 어떨까요?"

삼현 스님이 새로운 제안을 했다.

"통신사라니?"

호기심이 이는 듯 종의조가 물었다.

"국서를 가지고 가는 사신 말입니다. 국왕이 아파서 부득이 신하가 항복하러 왔다 하면 될 게 아닙니까?"

"가짜 국왕 대신 가짜 통신사를 꾸며 관백 앞에 보낸다 그 말이오?"

종의조는 가짜라는 말이 아무래도 마음에 걸리는 모양이었다.

"예, 그렇습니다만…."

"삼현 스님, 혹시 진짜 통신사가 오도록 하는 방법은 없겠소?"

종의조가 물었다.

"진짜 통신사요?"

"그렇소. 진짜 통신사."

"제가 조선 사정을 좀 아는데 어려울 것입니다. 조선이 뭐가 답답해서 통신사를 보낼 것이며 또 설사 보낸다 해도 우리가 바라는 대로 움직여 주겠습니까?"

평조신의 말이었다. 좌중은 그럴 것이라는 분위기였는데 현소 스님이 입을 열었다.

"진짜 통신사가 올 수만 있다면 전쟁을 막는 일도 더 쉽게 이뤄질 수도 있습니다. 전에 고려시대에 사신으로 온 정몽주라는 대신이 있지 않았습니까? 우리 조야가 모두 우러러보고 감명받았습니다. 그래서 그 누구도 해결하지 못한 왜구문제를 해결했고 그전에 왔다가 붙들려 있던 사신들도 데려갔습니다. 그런 분이 통신사로 온다면 관백의 생각을 돌릴 수도 있을 것입니다."

그렇다. 진짜 통신사가 좋다. 아니다. 역시 가짜 통신사를 꾸며야 한다. 늦도록 상의를 했지만 결말은 나지 않았다.

그때 삼현 스님이 의견을 냈다.

"비록 정몽주 같은 분이 오지 않더라도 전쟁은 막을 수 있습니다. 조선의 국서는 온전히 한문이 아니겠습니까? 관백은 한문을 모르니까 옆에서 국서를 읽어주는 사람이 적당히 해석해 줄 수도 있지요. 또 조선말을 할 줄 아는 사람은 대마도 말고는 없습니다. 우리 심복을 통변으로 딸려 보내면 됩니다. 관백에게는 항복하러 왔다고 통역해 주면 일은 잘될 게 아니겠습니까?"

모두 그럴듯하다는 눈치였다. 현소 스님이 나섰다.

"이제 나올 의견은 다 나온 것 같습니다. 도주님께서 매듭을 지어주시지요."

종의조는 마음속으로 이미 결정을 내렸다.

"좋소. 조선에서 진짜 통신사를 맞아오는 쪽으로 해봅시다."

이의가 없었다.

"남은 문제는 조선이 통신사를 보내도록 하는 일입니다. 의견들을 말해 보시오."

종의조는 삼현 스님을 바라보았다.

"한두 사람 가서 통신사를 보내달라고 하면 안 됩니다. 관백께서 새로운 왕조를 창건하고 국왕으로 즉위했으니 이웃나라인 조선에 인사차 사절단을 보내는 것입니다. 조선은 예의가 바른 나라입니다. 반드시 답례로 통신사를 보낼 것입니다."

"오오, 그거 참 좋소. 당장 그렇게 해봅시다."

일은 빠르게 진행되었다.

일본의 사정을 알리는 특사를 먼저 조선에 보내기로 했다. 그래서 조선에서 신망이 두텁고 조선의 벼슬도 받은 귤강련이 조선에 건너갔고, 끈질기게 노력한 결과, 조선에서 풍신수길의 사신을 받아들인다는 대답을 듣고 돌아왔다.

귤강련은 눈에 띄게 초췌해진 모습으로 바로 금석성에 들어가 도주를 만났다. 대신들도 다 모여 있었다.

종의조는 미리 술을 데워놓고 기다리고 있었다.

"날씨도 추운데 참으로 고생이 많았소."

술이 몇 순배 도는 사이 강련은 자세한 경과를 이야기하고 나서 끝을 맺었다.

"조선에서는 관백의 사절을 받아들인다고는 하였습니다. 마지못해 그런 것 같았습니다만, 조선의 사절을 일본에 보낼 것 같지는 않았습니다."

'그렇다면 일은 허사가 되는 게 아닌가?'

"예의 바른 사람들이 어쩐 일이오?"

"예의가 바르기 때문에 보낼 수 없다는 것입니다."

"아니, 그건 또 무슨 해괴한 예의요?"

"조선에서는 관백을 임금으로 보는 게 아니고, 자기 임금을 뒤엎어 버린 역적으로 보는 것이지요. 조선은 공맹지도를 신봉한 지 오래입니다. 군신지도를 어기는 것은 용납되지 않는 일입니다. 그런 자들은 금수의 무리라 여기는데 짐승들과는 상종하지 않겠다는 것이지요."

환영연은 오래 계속되었다. 어떻게 하면 조선통신사를 오게 할 수 있을까 그 방책을 궁리하느라 길어졌다. 막판에 들어 강련이 한 가지 계책을 내놓았다.

"제 생각으로는 협박하는 수밖에 없을 것 같습니다."

"협박을?"

"'통신사를 보내지 않으면 큰일 난다. 말을 듣지 않으면 조선은 결딴난다', 이렇게 협박하는 것이지요."

노련한 간부인 평조신이 동조했다.

"제 생각에도 그게 좋을 것 같습니다."

좌중에 이의가 없자 종의조가 현소를 쳐다보았다.

"스님께서 수고해 주셔야 할 것 같습니다."

조선에 갈 일본의 사절단이 곧바로 꾸며졌다. 주인장에 찍힌 수길의 도장 풍신지인(豊臣之印)을 본떠서 도장도 하나 새기고 근사하게 국서도 썼다.

"이번에 가시면 스님께서 조선임금이 정신이 버쩍 들도록 협박 좀 하셔야 되겠습니다."

"하하, 아무래도 소승은 아니 될 것 같습니다. 정사를 바꿔야 되겠습니다."

"정사로서 스님 이상 더 좋은 적임자가 어디 있다고요?"

"중이 협박하고 다닌다는 것도 그렇고 저같이 허약한 체신이 협박이나 하고 다니면 사람들이 웃지 않을 수 없지요."

좌중에서 웃음소리가 들렸다.

"과연 그렇습니다. 사람을 바꾸는 게 좋겠네요. 외모부터 우선 협박에 어울리는 사람이라야 되겠습니다."

평조신이 동조하자 사람들의 시선이 한군데로 모였다.

"여러분의 뜻이 유다니(柚谷, 귤강광)에게 있는 것 같소."

도주가 귤강광을 쳐다보며 미소를 지었다. 그는 덩치가 언뜻 사천왕

같고 목소리가 동종(銅鐘) 소리처럼 쩡쩡거리는데다 배짱이 두둑하기로 소문나 있었다. 다만 학식이 없는 게 염려스럽기는 했으나 협박에는 오히려 무식함이 더 효과적일 수도 있었다.

"유다니도노(柚谷殿)는 조선에 여러 번 내왕하여 그쪽 사정도 잘 알지만 얼굴은 잘 알려지지 않았으니 아주 적격입니다. 유다니도노가 조선에 건너가 큰소리 한번 치면 웬만한 선비들은 간이 떨어질 겁니다."

평조신의 설명에 여러 사람들이 미소를 지으며 고개를 끄덕였다. 도주의 결정이 내려졌다.

"형제분이 다 연치도 높으신데 형에게 큰 수고를 끼치고 나서 또 동생에게 수고를 끼치게 되었습니다만 다른 방도가 없으니 어찌하겠소? 죄송합니다만 우리 대마도를 위해서 한 번 더 큰일을 해주시오. 부탁하오."

귤강광이 우람한 덩치를 앞으로 숙여 수락의 뜻을 표했다.

"알아주시니 고맙습니다. 그런데 부사 삼현 스님 이하 수행원들은 그대로 해주시지요."

"알겠소."

이렇게 해서 현소 스님 대신 귤강광이 일본국왕 풍신수길의 가짜 사신이 되었던 것이다.

국서도 다시 손보았다. 다소 협박조의 문구를 삽입하고 중국 천자만 사용하는 천하니 짐(朕)이니 하는 문구를 넣어 상대의 기를 누르는 내용으로 고쳤다.

도주는 회의를 파하고 귤씨 형제만 남겨 다시 한 번 상의했다.

"관백은 재촉하고 조선에서는 들을 것 같지 않고, 관백이 속은 것을 알면 대마도는 무사하지 못할 것이고, 사태는 급박해지고 있소. 이제 대마도의 운명은 두 분께 달려 있소. 다른 무슨 의견은 없소?"

형제 중 꾀가 많은 형 귤강련이 대답했다.

"통신사가 와서 일이 잘되면 그 이상 바랄 게 없습니다만 잘못돼서 전쟁이 일어난다 해도 대마도가 살길은 마련해야 합니다."

"아니, 그런 길이 있겠소?"

"제가 이번 조선 여행중 생각이 떠올라 궁리해 둔 것입니다만, 전쟁을 하려면 요코메(横目: 간첩, 정보원)와 통변(통역)이 무진장 필요합니다. 이게 대마도의 살길입니다. 국내 전쟁과는 달리 조선에서 하는 전쟁에는 조선말 통변이 부대마다 여러 사람 필요합니다. 또 조선에 들어가 정탐하는 요코메도 대량으로 필요합니다. 그런 자원을 대마도가 가지고 있으면, 각 부대는 그런 자원을 보내 달라고 아우성칠 것입니다. 그렇게 되면 대마도 없이는 전쟁을 못 치른다는 말이 나올 것이고, 그런 대마도라면 관백이 어찌 해칠 수가 있겠습니까?"

"기막히게 좋은 생각이오."

"일본에서 조선말을 잘하는 사람은 대마도밖에는 없습니다. 통변 요원은 의사소통만 되면 되니까 우리 대마도 사람들이 가르쳐도 됩니다만, 그러나 조선에 들여보낼 정보원들은 조선사람과 똑같이 말하고 행동해야 하므로, 조선사람이 가르쳐 양성해야 합니다. 그래서 이번 사신 다녀오는 길에 조선사람을 좀 끌어와야 합니다."

"끌어오는 것도 좋지만 폭풍으로 대마도에 들어오는 어부들을 붙잡아두고 이용하는 것도 좋지 않겠소?"

"어부들은 배운 사람들이 아니라 사투리를 심하게 쓰고 지식도 없습니다. 각 지역에서 오는 어부들로부터는 특수한 사투리만 알아 놓고 돌려보내야 합니다. 그러니까 어느 정도 배운 사람 몇 명을 부산에서 끌어와야 합니다."

"여러 사람 끌어오다가는 탄로 나지 않겠소?"

"그건 염려 없습니다. 이번 왜관에 묵을 때 다 알아보았습니다. 조선에서는 반정이다 뭐다 해 가지고 서로 죽이더니, 근년에는 그게 당쟁으로 번져 아주 패가 갈렸습니다. 대대로 서로 못 잡아먹어서 안달하다 보니 숨어 다니는 사람들이 지금도 적지 않습니다. 그 중에는 일본으로 피신시켜 달라고 부탁하는 사람도 있습니다. 이런 사람들을 몰래 싣고 오면 되지요."

"내가 늘 믿은 대로 그대는 과연 대마도의 인재요. 내 이제야 잠 좀 잘 수가 있겠소."

종의조는 가슴을 펴고 심호흡을 한 다음 덩치가 우람한 귤강광을 보고 말했다.

"잘 들었지요? 부산 왜관과 잘 의논해서 갔다 돌아오는 길에 데려오도록 하시오."

"명심해서 거행하겠습니다."

그래서 귤강광이 일본의 왕사로서 1587년 11월 조선으로 떠났었다.

그런데 귤강광이 영 웃음거리만 되어간다 해서 12월이 다가는 세밑에 내야선우위문이 또 들어갔다. 대마도에서는 선물을 더 꾸려 보냈다. 이들은 애걸복걸했지만 조선의 대답은 그저 한결같았다.

"불가하다는 어명이 내린 이상 번복할 수는 없소."

마침내 귤강광과 내야 일행은 조선통신사의 일은 다 틀리게 되었다는 사실을 편지로 도주에게 미리 보고하고, 1588년 4월말 대마도로 돌아왔다.

돌아온 일행들의 몰골은 초췌하기 짝이 없었다. 되지 않는 일에 오랫동안 애간장만 태운 탓이었다. 그런 줄 알면서도 종의조는 화가 치밀어 언성이 높아졌다.

"어명이라 안 된다 그러면 국왕을 만나보도록 했어야지."

"물론 그랬지요. 국왕이 아파서 안 된다 했습니다."

"실제로 아픈 거요?"

"아닙니다. 할 일은 다하고 다닙니다."

"그리고 국서에 대한 회답은 어찌되었소?"

"그것도 국왕이 아파서 안 된다는 것입니다."

"회답이야 신하들이 쓰면 되는 거 아니오? 예의 바른 나라라면서 이웃나라에 새 임금이 났으면 축하하는 게 바른 예의 아니오?"

"자기들이 알아서 한답니다."

"그게 언제요?"

"그것도 모른답니다."

"데려온다는 사람은 어찌되었소?"

"다섯 명 데려왔습니다."

"아무튼 수고들 했소."

종의조는 일행들 모두에게 선물을 나눠줘 돌려보내고 재사(才士) 귤강련만 따로 불렀다.

"관백에게 장담은 해놓고 일이 이 지경이 되었으니 큰일이오. 어쩌면 좋겠소?"

종의조의 얼굴에는 수심이 가득했다.

"소서행장님에게 알리고 상의를 한번 해보아야 하겠지요?"

"그야 물론이오만 관백에게 보고할 일이 걱정이오."

귤강련의 대답은 이미 준비되어 있었다.

"왕이 아파서 못 온다 하고, 대신은 보낼 수 없다고 한다 하면 될 것 같습니다."

"그게 무슨 뜻이오?"

"조선왕이 '신하만 보내는 것은 황송한 일이다. 병이 나으면 직접 가뵈어야 한다' 이렇게 말하더라고 하면 된다는 말입니다."

"과연 그대는 대마도의 보배요. 사람을 곧바로 보냅시다."

"그럴 필요 없습니다. 되도록 천천히 보내는 게 유리합니다."

그로부터 달포가 지난 뒤에야 귤강광이 평조신과 함께 대판으로 올라가 풍신수길 앞에 엎드렸다.

"그래 조선왕이 그랬단 말이지?"

"예, 그랬습니다."

"괜찮은 사람이구먼."

풍신수길이 유쾌하게 웃자 배석한 신하들도 따라 웃었다.

"그렇다면 곧 돌아와 보고할 것이지 몇 달씩이나 조선에서 꾸물댄 건 뭔가?"

"그게 말입니다. 글쎄…."

귤강광은 대답할 말을 짜내고 있었으나 수길의 웃는 모습에 마음은 가벼웠다.

“제가 돌아가려고 하면 그때마다 조선왕이 손을 붙잡고 병이 곧 나을 테니 나으면 함께 가자고 해서 그렇게 되었습니다.”

“그럴 수도 있겠지. 그런데 병이 언제쯤 나을 것 같던가?”

“오래 걸린다 했습니다.”

“무슨 병인데?”

“하반신을 쓰지 못합니다.”

“하반신을 못 쓴다고? 그러면 좌객(坐客, 앉은뱅이)이 아닌가? 그럼 일어나긴 다 틀렸지.”

귤강광 혼자로는 미덥지 못해 따라온 평조신은 가슴이 떨리고 등에서 식은땀이 흘렀다. 수길의 질문에 당치도 않는 거짓말을 하고 있기 때문이었다. 덩치는 곰 같은 것이 말대답은 두꺼비가 메뚜기 잡아채듯 재빠르게 날름거렸다. 평조신은 끼어들 틈이 없었다.

“아닙니다. 힘이 장사인 것을 보면 곧 일어납니다.”

“힘이 장사라고?”

“예, 제 손을 잡는데 어찌나 센지 으스러질 것 같았습니다.”

“자네보다 덩치가 더 큰 거인인가?”

“그렇습니다. 소인은 댈 것도 못됩니다. 일어서면 머리가 천장에 닿습니다.”

“아니, 앉은뱅이가 어떻게 일어섰단 말인가?”

수길의 눈살이 약간 치켜졌다.

참다못해 평조신이 끼어들었다.

“머리가 천장에 닿는 것은 왕이 아니고 호위군사입니다. 왕은 아파서 늘 누워 있습니다."

"그렇겠지. 주저앉아 뭉개든 드러누워 뭉개든 하여튼 들이치기 좋은 기회야. 바로 들이치는 게 좋겠어."

수길은 입을 한 일(一) 자로 꽉 다물고 두 사람을 노려보다가 입을 열었다.

"누가 조선에 다녀왔지?"

"소인이 다녀왔습니다."

강광이 대답하자 수길이 눈을 크게 뜨고 잠시 노려보았다.

"자네, 강광이라 했나?"

"예, 그렇습니다."

"강광 자네, 당장 할복해야겠어."

"아이구, 할복이라니요?"

"여봐라. 여기 할복할 사람이 있다."

말이 떨어지기 무섭게 병사들이 들어와 강광을 떼밀고 나갔다.

"쯧쯧, 감히 내게 헛소리를 하다니 …."

끌려 나가는 강광을 보며 수길이 혀를 찼다.

평조신은 급히 서둘러 사카이(界濱: 소서행장의 집이 있는 곳)로 달렸다. 그때 소서행장은 대판성으로 출근하지 않고 집에 있었다. 그는 구주 지방의 큰 다이묘가 되어 부임할 준비를 하고 있었다.

구주는 수길이 조선침공을 준비하는 전진기지였다. 도진이 항복한 뒤 수길은 구주 중심부 광활한 지역에 직전신장(織田信長, 오다 노부나가) 시절 수길의 선배 장수였던 좌좌성정(佐佐成政)을 다이묘로 임명했다.

좌좌는 수길에게 순종치 않았다. 두 번이나 등을 돌리고 덤볐으나 다 용서하고 땅을 주어 지방관을 시켰다. 도진 정벌의 동원령에도 좌좌는 꼼짝도 하지 않았다. 그런데도 그를 구주의 다이묘로 임명한 것은 뜻한 바가 있어서였다.

첫째로는 수길은 선배를 존중할 줄 안다는 평판을 얻기 위함이었고, 둘째로는 용장으로 이름난 그를 구주에 심어서 조선침공의 선봉으로 삼고 장수들의 호응을 얻기 위함이었다.

그러나 좌좌는 여전히 수길을 우습게 여겼다. 구주는 원래 사람들이 뻗서기를 좋아해 인심이 사나운 곳이었다. 수길은 좌좌에게 몇 가지 조심해서 지킬 사항을 당부했다. 특히 토지조사를 새로이 해서 세금을 더 걷는 일은 3년 동안 하지 말도록 누누이 당부했다.

그런데 그는 다이묘로 임명된 지 채 두 달도 안 되어 토지조사를 시작하고 은닉 농지, 개간 농지 등을 찾아내 세금을 물렸다. 반란이 일어났다. 무력으로 진압했다. 반란은 더 커져 구주 전 지역으로 퍼져갈 기세였다. 수길은 움직이지 않을 수 없었다. 구주의 모든 다이묘를 동원하여 반란을 진압하는 데 넉 달이나 걸렸다.

수길은 좌좌를 소환했다. 그리고 소서행장과 가등청정에게 명하여 도중 이기(尼崎)에서 할복시키라 했다. 좌좌는 그곳의 법화사(法華寺)라는 절에 들어가 행장과 청정의 입회하에 배를 가르고 죽었다.

수길은 그 땅을 둘로 갈라 행장은 24만 석의 우토(宇土, 우도)에, 청정은 25만 석의 웅본(熊本, 구마모도)에 큰 다이묘로 임명했다.

평조신은 소서행장을 만나 귤강광이 죽게 됐다는 사실을 알렸다.

"살려낼 수가 있을까요?"

"이제 늦었을 것이오."

"전에도 이런 일이 있었습니까?"

"물론이오. 관백은 군주요. 그러니 항상 조심하지 않으면 안 되오."

평조신은 다시 대판으로 달려가 강광의 시신을 수습했다. 화장을 시킨 다음 유골함을 들고 되돌아 행장의 집으로 왔다.

며칠 후 평조신은 자기 영지로 떠나는 행장의 배를 타고 대마도 길에 올랐다. 우울하고 심란했다. 행장이 먼저 술을 권했다.

"내가 알아보았더니 일이 더 크게 번질 것 같지는 않소. 강광이 관백을 어렵게 보지 않아 당한 것이오. 관백도 조선 문제가 잘 안 풀렸다는 것을 짐작하고 있소. 조선 문제가 잘 안 풀리면 전쟁은 반드시 일어납니다. 만반의 준비를 해야 할 것이오."

"전쟁이 곧 시작됩니까?"

"전쟁을 하려면 전초기지인 구주가 안정돼야 하는데 내란의 후유증 때문에 시일이 좀 걸릴 것 같소."

"알겠습니다."

"이번에 관백의 불신을 샀으니 그사이 준비나 단단히 해두시오. 애쓴다는 증거를 보여야 할 것이오."

"증거라면?"

"우선 조선지도를 만드시오. 조선에 들어가려면 그게 맨 먼저 필요할 게 아니오? 여러 장 만드는 게 좋겠소."

"알겠습니다. 조선을 정탐하고 온 사람들이 있으니 금방 될 겁니다."

"그리고 요코메(정보원)와 통변 양성도 하고 있소?"

"예, 강광이 대마도로 돌아온 후 바로 시작했습니다."

"잘하셨소."

평조신은 상관(上關)에서 행장과 작별하고 대마도 배로 갈아탔다.

평조신은 선실의 불단에 귤강광의 유골상자를 올려놓고 그 앞에 앉았다. 우람한 덩치에 힘이 장사였던 대마도의 거인, 우직하고 순진한 성품으로 힘든 일을 마다 않던 선인, 사세를 모르고 배짱을 부리다 폭소를 자아내던 호인, 그 강광은 따지고 보면 대마도의 후손이 된 죄 때문에 죽었다. 대마도의 후손이란 죄 아닌 죄 때문에 이제 한 줌 재가 되어 고향으로 돌아가는 것이었다. 평조신은 눈시울이 뜨거워졌다.

대마도에 도착한 강광의 유골은 아무런 장례 절차도 없이 다만 삼현 스님의 독경만으로 곧바로 납골당으로 옮겨졌다. 공식적으로는 죄인으로 취급할 수밖에 없었다. 그날 밤 귤강광의 늙은 형 귤강련은 아무도 모르게 해안으로 나갔다. 그리고 낭떠러지에서 바다로 뛰어내렸다. 그리고 다시는 떠오르지 않았다.

귤강광이 죽은 뒤에도 풍신수길은 수시로 대마도를 다그쳤다. 믿음직한 젊은 충신 소서행장과 가등청정이 대마도와 가까운 구주에 오게 되어 풍신수길은 대마도 통제가 훨씬 편리해진 셈이었다.

"조선의 일은 행장과 청정에게 도맡아 처리하라 했으니 그들의 지시를 받으라."

대마도는 상전이 세 사람이나 생긴 꼴이 되었다. 수길이 행장과 청정에게 지시를 내리면 두 사람은 대마도에 그 지시를 이행토록 조처하고 독려하는 식이었다. 행장은 대마도와 터놓고 대책을 상의하기 때문에 여전히 대마도에게는 고마운 존재였다.

그러나 청정은 달랐다. 수길보다 한술 더 떴다. 수시로 사람을 보내 협박하며 당장 조선에 들어가 조선왕을 끌어오라 볶아댔다.

종의조의 노심초사는 점점 더 심해졌다. 아무리 생각을 해도 수길이 있는 한 전쟁은 피할 수 없을 것 같았다. 그렇다면 대마도는 또다시 핏물 질퍽거리는 쑥밭이 되고 숱한 사람들이 원혼이 될 판이었다. 무슨 재주로 이 전쟁을 막는가?

겨울이 오면서 종의조는 기어이 앓아눕고 말았다. 처음에는 과로에 의한 몸살이려니 했는데 약을 써도 소용없고 몸은 점점 더 쇠약해져갔다. 소생 가망이 없었다. 자꾸 숨이 차오르자 종의조는 후계자 종의지를 불렀다.

"지금 같은 난세에 … 처신하는 근본은 … 무엇이냐?"

종의지는 평소 배운 대로 대답했다.

"의리를 지키는 일입니다."

종의조는 잠시 눈을 감았다 떴다.

"아니다 … 살아남는 일이다."

"예에 … ."

종의조는 숨을 몰아쉬면서 이를 갈았다.

"풍신수길 … 이 불한당에게는 … 지킬 의리가 없다. 대마도는 다시 … 쑥대밭이 될 것이다. 그래도 기어이 … 살아남아야 한다."

말을 마치자 그는 눈을 부릅뜨고 숨을 거두었다.

57세, 그러나 어느 사이 백발이 성성한 채 어쩌다 이다지도 수척한 노구가 되었는지, 그 앙상한 몰골은 보는 이의 가슴을 아리게 했다.

인자한 부모처럼 존경하며 따르던 도주의 서글픈 죽음은 온 대마도를 눈물바다로 만들었다. 종의조 역시 귤강광처럼 아무런 잘못도 없이 대마도에서 태어난 죄로 수길의 손에 죽은 셈이었다.

이제 대마도는 21세의 새파란 청년 도주 종의지를 지도자로 받들고 이 살얼음판을 살아가야 할 처지가 되었다. 대마도 사람들은 더욱 불안한 기색을 감추지 못했다. 장례식에 참가한 소서행장은 자신의 사위인 젊은 도주가 다스릴 대마도의 불안을 진정시키고자 애를 썼다.

"관백께서는 내심으로 인자한 분이오. 이렇게 슬플 때 대마도를 일부러 어렵게 하지는 않을 것이니 마음 편히 가지시오. 전에 도주를 만났을 때 관백께서는 매우 흡족해하셨으며 지금도 기대가 크다오. 도주 이하 여러분이 똘똘 뭉쳐 합심 협력한다면 모든 일은 잘될 것이오. 나도 최선을 다해 돕겠으니 안심하시오."

왕사 다시 오다

겨울이 가고 봄이 왔다(1589년). 풍신수길로부터는 별말이 없었다. 대마도는 슬픔 속에서도 다소 안정되어 갔다. 종의조가 죽은 지도 어느새 백일이 지났다. 부처님 탄신을 경축하는 연등이 조롱조롱 매달리는 4월에 들어서면서 소서행장이 찾아왔다.

종의지는 선창으로 마중 나갔다. 행장은 10여 명 수행무사들과 함께 종의지도 잘 아는 어른 한 분을 모시고 왔다. 박다(博多)의 거상인 도정종실(島井宗室)이었다.

도정종실은 조선무역 때문에 대마도에 자주 들렀고 그래서 전 도주 종의조와는 각별한 사이였다. 또한 행장의 집안과도 매우 친밀한 사이였다. 그는 일찍이 무역을 위해서 멀리 명나라, 유구(오키나와), 여송(필리핀)에도 드나들었다. 조선에도 빈번히 드나들어 조선 사정에도 매우 밝은 사람이었다. 재력이 넉넉하다 보니 생전의 종의조가 가끔 도움을 청하기도 했는데 그는 항상 기꺼이 도와주었다. 젊은 대마도주 종의지도 물론 이런 사정을 잘 알고 있었다.

도정종실이 상주에게 허리를 굽혀 예를 갖추었다.

"얼마나 애통하십니까? 문상이 너무 늦어 참으로 죄송합니다."

"바쁘신 터에 이렇게 와 주시니 감개무량합니다."

종의지는 소서행장 일행을 성내로 안내해 간단한 환영식을 가졌다. 성 안팎에는 진달래가 한창이고 화창한 날씨에 새소리가 유난히 청량했다. 환영식이 끝나고 소서행장, 도정종실, 종의지 등 세 사람은 별실에서 차를 마셨다. 행장이 입을 열었다.

"자네를 위해서 종실 영감님을 모시고 왔네. 자네에게 많은 도움을 주실 것이야."

행장의 말에 의지가 종실에게 고개를 숙였다.

"참으로 고맙습니다. 미숙한 게 너무 많습니다. 잘 돌봐 주십시오."

종실이 대답 대신 고개를 숙이는 사이 행장이 품에서 편지 한 통을 꺼내 놓았다.

"관백님의 편지네. 읽어 보게."

의지는 순간 가슴이 철렁했다. 애써 마음을 가다듬으며 읽어 내렸다.

> 지난번 구주를 정벌할 때 내친김에 조선도 치려고 했던바 너희 부자(父子)가 조선왕이 와서 항복하도록 조처한다고 해서 연기했었다. 그러나 작년에도 오지 않았고 금년 들어서도 소식이 없다. 금년에도 또 지체한다면 소서행장과 가등청정으로 하여금 구주의 병력을 동원하여 조선을 들이치도록 할 것이다.
>
> 종의지는 직접 바다를 건너가 이 여름이 가기 전에 조선왕을 데리고 오도록 하라. 병력을 움직이는 일은 고된 일이기에 잠시 연기하는 바이니 서둘러 시행토록 하라.

의지는 가슴이 콱 막히고 눈앞이 캄캄했다. 조선과의 외교는 고사하고 일본 내 다른 지역의 누구와도 외교 교섭 같은 것은 단 한 번도 해본 일이 없었다. 그런데 조선왕을 무슨 재주로 데려온단 말인가? 그저 막막하고 아찔할 뿐이었다.

의지의 그런 속을 빤히 들여다보며 행장이 거들었다.

"지금으로서는 막막할 것이네. 하지만 관백님의 명령이니 그대로 따르는 수밖에 없지. 자네가 직접 조선에 건너가야 할 것 같네."

"제가 직접이요?"

"그래. 그래서 내가 종실 영감님을 모시고 온 것이야. 영감님이 함께 가시면 일이 잘될 테니 너무 염려 말게."

"제 생각에 조선왕은 절대로 오지 않을 것 같은데요."

행장은 피식 웃으며 목소리를 낮췄다.

"조선왕이야 올 리가 없지. 그러니 통신사를 보내도록 힘써 보는 것이야."

"예에…, 그렇군요."

"구체적인 이야기는 이따 따로 하세."

"예, 알겠습니다. 저녁 준비를 시키겠습니다."

별실을 나온 종의지는 가슴이 좀 뚫리는 것 같았다. 심호흡을 했다. 4월의 동부새 바람이 코끝에 단내를 풍겼다.

저녁을 먹은 후 세 사람은 다시 모여 숙의에 들어갔다. 비상시인 만큼 비상한 방법으로 사절단을 꾸미기로 했다. 종의지가 도주이니까 당연히 정사(正使)를 맡아야 했지만 나이 어리고 경험 없어 부사를 맡기로 하고 현소 스님을 정사로 모시기로 결정을 보았다.

현소 스님은 여러 번 조선에 내왕한 적이 있고 글도 잘하고 예법도 밝아서 조선에서는 그에게 호감을 갖고 있었다. 대마도의 입장에서도 도주가 사부로 모시기 때문에 도주의 위신에 손상갈 일은 아니었다.

다음날 중신회의를 소집했다. 종의지가 수길의 편지를 읽어 모두에게 주지시킨 다음 조선에 갈 사절단의 인선과 절차를 발표했다.

소서행장이 당부의 말을 했다.

"이번 관백님의 편지는 대마도에 대한 최후통첩과 다름없소이다. 이번 사절단은 건너가서 기필코 조선통신사가 오도록 해야 하오. 심정으로는 나도 함께 가고 싶소만 그럴 수 없어서 여기 종실 영감님을 모시고 온 것이오. 영감님이 이 소서행장이다 생각하시고 영감님과 서로 잘 의논해서 일이 꼭 성사되도록 애써 주시기 바라오."

회의가 파하고 행장 일행은 곧바로 선창으로 나갔다. 도주 이하 몇 사람들도 떠나는 사람들을 배웅하러 나왔다. 도정종실이 현소 스님에게 한마디 했다.

"사절단이 타고 갈 배는 제가 준비해 오겠습니다."

대마도 배들은 그저 평범해서 도주의 배조차도 별반 나은 게 없었다.

"왕사의 배라면 좀 근사한 데가 있어야 할 거요. 그럴 듯한 배 한 척 부탁하오."

소서행장이 환하게 웃으며 한마디 거들었다.

도정종실 일행이 탄 배는 돛을 올리자 금방 대마도에서 멀어져 갔다.

대마도에서는 동래부사에게 연락관을 보내 일본왕사의 파견예정을 알리고 허락을 기다렸다. 동래부사 이정암의 보고를 받은 조정에서는 설왕설래 의견이 분분했다.

"무엇이 답답해서 또 일본사신을 받아들이고 통신사를 보내야 한단 말이오?"

"미개한 족속들이 무슨 사단을 벌일지 알 수 없소. 사신을 받아들이고 적당히 무마해 보내는 것이 상책이오."

임금 선조가 결론을 내렸다.

"사신은 일단 받아들이시오."

1589년 6월이 되면서 사절단의 입국을 허락한다는 통보가 대마도에 전달되었다. 그리고 일본왕사 일행은 궁중행사에나 쓸 법한 매우 화려한 채선(彩船)을 타고 부산에 상륙했다. 그 배는 도정종실이 약속대로 마련한 것이었다.

정사 현소, 부사 종의지, 도선주 평조신, 서무 서춘(瑞春), 수행원 도정종실 등 8명, 그리고 역군들, 도합 25명이었다. 일본왕사가 도성(한양)까지 동행할 수 있는 인원은 여전히 25명이었다.

일본 사절단을 맞이하는 조선의 당사자들은 내심 불안감을 떨치지 못했다. 지난번 귤강광의 경우가 있어 또 황당한 일이 벌어지지 않을까 걱정해서였다. 그러나 이번 사절단은 전혀 딴판이었다. 현소 이하 모두들 하나같이 점잖고 공순해서 분위기가 매우 우호적이었다.

동래부사의 보고를 받은 조정에서는 재덕을 겸비한 이조정랑 이덕형(李德馨)을 바로 선위사로 임명했다. 이번에도 규정에 구애되지 않고 상대방이 놀랄 만한 인물을 발탁한 것이다. 29세의 이 젊은 수재는 무불통지의 지식을 가졌으면서도 과묵하고 정중했다. 한음(漢陰)이란 아호를 가졌으며 어릴 때부터 문명(文名)을 떨쳤다.

"현소가 비록 글재주가 있다 하나 이 정랑에게 대면 제자뻘밖에 안 될 것이오."

이덕형을 임명하면서 임금이 빙긋이 웃었다.

정사 현소는 일찍이 이덕형에 대해서 들은 바도 있었지만 실제로 만나고 나서는 더욱더 그의 학식과 인품에 매료되었다. 그는 이 젊은 선위사를 스승처럼 흠모하고 진중하게 모셨다.

현소는 사실 외교와는 직접 연관이 없는 것들, 평소 궁금하게 여기는 사안들도 이덕형에게 물어보았다. 유교경전에 대해서는 그렇다 치더라도 불교경전에 대해서 물어보아도 이 젊은이는 도대체 막히는 법이 없었다. 별일 없이 서울까지 무사히 오면서 이번에는 시도 서로 주고받아 그만큼의 우정도 더 생겼다.

사절단은 동평관에 들고 예조를 통해 국서와 선물목록을 임금에게 올렸다.

"역적 풍신수길의 선물이라…."

임금 선조는 꺼림칙한 느낌인지 눈살을 찌푸렸다.

"마필은 사복시로 보내고, 조총과 도창(刀槍)은 군기시(軍器寺)로 보내고…, 그리고 공작이라…, 그 공작은 제주도에 보내 놓아주도록 하시오."

"사신들이 알면 오해를 살 수도 있습니다. 그러면…."

우승지 이유인(李裕仁)이 걱정을 했다.

"그런 것을 저들이 알 리 있소?"

"세상에는 비밀이 없다 하옵니다. 하옵고 이웃나라의 성의를 제대로 받아들이지 않으면 상호교린에 틈이 생길 수도 있고, 먼 데 사람을 포용하는 도량에도 흠이 생기옵니다. 옛일을 상고해 보면 영락(永樂) 7년(1409년, 태종 9년)에 일본에서 코끼리 2마리를 보내자 태종께서 받으셨고, 성화(成化) 4년(1468년, 세조14년)에 원숭이 1마리와 말 1마리를 보내자 세조께서 받으신 전례가 있사옵니다. 소신 생각으로는 공작새를 장원서(掌苑署)에 보내 두면 좋을 듯하옵니다."

"거기 맡겨두면 허물이 더 심할 것이오. 그러니 객사(客使: 사신)가 돌아가면 제주도에 놓아주도록 하시오."

우의정 정언신(鄭彦信)은 그들의 선물 중에서 조총에 자꾸 마음이 쓰였다. 그 조총에 대하여 뭔가 좀 알고 싶었다. 함경도 순찰사 시절에 국경 언저리의 야인들을 자주 다룬 적이 있는 그는 무기에 대해 관심이 많았다. 그는 넌지시 임금의 의중을 살펴보았다.

"그 조총이라는 것을 저들과 함께 한번 시험해 보는 게 어떻겠사옵니까?"

"우리에게 좋은 총통이 있는데 그까짓 막대기 같은 것을 시험은 해서 뭘 하겠소?"

임금은 조총이라는 것을 한마디로 멸시해 버렸다.

사신들이 가져온 선물에는 선린의 예절을 넘어서 때로 중대한 저의나 암시가 내포되어 있기도 했다.

'일본에서는 지금 이 조총이라는 신무기로 무장한 대규모 군대가 조선을 침공하고자 태세를 갖추고 있으니 대책을 세우시오.'

사실 그들의 조총 선물은 이런 내용을 전해 주고 싶은 암시이기도 했다. 야전(野戰) 경험이 풍부한 정언신의 의견대로 조총의 성능을 시험해 보았다면, 비록 암시하는 바를 다는 짐작을 못했을지라도, 그 조총의 우수한 성능을 알게 되어, 오랑캐 나라 일본에 대한 새로운 경각심을 가질 수도 있었을 것이다.

정언신은 조총에 대한 생각을 접으며 통신사에 대한 임금의 의중을 살폈다. 저들의 주목적은 통신사의 파견이었다.

"하옵고 통신사는 어찌하면 좋겠사옵니까?"

"역적에게 통신사는 무슨 통신사?"

임금은 역정을 내는 것으로 일관했다. 신하들은 매일 머리를 맞대고 궁리를 거듭했다. 그러나 별 뾰족한 수가 나오지 않았다.

시일은 자꾸 지체되어 어느새 7월도 다 갔다. 동평관에 대한 대접은 전과 달리 늘 융숭했지만 어찌하겠다는 결말이 나지 않아 사절단도 조정의 신료들도 답답한 세월이었다.

그런데 8월에 들어서자 첫날 석강에서 임금이 먼저 통신사 이야기를 꺼냈다.

"저것들이 통신사를 보내 달라고 안달하는 이유가 뭐겠소?"

"무력으로 정권을 잡은 터라 조선통신사를 들여 민심과 정국을 안정시키려는 뜻이 있을지도 모릅니다. 또 한편으로는 시비를 걸어 뭔가 트집을 잡으려는 것인지도 모릅니다."

지중추부사 변협(邊協)의 대답이었다.

"음…, 그리고 내가 사신들을 만나 보아야 한다는 말도 있는 모양인데 그 점은 어떻소?"

"미개한 족속들을 다듬어주는 의미에서 접견도 하시고 연회도 베풀어 주심이 좋을 듯합니다."

"그래요? 생각해 봅시다. 그래도 통신사는 불가할 것 같소. 평상시 같으면 뭐 힘들 것도 없지만, 자기 임금을 몰아낸 역적에게 통신사를 어찌 보낸단 말이오? 경연관의 생각은 어떻소?"

그날 경연관은 성균관 전적(典籍) 허성(許筬)이었다.

"전하의 말씀은 만세의 바른 도리로서 참으로 지당하옵니다. 하오나 미개하고 불측한 것들이 행여 전쟁이라도 일으킨다면, 변경이 소란해지고 백성들이 고통을 당하게 될 터인즉, 비록 저들이 못되었다 해도, 우리의 평온을 위해 저들을 무마한다는 의미에서, 통신사를 보내는 것도 무방할 것 같사옵니다."

허성이 처음으로 통신사 파견을 주장한 셈이었다. 임금은 퍽 누그러진 표정이었다.

"그럴 수도 있겠소. 생각해 봅시다."

귤강광 때부터 절대불가로 강경하던 임금의 심경에 처음으로 변화가 생겼다. 며칠 뒤 임금은 도승지 조인후(趙仁後)에게 그간 골똘하게 고심한 바를 토로했다.

"저것들이 지난번에도 거절하고 이번에도 또 거절하면 아무래도 원한을 품을 것 같소. 흉포한 자들이 성정이 급한 법인데, 우리가 계속 거절만 한다면 홧김에 쳐들어올 수도 있을 것이오. 그러니 우리가 이 시점에서 몇 가지 조건을 제시해 그들의 반응을 봅시다. 그들이 조건을 들어준다면 통신사를 보내는 우리의 명분도 서지 않겠소?"

도승지도 몇 가지 의견을 아뢰었다.

임금은 다음날 정식 전교(傳教: 왕의 명령)를 내렸다.

나에게 계책이 있다.

'대왕(풍신수길)이 지난 정해년(丁亥年: 1587년, 선조 20년) 1월에 즉위하였습니다. 그러데 그해 2월에 적선(賊船) 수십 척이 폐방(弊邦: 우리나라)의 변방에 나타나, 주민들을 살해하고 포로로 잡아가 남의 자식을 고아로 만들고 남의 아내를 과부로 만들었으니, 이는 천리(天理)에 용납되지 못하고 하늘에 버림받을 일입니다. 대왕의 인정(仁政)을 이웃나라가 눈여겨 지켜보는 때에 이러한 일을 저질렀으니, 인심을 얻어 이웃과 잘 지내려 한들 어찌 어렵지 않겠습니까? 이는 비록 대왕이 낱낱이 알 수 없는 일이라 해도, 해구(海寇, 해적)의 발호를 엄금하지 못하여 이웃나라 사람들의 원성을 사게 되는 것은 대왕의 큰 수치가 아닐 수 없습니다. 일찍이 인무(仁武: 어질고 용맹함)를 일컬어 온 대왕으로서 어찌 이럴 수가 있습니까?

그 후에 포로로 잡혀갔다가 도망쳐 온 자가 한둘이 아니었는데, 그들이 말하기를 귀국의 오도도주(五島島主)와 피난도도주(避難島島主)가 우리나라 반적(叛賊) 사을포동〔沙乙浦同: 일명 사화동(沙火同)〕의 꾀를 받아들여 악행을 자행했다고 했는데, 그 말들이 다 한결같았고, 그 얼굴을 직접 보고 그 성명을 확인한 자들도 있었습니다.

대왕이 만약 신의로써 선린을 두터이 하고자 한다면, 의당 두 도주 및 사을포동과 악행 당시에 가세한 적괴들을 묶어 보내고, 또 전후에 포로가 된 백성들을 모두 되돌려 보내, 폐방의 사람들이 대왕의 처사가 매우 광명정대함을 느끼도록 해야 할 것입니다.

이렇게 한다면 과인도 의당 사신에게 척서(尺書: 편지)를 주어 보내 성의를 표할 것이며, 파도의 험악함과 도로의 어려움을 사양치 않을 것입니다. 그렇게 되면 두 나라가 서로 신뢰를 쌓아 길이길이 만세에 선린하지 않겠습니까?'

이렇게 저들에게 말한다면 저들은 우리 사신을 초치하기에 급급하여, 반드시 전일의 도적을 묶어 보내고 잡혀간 백성들을 돌려보낼 것이다. 그렇게 되면 우리 또한 답례로 사신을 보내야 할 것인즉, 이는 그 정성에 보답하는 것이지, 이유 없는 사신을 보내 역적의 뜰에서 이마를 조아리게 하는 것은 아니다. 저들이 만약 우리의 뜻에 따르지 않는다면 이는 저들의 잘못이므로 우리는 얼마든지 거절할 수 있다. 대신, 비변사, 예조는 충분히 의논하여 아뢰도록 하라.

신하들은 갑론을박으로 의견일치를 보지 못했다.

"그렇게 몽땅 데려오라 하는 것은 너무 심한 요구일 수 있소. 일본이 그런 요구를 듣겠소?"

"그냥 사화동 하나만 잡아오라 하는 게 어떻겠소? 적괴라 해도 자기들 백성인데 다 잡아 보내라 한다면 시비 건다고 여기지 않겠소?"

왈가왈부로 8월도 다 가고 있었다. 하회를 기다리다 못해 선위사 이덕형이 대제학 유성룡(柳成龍)을 찾아왔다. 대제학은 당대 최고의 학자가 누리는 벼슬로서 영예는 3정승(영의정, 좌의정, 우의정) 못지 않았다.

유성룡은 임금의 신임이 아주 두터웠다. 이덕형은 대제학의 말이라면 임금이 들어줄 수도 있다고 짐작했다.

"좋든 싫든 저들은 한 나라의 국사입니다. 한 달이 지나가는데 성상께서는 접견조차 아니하시고, 또한 가부간에 아무런 말씀도 없으시니 참으로 답답합니다."

"나도 그렇게 생각은 하네만 해당 관서가 있으니 내가 나서는 것은 합당치 않은 것 같네."

"하오나 대제학 대감의 말씀이라면 성상께서 믿으실 것입니다. 우선 접견이라도 하시도록 말씀을 올려주십시오."

'선위사는 임금이 접견이라도 하시기를 간절히 바라고 있구나.'

유성룡은 조용히 대세를 짐작해 보았다.

이덕형은 좌의정 이산해(李山海)의 사위였다. 이산해가 동조할 수도 있었다. 영의정 유전(柳琠)이 병중이어서 사실상 백관의 장은 이산해였으니 그렇다면 대신들의 의견도 반영되는 셈이었다.

신중하고 정중한 이덕형이요, 같은 또래 젊은 관료들의 대표격인 이덕형이고 보면 젊은 관료들의 뜻도 같은 쪽일 것 같았다.

"힘써 보겠네."

그날부터 유성룡이 임금께 조심스레 건의를 드렸다. 역적의 사신을 어떻게 만날 수 있느냐며 고집을 부리던 임금이 아주 유연해졌다.

"만나 봅시다."

임금은 전보다 배포가 많이 커진 것 같았다. 아무래도 그것은 고쳐진 《대명회전》(大明會典)을 받은 후의 변화인 듯했다.

1589년(선조 22년) 8월 28일 진시(辰時: 오전 8시) 정각에 임금은 창덕궁 인정전(仁政殿)에서 일본사신들을 접견했다. 지난밤부터 내리는 비가 그치지 않아 전정 뜰에 도열한 신하들은 모두 우산을 받쳐 들고 서 있었다.

주악이 울리고 예조참판의 안내를 받아 어전에 나간 현소 등 사신들은 어좌를 향하여 사배(四拜)를 올렸다. 그리고 현소가 종의지 이하 일행을 임금께 하나하나 소개했다. 소개가 끝나자 임금은 격식을 차려 위로의 말을 전했다. 시립한 예조판서가 임금의 말씀을 전하자 통변이 이를 일본말로 옮겨 말했다.

"파도가 험한 먼 바닷길을 이렇게 오시느라 수고가 많았소."

"우악(優渥) 하신 말씀 황공무지로소이다."

현소가 우리말로 대답하자 임금은 천천히 고개를 끄덕이고 위로의 하명을 내렸다.

"객사에게 선온(宣醞: 임금이 술을 하사하는 일) 하라."

술이 하사되었다. 사신들이 공손히 술잔을 비우고 나자 관원들이 받쳐 든 우산을 젖히고 종의지가 한발 앞으로 나섰다. 그리고 우리말로 선창하며 두 팔을 하늘로 뻗어들었다.

"조선국왕 전하 천세(千歲)!"

뒤따라 사신 일행이 천세를 외쳤다.

"천세!"

"천세! 천천세!"

예상치 못한 돌발행동에 신료들은 잠시 어안이 벙벙했으나 전상의 임금은 매우 유쾌한 화색이었다. 중국임금에게 외쳐지는 만세(萬歲)라는 소리를 듣지 못하는 것이 조금 아쉬울 뿐이었다.

임금은 도승지 조인후에게 일렀다.

"의물(儀物: 주악을 울릴 때 좌우에 벌여 세우는 의장)의 우구(雨具: 우비)를 벗겨내고 주악을 울려라."

임금은 주악으로 위의를 제대로 갖추고 싶었다. 의장들에 둘러씌운 우비들을 걷어내고 주악을 울렸다. 주악에 따라 예식의 감흥은 한결 더 고조되었다. 임금의 기분도 고조되었다. 임금은 우승지 이유인에게 전했다.

"평의지(종의지)에게도 진작(進爵: 임금께 술잔을 올림)을 허락하라."

궁중의 공식 잔치에서 진작은 재상과 같은 신하들만이 누리는 영광이었다. 종의지는 임금에게 술잔을 올리는 그런 영광스런 대접을 받은 셈이었다. 종의지가 진작을 마치자 임금은 좌부승지 황우한(黃佑漢)에게 전했다.

"저들을 효유(曉諭: 깨닫도록 일러줌)한 뒤에 별도로 술을 내리도록 하라."

접견이 끝난 뒤에 별도로 위로연을 베풀어 주라는 지시였다.

사신들은 사은숙배를 드리고 대궐을 나왔다. 비는 내렸으나 사신들의 접견은 임금의 유쾌한 응수 덕분에 꽤나 화기애애하게 끝났다. 일본사신들을 접견한 후 조정의 분위기도 한결 부드러워졌다.

9월 9일 대제학 유성룡은 국서의 초안을 들고 선덕전(宣德殿: 창덕궁)으로 나아가 임금을 뵈었다. 임금은 초안을 찬찬히 읽고 나서 고개를 들었다.

"결국은 사을포동(사화동) 하나를 잡아 보내라 이거 아니오?"

"그러하옵니다."

"내 생각에는 '사을포동을 송환하고 적괴도 포박해 보내라' 이렇게 두 가지 조목을 분명히 적으면 좋을 것 같은데 어떻소?"

"사실은 그 두 가지가 다 이루어지도록 조치해야 하옵니다. 그러나 국서에 그대로 쓰면 표현이 지나칠 것 같아서 이렇게 적었사옵니다."

임금은 말없이 두어 번 고개를 끄덕였다.

단정하고 고결해 보이는 얼굴에 맑고도 온화한 눈빛을 가진 유성룡이었다. 금년 48세. 성품마저 온건해서 누구에게나 호감을 사는 사람이었다. 박학다식하면서도 겸손하고 사리판단이 예리하면서도 원만하고 매사 진중 침착했다. 임금은 유성룡의 됨됨이를 잘 알기에 그의 말은 일단 수긍하고 들었다.

뭔가 잠시 생각하던 임금은 옆에서 문답을 기록하는 승지 홍여순(洪汝諄)에게 의견을 물었다.

"승지는 어찌 생각하오?"

"소신의 생각으로는 성상의 말씀대로 두 가지 조목을 다 명백하게 적는 게 좋을 것 같사옵니다만…."

임금은 또 한참을 궁리하다 유성룡에게 다시 물었다.

"어찌되었든 이번에는 통신사를 반드시 보내야 한다는 축도 있는데 경은 어찌 생각하시오?"

"그런 사람들도 숙고해서 그런 의견을 말했을 것입니다. 일본사람들이 어찌하든 우리가 관여할 바는 아닙니다. 하지만 우리의 형세가 취약할 때는 우리의 평화를 위해서 여느 때와는 다른 방도를 취하는 것도 하나의 방편입니다. 근래 우리나라는 연년 흉년이고 변방의 방비는 허술합니다. 왜구가 잘 드는 하삼도는 금년에 가뭄이 더욱 심하다 하옵니다. 이런 처지에 어느 한 곳에 작은 사단이라도 일어나면 팔도가 요동칠 수 있습니다. 평화를 유지하는 방편으로 사신을 한 번 보내보는 것도 괜찮다 여겨집니다."

임금은 눈을 지그시 감고 장고(長考)했다.

젊은 승지 홍여순이 유성룡에게로 고개를 돌렸다.

"그런 구절을 국서에 다 넣기가 어렵다면 선위사로 하여금 구두로 전달하도록 하고, 반응을 보는 게 어떨는지요?"

임금이 듣고 있었는지 눈을 뜨면서 홍여순에게 지시했다.

"그거 괜찮은 생각이오. 그대로 적어서 해당 부서에 전하시오."

다음날 유성룡은 이 일을 주관하는 부서의 수장, 즉 예조판서에 임명되었다. 임금도 조정도 유성룡을 이 일을 해결할 수 있는 적임자로 보았다. 그렇더라도 임금의 본의는 굳었다.

"예조판서는 분명히 들으시오. 사을포동과 적괴들을 다 같이 묶어와야지, 그렇잖으면 통신사는 안 보내오. 그쯤 알고 처리하시오."

유성룡은 선위사로 하여금 저들의 의견을 타진해 보도록 했다. 유성룡의 지시를 받은 선위사 이덕형이 동평관에 묵는 일본사신들을 찾아갔다.

"우리 서로 속을 터놓고 이야기 한번 해봅시다."

이덕형은 곧바로 중심을 파고들었다.

"그거 아주 좋습니다."

그들의 눈이 빛났다.

"그대들이 바라는 통신사는 보낼 수 있습니다."

"참으로 반가운 말씀이오."

사신들 얼굴이 갑자기 기쁨으로 빛났다.

"그런데 조건이 있소이다."

"조건이오? 말씀해 보시지요."

"사화동이란 자를 잡아와야 하겠습니다."

그들은 잠깐 긴장하는 모습을 보였으나 현소가 조용히 되물었다.

"사화동을 잡아오면 통신사를 보내는 것입니까?"

"그렇습니다."

"사화동은 좀 멀리 있소이다. 우리 국왕의 허락도 받아야 하니, 상의할 시간을 좀 주시오."

"그리고 조건이 또 있소이다."

"또 조건입니까?"

"그렇소. 재작년 2월 손죽도를 약탈한 주범들을 잡아와야 하겠소이다. 오도의 도주와 피난도의 도주라 합니다."

"그건 아무래도 어렵겠습니다."

종의지가 난색을 표하자 자기들끼리 일본말로 왈가왈부하는 듯 좀 소란스러웠다.

"그게 안 된다면 우리도 전하의 허락을 받지 못합니다. 할 수 없이 그냥 떠나실 준비를 하셔야 되겠습니다."

이덕형이 일어나려 하자 현소가 말렸다.

"잠깐 앉으시지요. 이게 보통 일이 아니올시다. 저희들끼리 의논해서 대답을 드리겠습니다. 잠시만 기다려 주시지요. 그리고 또 다른 조건이 있습니까?"

"없습니다. 조건은 그 두 가지요."

그들은 별실로 들어가고 이덕형은 앉아서 기다렸다.

별실에 들어오자 도정종실이 현소와 종의지를 보면서 먼저 입을 열었다.

"조선사람 사화동에 대해서는 제가 요량하는 바가 있습니다. 너무 염려하지 마십시오."

"아, 그렇습니까? 참으로 다행입니다."

종의지가 놀라며 기뻐했다.

"도주들을 끌어오라는 일은 어떡하지요?"

"그건 아무래도 어려울 것 같소."

오도나 피난도는 대마도에서 보면 남의 나라다. 남의 나라 도주를 끌어오는 일은 불가능했다.

"사화동만으로 밀어붙이면 어떨까요?"

종의지의 의견에 현소가 입을 열었다.

"우리가 조선에 온 지 벌써 석 달이 되어가고 있소. 사화동만으로 고집하다가는 조선의 공기로 보아 일은 어려워질 것이오."

그러면서 종의지에게 물었다.

"도주님, 부중(府中: 대마도의 도성)에 혹시 사형수가 있습니까?"

"그야 몇 사람 있소만…?"

"그럼 잘됐습니다. 그들을 끌어다 조선에 넘기면 됩니다."

"아니, 사형수들을 심문해 보면 도주가 아니라고 펄펄 뛸 텐데 그럼 거짓이 들통 날 게 아니오?"

"그건 걱정 없을 것 같습니다. 진짜가 온다 해도 죽는 마당에 바른대로 말하겠습니까? 자기는 그 도주가 아니라고 우길 것입니다."

"과연 그렇겠군요. 그렇게 해보지요."

종의지가 찬성하면서 일본의 방침은 결정되었다.

현소가 이덕형과 마주 앉았다.

"두 가지 조건을 다 받아들이겠소. 그런데 이들을 데려오자면 우리 국왕의 허락을 받아야 하오. 그냥 말만 가지고는 안 될 일입니다."

"그렇다면?"

"무슨 징표가 있어야 하겠습니다. 징표 없이 우리 국왕께 말씀드렸다가 통신사 파견이 안 되는 경우 우리는 죽는 목숨입니다."

"그럼 무슨 징표가 필요하시오?"

"몇 자 적어 주시면 됩니다."

"누가요? 전하께서 말입니까?"

"아니오. 담당이신 예조판서께서 적어 주시면 충분할 것입니다."

"알겠소. 연락드리겠소."

이덕형은 예조판서 유성룡에게 보고하고 유성룡은 중신(重臣: 정 2품 이상의 신하) 회의에 부의(附議) 했다. 다들 대찬성이었으나 통신사의 파견에 관한 중대한 사안이어서 임금의 윤허를 받아야 했다.

"쉽게 판단할 일이 아니오. 간교한 것들이 그 징표를 가지고 무슨 짓을 할지 알 수 없단 말이오."

임금이 목청을 높이며 저지하고 나섰다.

9월 21일 좌상 이산해(李山海) 우상 정언신(鄭彦信)이 입궐하여 윤허를 청원하자 임금은 종 2품 이상을 모두 들도록 하여 각각 소견을 아뢰도록 했다. 대사간 이산보(李山甫) 한 사람을 빼고는 다 찬성했다.

상황이 이렇게 되자 임금이 결단을 내렸다.

"저들이 요구를 다 들어준다 하니 잘되었소. 그 두 가지 약속을 지키면 통신사를 보내도록 하겠소. 예판은 징표를 써 주도록 하시오."

다음날 유성룡이 징표를 써 주었다.

"애쓰셨습니다. 저들을 반드시 잡아와서 약속을 지키겠습니다. 그동안 조선에서는 통신사를 보낼 준비를 해주십시오."

현소가 다짐을 받고자 했다.

"임금께서 윤허하신 일이니 틀림없습니다. 걱정 마시고 적괴들이나 잡아오시오."

일본사절단 일행은 동평관에 남고 도정종실과 평조신 두 사람만 대마도로 건너갔다.

임금 선조는 자신의 대에 이르러 엄청난 일들이 다 해결된다고 생각되자 기쁜 마음에 미소가 절로 피어났다.

조선 태조 때부터 참으로 오랫동안 조선의 왕실과 조정을 난감하게 하고 기죽게 했던 종계변무(宗系辨誣: 조선왕조의 조상이 명나라의 《태조실록》과 《대명회전》에 잘못 기재된 것을 고쳐 주도록 주청하던 일)의 일을 마침내 해결했고, 그리고 또 참으로 골칫거리인 왜구의 일도 깨끗하게 해결될 기미여서 스스로도 대견스럽고 자랑스러운 마음에 가슴이 터질 듯 뿌듯했다.

200년의 숙제

조선의 임금들에게는 개국 초부터 선조 대에 이르기까지 왕가로서는 참을 수 없이 창피스럽고 한스러운 한 가지 중차대한 미해결의 현안이 있었다.

명 태조 주원장(朱元璋)은 건국한 지 6년 되던 1373년에 《조훈록》(祖訓錄)이란 것을 만들어 자자손손이 국가통치의 전범으로 삼도록 조치했다. 그 중 대외정책 항목에서 부정제이(不征諸夷: 전쟁을 하지 말고 화평으로 지내야 할 여러 나라)를 열거했는데 고려도 그 중 하나였다.

그러다 1395년에는 《조훈록》을 대폭 개정하고 이를 《황명조훈》(皇明祖訓)이라 개칭했다. 이때는 고려가 아니라 조선 태조 4년이었다. 그 《황명조훈》의 조선 조항에 조선으로서는 대경실색하지 않을 수 없는 내용이 들어 있었다.

> 이인인(李仁人)과 그 아들 이성계(李仁人及子李成桂)는 홍무(洪武: 명 태조 때의 연호) 6년(1373년)부터 홍무 28년(1395년)까지 왕씨(王

氏) 임금을 4명이나 살해했으니 좀 두고 보아야 할 것이다.

이인인, 이성계 부자가 고려 말기의 우왕(禑王), 창왕(昌王), 공양왕(恭讓王) 그리고 태자 석(奭), 이렇게 네 사람을 죽인 잔인무도한 자들이라고 못 박아 놓았던 것이다.

조선의 왕실로서 가장 견딜 수 없는 대목은 이성계의 아버지가 이인인이라는 것이었다. 고려에는 이인인이란 사람은 없고 이인임(李仁任)이라는 고려 말의 권신은 있었다. 이인임은 우왕을 옹립한 공으로 권력자가 되자 충신들을 제거하고 매관매직을 자행하는 등 횡포를 일삼다가 최영(崔瑩), 이성계(李成桂) 등에 의해 쫓겨나 처형됐다.

1394년(조선 태조 3년) 4월, 명 사신으로부터 이 사실을 처음으로 들어 알게 된 조선조정은 발칵 뒤집혔다. 조상이 바뀌어 버린 일, 이른바 환부역조(換父易祖)는 사가에서도 큰일인데 하물며 왕실에서 이런 변이 생겼으니 그런 소동이 당연했다.

그리고 이 내용은 약 100년 뒤 명 효종(孝宗) 때 명나라의 여러 법령과 제도를 집대성한 《대명회전》에 그대로 옮겨 기록되었다. 다만 이인인이 이인임으로 고쳐졌을 뿐이었다.

애초에 이 일은 고려 공양왕 2년(1390년)에 이성계의 정적이었던 윤이(尹彝), 이초(李初)가 명나라로 도망하여 명의 힘을 빌려 이성계를 제거하고자 한 사건 때문에 벌어졌다.

"지금 공양왕은 고려 왕실의 후계가 아니고 이성계의 인척입니다. 이성계는 이인임의 아들인데 … 그들은 왕과 공모해 명나라를 침공하려고 준비하고 있으며 … 또 그들은 고려왕들을 여러 명 시해했습니다."

이것은 왕조의 합법성과 왕실의 정통성을 어지럽힌 엄청난 사안이었다. 뿐만 아니라 충효를 근간으로 하는 인륜의 나라에서 후손된 도리로도 도저히 참아낼 수 없는 사안이었다. 태조로부터 이후 역대 왕들에게 이를 바로잡는 것은 반드시 이뤄내야 할 최급무였다. 아무리 그렇더라도 이 일이 명의 황제와 그 조정의 손에 달려 있었기에 해결하기가 결코 쉽지 않았다.

조선에서는 그 잘못된 종계를 바로잡으려고 태조 이후 줄기차게 주청사(奏請使)를 명에 보냈고, 선조 대에 들어와서도 선조 6년(1573년) 이후백(李後白), 윤근수(尹根壽) 그리고 선조 8년(1575년) 홍성민(洪聖民) 등을 이미 보냈었다.

《대명회전》의 개편 소식도 진즉 들려왔으나 조선국조에 대한 잘못된 기록의 정정은 여전히 이뤄지지 않았다.

조선은 태조 때 잘못된 기록을 처음 알고 나서 바로, 이성계는 이자춘(李子春)의 아들이라는 가계를 설명하고, 또한 이인임의 가계에 대해서도 자세히 설명하는 변명주문(辨明奏文)을 지어, 명 사신이 귀국할 때 주어 보냈었다. 그러나 명에서는 중수본에 변명 사실을 부기하는 데 그쳤다. 명은 기록이 잘못됐다는 사실은 인정했으나 고쳐 주려하지는 않았다.

그 이유는 '명국의 오만함'과 '외교 협상상의 가치'에 있었다. 말하자면 한편으로는 약소국에 대한 강대국의 자만심 때문이었고, 또 한편으로는 조선의 약점을 꼭 붙들고 있다가 필요할 때 유용하게 써먹으려는 이기심 때문이었다.

선조는 자기가 이 일을 꼭 성사시키고 싶었다. 1584년(선조 17년) 5

월 선조는 주청사 사절단을 다시 한 번 파견했다.

종계주청사(宗系奏請使)에 황정욱(黃廷彧), 서장관에 한응인(韓應寅), 질정관(質正官)에 송상현(宋象賢)을 결정하고, 통사 홍순언(洪純彦)을 수석으로 8명의 역관을 뽑은 후 선조는 엄명을 내렸다.

"이 일을 해결하지 못한 것은 역관의 죄다. 이번에 가서 또다시 시정 약속을 받아내지 못한다면 반드시 상통사(수석 통역관)의 목을 베겠다."

사신단의 대표를 제쳐 놓고 왜 역관에게 무거운 책임을 묻고자 했었던가? 당시 국가의 대외업무 내지 외교에는 역관이 중심에 서 있었다. 역관들의 업무는 사실상 대외교섭 업무가 그들 업무의 전부였다. 그런 이유로 역관의 책임을 무겁게 물으려 한 것이었다.

사신 또는 사신을 수행하는 양반 관리들의 업무는 행사 참여와 전문 업무 또는 정책결정에 관여하는 일뿐이었다. 외교, 무역, 재정, 문화, 국방, 교통 등 기타 모든 업무는 전적으로 역관들의 노력과 능력 여하에 달려 있었다.

상통사는 홍순언이었다. 홍순언은 오래전부터 가장 많이 사행길을 다녀온 역관이었다. 그는 이번 길을 마지막이라 여겼다. 이번에도 해결하지 못한다면 그의 목이 떨어질 것은 분명했다. 홍순언은 10여 년 전에도 사행길에 들어 태조 이성계와 이인임의 가계를 자세히 적어 올리고 명나라 예부상서에게 간곡하게 부탁한 적이 있었다.

"《대명회전》을 새로 편찬하신다고 하니 이번에는 잘못된 기록 부분을 고쳐 주시기 바랍니다."

예부상서는 늘 하던 대로 의례상의 대답만 했다.

"분명한 상황을 모르니까 조사해서 당신들이 돌아갈 때 알려주겠소. 일단 그냥 가시오."

홍순언이 다시 한 번 부탁했다.

"한 번 더 여쭈어 보아도 되겠습니까?"

역시 의례적인 상서의 대답이었다.

"《대명회전》을 다시 편찬하게 되면 귀국이 원하는 내용이 들어갈 것이니 이제 더 이상은 묻지 마시오."

예부상서의 대답은 190년 전 태조 때와 별반 다르지 않았다.

홍순언은 참으로 난감했다. 10년 전에도 안 된 일이었다.

'이제 와서 어떻게 해결한단 말인가? 진인사대천명(盡人事待天命)이라 했으니 최선을 다하고 하늘의 뜻에 맡기는 수밖에 ….'

종계주청사 일행과 함께 다시 한 번 북경으로 가는 홍순언은 늘 그랬듯이 북경으로 들어가는 조양문(朝陽門) 밖 2리쯤에 있는 동악묘(東嶽廟)에 들렀다. 본존인 동악대제(東嶽大帝) 앞에 제례를 올리고 다른 어느 때보다도 더 간절하게 기도를 드렸다.

"간절히 비옵나이다. 종계변무의 일이 꼭 성사되도록 돌보아 주시옵소서. 이 일이 성사되지 못하면 소생은 죽임을 당하옵니다."

동악묘는 원나라 때 세워진 도교사원으로 조선사신들이 조양문에 들어가기 전에 여정이 평안하고 맡은 일이 잘 이뤄지길 빌던 곳이었다.

홍순언 일행은 다음날 북경의 관문인 조양문에 이르렀다. 조선사신이 가면 명나라에서는 통사판관(通事辦管)에 속한 말단 관리가 접반사로 나와 사신들을 맞이하는 것이 관례였다. 그런데 그날은 조선사신 일행이 아주 깜짝 놀랄 만한 명나라 고관이 마중 나와 있었다.

사신 일행이 조양문에 당도하기 한참 전에 말을 탄 관원 하나가 사신 일행 앞으로 달려오더니 마상에서 정중하게 인사하고 물었다.

"조선에서 오시는 사절단입니까?"

앞서 가던 통사 하나가 대답했다.

"예, 그렇습니다만…."

"혹시 이번에 홍순언 통사께서도 오십니까?"

"예, 그렇습니다만…."

"참으로 반갑습니다. 저는 먼저 가 보겠습니다."

관원은 말머리를 돌리더니 오던 길로 나는 듯이 달려갔다.

조양문에 가까워지면서 쳐다보니 문 근처 성벽 밑에 휘장을 두른 커다란 천막이 설치되어 있었다. 그리고 그 옆에는 말 맨 수레들이 여러 대 보였다. 천막 앞에는 여러 명 시비들과 수행 관원 몇몇을 거느린 고관 한 사람이 서 있었다. 누런 금빛이 번쩍이는 관복을 입은 것으로 보아 당상관급 고관임에 틀림없었다.

조양문에 거의 다 이르렀을 때 관원 두 사람이 사절단 앞으로 다가서며 또 물었다.

"홍 통사께서 여기에 오셨습니까?"

홍순언이 의관을 정제하고 앞으로 나섰다.

"제가 홍순언입니다."

"아, 그러십니까? 반갑습니다. 이쪽으로 오시지요. 예부시랑께서 기다리신 지 오래되었습니다."

홍순언은 물론 사절단 일행은 모두 다 깜짝 놀라고 어리둥절했다. 예부시랑이라면 명 조정에서 외교를 담당하는 예부의 제 2인자로 아주 높은 고관이었다. 그런 사람이 무슨 연유로 조선사절단을 마중 나와 있단 말인가? 혹시 엉뚱한 사람을 잘못 마중하는 것은 아닌가?

홍순언이 장막 앞에 이르니 멀리서도 대관으로 보였던 바로 그 사람이 홍순언 앞으로 다가오며 인사했다. 기품이 있고 수려하게 잘생긴 고관은 희색이 만면한 채 몹시 반가워했다.

"노야께서 멀리 오시느라 고생이 많으셨습니다. 저는 예부시랑 석성(石星)이라 하옵니다. 우선 안으로 들어가시지요."

그는 홍순언의 손을 덥석 잡더니 장막 안으로 인도하여 높은 의자에 앉기를 권했다. 홍순언이 갑자기 영문을 몰라 앉기를 사양할 때 옆의 장막이 걷히며 화려한 모습의 젊은 귀부인이 시비 여럿의 옹위를 받으며 나타났다.

홍 통사가 황망해하며 자리를 피하려 하자 그 부인은 홍순언 앞으로 걸어와 다소곳이 절을 올렸다. 무슨 영문인지 모르니 홍순언도 하여튼 맞절을 하여 답례할 수밖에 없었다.

"아버님, 강령하신 모습 뵈오니 참으로 기쁘기 한량없습니다. 그동안 오래 뵙지 못했는데 아버님께서 저를 알아보시겠습니까?"

귀부인은 두 손을 맞잡고 만면에 미소를 머금은 채 고즈넉이 홍순언을 바라보았다.

'허어, 생전 처음 보는 귀부인이 나를 아버지라고 부르다니 … ?'

홍순언은 꼭 귀신에 홀린 것 같아 속으로 정신을 바짝 차려 보았다.

그때 예부시랑 석성이 끼어들었다.

"장인어른께서는 딸이 절하는데 왜 큰절로 답례하십니까? 노야께서 몇 년 전 통주(通州)에서 구해 준 여인을 잊으신 것 같습니다. 그 여인이 바로 이 사람이고 지금 제 아내올시다. 하여 이렇게 함께 나와 인사드리는 것입니다. 이제 기억이 나십니까?"

석성의 말을 듣고 보니 몇 년 전 거금을 써 도와준 통주의 여인이 불현듯 기억에 떠올랐다. 홍순언은 비로소 무언가를 짐작했다. 지금 앞에 서 있는 여인의 모습 속에서, 지난날 통주에서 만난 여인의 모습이 어른거렸다. 그때보다 훨씬 더 아름다워지고 더 원숙해지고 더 고아한 품위를 지니고 있었다.

홍순언은 조금은 계면쩍었지만 이제는 좀 편안한 마음으로 대답할 수 있었다.

"대감, 이거 죄송하고도 너무 감사합니다. 저 같은 사람을 일부러 이렇게 멀리까지 나오셔 마중해 주시니 이런 광영이 없습니다."

홍순언은 석성에게 새삼스러이 정중한 인사를 드렸다.

"별말씀 다 하십니다. 장인어른, 지난 일을 안다면 남이라도 천하의 의기남이신 선비를 찾아뵈올 텐데, 하물며 장인어른이겠습니까? 그런 장인어른을 어찌 집에 앉아서 맞을 수 있겠습니까. 아무튼 이렇게 만나 모시게 되었으니 저희가 영광이옵니다. 자, 이제 저희 집으로 가시지요."

홍순언은 석성의 청을 뿌리칠 수가 없었다.

"고맙습니다. 그러면 맞이해 주시는 대로 폐를 끼치겠습니다만 잠깐만 짬을 주십시오. 정사 분께 사연을 말씀드리고 돌아오겠습니다."

"그러시지요. 이번 사절단 모두를 오늘 제가 집으로 초대하오니 그렇게 말씀드리고 모두 동행하도록 권해 주십시오."

"참으로 감당키 어려운 영광입니다. 그렇게 여쭙겠습니다."

홍순언은 행렬을 멈추고 기다리는 사절단 앞으로 돌아왔다. 그리고 자초지종을 이야기하고 석성의 초대에 응해 줄 것을 부탁했다.

"참으로 희한하고 탄복할 일이오."

정사 이하 모두가 감탄했다. 그들 모두는 마치 전설 같은 사연의 여주인공을 어서 만나보고도 싶었다.

이날 석성 내외는 조선사신 일행을 모시고 큰 잔치를 베풀었다. 물론 홍순언에게 감사드리는 잔치였지만 또한 조선과 조선인들을 존경하여 베푸는 행사이기도 했다.

잔치는 참으로 성대했다. 꽃다운 시녀들이 사뿐사뿐 오가며 보기 드문 산해진미와 맛좋은 술을 잇달아 나르고 시중을 들었다.

조선에서는 물론 중국에서도 구경하기 어려운 최고급 요리 연소탕(燕巢湯: 제비집 요리), 경수탕(鯨鬚湯: 고래수염 요리), 청와전유어(青蛙煎油魚: 청개구리 요리) 같은 음식도 들어오고, 술로는 소흥주(紹興酒), 동정춘색(洞庭春色) 같은 최고급주가 들어왔다.

술이 몇 순배 돌자 석성이 홍순언에게 물었다. 그 옆에 자리한 부인 유 씨도 몹시 궁금한 기색이었다.

"장인어른께서는 명나라를 다녀가신 지 한 3, 4년은 되시지요? 그동안 어찌해서 한 번도 아니 오셨습니까? 사실은 저희가 해마다 기다리면서 알아보기도 했습니다만…."

"그야 교대로 올 수도 있지 않겠습니까?"

홍순언은 자신의 사정을 굳이 밝히고 싶지 않았다. 그런데 홍순언 옆에서 듣고 있던 젊은 통사 하나가 그간의 사정을 밝히고 말았다.

"상통사께서는 그동안 옥살이를 하셨습니다."

이 말에 석성 내외는 깜짝 놀라며 얼굴색이 변했다.

"도대체 무슨 죄로 그리되셨습니까?"

"아버님께서 옥살이를 하시다니요?"

"그까짓 일을 뭐하러 이야기하나? 참."

홍순언은 젊은 통사를 가볍게 나무랐다.

"아버님께서 어인 일이셨습니까? 통사께서 말씀 좀 해주시지요."

유 씨 부인은 눈물이 그렁그렁해지며 젊은 통사에게 간청하는 어조로 물었다. 젊은 통사는 대답을 아니할 수가 없었다.

"그해 통주에서 그렇게 공금을 쓰시고 상통사께서는 조선에 돌아오신 후 여기저기 변통을 해보았지만 잘 안 되고…, 나중에는 가산을 다 팔아 보충했으나 그래도 다 채워내지 못해, 공금을 흠포(欠逋: 관물을 사사로이 소비함) 한 죄로 옥에 갇히는 신세가 되고 말았지요."

설명을 들으면서 유 씨 부인은 얼굴이 창백해졌다. 두 눈에 가득 고이는 눈물이 방울져 떨어지며 채색수단 옷자락을 적셨다.

홍순언은 4년 전에도 명나라 사행길에 통사로 참여하고 있었다. 북경까지의 지루한 여행길이 통주에 이르면, 북경에 들어갈 마지막 하루를 남겨두고 거기서 대개 1박을 하게 되어 있었다.

전에도 가끔 여기서 자고 갈 때는 그랬지만 그날도 통사 몇 사람과 함께 홍순언은 오랜 여행으로 소침해진 기분을 풀어볼까 하고 저녁에 주사청루(유흥가)에 나가 거리를 거닐었다. 그러다 그는 어느 유곽 앞에서 딱 멈추어 서버렸다.

〈3백금이 아니면 들어오지 마시오.〉

이렇게 대문에 써 붙인 글귀를 본 때문이었다.

‘도대체 어떤 절세가인이기에 3백금을 내란 말인가?’

홍순언은 호기심을 억제치 못해 통사들과 함께 그 집으로 들어갔다. 맞이하는 노파에게 물었다.

“3백금이라니 무슨 말이오?”

노파는 들어온 사람들의 모습을 위아래로 한 번 훑어보았다. 중치막에 갓을 쓴 모습을 보고는 아주 상냥하게 대답했다.

“점잖으신 까오리(高麗) 분들이시군요. 사신행차로 오셨지요? 설명해 드리지요. 그것은 여기서 하룻밤을 지내려면 해어화채(해웃돈)로 3백금을 내야 한다는 말이지요. 그게 너무 큰돈이라서 아직 아무도 희망하는 손님이 없었다오. 처자가 개차반 같은 껄렁패들이 들어올까 저어하고, 그 정도는 아니라 해도 장삼이사(張三李四) 같은 필부들도 꺼려해서, 다만 존귀한 대인 한 분만을 모실 요량으로 저런 거금을 써놓게 된 것이지요.”

“그렇다 해도 기생이 도대체 얼마나 예쁘기에 3백금을 내야 한다는 거요?”

“아, 예쁘다 뿐인가요. 어른들께서 보시면 아실 테지만 이런 데 나올 처자가 아니라오.”

홍순언은 더욱 궁금해졌다. 그는 할머니에게 기생방으로 안내해 달라 했다.

“허어, 정신이 나갔소? 아무리 미색이 좋다 해도 그 큰돈을 내고 어찌 기생방에 들 수 있소? 딴 데로 갑시다."

다른 통사들이 홍순언을 말렸다. 그러나 홍순언은 그 기생의 얼굴이나 한 번 보고 오겠다며 노파를 따라 그 기생방으로 들어갔다. 다른 통사들은 어이없이 쳐다보다 돌아서 나가며 홍순언이 들어간 방에 대고 소리쳤다.

"우리는 가까운 옆집쯤에 가서 놀겠소. 아침에 봅시다."

홍순언이 노파와 함께 그 처자의 방에 들어가니 방안은 호사스런 등촉이 휘황하게 빛나고 말리(茉莉: 자스민) 꽃향내가 오묘하게 그윽했다. 저만큼 하얀 소복을 입은 여인이 캉(炕: 중국식 온돌) 위에서 천천히 일어나 다가오며 두 사람을 다소곳이 맞아들였다.

노파가 홍순언을 여인에게 소개했다.

"아가씨, 이분은 조선에서 오신 대관인데 이번에 사신행차로 오셨다가 들르셨습니다. 이 모두 하늘이 정한 연분이니 각별히 모시기 바라오."

여인은 홍순언에게 고개를 숙여 환영의 뜻을 표시했다.

"어르신, 방에는 사환을 부르는 종도 달려 있으니 무슨 일이든 부르시기만 하면 됩니다. 밤중에라도 금방 달려와 이르는 대로 거행하겠습니다. 어르신, 저는 이만 물러갑니다. 그럼 복 많이 받으십시오."

노파가 나가자 여인이 화려하게 꾸며진 의자를 가리키며 홍순언에게 앉기를 권했다. 홍순언도 여인에게 앉기를 권했다.

여인은 조용히 맞은편 의자에 앉아 고개를 숙인 채 손을 맞잡고 있었다. 아직 애티가 남아 있는 여인의 모습은 3백금이 아깝지 않을 정도로 빼어났으나 얼굴에는 수심이 가득했다.

"마음을 편안히 하시오. 고개를 들고 나를 쳐다보아도 좋소."

여인은 고개를 조금 들어 홍순언을 잠깐 바라보다 면구스러워서인지 고개를 옆으로 돌리며 도로 숙였다.

여인은 매우 아름다웠다. 그리고 그냥 아름다운 게 아니었다. 요염한 기운 같은 천한 티는 전혀 보이지 않았다. 단아하고 청초한 중에 고고한 기품이 보였다. 그런 얼굴에 가득히 서린 수심이 홍 통사의 마음을 꽤나 짓눌렀다.

"내가 보기에는 이런 데 나올 처자가 아닌 것 같소만…. 아무래도 피치 못할 사연이 있음직한데 그 사연을 혹 들려주실 수 있겠소?"

여인은 잠시 머뭇거리다가 조용히 고개를 들며 차분하게 말을 시작했다.

"저는 부모님을 따라서 절강(浙江)에서 올라온 유 씨녀(柳氏女)라 하옵니다. 제 아버님은 북경에서 벼슬살이를 하셨는데 불행하게도 돌림병에 걸려 부모님 두 분이 다 돌아가셨습니다. 지금 그분들의 관이 객사에 있습니다. 제가 외동딸이라서 제가 그분들을 고향으로 모시고 돌아가 선영에 장례를 치러야 하는데 그럴 돈이 없어서 하는 수 없이 이곳에 나오게 되었습니다. 은혜를 베풀어 주시는 분이 계시다면 그분을 한평생 받들어 모시며 살고자 작정하고 여기 나오게 됐습니다."

홍순언은 여인의 그 갸륵한 마음씨에 감동되었다.

"3백금이면 여기 청루에서 바로 풀려나 부모님을 모시고 고향에 돌아갈 수가 있는 것이오?"

"그렇습니다. 3백금 중에서 일부를 주인 노파에게 드리면 나머지는 제가 가지고 나가도록 약조가 되어 있습니다."

홍순언은 고개를 끄덕이며 잠시 생각하다가 여인에게 말했다.

"노파를 좀 불러 주시오."

여인이 종치는 줄을 잡아당기자 잠시 후 방밖에서 사환의 기척이 있었다. 홍순언이 방문을 열고 시녀 사환에게 일렀다.

"아까 나와 함께 여기 온 고려 친구들이 지금 어느 집에 있는지 급히 좀 알아봐 주시라고 할머니께 여쭈어 주겠느냐?"

사환이 물러가고 처자가 따라 받쳐주는 차 한 잔을 다 마시기도 전에 사환이 다시 와 문 밖에서 아뢰었다.

"친구 분들이 계신 곳을 찾았다 하옵니다."

"오냐, 알았다."

그리고 홍순언은 처자에게 한마디 하고 일어섰다.

"내 잠깐 다녀오겠소."

홍순언은 자기가 가진 돈이 모자라 친구들에게 돈을 빌리려는 것이었다.

얼마 후 홍 통사는 모자란 돈을 동직 통사들에게 빌려 채워서 유 씨녀에게 돌아왔다. 천하일색을 아니 볼 수 없다 하여 동료 통사들이 또한 함께 따라왔다.

다시 처자의 방으로 돌아온 홍순언은 주인 노파와 동료 통사들이 함께 있는 자리에서 유 씨녀에게 3백금을 내주었다.

"아무쪼록 부모님을 잘 모시기 바라오. 나는 외국사람이니 소식을 기대할 필요는 없소."

홍순언이 일어서려 하자 여인은 꼬꾸라지듯 그 앞에 엎드려 울음 섞인 목소리로 애원했다.

"소녀를 살려 주시고 대인께서 그냥 가실 수는 없사옵니다. 은혜를 모르면 어찌 사람이라 하오리까? 저에게 한 조각 은혜라도 갚을 길을 일러주시옵소서."

처자는 홍 통사의 나가는 길을 막고 있었다.

"내가 보답을 바라고 한 일이 아니니 은혜라고 할 것도 없소이다."

홍 통사는 처자의 앞을 피해 문 쪽으로 나섰다.

"대인께서 정 그냥 가신다시면 존함이라도 말씀해 주시옵소서."

"이름을 알아서 뭘 하겠소? 이름을 말할 만한 사람도 아니오."

"대인께서 존함을 말씀해 주시지 않으시면 저도 이 돈을 받을 수가 없사옵니다."

"허어 참, 성은 홍이라 하오."

홍순언은 그렇게 한마디 남기고 서둘러 나왔다.

뒤따르던 동료 통사가 처자에게 속삭여 주고 나왔다.

"이름은 홍순언이라 하고, 조선에서 온 통사입니다."

"홍순언 통사님 … ."

여인이 나직이 중얼거렸다.

홍순언은 그 뒤 조선에 돌아와 공금을 보충하려 애를 썼으나 다 채워내지 못해 옥에 갇혔다.

1584년 황정욱(黃廷彧) 이하 종계변무를 위한 주청 사절단을 다시 한 번 구성하면서 임금은 담당 역관은 목을 내놓아야 할 것이라고 선언했다.

임금의 선언이었다. 이루지 못하고 돌아오면 죽는 것이었다. 역관들은 돈을 거두었다. 사행의 경력이 가장 많고 가장 유능한 역관인 홍순언을 출옥시켰다. 그래서 홍순언이 오랜만에 사행길을 나선 것이었다. 당시 역관들은 관아에서 무역자금을 빌려 가지고 갔다. 그 자금으로 무역을 해서 경비를 충당했다. 그 자금 외에 또 무역자금으로 인삼을 가지고 가도록 허락을 받았다. 이는 역관들에게 주는 출장비였다. 그들은 인삼무역을 해서 번 돈으로 경비를 충당했다.

한 번 갈 때 허용량은 인삼 10근이었다. 당시 은으로 치면 250냥이었고, 쌀로 치면 150가마였다. 당시 돈의 가치가 지금보다 훨씬 더 컸던 것을 생각하면 당시 역관들이야말로 막대한 무역자금을 만지는 특별한 존재였다. 또한 공적으로 허가된 유일한 무역상이었다. 그래서 조선시대에는 조선 제일의 갑부라 할 만한 인물들이 역관 중에 많았다.

홍순언이 유 씨 여인을 구하기 위해 쓴 돈이 3백금인데, '금'은 순금으로 그 무게를 나타내는 '돈' 또는 '돈쭝'을 말하는 것이었다. 다시 말해 금 300돈이었다(지금 기준으로 1돈을 5만 원으로 치면 1천 5백만 원이요 10만 원으로 치면 3천만 원이요, 20만 원으로 치면 6천만 원에 해당되는 돈이었다). 그 당시로서는 엄청난 거금이었다.

이런 거금을 청루의 일개 기녀를 구하고자 선뜻 내주고 그 돈 때문에 오랫동안 옥살이를 하면서도 그저 담담했던 홍순언이었다. 보통을 넘는 의기남아(義氣男兒)였다. 반가의 처자로서 유 씨녀 또한 청루에서 몸을 버리지 않고 오롯이 처자로 환속될 수 있도록 도와준 그 큰 은혜를 결코 저버릴 수는 없었다.

그날 석성의 집에서 아주 극진한 대접을 받은 사절단 일행은 사신들의 숙소인 옥하관(玉河館)으로 갔다. 그러나 석성 내외의 간절한 청원을 외면할 수 없어 홍순언은 석성의 집에 머물게 되었다.

떠날 사람 다 떠나고 석성 내외가 홍순언만을 차분하게 대접할 수 있게 되자 석성이 물었다.

"장인어른, 이번 사행길은 무슨 일로 오셨습니까?"

홍순언은 차근차근 요점을 이야기했다. 《대명회전》에 조선왕실 태조의 종계가 환부역조로 기록되어 있다는 것, 이 잘못된 기록을 고치고자 조선조정에서는 태조 때부터 근 200년 동안 전문 사신만도 10여 차례 보내 교섭했으나 아직도 성사되지 못했다는 것, 이번에 《대명회전》을 새로이 중수 발간한다는 소식을 듣고 꼭 성사시키고 오라는 임금의 엄명을 받고 왔다는 것 등을 일러주었다.

"조선은 예의지국이요 의사의 나라입니다. 그런 일이라면 사가의 족보라 해도 참괴하지 않을 수 없을 텐데 하물며 왕실의 종계이겠습니까? 참으로 감내하기 어렵겠군요. 제가 비록 미력하나마 장인어른을 위해서도 최선을 다해 도와드리겠습니다. 《대명회전》 증보업무는 제가 소속된 예부의 소관이오니 마침 잘되었습니다."

"대감의 말씀을 들으니 참으로 감개무량합니다. 제발 이번에는 꼭 종계 광정(匡正)이 이루어졌으면 좋겠습니다."

사실 명나라에서는 몇 차례 《대명회전》에 대한 수정보완이 있었다. 그러나 아무튼 조선조에 대해서는 고치지 않았다.

"장인어른, 혹시 수정할 단자의 초본이 있습니까? 있다면 제게 넘겨주십시오."

홍순언은 단자를 소매 속에 간직하고 있었다. 꺼내서 석성에게 건네주었다.

"조선의 태조께서 고려의 왕 네 사람을 죽인 일도 없습니다. 태조께서는 추대받고 고려왕의 양위를 받아 왕위에 오른 것입니다. 이왕이면 이런 내용도 고쳐지면 좋겠습니다."

"잘 알겠습니다. 있는 힘을 다해 보겠습니다."

홍순언이 사신들의 숙소와 석성의 사저를 오가며 초조하게 기다리기를 무려 두 달이 다 되어갈 때, 마침내 반가운 소식을 들었다. 석성이 《대명회전》의 기록 내용이 수정되었음을 귀띔했다.

> 이성계(李成桂)는 전주(全州)의 혈통을 이어받았고, 선조는 이한(李翰)이며 신라의 사공(司空) 벼슬을 했다. 6대손 긍휴(兢休)는 고려로 왔고…, 이성계는 이자춘(李子春)의 아들이다.

새로이 증보된 《대명회전》이 모두 간행될 때까지는 아직 시일이 많이 남아 있었다. 그러나 200년 동안 해결치 못한 종계변무의 일을 이번의 사절단이 확실히 해결하고 떠나는 것이었다.

명 황제의 이 일에 대한 친서, 명 예부의 조선조 광정에 대한 결의서, 그리고 수정된 《대명회전》 내용의 등본, 이렇게 확실하고도 황홀한 선물을 가지고 가는 사절단의 기쁨 또한 넘쳐났다.

이는 홍순언 개인에게는 죽었다 살아난 감회였으니 그 기쁨이 오죽했으랴.

석성 내외의 애틋한 전송을 받으며 홍순언은 이번에야말로 참으로 날아갈 것 같은 마음으로 돌아갈 수 있었다. 홍순언 일행이 압록강에 거의 이르렀을 때 그들 뒤를 쫓아온 사람들이 있었다.

그들은 석성의 부인 유 씨가 보낸 선물을 가지고 왔다. 선물은 나전함 10개였다. 중후하면서도 화사한 10개의 나전함 하나하나에는 값비싼 비단이 10필씩 들어 있었다. 비단 필마다에는 '보은'(報恩) 이라는 글자가 새겨져 있었다.

100필의 비단, 거기 필마다에 새겨진 '보은' 글자의 자수에는, 홍순언을 은인이요 아버지로 갸륵하게 모셔온 유 씨 부인의 지극한 정성이 담겨져 있었다.

미물이 변하여 사람이 되다

조선조정은 홍순언이라는 역관에게 그다지 큰 기대를 걸지 않았었다. 그러나 일을 단번에 성사시키고 홍순언이 돌아왔을 때 임금과 조정의 기쁨은 이루 말할 수가 없었다.

홍순언은 이 공로 덕분에 중인 신분으로도 공신에 올랐고, 임금의 종친과 같은 군호인 당릉군(唐陵君)에 봉해졌으며, 토지와 집(지금의 을지로 입구 쪽)과 노비를 하사받았다. 이어서 임금을 경호하는 호위부대의 사령관인 우림위장(羽林衛將)이 되었다.

우림위장은 종 2품에 해당되는 직위로 역관은 감히 쳐다볼 수 없는 자리였다. 당시 역관이 오를 수 있는 자리는 사역원의 정 3품관이 최고였다.

왕실로서 울화와 참괴를 200년 동안이나 견디면서도 해결을 보지 못한 일을, 자신이 해냈다는 선조의 기쁨과 자부심은 대단했다. 적통 출신이 아닌 방계 출신의 왕으로서 늘 열등의식에 민울하던 선조로서는 조정과 백성들에 대한 체통 때문에 더욱 그랬다.

變禽獸之域 爲禮義之邦 是吾東方再造
(변 금 수 지 역 위 예 의 지 방 시 오 동 방 재 조)

금수의 나라가 변하여 예의의 나라가 되었으니
이는 우리나라가 다시 만들어진 것이다.

훗날 숙종 때 펴낸 시집 《광국지경록》(光國志慶錄)에 이와 같이 기술된 것을 보면 당시 이 사건의 해결은 선조에게는 잠룡승천(潛龍昇天)과 같은 감격이었다.

2년 뒤 1586년(선조 19년) 가을 북경의 옥하관(玉河館)에서 불이 나 건물 11칸이 타고 중요한 외교문서가 소실되었다. 불 단속 책임은 조선 측 상통사에게 있었으나 명나라에서는 조선 측을 문책하지 않고 자기네 관원만 처벌했다.

옥하관은 조선사신들이 명나라에 가면 거처하는 숙소였는데 물론 재산은 명나라 소유였다. 불을 낸 조선 측에는 아무런 문책이 없고 오히려 자기 관원들만 처벌했다는 소식이 이듬해(1587년) 한성에 전해지자 임금은 너무나 황송해서 황해감사 배삼익(裵三益)을 사과사신으로 북경에 보냈다.

배삼익이 들어간 몇 개월 뒤 8월에 그의 보고서가 한성에 도착했다. 화재에 대한 말은 없고, 오히려 우리 임금의 뜻이 고맙다고 곤룡포 한 벌과 많은 비단을 내렸다. 임금은 흐뭇했다. 그런데 보고서로 인해서 임금의 마음이 정작 흐뭇한 것은 따로 있었다. 그것은 바로 《대명회전》의 잘못된 사항이 수정되었다는 내용이었다. 홍순언의 공덕이 과연 증명되는 순간이었다.

임금은 두 달 뒤 10월 10일에 사은사로 유홍(兪泓)을, 서장관에 윤섬(尹暹)을 임명하여 명나라에 보냈다. 유홍은 다음 해(1588년) 3월까지 북경에 머물렀다. 《대명회전》은 마침내 조선의 소원대로 개정되었고 인쇄도 다 끝나게 되었다.

유홍은 예부에 가서 조선으로 가져갈 1부를 부탁했다. 그러나 예부에서는 황제가 아직 보시지 않았기에 내줄 수 없다고 거절했다.

유홍은 마당에 엎드렸다. 그리고 땅바닥에 머리를 짓찧으며 읍소했다. 유홍의 이마에 흐르는 피를 본 예부상서 심이(沈鯉)는 이에 감동하여 황제에게 특청해 허락을 받았다. 그래서 인쇄된 1부가 유홍에게 전해졌다. 유홍이 조선국조의 수정된 내용이 담긴 한 권의《대명회전》을 마침내 조선으로 가져오게 되었다.

그리고 다음 해(1589년), 사신으로 간 윤근수가 새로이 간행된《대명회전》을, 황제의 칙서와 함께 내려준 그 전질 180권을 다 가지고 돌아왔다. 황제는 칙서로써 조선에 일렀다.

> 이《대명회전》은 일찍이 너희 속국에는 경솔히 보여주는 것이 아니었다. 그러나 너희가 대대로 직분을 닦고 공헌을 이루고 충성을 다해, 동쪽에서 우리의 충실한 울타리가 되고, 너희의 위의는 중국을 그대로 모방하고 … 너희의 문자는 중국 문자를 그대로 쓰기 때문에, 이를 아름답게 여겨, 이 책 전편을 너희에게 주는 것이니, 후대에 영구히 전할지니라. 너희의 정성어린 진정과 지극한 뜻을 위로하는 바이니 너희는 이 책을 받들고 이 장정(章程: 조목별 규정)을 본받을지니라.
>
> 너희를 어루만지고 품어주는 짐의 사랑을 생각하여 중국을 돕고 받드는 정성을 더욱 굳게 할지니라.

《대명회전》의 기록이 잘못된 것은 전적으로 그들의 탓이요 그들의 책임이었다. 그들이 조선의 실상을 고찰해서 고쳐 써야 하는 것이 당연한 일이었다. 엉터리를 기록한 실수에 대한 해명과 수치스런 숙제는 명나라 몫이었지 조선의 것은 아니었다. 황제의 칙서는 말하자면 이런 내용이었다.

> 조선 태조 이래 너희가 속국을 자처한 바이니, 완전히 주객전도(主客顚倒) 되어 버린 일이라 해도, 조선은 그동안 감당해온 200년에 이어 앞으로도 영구히 그렇게 감당해야 하느니라.

그러나 아무튼 이로써 잘못된 왕실 종계를 바로잡는 일이 해결되었다. 왕실과 조정의 오랜 숙제였던 종계변무가 제 12대 왕 이연(李昖)에 의해 시원하게 해결되었다.

1588년(선조 21년) 4월 24일, 유홍이 수정된 《대명회전》 한 권을 들고 돌아오던 날, 선조는 제신을 거느리고 서대문 밖 모화관(慕華館)까지 나가 사신 일행을 맞이했다. 수정된 《대명회전》 한 권을 받아들자 선조는 멀쩡한 손이 떨리기 시작했다. 떨리는 손으로 수정된 부분을 펴 보았다. 갑자기 눈이 가물거렸다. 그래도 200년 동안 일구월심 소원하던 글자는 눈에 들어왔다.

> **子春是爲成桂之父**
> (자 춘 시 위 성 계 지 부)
>
> **이자춘은 이성계의 아버지다.**

분명 생시임에 틀림없는데 꼭 꿈만 같았다. 치하의 한마디를 하려하니 유홍이 개국공신처럼 거룩하게 보이면서 목소리가 떨렸다.

"경의 공로는 소하(蕭何), 조참(曺參), 위청(衛靑), 곽거병(霍去病)을 능가하오."

(소하와 조참은 한 고조 유방을 도와 한나라를 세운 개국공신이요, 위청, 곽거병은 한 무제 때에 흉노를 물리치는 대공을 세운 공신이었다.)

엎드린 유홍은 무언가 한마디 겸양하는 대답을 드려야 한다고 작정은 했으나 너무나 엄청난 칭찬에 눈앞이 캄캄하고 정신이 아찔해서 말은 막히고 눈물만 쏟아졌다.

"만고의 충신이로다."

한마디 칭찬을 더하면서 임금도 눈물을 글썽거렸다. 자리에 함께한 신하들도 모두 임금의 칭찬에 따라 한마디씩 거들었다.

"지당하신 칭찬이옵니다."

"그러하옵니다. 벽상(壁上: 고려 때 문관 최고의 벼슬인 벽상삼한삼중대광) 공신이옵니다."

"삼한 이래 역사에 없는 충신이옵니다."

"……."

좌의정 정유길(鄭惟吉)이 임금께 다가가 뭐라고 속삭이자 임금이 고개를 끄덕이고 승지 황우한(黃佑漢)에게 눈짓을 했다. 그러자 승지가 소매에서 흰 종이를 꺼내들고 적은 것을 읽어 내려갔다.

정사 유홍, 초자(超資: 순서를 건너뛰어 품계를 올림)에 사전(賜田: 임금이 내려주는 논밭) 30결〔結: 약 1만 파(把)〕, 노비(奴婢) 5명, 집 한 채 값으로 광목(廣木) 30동(同: 50필). 서장관 윤섬, 승직(昇職: 벼슬

직위를 올림) 에 사전 20결, 노비 3명, 집 한 채 값으로 광목 20동. 한리학관(漢吏學官: 사역원 소속의 관원) 이붕상(李鵬祥), 가자(加資: 정 3품 통정대부 이상의 품계를 올림) 에 사전 10결. 집 한 채 값으로 광목 10동⋯.

기타 통역에 이르기까지 임금은 후한 상을 내리고 사전(赦典: 경사가 있을 때 죄인을 석방하는 은전) 의 명을 내렸다.

사절단 일행은 임금께 사은숙배를 올렸다. 그리고 좌의정 정유길이 백관을 대표하여 하사(賀詞: 축사) 를 읽어 축하드리고 모든 신하들과 함께 사배를 올렸다.

임금은 말할 수 없이 흡족했다.

"이 모두 조종의 공덕이요, 경들의 정성스런 경영의 덕분이오."

돌아오는 길 양편을 메운 백성들 또한 초하의 열기를 아랑곳하지 않고 기뻐 겅중거리며 소리 높이 외쳤다.

"천세! 주상 전하 천세!"

돌아와서는 이를 종묘에 고하고 제사 지내야 하는 준비로 매일이 몹시 바쁘게 돌아갔다.

5월 7일 임금은 백관을 거느리고 종묘에 나갔다.

태조의 위패 앞에 가져온《대명회전》한 부를 고쳐진 부분을 펴서 올려놓고 향을 피우고 제사를 지냈다. 축문을 읽는 임금의 목소리는 사뭇 비장했다. 늙은 재상의 뺨에는 눈물이 흘러내리고 어떤 젊은 관원들은 복받치는 감정을 억제하노라 컥컥거리는 사람들도 있었다.

제사가 끝나자 재실(齋室) 에 좌정한 임금이 전지(傳旨) 를 내렸다.

외람되이 몽매한 내가 대업을 이어받아 나라를 다스림에 있어서 무능함으로 인해 무거운 짐을 이기지 못해 조종을 뵐 면목이 없었다. 그러나 다행히 여러 어진 신하들의 충성과 천지 조종의 신조와 밝으신 황제의 신성에 힘입어 200년 동안의 지원극통을 깨끗이 씻었다. 해동 수천 리에 사는 우리들이 오랑캐나 금수와 다를 바 없었으나 이제 비로소 관면패옥(冠冕佩玉: 자격을 구비함)의 사람이 되어 친히 보전(寶典: 《대명회전》)을 받들고 태묘에 고유하게 되었도다. 이에 뜻과 소망이 이루어지니 눈물이 흐르노라. 사면령을 내려 온 신민과 더불어 이 경사를 함께할지니 잡범과 사죄 이하의 모든 죄인을 방면하노라.

젊은 승지가 전지를 읽어 내려가는 동안 상기된 채 숙연히 눈을 감고 있던 임금의 눈에서는 눈물이 흐르고 있었다.

사람이 사람다운 것은 윤기(倫紀: 윤리와 기강)가 있음이로다. 자식이 아비를 아비라 하지 못하고 신하가 임금을 임금이라 하지 못하는 것은 개벽 이후 반고 씨(盤古氏)로부터 구이팔만(九夷八蠻)에 이르기까지 일찍이 있음을 알지 못하노라. 금수가 아무리 미물일지라도 그를 낳아 준 아비가 있거늘 고금천하에 어찌 아비 없는 생물이 있겠는가. 이 나라 수천 리의 땅이 아비도 임금도 없는 이적금수(夷狄禽獸: 오랑캐, 짐승)의 소굴로 변한 지 200년 동안 하늘과 땅 사이에 고개를 들고 설 수 없어 완연히 하나의 버러지에 불과했도다. 그 지원극통이 하늘과 바다에 닿아 필설로 다 형용할 수가 없었도다. 다행히 오늘에야 삼강이 바로 이루어지고 윤기가 펴졌으니 이는 미물이 변하여 사람이 된 것과 같도다.

천하가 아무리 크다 하나 이 위대한 일에 비하면 보잘것없는 것이로다. 고금을 통하여 어찌 오늘과 같은 큰 공로가 있겠는가. 앞뒤로 애써 충성을 다한 여러 신하들에게 공신호를 내리는 것이 어떠한가? 그러나 《대명회전》 전질이 아직 천하에 반포되지 않았으니 우선은 기다렸다가 시행하는 것이 어떠한가? 대신에게 문의하라.

읽기를 다 마치자 임금은 비단수건으로 눈물을 닦았다.

대신들은 의정부에 모여 밤늦도록 의논을 거듭했다.

다음날 아침 좌의정 정유길이 임금께 나아가 밤새 의논한 바를 상주했다.

"이번에 공신호를 내리심이 천만 지당하시다는 데는 누구도 이견이 없었사옵니다."

"알겠소. 이번에 애쓴 신하들의 공로는 옛날 한때 공을 세우거나 한 시대의 업적을 이룩한 것과는 천양지차가 있소. 사리가 심히 명백한데 내 어찌 대려철권인들 내리지 않을 수 있겠소? 《대명회전》 전질이 다 나오면 그때 처리할 생각이오."

〔대려철권(帶礪鐵券) : 한 고조(漢高祖)가 천하를 평정하고 제후를 봉할 때 철판에다 다음과 같이 글을 새겨 녹권(錄券: 공신 문서)을 만들고 그 한쪽은 공신에게 내리고 한쪽은 조정에 보관한 공신증명서이다. "저 황하가 띠(帶)처럼 되고, 태산이 숫돌(礪)처럼 되도록, 나라가 영원하여 먼 후손까지 미칠 것이다."〕

"황공하옵니다."

"이번에 종계가 바로잡힌 것은 새로 천명을 받은 것과 같소. 나라가 다시 태어났단 말이오."

"천만지당하옵니다. 이 모든 것이 다 전하께서 이끌어 주신 덕택이옵니다. 신 등은 전하를 모시고 이 광명천지를 맞았으니, 이 세상에 사는 보람과 기쁨이 그지없사옵니다."

"응, 그래, 그게 좋겠군."

임금의 얼굴에 갑자기 희색이 돌았다.

"공신호를 뭐라고 할까 내가 궁리를 많이 했소. 이제 생각이 났소. 좌상의 이야기를 듣다가 말이오. 광명천지라 했잖소?"

"예에 … ."

"그 광(光) 자를 따서 광국공신이라고 하면 어떻겠소?"

"참으로 합당한 공신호인가 하옵니다."

"때가 되면 그렇게 처리합시다."

"황공하옵니다."

〔이때 공신호를 정한 대로 1590년(선조 23년) 종계변무의 일로 공로를 세운 19명을 광국공신에 책봉했다.〕

1588년 5월 20일, 《대명회전》을 보내주신 황제께 감사를 드리기 위해 사은사 우의정 유전(柳㙉)이 부사 대사헌 최황(崔滉), 서장관 황우한(黃佑漢) 등 사절단 일행을 이끌고 명나라로 떠났다.

5월 29일, 임금은 성균관에 거둥하여 문묘에 제사를 지냈다. 그리고 이번 일에 별시〔別試: 경사가 있을 때, 또는 병년(丙年)마다 실시하던 문무의 과거. 초시(初試), 전시(殿試)만으로 한성에서 과시(科試)했음〕가 없을 수 없다 하여 알성시(謁聖試: 공자를 뵙고 시행하는 과거시험)를 시행했다.

명륜당(明倫堂)에 들러 문과 응시자들에게 직접 과제(科題: 과거 시험문제)를 내고, 하련대(下輦臺)에 들러 무과 응시자들의 활쏘기, 말

달리기를 참관했다.

알성시는 임금이 직접 과제를 내고 그날로 심사하여 급제자를 발표하는 과거였다. 그날 과거로 문과에서 11명, 무과에서 20명의 인재가 급제의 영광을 안았다.

임금은 매일이 유쾌하고 보람찼다. 그런데 이런 경사를 한때의 행사로 지내고 말기에는 어쩐지 허전한 것 같았다.

'영구히 후세에 전해야 한다. 그렇지, 서륜전서(敍倫全書)라….'

임금은 좌의정 정유길을 불렀다.

"이번 경사의 자초지종을 기록해서 책으로 만들어 내는 게 좋겠소. 책 이름도 생각해 보았소. '서륜전서'라 지어보았는데 어떻소?"

"참으로 훌륭한 제목이옵니다. 서둘러 곧 책을 만들어 올리도록 하겠습니다."

시(詩)를 특히 좋아하는 임금임을 온 나라가 다 아는지라 자연스럽게 시의 바람은 전국을 휘몰아쳤다. 관직에 있는 자는 체면과 출세를 위해서, 관직에 없는 자는 팔자 고칠 기회를 위해서 너나없이 시를 지었다.

관아의 수장들은 쓸 만한 것들을 골라 대궐로 보냈다.

임금은 전국 각지에서 올라온 시를 읽으며 전에 없이 즐거운 나날을 보냈다.

조선인 왜구

1588년 11월 12일, 여름에 북경에 들어갔던 유전 일행이 돌아왔다.

사신 일행이 압록강을 건너 조선땅에 들어오면 보행자나 짐 실은 말들은 뒤처져 와도 괜찮았다. 정, 부사 등 말 탄 고관들이 으레 서둘러 서울로 달렸다.

의정부의 우찬성 이산해(李山海) 등 고관들이 홍제원까지 마중 나왔다. 가족들, 친지들도 나왔다. 제법 매서운 바람에 눈발이 날리고 있었다. 반년 사이 백발이 눈에 띄게 늘어난 58세의 유전이 말에서 내리며 환하게 웃었다.

"먼 길에 고생이 많았소이다. 안으로 들어가 몸 좀 녹이시죠."

"예까지 나오시다니 고맙소이다."

일행은 임시 장막 안으로 들어가 바람을 피했다.

간단한 안주에 몇 잔 술이 돌아가자 먼 길 찬바람 속에 얼었던 몸이 좀 녹는 것 같았다. 햇볕에 그을린 얼굴들에도 홍조가 피어나고 웃음소리도 자주 터졌다.

돌아온 일행들 중에는 특히 눈에 띄게 검은 두 사람이 있었다. 그들은 한쪽 귀퉁이에 말없이 앉아 있었다.

권하는 술은 받아 마셨으나 전혀 웃음기가 없는 그 두 사람은 몹시 깡말라 있었다.

"저쪽에 있는 사람들은 누굽니까? 처음 보는 사람들 같습니다만 …."

이산해가 유전에게 물었다.

"저 두 사람은 북경에서 만나 데리고 오는데 참 기막힌 사연이 있소이다."

"아, 그렇습니까?"

유전은 얼굴이 유난히 검은 그 두 청년을 불렀다.

"자네들 이야기를 말씀드리는 게 좋겠네."

젊은 두 사람은 전라좌수사 막하에 있던 진무(鎭撫: 하급 무관) 김개동(金介同)과 이언세(李彦世)였다. 주로 김개동이 이야기하고 가끔 부사 최황이 설명을 더해 주었다.

그들은 1587년 2월에 있었던 정해왜변(丁亥倭變: 손죽도 왜란)의 희생자들로 왜구(倭寇)들에게 잡혀갔다가 천신만고 끝에 돌아오는 길이었다. 그들의 귀환은 당시 잘 몰랐던 손죽도 왜란의 실상과 사화동의 존재를 상세히 밝혀주는 계기가 되었다.

1555년(명종 10년) 을묘왜변(乙卯倭變) 이후 무려 32년간이나 큰 왜변이 없다가, 정해년 들어서 함선 18척의 많은 왜구들이 갑자기 쳐들어왔다. 왜구들은 전라도 흥양(興陽: 전라남도 고흥군) 연안 각처를 돌며 약탈을 자행했다.

가리포(加里浦: 전라남도 완도) 첨사 이필(李畢)이 병사들을 이끌고 나가 이들과 싸웠으나 눈에 화살을 맞는 바람에 병선 4척을 빼앗기고 하는 수 없이 퇴각하고 말았다.

흥양 연안을 휩쓸고 난 왜구들은 돌아가다가 거센 바람에 밀려 아래쪽 손죽도(巽竹島: 전라남도 여수시 삼산면)에 닿았다. 닿은 김에 섬으로 올라가 온통 쑥대밭을 만들어 버렸다.

늦게야 이런 소식을 들은 전라좌수사 심암(沈巖)은 모처럼 유쾌한 기분이 들어 혼자 중얼거렸다.

"설분(분풀이)할 좋은 기회로다."

입가에는 언뜻 희열의 미소가 어렸다.

걸핏하면 쳐들어와 약탈을 일삼는 왜구들에 대한 설분일 것임에 틀림없을 테지만 꼭 그런 것만도 아닌 듯했다.

이번 왜구의 변란이 일어나기 얼마 전 소규모의 왜구 집단이 인근 섬에 나타났었다. 녹도(鹿島) 권관(權管: 종9품 무관) 이대원(李大源)은 용감한 무관이었다. 즉각 대응에 나서 왜구들을 깨끗이 무찔러 버렸다. 그리고 이 사실을 상관인 전라좌수사 심암(沈巖)에게 보고했다. 심암의 반응은 의외로 불쾌한 것이었다. 이대원을 소환해 놓고 호통을 치며 꾸짖었다.

"나한테는 알리지도 않고 맘대로 동병을 하다니, 어찌된 일인고?"

"보고할 틈이 없었습니다."

"뭐라? 틈이 없었다고?"

"보고하고 지시받고 그러다 보면 그사이 왜구들은 노략질 다하고 도망쳐 버립니다."

"허튼소리로 핑계대지 말라. 허가 없이 함부로 동병했으니 군율로 다스릴 수밖에 없도다."

이대원은 어이가 없었다. 말이 통해야 무슨 말을 할 것이 아닌가. 그는 한참 동안 심암을 쳐다보다가 공중에 대고 한마디 중얼거리고 돌아서 나와 버렸다.

"허 참, 급박한 판에 목숨 걸고 싸워 이겼는데 상찬은 고사하고 군율로 다스린다고?"

심암은 속이 뒤집어졌다. 사실대로 보고할 수가 없었다. 보고하면 이대원은 공로자가 되는 것이었다. 벌을 주자니 뒤탈이 날까 두려웠다. 그가 이러지도 저러지도 못하고 속앓이를 하던 중 이번의 변란 소식을 들었다.

심암은 김개동과 이언세 두 진무를 불러 지시했다.

"녹도권관에게 가서 일러라. 척후로 나가 적정을 탐색해서 내게 보고하라고 말이다. 나는 곧 뒤따라 나설 것이다. 그러니 너희들은 내가 당도할 때까지 권관과 함께 행동하라."

두 진무로부터 심암의 지시를 전달받은 녹도권관 이대원은 중간 크기의 전함인 중맹선(中猛船) 한 척과 연락용으로 쓰기 위한 작은 크기의 배 소맹선 한 척을 이끌고 바다에 나가 왜구들을 찾아다녔다.

그러면서 뒤따라오기로 한 좌수사가 나타나기를 고대했으나 좌수사는 도대체 보이지 않았다. 이대원은 계속 찾아다녔다. 그러다 며칠 만에 손죽도에 오른 왜구들을 발견했다.

손죽도 포구에는 10여 척의 왜구 배가 정박해 있었고, 섬 안 여기저기에서는 검은 연기가 솟아오르고 있었다. 섬에서 사람들 움직이는 모습이 훤히 보였다. 소를 끌어다 놓고 잡으려는 모습도 보였다. 그 옆에서 뒤로 손을 묶인 남자들이 왜구들에게 발길질을 당하며 비명을 지르고 있었다. 옷이 벗겨진 여자들이 희롱을 당했다.

이대원은 속에서 열화가 치솟았다. 소맹선을 뒤로 돌려 뒤따라올지 모르는 수사 심암에게 연락하도록 해놓고, 이대원은 손죽도로 몰래 다가갔다. 그런데 어느새 왜구들이 알았는지 갑자기 호각소리, 북소리 요란하게 울리더니 10여 척 왜구 배들이 쫓아 나왔다.

이대원은 뱃머리를 돌려 달아났다. 아무래도 중과부적이었다. 이대원은 격군에게 최고 속도를 명했다. 조금 전 돌려보낸 소맹선을 따라잡았다. 소맹선을 독촉하며 전속력으로 달아났다. 그러나 왜구들의 배가 더 빨랐다.

이대원은 더 빨리 노를 젓도록 격군들에게 고함을 질렀으나 속도는 점점 느려졌다. 격군들은 손바닥에 피가 흐르도록 죽을힘을 다했다. 그러나 여러 날 제대로 먹지도 자지도 못했기에 힘이 더 이상 솟지 않았다. 원래 왜구의 배들이 조선의 배들보다 속도가 좀더 빠르기도 했다.

이대원은 더 이상 도망가 보았자 격군들만 지치게 할 뿐이라 여겼다. 그는 소맹선 중맹선을 정지시키고 전투태세를 취하라 했다. 그리고 그는 속옷 자락을 찢어내 뱃바닥에 펼치고 새끼손가락을 물어뜯었다. 그는 혈서를 썼다.

日暮轅門渡海來 兵孤勢乏此生哀
(일 모 원 문 도 해 래　병 고 세 핍 차 생 애)
君親恩義俱無報 恨入愁雲結不開
(군 친 은 의 구 무 보　한 입 수 운 결 불 개)

싸우다 해는 저물고 바다에 나와 있는데
군세는 약하고 외로우니 이승의 끝이 서럽도다
임금과 어버이 은혜 이제 갚을 길 없으니
한은 구름에 서리어 풀어낼 길이 없도다.

이대원은 쓰기를 마치자 옆에선 가복에게 피로 쓴 그 시(詩) 옷자락을 내주고 그를 소맹선에 태웠다.

"너희는 빨리 달아나라."

소맹선을 재촉해 보냈다. 소맹선이 떠나자 이대원은 중맹선을 지휘하여 왜선들을 향해 나아갔다. 이윽고 왜선들이 다가오며 중맹선을 포위했다. 피차 방패 사이로 화살들을 날렸다.

적선들은 중맹선이 달아나지 못하도록 긴 낫으로 뱃전을 찍어 당기며 동시에 기름먹인 솜뭉치에 불을 붙여 중맹선에 던졌다. 불길은 삽시간에 중맹선을 뒤덮었다. 병사들이 불길 속에서 쓰러지기도 하고 바다로 뛰어들기도 했다.

이대원은 칼을 빼어들고 적선으로 뛰어들었다. 몇 놈 내려치며 싸우다 적이 내지른 창에 잔등을 찔리고 쓰러졌다.

중맹선에 함께 타고 있던 김개동과 이언세도 이대원의 뒤를 따라 적선에 뛰어들었다. 그 둘은 다 창술에 뛰어났으나 좁은 배 위에서 운신을 제대로 할 수가 없었다. 마침내 이대원은 쓰러져 죽고 김개동과 이언세는 포로가 되고 말았다.

왜구들이 돌아간 후 이대원의 시신은 어디에서도 찾을 수 없었다. 그가 마지막 전투 직전에 혈서로 쓴 그 시 옷자락을 묻어 무덤을 만들었다. 사람들은 이를 시총(詩塚: 전남 여수시 삼상면 손죽도)이라 했다.

이대원이 왜구들을 수색하고 싸우다 죽은 그 며칠 동안, 전라좌수사 심암은 두 사람 진무를 보내놓고 나서, 군선을 수습해 출동할 준비는 하지 않고, 여수 좌수영에 틀어박혀 술잔을 들거나 낮잠을 잤다.

며칠 지나서 바다에 뛰어들었던 병사 하나가 목숨을 부지해 좌수영에 돌아왔다.

"권관 나리도 돌아가시고라오, 다 몰살당했당께요."

심암은 드디어 설분을 했다 생각하니 기분이 매우 유쾌했다. 술맛이 더 좋았다.

'제 놈 주제에 …. 꼴값을 아주 자알 했구나.'

심암은 붓을 들어 전주 감영에 보고를 올렸다.

> 손죽도에 수백 척 왜구가 쳐들어왔기로 우선 녹도권관 이대원을 보내고 소관도 병선을 수습하여 뒤따라 출동합니다.

그리고 좌수영에 있는 10여 척의 병선을 이끌고 바다로 나갔다. 보고를 받은 전주 감영에서는 수백 척 왜구라는 데 깜짝 놀라 도내의 전군에 비상 동원령을 내리고 조정에 급사를 보냈다.

조정에서는 한성우윤(漢城右尹) 신립(申砬)을 방어사로 임명하여 당일로 내려보내고, 이어서 우방어사로 변협(邊協)을 임명하여 또 내려보냈다. 또한 전라감사에 영을 내려 도내 모든 부군의 병사들을 총동원하여 왜구를 방어토록 했고, 아울러 삼남의 책임자들을 교체 임명하여 확대될지도 모르는 변란에 대비토록 했다.

전라도 각 부군에서는 평소 소홀했던 터에 갑자기 병사들을 동원하려니 제대로 될 리가 없었다. 전주부윤 남언경(南彦經)은 관할의 여러 읍에 병사 동원을 요청했으나 이루어지지 않자, 당시 훈련된 군사력을 가졌던 정여립(鄭汝立)에게 도움을 청했다. 정여립은 벼슬을 버리고 낙향한 뒤 대동계라는 것을 조직하여 후학을 양성하고 있었다.

"제 목은 영감에게 달려 있소이다."

남언경이 간청했다. 정여립은 즉시 대동계원들을 동원하여 그를 도왔다.

일선에서 적을 물리치고자 바다로 나갔던 심암이 돌아오면서 왜구는 다 퇴치된 것으로 여겨졌다.

> 안타깝게도 녹도권관 등 몇 사람 희생자가 생기긴 했으나 못된 왜구 놈들은 한 놈 남기지 않고 깨끗이 쓸어버렸습니다.

보고를 마친 그날 밤 대대적인 승리 축하연이 벌어졌다.

그러나 다음날 은밀히 신립을 찾아온 사람들이 있었다. 남아서 녹도를 지키던 이대원의 부하들이었다. 소맹선을 타고 돌아온 이대원의 가복이 와서 현장 사정을 다 일러주었다. 그들은 신립에게 실제로 일어난 일들을 아는 대로 소상하게 일렀다. 심암은 애초에 출동하지도 않았으니 조사해 달라고 애원했다.

"허, 이런 맹랑한 일이 있단 말인가?"

신립의 조사로 진상은 금방 드러났다. 심암은 서울로 압송된 후 처형되었고 그의 머리는 서소문 문루에 효수되었다.

조선에서 이 사건은 그것으로 끝났다. 그러나 조선 밖에서는 계속되고 있었다. 손죽도를 쑥밭으로 만든 왜구들은 포로들을 싣고 떠나 그들의 본거지로 가다가 선산도(仙山島: 강진군 청산도)에 올라서 다시 노략질을 하고 나서 바다를 건넜다.

그들의 본거지는 일본 구주(九州) 서쪽 중통도(中通島)를 중심으로 한 오도열도(五島列島)였다. 주로 포르투갈 상선들이 마카오를 중계지로 한 남방무역을 하고 있었는데 그 상선들을 통해서 재미를 보는 곳이었다.

김개동과 이언세도 양팔을 뒤로 묶인 채 이 왜구들의 본거지로 끌려갔다. 그런데 배에서 싸우다 포로가 된 때부터 조선말로 치근거리는 왜구가 하나 있었다.

"야, 너희들 참 잘 붙들렸다. 이제 팔자가 피는 것이여."

"뭐?"

왜놈의 옷에 왜놈의 상투를 튼 꼴이나 방정맞게 뛰어다니며 하는 짓이나 어김없는 왜구인데, 조금도 어색하지 않은 조선말을 구사하는 게 참으로 이상했다. 왜구의 본거지에 오고 보니 사람들은 많고 거리는 흥청거렸다. 조선 옷을 입은 채 끌려가는 사람들도 보였다.

"여기에만도 우리 배가 500척은 된다. 저 배들 중에는 전라도 배도 많다. 전라우도 복병선(伏兵船)을 몽땅 잡아서 끌고 오기도 했지. 그 배에서 많은 활과 화살 그리고 총통도 여러 개 나왔다. 허지만 우리는 그런 것 쓸 필요도 없으니까 여기 아이들 장난감이 되었당께. 사람 사는 것도 조선보다야 백배 낫지. 너희들도 이자 잘살게 될 것이여."

역시 유창한 조선말로 두 사람에게 자랑처럼 말했다.

"너는 왜놈이냐, 조선놈이냐?"

"응? 전에는 조선놈이었는디 지금은 왜놈이다."

바로 문제의 그 사화동(사을포동)이었다.

"너도 잡혀왔냐?"

"그렇다. 전에는 진도(珍島)에서 어부 노릇을 혔다. 몇 해 전에 왜구들에게 붙잡혀 왔는디 처음에는 도망칠 궁리만 했었지. 그런데 지내다 보니 여기가 훨씬 살기가 좋더란 말이다. 그래서 그냥 눌러 살게 되었당께."

"왜구 노릇을 하면서 말이냐?"

"왜구가 어때서? 조선백성보다야 사는 게 백배 낫제."

그날 김개동과 이언세는 그 사화동의 집에서 묵었다. 사화동은 일본말도 잘하고, 일본여자에게 장가들어 살며 아이도 낳았고, 사는 형편도 좋아 보였다.

"왜구의 고장이기는 하지만 살기는 훨씬 좋다. 조선이야 그게 어디 사람 살 곳이냐? 나도 고기를 잡아 겨우겨우 연명이나 하는 처지였는디, 시도 때도 없이 전복을 잡아 바치라고 볶아대지, 건듯하면 부역 나오라 호통치지, 정말 죽을 지경이었다. 너희들이라고 별수 있겄냐? 여기 온 게 잘된 것이여. 그랑께 여기서 다 같이 살더라고 잉."

"듣고 보니 좋기는 하다만 고향에 처자가 있으니 어쩌냐? 그러니 우리가 돌아갈 수 있도록 니가 제발 힘 좀 써 다오."

며칠 머무는 동안 두 사람은 사화동에게 간곡히 사정했다.

"너희들이 신체도 건장하고 또 수군으로 물길에도 밝을 것이기 때문에 우리가 부탁하는 것이여. 우리 편이 되어 길 안내만 잘해 주면 너희들은 금방 큰 부자가 된다. 나도 길 안내 몇 번으로 부자가 됐당께. 나는 여기서 없어서는 안 되는 소중한 사람이여. 너희들도 여기 살면 그런 사람이 된다고."

사화동은 조선에 왜구들이 들어가 해적질을 잘할 수 있도록 안내해주는 역할을 맡고 있었다. 김개동, 이언세는 비록 목숨이 위태롭다 느끼긴 했지만 그런 짓은 도저히 할 수 없었다.

"하지만 고향에 부모와 처자식이 있으니까 니가 우리 사정 좀 보아다오."

"여기서도 처자식 얼마든지 얻어 살 수 있다."

"암만해도…."

"여기서 못 살겠단 말이냐?"

"암만해도 못 살 것 같다."

"그럼 할 수 없다."

다음날 두 사람은 다시 양팔을 뒤로 묶인 채 부두로 끌려 나갔다. 부두에서는 포르투갈 노예상인들이 기다리고 있었다.

노란 털북숭이들 몇이 다가오더니 두 사람의 묶은 끈을 풀고 옷을 다 벗겼다. 그리고 몸을 위아래로, 앞뒤로 자세히 살펴보았다. 입을 벌리고 이도 살펴보았다. 노란 털북숭이 하나가 어떤 왜구에게 돈을 건네주었다. 두 사람은 왜구의 손에서 털북숭이 노예상인의 손으로 넘어간 것이었다. 두 사람은 다시 결박되고 몽둥이로 연방 두들겨 맞으면서 커다란 배에 올랐다. 그리고 배의 맨 밑바닥에 있는 창고, 광선도 불빛도 없는 우리에 갇혔다.

칸막이도, 변소도 없는 그 한 칸의 우리에는 남자와 여자, 일본사람과 조선사람 수십 명이 흡사 도살장에 팔려가는 돼지들처럼 아무렇게

나 팽개쳐져 있었다.

그 배는 다음날 장기(長崎, 나가사키)에 들렀다. 거기서 더 많은 사람들이 배의 우리로 끌려 들어왔다. 조선사람들이 대부분이었다.

장기에는 인신을 사고파는 노예시장이 있었다. 주로 포르투갈 상선들이 들어와 노예를 집단으로 사갔다. 팔려가는 노예 대부분은 해적들에 의해서 잡혀온 조선의 젊은 남녀들이었다.

그들은 노예 상선에 실려 당시 포르투갈의 관할이던 중국의 마카오〔Macao, 오문(澳門)〕나 인도의 고아(Goa)로 실려가 다시 팔렸다. 노예장사가 잘되어서 대개는 다 팔렸으나 더러는 장기에서 포르투갈 또는 유럽의 다른 지역으로까지 실려 가기도 했다.

김개동과 이언세를 태운 배는 장기를 떠나 다시 바다로 나갔다. 어디로 가는지 언제까지 가는지 밤인지 낮인지 알 길이 없었다. 멀미에 휘둘리고 위아래로 쏟아낸 오물에 더럽혀지고 악취에 시달리며 며칠을 지냈다. 먹을 것도 시장기에 지쳐 죽을 만하면 만두 한 조각씩 주고 말았기에 그사이 허기에도 또한 시달려야 했다.

얼마나 지났을까. 하여튼 여러 날 만에 100여 명의 돼지 신세들은 어느 항구에서 하역되었다. 마카오의 한 부두였다. 노란 털북숭이들의 하수인인 듯 중국사람들이 몰려왔다. 돼지 신세들을 몽둥이로 패면서 어느 강가로 몰고 갔다.

강가에 닿자 중국사람들은 칼을 빼들고 결박을 자르고 더러워진 옷을 찢어 벗겼다. 알몸이 된 돼지 신세들의 모습은 참으로 가관이었다. 남녀 모두 다 오물과 개흙을 반죽해서 골고루 정성들여 발라 놓은 사뭇 광대들 같았다. 알몸이 된 이 군상들을 중국인들은 강물 속으로 몰아

넣었다. 눈치가 강물로 목욕하라는 것이었다. 군상들은 풍덩거리고 허우적거리며 되는 대로 문질러댔다.

제대로 씻기도 전에 중국인들이 뭐라고 소리치며 손짓을 해댔다. 나오라는 신호였다. 불볕더위에 발바닥이 따가운 모래밭 강가로 올라왔다. 중국인들이 군상들에게 길쭉하게 잘라낸 검은 천을 한 동강씩 던져 주었다. 그 천으로 사타구니를 감싸두르는 요령을 중국인 여럿이 여러 번 시범을 보여주었다. 군상들은 그럭저럭 사타구니를 다들 감싸맸다.

이번에는 남녀 구분 없이 되는 대로 10여 명씩 무리로 갈라 세웠다. 무리마다 커다란 통나무를 하나씩 어깨에 메라고 을러댔다. 통나무를 겨우 어깨 위에 올려놓자 몽둥이로 가끔 두들겨 패면서 부두를 돌게 했다. 키 크고 건장한 사람들이 더 죽을 지경이었다. 두어 번 돌고 나자 모두들 축 늘어져 쓰러졌다. 손가락 하나 까딱하기 어려울 지경들이 되었다.

노예들을 사러오는 무역선이 들어오지 않는 날은 이렇게 목도를 지고 돌게 했다. 노예 군상들을 축 늘어지게 하는 것은 아주 중요한 일과였다. 그것은 노예들의 기운을 쏙 빼놓기 위함이었다. 돈 주고 사온 물건들이 도망쳐 사라져서는 안 되기 때문에, 안 죽을 만큼 먹여 놓고 축 늘어질 만큼 기운을 빼놓는 것이었다. 노예들의 고통은 축 늘어지는 것뿐이 아니었다. 늘어진 다음에도 얻어터져야 했다.

감시는 모두 중국인들이 했다. 그들은 늘어진 군상들을 대개는 앉아서 멀뚱거리며 지키고 있었다. 그러다가 노란 털북숭이가 멀리서라도 보인다 싶으면 금방 일어나 공연히 서성거리고 다녔다. 소리 높여 욕질을 하고 몽둥이를 들고 매질을 했다.

여자들은 어디서나 고역이 한 고비 더 있었다. 밤을 보내는 일이었다. 어두워지면 아래층 중국사람들의 숙소로, 위층 털북숭이들의 숙소로 끌려갔다.

그렇게 며칠이 지났다. 내일이나 모레면 무역선이 들어올 것이라고 했다. 무역선이 들어오면 노예들은 다시 팔려 인도의 고아로, 거기에서 다시 팔려 구라파(歐羅巴, 유럽)의 어디로 간다고 했다. 수만 리 아득히 먼 곳이라 했으니 어디로 가든 다시는 돌아올 수 없는 불귀객의 길이었다.

김개동과 이언세는 여기 도착하면서부터 탈출할 기회를 노리고 있었다. 배에서 내려 처음으로 몸을 씻던 강의 여기저기를 둘러보았다. 목도를 메고 부두를 돌면서 살펴보았다. 그 강을 건너면 명나라 땅이라고 했다. 강은 주강(珠江)이라 했다. 건너편 육지가 아득하게 어른거렸다.

깜깜한 그믐밤 마침 파수 보는 중국인이 졸고 있었다. 둘은 소리 없이 울타리를 넘고 재빠르게 달려 강물 속으로 미끄러져 들어갔다. 몸이 전 같지 않았으나 그래도 수군으로 단련된 몸이었다. 대안의 희미한 불빛을 향해 부지런히 헤엄쳐 갔다. 대안에 얼마나 다가왔는지 가늠도 되지 않은 채 여전히 불빛은 아득한데 맥이 풀리려 했다. 그때마다 다행히도 밤중에 오가는 범선들이 있었다. 그 꽁무니에 매달려 얼마씩 편히 갈 수가 있었다.

새벽녘 천신만고 끝에 대안의 육지에 올랐다. 그들은 곧장 관가를 찾아 나섰다.

그러나 사람들을 만나 뭔가 알아볼 수가 없었다. 사람들이 나타나더니 무조건 몽둥이로 두들겨 패서 쓰러뜨렸다.

"왕바땅(王八蛋: 쌍놈의 새끼), 와꼬(倭寇: 왜구)!"

"와꼬, 사바(殺吧: 죽여라). 와꼬, 사토(殺頭: 목을 베라)!"

꽹과리 소리, 북소리, 늦대야 소리가 사방에서 들렸다. 사람들이 몽둥이, 죽창, 도끼, 쇠스랑, 낫 등등을 들고 모여들었다.

"와꼬, 사바. 와꼬, 사토!"

말이 통하지 않으니 무어라 변명할 수도 없었다. 입만 열면 몽둥이를 들어 때려죽이겠다고 위협했다. 이윽고 창 든 병사들이 달려왔다. 둘은 밧줄에 묶여 관가로 끌려갔다. 관가 마당에 도착해서는 병사들의 발길질에 차여 이리저리 나동그라져야 했다.

얼마 후 콧수염을 팔(八) 자로 가른 상관이 나타나 종이와 붓을 준비시켰다. 필담으로 조사하는 것이었다.

"이름은 뭐냐? 왜국 어디 사느냐? 몇 년 동안 왜구 노릇을 했느냐?"

두 사람은 웬만한 한문은 쓸 수 있었다. 번갈아가며 답변을 썼다.

"우리는 왜구가 아닙니다. 조선사람입니다. 왜구와 싸우다 포로가 되었습니다."

팔자수염은 고개를 모로 꼬더니 다시 붓을 들었다.

"조선이 어디냐?"

김개동이 몇 자 적었으나 그것으로 이해가 되지 않는 듯 팔자수염은 부하들에게 묻는 눈치였다. 부하들에게서 대답이 없자 그는 안으로 들어갔다 나오더니 다시 붓을 들었다.

"조선이란 고려를 이르는 것이냐?"

"예, 맞습니다."

중국에서는 아직도 조선을 고려로 불렀다.

"그런데 너희는 어째서 왜구 옷을 입고 다녔느냐?"

상관은 사타구니를 가려 두른 검은 천을 손으로 가리켰다.

"쩌이거(이것), 꾼〔褌(곤), 훈도시〕?"

사타구니에 천을 감아 두르는 것은 일본사람들뿐이었다. 그것을 일본사람들은 '훈도시'라고 했다. 두 사람이 훈도시를 차고 나타났기에 왜구로 오인되었던 것이다.

이언세가 뭐라고 썼으나 설명이 되지 못한 모양이었다. 팔자수염이 고개를 갸웃거렸다. 그때 병사 한 사람이 달려와 이언세의 상투를 잡았다. 그리고는 팔자수염을 향해 무어라고 외쳤다. 상투가 왜구의 상투가 아니라고 말하는 것 같았다.

그러자 상관은 얼굴에 웃음기를 띄며 고개를 끄덕였다.

"띵호아. 데리고 가 돌봐 주어라."

드디어 조선사람으로 인정되면서 대우가 달라졌다. 군영의 한 곳에 거소를 마련해 주고 옷과 먹을 것을 주었다. 그뿐이 아니었다. 의원이 와서 다친 상처도 치료해 주었다. 그러나 조선으로 보내주지는 않았다. 북경에 보고해서 지시를 받아야 한다고 했다.

주강 연안의 지방관아에서 북경까지는 보고서가 올라가는 데 몇 달이 걸렸다. 조정에서 결정을 내리는 데도 몇 달이 걸리고 지시가 내려오는데 또 몇 달이 걸렸다. 두 사람이 부지하세월로 근 1년을 기다린 다음 해 여름, 북경으로 압송하라는 지시가 도착했다. 마침내 그곳 군영을 떠나 북경으로 향했다. 역졸들을 따라 다음 역으로 가면 다음 역의 역졸들이 그들을 데리고 또 그다음 역으로 데리고 가곤 했다. 북경에 도착한 것은 추풍낙엽이 을씨년스런 늦가을이었다.

관아의 심문을 거쳐 두 사람은 옥하관으로 보내졌고 유전(柳堧)에게 인도되었다. 김개동은 목이 메고 있었다.

"옥하관에서 어른들을 뵙고도 불안했습니다. 압록강을 건너서야 마음을 놓았습니다."

두 사람의 이야기를 다 듣고 난 이산해는 긴 탄식을 토해냈다.

"저들이 고생을 너무 많이 했소이다. 생각할수록 심암의 죄가 큽니다."

일행은 도성에 들어오면서 바로 임금께 복명했다. 두 사람에 관한 보고는 임금에게 큰 충격이었다. 임금은 거의 격노했다.

"그놈(사화동)을 묶어 올 수 없겠소? 바로 난신적자(亂臣賊子)요. 이런 고이얀…. 거 대마도에 일러서 당장 잡아들이도록 하시오."

임금은 노기로 상기되어 목소리는 그만큼 높아졌다.

"천만지당하신 말씀이옵니다. 하오나 그 사화동이란 역적은 대마도에 있는 것이 아니옵고 오도라는 섬에 있다 합니다. 대마도에서 그를 잡아올 수 있을지 알아봐야 할 것입니다."

"오도가 어디에 있는고?"

임금은 모여 있는 신하들을 한 바퀴 둘러보았다.

"사화동 같은 역적을 숨겨 두었으니 오도는 필시 먼 지방일 것이옵니다."

"그렇겠군. 하지만 아무리 멀다 해도 그놈은 기어이 묶어 와야겠소."

이로부터 사화동에 대한 임금의 증오와 집착은 실로 꾸준했다. 바로 그 사화동을 잡으러, 함께 왜구 괴수들을 잡으러, 마침내 1589년 9월

18일, 일본사절단의 소속원이 일본으로 떠났던 것이다.

조야는 다 같이 임금을 칭송했다. 주관이 뚜렷하고 능력이 탁월하며 통이 크고 앞을 내다볼 줄 아는, 보기 드문 성군이라고 칭송했다.

무려 200년 동안 선대왕들이 많은 애를 쓰고도 해결하지 못한 종계 변무의 일을 해결했다. 두만강 너머 여진족을 얌전하게 엎드려 있도록 눌러놓았다. 일본 또한 사실상 항복이나 같은 조건을 절절매면서 이행하도록 만들어 놓았다.

'내 비록 성군은 아닐지라도 여느 임금과는 좀 다르지 않은가?'

선조는 내심 스스로 치부하는 자부심을 가졌다. 동시에 그만큼 은근한 자만심과 우월감도 겸유하게 되었다.

'영세토록 구가할 태평성대를 이루리라.'

군왕의 적개심

1589년(선조 22년) 10월 2일, 깊은 고요 속에 잠들어 있던 창덕궁에 별안간 불빛이 밝아졌다. 어명에 의해 상기된 선전관들이 궐문 밖으로 쏟아져 나갔다. 임금에게만 보고되는 비밀장계가 좀 전에 당도했다. 안악(安岳) 군수 이축(李軸), 재령(載寧) 군수 박충간(朴忠侃), 신천(信川) 군수 한응인(韓應寅) 등의 연명 보고서와 묶여온 백성 둘을 대하자마자, 황해감사 한준(韓準)이 다급하게 써 올린, 반역모의를 적발했다는 비밀장계였다.

얼마 있지 않아 3정승 6판서와 의금부의 고관들이 대궐에 들어섰다.

"이 밤중에 무슨 일인지요?"

"글쎄올시다."

"무슨 일인지 짐작이 되지 않소이다."

임금은 벌써 선덕전(宣德殿)에 좌정하고 신하들을 기다리고 있었다. 신하들이 다 모였는데도 임금은 심상찮은 안색에 한동안 침묵했다.

"너는 물러가 있거라."

임금이 숙직 이진길(李震吉)을 향해 입을 열었다. 몹시 긴장된 목소리였다. 이진길은 춘추관 검열로 사초를 담당했다. 숙직인지라 오늘 밤 일의 자초지종을 기록하려고 대기하던 참이었다. 선조는 이진길이 비밀장계에 언급된 주동자의 생질이라는 사실을 알았다.

이진길이 나가고도 한참 말이 없던 임금이 갑자기 된소리를 질렀다.

"경들은 도대체 무엇들을 하고 있소?"

밑도 끝도 없이 떨어지는 불호령이었다.

"황공하여이다."

신하들은 할 말이 없을 때는 다만 한마디뿐이었다.

"그저 황공, 황공하니 … 글쎄, 뭐가 황공한지 한번 들어 봅시다."

신하들이야 아무것도 모르니 할 말이 있을 수가 없었다.

"……."

"정여립이 지금 무엇을 하고 있는지 아시오?"

정여립(鄭汝立)은 벼슬이 홍문관 수찬(修撰: 정 6품)에 이르렀을 때 그만두고 고향에 내려간 사람이었다. 벼슬을 그만두고 낙향한 사람이라면 으레 학문을 닦으며 제자들을 가르치기 일쑤였다. 정여립도 그렇게 소일한다는 소문이었다.

당직인 이진길을 쫓아낸 것을 보면 무슨 불길한 일이 터진 것만 같았다. 말을 조심해야 할 계제였다. 모두 눈을 내리깔고 벙어리가 됐다.

"답답한 사람들 같으니라구 … 삼공부터 읽어 보시오."

임금은 탁자 위에 놓인 장계를 삼공 앞으로 던졌다. 영의정 유전, 좌의정 이산해, 우의정 정언신 등 세 정승이 촛불 앞으로 다가가 장계 내용을 읽어갔다. 역모사건을 사전에 적발하여 보고한다는 황해감사의 비밀장계였다.

읽기를 다 마치자 유전이 임금에게 한마디 했다.

"참으로 놀랍고 당혹스런 일이옵니다. 지체 없이 국법대로 처결하심이 옳을까 하옵니다."

임금은 유전의 말에는 대답하지 않고 승지에게 일렀다.

"모두 다 듣도록 큰 소리로 읽어 보시오."

승지가 즉시 소리를 높여서 읽어내려 갔다.

"다음과 같이 실행하고자 한 역모사건을 사전에 적발하여 보고합니다. 역도들은 기축년(1589) 겨울 전라도와 황해도에서 일시에 거병하여 얼어붙은 강나루를 건너 한양으로 쳐들어가기로 했습니다. 무기고를 불사르고 조운창(漕運倉: 지방에서 세금으로 거둔 곡물의 강상 운송을 위해 그 곡물을 쌓아두던 창고)을 약탈하기로 했습니다. 심복을 도성 내에 배치하고 자객들을 보내 먼저 대장 신립(申砬)과 병조판서를 죽이기로 했습니다. 거짓 교지를 꾸며서 방백과 병사, 수사를 죽이거나 파직시키기로 했습니다. 이렇게 하여 이씨 왕조를 뒤엎고 새로이 정씨 왕조를 창시하여 계룡산에 도읍을 정하기로 했습니다. 이 모든 역모 계획은 전 홍문관 수찬 정여립이 주도했습니다.

이상과 같은 역모의 계획은 재령군수 박충간 등의 연명보고에 의하여 작성한 것입니다. 역모 계획의 증거로, 가담했던 백성 2명을 함께 보냅니다. 친히 심문해 보시옵소서."

낭독이 끝나자 여기저기서 분기 넘치는 목소리들이 솟았다.

"역적 놈을 당장 끌어다 능지처참해야 합니다."

"조금이라도 관계가 있는 자는 모조리 처단해야 합니다."

"정여립이 그게 사람이 아니라 흉악한 짐승이었습니다. 무슨 여지가 있습니까? 삼족을 멸해야 하지요."

여기저기서 외치는 소리를 듣고 있던 임금도 살기등등해지더니 밖을 향해서 소리쳤다.

"이진길을 형틀에 매고 매우 치라고 해라. 필시 내통했을 것이니 자복을 받으라."

"예이."

승전색(承傳色: 왕의 지시를 전달하는 내시)이 계단 밑에서 내달았다.

임금은 다시 좌중을 둘러보았다.

"이 역적들을 어찌할 것인지 의견들을 말해 보시오."

신하들은 이런 마당에 한마디 하지 않을 수 없었다. 조용히 있다가는 역당과 같은 패거리로 보일까 두려웠다.

"빨리 군대를 풀어 역도들을 잡아들여야 합니다. 한시가 급합니다."

"그렇습니다. 지체 없이 잡아들여 목을 쳐야 합니다."

"산 채로 묻어야 합니다."

"정여립은 즉각 토막을 내서 팔도에 돌려야 합니다."

"아닙니다. 정여립은 가마솥에 넣고 삶아서 그 고기를 역당들에게 먹여야 합니다."

"산 채로 살을 발라 죽여야 합니다."

한바탕 떠들썩한 가운데 영의정 유전이 두어 번 바튼 기침을 했다. 유전은 오랫동안 병석에 누워 있어서 웬만한 일에는 나오지 않았었다. 국가 비상사태라고 해서 억지로 나왔다.

"전하, 나라에는 법도가 있사오니 법도대로 처리하는 것이 가한 줄로 압니다. 유무죄는 당사자들을 문초한 연후에 가려지는 것이오니, 우선 연루자들을 잡아들여 문초부터 하는 것이 옳은가 하옵니다."

유전은 겨우겨우 말을 이어갔다. 그러나 기력 없어 겨우 이어간 말이 끝나기도 전에 항의가 빗발쳤다.

"영상대감은 그걸 말씀이라고 하십니까?"

"그렇게 미적지근하게 처리할 일이 아닙니다."

"정여립은 역당이오. 역적이란 말입니다."

듣고 있던 임금이 말렸다.

"영상의 말씀이 옳아요. 저들을 일단 잡아오는 것이 우선이오. 그래야 연루자들도 찾아낼 수가 있소. 선전관과 금부도사를 전라도와 황해도에 보내 죄다 잡아들이도록 하시오."

명에 따라 승지들과 의금부 당상들이 일어났다. 그들이 나가자 임금이 한숨을 토해냈다.

"내 비록 덕이 없는 임금이라 하나 백성들을 못살게 굴지도 않았고 내 스스로 방탕한 적도 없소. 이 무슨 날벼락이란 말이오."

유전이 쇠잔한 목소리로 겨우겨우 다시 한마디 이어갔다.

"만백성이 성군의 치세를 만나 다 같이 감읍하고 있는 터에 이런 일이 벌어지다니 도무지 짐작이 가지 않사옵니다."

"그러하옵니다."

좌의정 이산해도 같은 의견인 듯했다. 입을 꾹 다물고 있던 우의정 정언신이 입을 열었다.

"정여립이 그런 일을 했다는 게 신으로선 도무지 믿어지지가 않사옵니다."

"그렇다면 비밀장계가 근거가 없다는 말이오?"

"다른 건 몰라도 군사를 일으켜 쳐들어온다는 것은 아무래도 믿기지가 않습니다."

"무슨 소리요?"

"용병이란 참으로 어려운 일입니다. 평생을 바쳐도 어려운 것이 용병이옵니다. 정여립은 일개 서생입니다. 문과에 급제하여 하찮은 일개 문관으로 일하던 사람이 아닙니까? 낙향해서는 서당 훈장을 한다는 소문이었는데 그런 사람이 어떻게 군사를 일으킬 수 있겠습니까?"

"우상은 정여립을 잘 아시오?"

"그를 잘 알지는 못합니다마는 사리로 따져 볼 때 이치가 그렇다는 말씀이옵니다."

정언신은 평소 말을 함부로 하지 않았다. 그리고 그의 말에는 늘 믿음이 있었고 무게가 있었다. 비록 문과에 합격하여 문관으로 벼슬살이를 하여 왔지만 군사에 매우 밝았다. 함경감사, 병조판서를 거쳐 우의정에 오른 사람이었다. 군사문제가 나오면 임금은 누구보다도 먼저 정언신과 상의했다.

당시의 명장인 신립(申砬)과 이일(李鎰), 그리고 아직은 무명이지만 장래가 촉망되는 이순신(李舜臣), 김시민(金時敏), 이억기(李億祺) 등 많은 장재(將材)들이 그의 성원하에 성장하고 있었다.

말은 매우 조심스럽게 했지만 정언신은 내심으로 실소를 금할 수가 없었다. 이것은 결단코 반역모의가 아니라고 확신했다. 재주가 제갈량과 같다고 하는 정여립이 주모자라 하니 더욱 그랬다. 정여립이 정말로 반역을 도모했다면 이렇게 허점투성이로 엉성하게 모의하지는 않았을 것이었다.

정여립의 작전이라면 군사적 규모나 역량은 그리 중요하지가 않았다. 대궐의 심장부를 전광석화와 같이 제압하여 임금의 신병을 확보하고 의정부와 6조를 장악할 터였다. 정여립 정도의 인사가 한명회(韓明澮: 세조즉위의 주도자)나 박원종(朴元宗: 중종반정의 주도자)의 성공을 모를 리가 없다고 정언신은 확신했다.

겨울에 지방에서 동병한다는 것, 병부(兵符: 군사를 동원할 수 있는 표적) 그리고 옥새 찍힌 승정원 재가문서도 없이 지역 병사나 방백을 죽이거나 파직시킨다는 것, 이런 것은 조정에서 벼슬살이를 한 정여립의 발상은 아니라고 정언신은 굳게 믿었다.

정언신의 말에 임금은 좀 누그러졌다.

"우상의 말이 일리가 있소. 차라리 헛소문이라면 좋겠소만 … ."

임금이 누그러지자 좌중도 가라앉았다. 그러자 좌의정 이산해가 의견을 제시했다.

"황해감사가 가담자 둘을 포박해 보냈다 했으니 우선 저들을 의금부에서 문초해 보도록 하심이 좋을 듯하옵니다."

"그게 좋겠소. 아니지, 내가 친국을 해봐야겠소."

신하들과 함께 밖으로 나와 층계 밑에 마련된 교의에 앉았다.

"저들을 끌어내라."

묶인 채 함거 안에 갇혔던 두 사람이 끌려 나와 꿇어앉혀졌다.

등불에 비친 그들의 모습은 얼굴이고 입성이고 죄다 새카만 땟국에

절어 있었다. 아무래도 떠돌아다니는 비렁뱅이 꼴이었다.

"무엇을 하는 백성이냐?"

"품팔이도 하고 빌어먹기도 하는뎁쇼."

"너희들이 반역했다는데 사실이냐?"

"반역이요? 그게 아니라 반국인뎁쇼."

"반국이라고? 그래 반국이 어떤 것이냐?"

"반찬과 국물 말인뎁쇼. 그것을 했습지요."

"어떻게 했느냐?"

"제삿집에 몰래 들어가서 반찬과 국물을 실컷 먹었는뎁쇼. 딱 한 번 했습네다. 다시는 안 그럴 테니 살려 줍시오."

임금은 피식 웃었다. 정여립이 아무리 사람이 없기로서니 저런 것들과 반역을 도모했으리라고는 상상하기 어려웠다. 정여립은 경연에도 여러 번 참석하였기에 임금도 그의 실력을 잘 알았다. 정여립 정도의 사람이 반역을 도모했다면 적어도 관찰사나 절도사들이 연루되어야 마땅할 일이었다.

임금은 정언신을 돌아보았다.

"우상의 짐작대로 이거 아무래도 실없는 일이 벌어진 것 같소. 정여립이 올라오면 대질이나 시켜보고 돌려보내도록 합시다."

새벽이 되면서 신하들은 대궐을 나와 각자 집으로 돌아갔다. 임금도 편한 마음이 되어 늦은 잠자리에 들었다.

다음날이 되자 그러나 일은 그냥 가라앉지 않았다. 소문은 조야에 퍼지고 의견은 분분했다.

"사람이 뛰어나면 모함을 받기 마련이다."

"정여립이 동인 아닌가. 동인 세력이 막강한데 무엇 때문에 반역을 한단 말인가?"

"이거 서인들의 모략인지도 모르지, 아무래도 수상쩍은 일이야."

동인, 서인, 당파 간의 대치와 알력이 점점 굳어지던 때였다. 벼슬깨나 하는 사람들은 사태의 발단이 궁금했고 사태의 추이에 신경을 곤두세웠다.

말들이 많았으나 대세는 정여립의 무관함을 옹호하는 편이었다. 성균관 생도들은 임금에게 "정여립은 훌륭한 인물이옵니다. 음흉한 자들이 계략을 쓰고 있는지도 모르옵니다. 밝게 살피시옵소서" 라고 진정서를 올리기까지 했다.

"정여립이 반역을 도모해서 그를 잡으러 내려갔다 합니다."

서인의 중진인 정철(鄭澈)에게도 소식이 전해졌다. 그는 경기도 고양(高陽)에 은거하고 있었다. 그는 판돈녕부사(判敦寧府事)에 서용(敍用)되었으나 나가지 않고 있었다.

"벌써 달아났을 걸."

정철은 혼잣말처럼 중얼거렸다. 소식을 전해 주러 간 김장생(金長生)은 의외였다. 김장생은 정철이 사전에 이런 사태를 어느 정도는 파악했다고 확신했다.

"어찌하여 달아났다고 여기십니까?"

대부분의 사람들은 정여립이 올라와 해명하면 모든 일이 잘 풀릴 것이라 믿던 때였다.

"그는 달아나게 돼 있어. 아무튼 내가 곧바로 입궐해야겠어."

"이런 때 입궐하시면 오해를 받을 수 있습니다. 또한 위관이 될 수도 있는데 그 난감함을 어찌 다 감당하시겠습니까?"

"이 엄청난 일이 빨리 처리되려면 내가 입궐하는 게 낫지."

정철은 김장생과 함께 곧 서울로 들어왔다. 정철의 예언은 신통하게도 들어맞았다.

전라도로 정여립을 잡으러 내려갔던 금부도사 유담(柳湛)으로부터 10월 7일 긴급 보고서가 올라왔다. 금부도사가 밤에도 쉬지 않고 달려갔으나 그의 집에 도착하기 바로 전날, 그가 황해도에서 온 동지와 함께 도주하는 바람에 정여립을 붙잡지 못했다는 보고였다. 조정은 발칵 뒤집혔다.

"이놈이 정말로 역적질을 한 것이로구나."

임금은 펄쩍 뛰었다. 솟아오르는 적개심에 임금의 얼굴은 벌겋게 달아올랐다.

"참으로 큰일이옵니다. 당장 전국적인 비상조처를 취해야 하옵니다."

신하들도 놀라서 얼굴색이 변하고 있었다. 그러나 우의정 정언신은 역시 이번에도 좀 달랐다.

"전하, 달아났다 해서 반드시 역모라 볼 수는 없다고 생각하옵니다."

"아니, 그럼, 죄 없는 사람이 무엇 때문에 도망친단 말이오?"

"그냥 어딘가 볼일이 있어 나갈 수도 있습니다. 그리고 또 자기가 역모의 주모자라는 엄청난 소식을 들었다면, 심약한 사람은 일단 도망칠 수도 있습니다. 아직까지 확실한 증거는 아무것도 없지 않사옵니까?"

정언신의 판단으로는 여전히 공연한 소동이었다. 아무리 생각해도 정여립이 이렇게 무모하게 역모를 도모했다고는 볼 수가 없었다. 달리 짐작하는 사람들도 있었다.

"혹시 이율곡 제자들이 정여립을 잡으려고 꾸며낸 계책이 아닐까요?"

"무슨 근거라도 있소?"

"불공대천의 원수로 여기니 혹시라도 그런 것이 아닌가 해서 … ."

정여립은 서인 이율곡의 제자로 있다 스승과 절연하고 동인으로 돌아선 배신자라고 매도당하고 있었다. 임금도 그를 배신자로 보았다.

"정여립은 아주 불온한 인간이오. 그런 놈을 놓치다니 … , 에이 못난 것들. 반드시 잡아서 끌고 오시오. 관련된 일당도 모조리 잡아들이고."

임금은 언성을 높였다. 이제 전라도, 황해도뿐만 아니라 충청도, 경상도에까지 관원들이 내려가고 군인들도 따라갔다. 닥치는 대로 잡아들였다. 전라도에서 정여립의 일가친척, 일꾼, 제자, 친구 등은 물론, 정여립과 조금이라도 관계가 있는 사람은 모조리 잡혀 서울로 압송되었다. 황해도에서도 관련자들이 잡혀왔다.

잡혀온 자들은 창덕궁 앞뜰에 꿇려져 좌우간 무턱대고 두들겨 맞았다. 관원들의 몽둥이질이 너무 호되어 뼈마디가 부서져 나가며 실신하기 일쑤였다.

"어서 죽여주십시오. 반역을 했습니다."

견디다 못해 자복하는 자들은 이름도 제대로 못 쓰는 농사꾼, 종, 행상, 사공, 비렁뱅이 등이었다. 대부분이 무엇 때문에 잡혀 왔는지, 반역이 무엇인지 몰랐다.

이진길은 추국(推鞫: 중죄인의 신문)을 받고 옥사에 갇혔다. 양사(兩司: 사헌부와 사간원)에서 "검열 이진길이 역신의 일로 추국받고 있습니다. 하루라도 사관의 이름을 띠고 있을 수 없사오니 그 직을 삭탈하소서"라고 건의했다.

"그 일이 늦었구나. 바로 그리하라."

임금이 즉시 윤허했다.

10월 9일, 전라도에서 또 급사가 달려왔다. 습기가 차 있고 먹물이 여기저기 번진 문서 몇 장을 바쳤다.

"정여립의 집 뒤뜰에서 나왔습니다. 땅속에 묻은 항아리에서 찾아냈습니다."

반정거사의 계획을 적은 극비문서였다. 전라도와 황해도에 있는 각 부대의 집결장소, 각 부대의 지휘관인 접장(接長)들의 명부, 각 부대 소속 대동계원의 명단, 서울로의 진격경로, 대궐을 장악하는 순서, 대신들의 살생부(殺生簿) 등이 적힌 것이었다.

그런데 그 문서라는 게 이상한 점이 많았다. 필체는 유치하고, 잘못 쓴 글자를 뭉개 지운 데가 여러 군데 있고, 반역군의 편제가 엉성한데다, 무엇보다도 대동계원의 명단이 전혀 엉터리였다. 실제 계원인 사람이 명단에는 빠져 있고, 누군지 알 수 없는 유령의 이름이 대부분이었다. 접장의 이름과 숫자도 실제와 많이 달랐다. 아무래도 누군가 이 문서를 날조해서 묻어 놓은 게 분명했다.

그러나 조정의 누구도 느낌은 가지면서도 언급하지도 지적하지도 못했다. 임금의 분기가 냉정을 잃어가고 있기 때문이었다. 이 문서는 타오르는 임금의 적개심에 기름을 부었다.

"이 지경이 되도록 몰랐단 말이오? 그대들은 도대체 뭘 했단 말이오?"

임금은 대신들을 향해 노기를 띠고 발을 굴렀다. 방대한 반역의 증거가 이제 여실히 드러난 셈이었다. 신하들은 어찌할 바를 모르고 그저 벌벌 떨고만 있었다.

"잡히는 대로 능지처참하라."

임금은 활활 타오르고 있었다.

몽둥이에 못 이겨 자복한 역도들은 거리로 끌려 나갔다. 요란한 북소리에 모여든 구경꾼들 속에서 목과 사지가 잘렸다. 황해감사가 묶어 보낸 비렁뱅이 두 사람은 일급 주모자가 되어 요참형(腰斬刑: 허리를 잘라 죽이는 형벌)을 받았다.

사건이 제대로 무르익어가고 있음을 직감했을까, 10월 11일 정철은 대궐에 들어가 임금을 뵙고 "도성 밖에 계엄령을 선포하셔야 하옵니다. 그리고 시각을 다투어 역적을 체포하도록 독려해야 하옵니다"라고 비밀 차자(箚子: 간단한 상소문)를 올렸다.

임금은 정철의 차자가 마음에 들었다.

"경의 충절을 알 만하오. 그리 처리해야 하겠소."

10월 14일에는 독포어사(督捕御使) 정윤우(丁允祐), 이대해(李大海), 정숙남(鄭叔南)이 삼남으로 파송되었다.

정여립의 체포는 시간문제였다. 이제 아무튼 세상은 발칵 뒤집혀졌고 엄청난 소동이 벌어지고 말았다. 그리하여 마침내 이른바 기축옥사(己丑獄死)라는, 어처구니없이 불행한 사건이 시작되었다. 결코 일어나서는 안 되었던 이 사건은 전혀 역모의 증거들을 찾을 수 없었지만 그러나 조선 최대의 역모사건으로 번져나갔다. 동서 당파인의 사생을 건 모략 쟁투와, 그 쟁투를 임금에게 바치는 충성도 제고의 방편으로 이용한 임금의 교활과, 왕권 도전으로 지레 겁먹은 임금의 눈먼 적개심으로 해서, 사건은 어마어마한 역모사건으로 꾸며져 갔다.

불운의 천재 정여립

이 사건에는 '조선의 제갈량'이라고 일컬어지던 불운한 천재 두 사람이 관련되어 있었다. 그 하나가 바로 정여립(鄭汝立)이었다.

정여립은 전주의 남문 밖 월암리(月岩里: 완주군 상관면)에서 대대로 살아오던 양반 집안의 자손이었다. 정여립의 아버지 정희증(鄭希曾)은 일찍이 과거에 급제하여 현감을 지냈고 벼슬이 첨정(僉正: 종4품)까지 올랐던 사람으로서, 성정과 행실이 무던하여 그 고장에서는 매우 존경받는 선비였다.

그 정희증에게서 건장하고 준수한 아들 여립이 태어났다. 자라면서 신체가 유난히 크고 힘도 매우 세어 발군의 장사가 되었는데, 얼굴마저 관옥같이 희고 수려한 호남자가 되었다.

힘으로든 싸움으로든 또래들 누구에게도 뒤지는 법이 없어 어딜 가나 항상 두목이었다. 이런 아이들은 대개 공부에 소홀하기 쉬웠으나 여립은 전혀 달랐다. 그는 공부에도 열심이었다. 밤을 새워가며 책을 읽는 일도 비일비재했다. 그는 두뇌가 비상하여 한 번 외우면 잊는 법이 없고 한 번 익히면 줄어드는 법이 없었다. 그는 글도 잘 짓고 글씨도 잘 쓸 뿐만 아니라 말타기, 활쏘기에도 출중했다. 그는 그 고장에서는 무엇으로도 앞설 자가 없는 젊은 수재로 성장했다.

이렇게 모든 조건을 겸비하고 보니 역사상 드문 인걸이 났다고 사람들이 들떴다. 조선의 제갈량이라고 전라도가 떠들썩했다.

딸 둔 사람들은 정희증을 찾아 줄을 섰다.

"사돈을 맺읍시다."

정희증은 여립을 금구(金溝)로 장가보냈다. 정희증과 사돈을 맺은 사람은 금구에서 만석꾼으로 이름난 부자였다. 딸도 나무랄 데가 없는데 처가에서는 땅을 반으로 썽둥 잘라 주었다.

여립은 금구 처가로 내려가 일시에 5천 석의 부자로 살게 되었다. 이 소문으로 전라도 일대는 젊은이들의 팔자타령이 들끓었다.

"팔자를 타고 나려면 정여립 정도는 돼야지."

"내 팔자가 이게 사람 팔자냐, 개돼지 팔자지."

장가도 들고 살림도 꾸렸으니 이제 과거를 보아야 한다는 장인의 권고에 따라 여립은 곧바로 집을 나섰다. 우선 고을 수령이 주재하는 조흘강(照訖講: 과거에 응시할 수 있는 자격을 얻는 시험)에 바로 합격하여 조흘첩(照訖帖: 과거응시 자격증)을 받았다. 이후 서울에 올라가 왕의 친림하에 보는 전시(殿試)에 이르기까지 한 번도 낙방 없이 곧장 대과(大科: 문과 과거시험)에 합격하여 중앙무대에 진출하게 되었다.

선조 3년(1570년) 그의 나이 25세 때였다. 그는 얼마 후 성균관 정록소(正錄所)의 학유(學諭)가 되었다. 비록 정9품의 하급 관직이었으나, 각종 과거 응시자와 성균관 입시자의 예심을 맡은 요직이었다. 대간(臺諫: 사헌부, 사간원의 관원)들의 동의하에 학문과 행실이 뛰어난 사람을 임명하는 자리였다.

고향의 토착기반 외에 중앙무대에 아무런 연고가 없던 그가 학유에 임명된 것은 거의 기적 같은 일이었다. 과거에 급제하고도 정계에서 추천하는 사람이 있어야만 관직에 오를 수 있었던 그런 시대였다. 그러기에 정여립의 인물이 얼마나 훌륭했는가는 학유의 관직 임명이 증명하고도 남았다.

벼슬에 오른 뒤 정여립은 어느 자리 어떤 일을 맡아도 막힘없이 잘 처리했다. 사서삼경 등 유교경전을 포함하여 제자백가(諸子百家)에 두루 정통했음은 물론이요, 기타 다방면에 박학다식한데다 용모가 준수하고 언변에도 능란했다. 어딜 가나 사람들이 잘 따르기도 하여 늘 돋보이는 존재가 되었다.

정여립은 사간원(司諫院)의 정언(正言), 예조(禮曹) 좌랑(佐郎)을 거쳐, 홍문관(弘文館) 수찬(修撰)으로 임금의 경연에 참석하여 임금에게 경전을 강의하는 지위에까지 이르게 되었다. 홍문관은 경연을 주관하는 곳으로 정권의 핵심기관이었다. 경연의 구성원들은 하루에도 한두 차례는 임금과 마주 앉아 경서를 강의하고 국정을 논의했다. 수찬 역시 그런 아주 중요한 벼슬자리였다.

정여립의 벼슬자리는 애초부터 주로 이율곡의 천거에 의해 제수되었다. 정여립은 서울에 올라오자 일찌감치 이율곡을 찾아갔다. 당시 전라도 출신들은 이발(李潑)이 동인의 중심이었기에 대개 동인에 가담하고 있었다.

이율곡은 자신의 문하에 들고자 하는 정여립에게 물었다.

"자네 고향이 어디인가?"

"전라도 전주입니다."

"그렇다면 동인을 찾아가야지 어찌해 서인인 나를 찾아왔는가?"

"저는 서인을 찾아온 것이 아니옵니다. 저는 율곡 선생님을 찾아온 것입니다."

율곡은 바로 받아들였다.

정여립은 이율곡 문하에 들면서 공부에도 더욱 공을 들였다. 정여립은 성혼(成渾) 등 많은 학자들, 명사들과 교류하며 견문을 넓히고 학문에 깊이를 더했다. 그러면서 정여립은 조정의 많은 사람들로부터 주목받는 인사가 되었다.

"정승이 될 재목이다."

그는 촉망받는 인재로 여겨졌다. 정여립은 사리를 분별함에 있어서 확연하고 명쾌했으며, 태도는 모호하거나 비굴하지 않았다.

명망이 높은 만큼의 드레가 있어 사람 천거에도 매우 신중한 율곡이나 성혼도 그를 큰 재목으로 보고, 기회 있을 때마다 천거하여 앞길을 열어 주었다. 그는 율곡과 성혼에게 감격하였고 그래서 그들을 더욱 잘 받들고자 노력했다.

이 무렵 동서로 갈린 당파의 적대는 점점 심해지고 상대방에 대한 감정의 골도 더 깊어갔다. 당파에 초연한 사람들도 있었다. 율곡 이이도 그런 사람이었다. 그러나 율곡은 학문에 뜻을 같이하는 사람들이 대개 서인인 탓에 서인으로 여겨졌고, 그래서 율곡이나 성혼을 따르는 사람들은 다 자동적으로 서인이 되었다. 율곡은 당파 간의 파쟁을 없애려고 무진 애를 썼다. 당시 글줄이나 읽었다는 선비들은 대부분이 파당으로 나뉘어 실력이나 인품과는 상관없이 서로 상대를 용납하지 못했다. 자기편만 감싸며 관작이나 세도에 열을 올렸다.

정여립은 이런 당파에도 초연했다. 당파싸움이 도대체 비위에 맞지 않았다. 야심이나 포부가 없는 것은 아니었지만, 그렇다고 벼슬이나 세도에 집착하지도 않았다. 그는 자기에 대한 남들의 평판이나 풍설에도 개의치 않았고, 강한 자존심에 의한 자신의 언동에 거침이 없었다.

사람들은 그래서 정여립을 존경하고 우러러보면서도 내심 그의 강직함과 거침없음을 염려했다. 사람이 위선적이거나 독선적으로 보일 때, 또는 속물적이거나 현학적으로 보일 때, 그는 상대가 누구든 그 권위와 세력을 개의치 않고 서슴없이 비판하고 매도하곤 했다. 그래서 스승인 이율곡에게도 제자로서는 감히 누구도 할 수 없는 비난의 화살을 날린 적이 있었다.

"서인들만 이 나라 사대부입니까?"

율곡이 의아해서 물었다.

"그게 무슨 말인가?"

"어찌하여 여기 드나드는 선비들은 모두 서인들뿐인지 알 수가 없습니다."

"동인들은 무조건 서인들에게 반대만 하니 그런 것 아닌가?"

"반대에도 타당한 의견이 있을 게 아닙니까? 동인 편에도 유능한 인물들이 많이 있는데, 당파가 다르다고 달리 취급하는 것이 나라에 도움이 되겠습니까?"

이율곡 개인을 두고 한 말은 물론 아니었다.

"사람이면 다 같은 사람인데, 동인과 서인으로 갈라져 있다고 해서,

서로 다르게 취급하는 것 자체가 잘못이라고 생각합니다."

이이는 내심 놀라지 않을 수 없었다. 사실 이이도 그 잘못됨을 알아 고쳐보려고 고심했지만 뜻대로 되지 않았다. 동서 파당의 일은 그 옳고 그름의 기준이 없었다. 무조건적이었다. 그래서 이이는 정여립에게 어떻게 설명할 수도 없었다. 정여립은 이이의 훌륭한 면은 인정하면서도, 그가 명망과는 달리 편협하거나 무능한 사람일 수도 있다고 여겼다. 그 이후로 정여립은 이율곡과의 사이가 서먹해지고, 이율곡의 다른 제자들과도 마찰을 빚기 시작했다.

1584년(선조 17년) 정월, 병약하던 율곡은 아까운 나이 49세로 세상을 떴다. 당쟁을 막아보려고 애쓰던 율곡이 돌아가자 싸움은 터진 봇물이 되어 더욱 세차게 흘렀다.

율곡이 별세했다 해서 물론 정여립의 서인 자리에 동요가 생긴 것은 아니었다. 그러나 서인으로 그냥 인정받고 사는 게 마음에 내키지 않았다. 그러는 판에 조정은 서인들이 물러나고 차츰 동인들의 차지가 되어갔다.

정여립은 이발(李潑)을 찾아갔다. 정여립은 율곡의 집에 드나들다 이발을 알게 되었다. 동인이었지만 이발만은 율곡과 자별한 사이였고 그래서 율곡의 집에 자주 들렀다. 정여립은 이발에게 호감을 가지고 있었다.

"소인을 이제 동인 편에 넣어주십시오."

"그대는 서인이 아니던가?"

"서인을 할 만큼 해보았으니 이제 동인을 해보고 싶습니다."

"아니, 그럴 수도 있는가?"

"제 생각에는 말입니다. 당이란 한낱 나룻배 같은 것입니다. 필요에 의해서 올라타고 나루를 건너가는 것입니다. 나룻배가 낡아 물이 샌다면 갈아타야 하지 않겠습니까?"

이치에 맞는 말이었다.

"동인 나룻배에 탔다가 물이 새면 다시 갈아타겠는가?"

"물론이지요. 나랏일을 보러 가는데 물 새는 배를 타고 가다 빠져죽어서야 되겠습니까? 어떤 배든 안전한 배를 타고 잘 건너가야지요."

이발이 보기에 정여립은 당파 따위는 안중에 없는 사람이었다. 어떤 경우에도 당파적 충실과 맹종을 고수하는 것이, 선비들이 입에 거품을 무는 이른바 지조나 의리였다. 그러나 정여립은 당파적 지조나 의리는 작폐요 위선이라고 여겼다. 나랏일을 잘 보는 것이 중요하지 당파가 무슨 소용이란 말인가?

이발은 여립의 의견에 감동되었다. 또한 여립은 젊은이들의 우상이요 선도자였다. 끌어들이지는 못할망정 자청해서 들어오겠다는데야 막아설 일은 아니었다. 이발은 정여립을 받아들였다. 일부의 반대는 이발의 설득으로 무마되었다. 여립은 이제 동인이 되었다.

율곡이 숨지고 나자 동인들은 서인 세력을 몰아내기 위하여 율곡을 헐뜯고 깎아내리기 시작했다. 원래 박근원(朴謹元), 송응개(宋應漑), 허봉(許篈) 등이 율곡을 공격하다 귀양 간 것은 선조의 감정 때문이었지만, 이제는 율곡 때문이라고들 했다.

율곡은 그럴싸한 논리로 임금의 환심이나 사려고 애쓰는 간사한 흉물이었는데, 그를 탄핵한 박근원 등이 오히려 벌을 받은 것은 억울한 일이라고들 했다. 율곡을 고금에 드문 능력자요 성인군자로 알았던 임금도 동요되기 시작했다.

"문장력은 대단한 사람입니다만 아첨을 좋아하는 사람입니다."

영의정 노수신(盧守愼) 같은 사람도 율곡을 깎아내렸다.

"독선이 심해서 그의 주장대로 갔다면 국사가 잘못될 염려가 많았습니다."

대사헌 구봉령(具鳳齡)도 율곡을 깎아 내렸다. 마침내 임금은 박근원 등의 유배를 풀어 불러들이면서 조정을 동인들로 채우기 시작했다. 일세에 추앙받던 이율곡이었지만, 죽고 나니 어느새 하찮은 소인배로 전락해 버리고 말았다. 율곡을 추앙하는 자는 이제 사대부도 아니라는 추세였다.

정여립은 홍문관 수찬이었기에 임금의 경연에도 자주 참석하여 임금에게 고전을 강의했다. 임금의 정사에 대한 의론에도 참석해 자신의 의견을 기탄없이 피력했다. 정여립은 임금과의 대면에서도 군신간의 예의는 지키되 늘 의젓하고 당당했다. 다른 신하들이 으레 저지르는 아부적 언사나 과공한 태도는 그에게서는 볼 수 없었다.

정여립은 현실적 편의상 동인이기는 했지만, 자신의 개인적 이익이나 동인 당파의 이익만을 고집하지 않았다. 진정으로 나라와 백성들의 이익을 위한 길이 무엇인가에 관심을 두는 경세가적 입장을 견지했다.

어느 날 정여립이 임금에게 고전을 강의한 뒤였다. 임금 선조가 율곡에 대한 이야기를 꺼냈다.

"율곡은 아무리 생각해도 대단한 현인임에 틀림없는데, 세상을 뜨고 보니 평판이 달라지더란 말이오. 정 수찬은 율곡의 문인으로 있었으니 그를 잘 알 게 아니오? 율곡은 도대체 어떤 사람이오? 어디 귀공의 의견을 들어봅시다."

갑자기 스승 율곡에 대한 인간 평가를 해야 하는 처지에 이르고 보니, 정여립은 자못 난처한 기분이 들었다. 명쾌한 해설 강의에 탄복하던 동참 신하들이 긴장된 얼굴로 그를 일제히 쳐다보았다.

정여립은 주위를 한번 둘러보았다. 대부분이 동인들이었다. 동인 편에 새로 들어온 자신의 동인 편에 대한 동료애와 충성도를 가늠해 보겠다는 표정들이었다.

"일세지웅(一世之雄)의 문장가요, 무불통지(無不通知)의 학자였습니다."

"그가 훌륭한 문장가다 학자다 하는 것은 누구나 다 아는 사실 아니오? 내 말은 그 인품이 어떠냐 하는 것이오."

정여립은 잠시 생각하다 대답했다.

"그 명망에 어울리는 인걸답게 대도(大道)를 가지는 않았습니다."

당시의 대도란 학문의 근간이요 도덕의 강령이며 통치의 이념이었다. 유교사상의 대도란 유교적 가치실현의 대도를 말하는 것이었다. 유교의 학문을 성학(聖學), 즉 성인의 학문이라고 했으니 성학의 대도를 가는 사람의 인품은 성인다워야 한다는 의미였다.

"율곡이 한때 석씨지도(釋氏之道: 불교)에 빠졌기 때문이오? 율곡은 그것을 벌써 그만둔 것으로 알고 있소만."

"석씨지도가 어떤 것인지 궁구(窮究)해 보는 것이야 무슨 문제가 되겠습니까?"

"그게 아니라면?"

정여립은 율곡에게 서인들만이 이 나라의 사대부냐고 따지던 일이 떠올랐다.

"편협했습니다. 말하자면 소인배였습니다."

정여립은 단호했다. 임금을 위시해서 세인들이 성인군자로 존경해 마지않던 사람을 일거에 소인배로 몰아붙인 셈이었다. 소인배라는 말에 임금은 순간 안색이 변하면서 언성이 높아졌다.

"소인배라고? 그런 사람을 무엇 때문에 스승으로 섬겼단 말이오?"

"물론 그런 줄 모르고 섬겼습니다. 그래서 그분 생전에 관계를 그만두었습니다."

임금은 벌떡 일어나 소매를 떨치며 밖으로 나갔다. 신하들도 헤어져 밖으로 나갔다. 동인들은 입에 침이 마르게 칭찬하며 밖으로 나갔다.

"과연 인물이다."

소식을 전해들은 서인들, 특히 율곡의 제자들은 주먹을 불끈거리며 팔뚝을 들어 올렸다.

"불구대천의 원수다."

그 뒤 율곡의 제자들은 여립을 탄핵할 증거물을 찾는 데 혈안이 되었다. 제자들은 스승의 서재도 뒤졌다. 서재에서 율곡 생전에 여립이 보낸 편지들을 찾아냈다. 자세히 훑어보았다. 동인들의 모모 인사는 간물(奸物)이니 조정에 서지 못하게 하는 게 좋겠다는 등 탄핵의 기초가 될 만한 글귀들을 찾을 수 있었다.

"동인들을 간물로 저주하면서 동인으로 살아간단 말이지. 아주 더러운 놈이다."

그것을 꼬투리로 하여 "정여립은 의리부동한 자요, 배신을 여반장(如反掌)으로 하는 자이니 통촉하옵소서"라는 격렬한 내용의 상소를 올렸다.

평소 여립의 당당한 태도가 못마땅해서 오만불손하다 여기던 임금은 이제 여립을 증오하기에 이르렀다.

"여립은 형서(邢恕) 같은 자로다."

〔형서는 중국 송대의 유명한 학자 정이천(程伊川)의 제자였으나, 후에 스승을 배반하고 사마광(司馬光)의 문하에 들어갔다가 다시 사마광을 배신하고, 권세가 채경(蔡京)의 심복이 된 사람이었다.〕

상소는 임금 혼자만 보는 게 아니라 조정에 공개하고 공론을 듣기도 하는 것이었다. 동인들은 여립을 옹호하고 나섰다.

"여립은 당대의 학자입니다."

"여립은 조선의 제갈량입니다."

그러나 임금은 한술 더 떴다.

"그런 자가 어찌 제갈량이란 말이오? 조선의 여포(呂布)라고나 해야 마땅할 것이오."

〔여포는 중국 후한말의 장수로 원래 병주자사(幷州刺史) 정원(丁原)을 양부(養父)로 모시다가 그를 죽이고, 세력가 장군 동탁(董卓)의 수하가 되었으나 다시 동탁을 죽이고, 후(侯)에 봉해져 서주를 차지한 사람이었다.〕

형서와 여포, 이 두 사람은 역사상 못된 배신자의 표본으로 여겨지는 사람이었다. 선조가 정여립을 이들과 같은 배신자로 언급했으니 그 혐오의 정도는 알 만한 것이었다.

정여립은 그러나 걱정하지 않았다. 얼마 후 다른 신하들과 함께 정여립이 또 경연에 들어가기로 되어 있어서였다. 정여립은 타당한 이유를 들어 임금에게 스스로를 변호할 작정이었다. 그리고 자신이 있었다. 그러나 막상 경연날 임금은 정여립의 참석을 허락하지 않았다. 임금이 미워하면 신하는 어쩔 수가 없었다. 언제 목이 날아갈지도 모르는 일이었다.

그동안 정여립은 임금을 가까이 대면하면서 그의 인품을 보아왔다. 그가 본 임금은 원칙이 없고 소신이 없었다. 안목이 좁고 소심했다. 우유부단하면서 매우 이기적이었다. 교활하고 정략적이었다. 이른바 성군과는 거리가 먼 임금이라는 것을 간파했다.

'진실로 용군(庸君)이다.'

이제 이 임금과는 더 이상 할 일이 없다는 것을 확인한 이상 정여립에게 미련 따위는 없었다. 다음날 바로 사장(사직서)을 올리고 조정에서 물러나왔다.

"성상의 노여움을 샀으니 고향에 돌아가 근신하겠습니다."

거취를 알려야 할 사람들을 찾아 인사한 다음 고향으로 내려갔다. 낙향이란 말이 전혀 어울리지 않는 나이 39세였다.

정여립의 낙향은 크나 큰 화젯거리가 되어 고향지역이 출렁거렸다. 고향에서는 그를 조정에서보다 더 대단한 인걸로 여기며 추앙했다.

"자네 웬일인가?"

고향의 선배 벼슬아치들이 먼저 놀랐다. 정여립만은 적어도 3정승쯤으로 그만둘 줄 알았다.

"그 관직이라는 게 영 답답해서 아예 그만두었습니다."

차마 임금이 못나서 그만두었다는 말은 할 수가 없었다.

"역시 보통 사람이 아니다."

"대단한 결단이다. 그 좋은 벼슬자리를 스스로 헌신짝같이 버린 게 아닌가?"

사람들은 탄복해 마지않았다.

"그래 앞으로 어찌 지낼 셈인가?"

"농토가 있으니 농사를 지어야지요."

"허어. 자네 같은 선비가 농사가 다 뭔가? 후학을 길러야지."

"아직 … ."

"우리 집안 아이들만 해도 열이 넘네. 자네가 왔으니 공부를 가르쳐야지. 부탁하네."

가는 곳마다 성화였다.

정여립은 코흘리개 시절의 옛 친구들과도 잘 어울렸다. 거의 매일 술타령이었다. 여립은 술도 셌다.

"양반 상놈 구별이 엄연헌디, 나리께서 우리와 이렇게 어울려도 되는 거여?"

"이 사람, 나리가 뭐여? 그냥 여립이라고 부르랑게."

사실 여립은 반상과 귀천이 정해지는 신분제도가 참으로 불합리함을 벌써부터 절감했다. 여립의 행동거지에 고향 바닥에 쫙 깔린 새까만 바닥인생들도 감격했다.

"사람은 배워야 사람 구실을 헌다는디, 우리야 다 산 인생이지만 자식 놈들까지 이렇게 땅만 파다 말 일을 생각하면 피를 토할 것 같네."

오나가나 결국 가르쳐 달라는 이야기였다.

여립은 바람도 쏘일 겸 별장이 있는 진안(鎭安)의 죽도(竹島)에 들러 책이나 좀 보다가 산천경개를 구경하며 팔도를 한 바퀴 돌아올 심산이었다.

그러나 고향사람들의 성화가 그를 내버려 두지 않았다. 정여립과 같은 대학자를 농사나 짓고 유람이나 다니게 할 수는 없는 일이었다.

"이 고장의 스승이 되어야 하오."

고장의 유지들이 찾아오고 친구들이 몰려들었다. 여러 번의 승강이가 계속되면서 여립의 마음에 변화가 생겼다. 세상과 백성이 나아지려면 어차피 교화는 필요한 게 아닌가? 가르치면서 기다리다 보면 요순 시절은 아닐지라도 현왕(賢王)의 세상은 오지 않겠는가? 예부터 낙향한 많은 사람들이 또한 가르치지 않았던가? 여립은 마침내 허락하고 말았다. 여립은 우선 전주 집을 개방하고 자기 가르침의 몇 가지 조건을 공표했다.

- 속수(束脩: 수업료)는 없다. 일체 무료다.
- 신분의 구별을 두지 않는다. 양반이나 상민이나 종이나 중이나 상관없이 누구나 다 함께 배운다.
- 남녀노소를 따지지 않는다. 늙었거나 젊었거나 처자나 아낙이나 다 배울 수 있다.
- 주야불문이다. 낮에든 밤에든 틈나는 대로 배울 수 있다.

사람들이 밀려들었다. 자기 집이 모자라 이웃집 사랑채도 빌렸다. 그는 정말 대단한 스승이었다. 가르쳐 달라는 대로 가르쳐 주었다. 이른바 사서삼경은 말할 것도 없고 글로 적힌 것은 무엇이나 가져오는 대로 죄다 가르쳐 주었다. 무엇이나 가르치되 희미한 법이 없었다. 알기 쉽게 명쾌하게 가르쳐 주었다. 환자를 진맥하고 처방을 써 주었다. 의원들이 손쓰다 놓아버린 환자들도 살아났다. 의술을 배우는 자들도 수

두룩했다.

사주 관상도 보아주었다. 과거를 다 본 듯 맞췄고 미래를 훤히 내다 보았다. 그는 주로 불운을 막고 행운을 여는 현실적인 비법을 일러 주었다. 복술(卜術)을 배우는 자들도 많았다.

얼마 지나자 처가의 고장 금구에서 사람들이 몰려왔다.

"금구는 선생의 제 2의 고향인디 마땅히 돌봐주셔야 허지라우."

여립은 금구 집도 개방하여 가르치기 시작했다. 날짜를 정하여 전주와 금구를 오가며 가르쳤다.

그러자 이번에는 태인(泰仁)에서 사람들이 쫓아왔다.

"자당님의 고향이고 소싯적에 지내시던 고장인디, 몰라라 허실 수가 있간디요?"

태인에 서당을 짓고 또한 가르치기 시작했다. 그러자 이번에는 진안에서 사람들이 왔다.

"죽도는 선생 별장이 있는 곳인디, 우리도 돌봐주셔야 쓰것는디요."

여립은 별장이 있는 죽도를 좋아해서 자신의 아호를 죽도로 쓰고 있었다. 여립은 죽도의 별장도 개방하고 네 군데로 말을 달렸다. 먼 고장 타도에서도 사람들이 모여와 제자가 되었고, 병을 고쳤고, 살길을 물었다.

여립은 어려운 백성들이 최소한 기한(飢寒)은 벗어나 살아갈 수 있도록 생업의 길을 가르쳐 주었다. 그러기에 제자들의 스승에 대한 신뢰와 존경은 대단했다.

사람들은 정여립을 죽도선생이라 불렀다. 죽도선생은 이제 그의 고장에 일찍이 없었던 큰 사부요 큰 어르신으로 숭앙되었다. 행여 조금이라도 정여립에 대하여 험담을 하거나 소홀한 말이라도 하면, 어느 누구도 당장에 몰매를 맞아야 할 지경이 되었다.

정여립은 이전의 다른 스승들과는 달랐다. 그는 기본적으로 육예(六藝)를 가르쳤다. 이는 공자가 생전에 제자들에게 즐겨 익히도록 주장한 교과목이었다. 논어(論語) 술이편(述而篇)에도 '유어예'(游於藝: 육예를 몸소 체득하다)라 기술되어 있는 육예였다.

육예는 예(禮: 예의범절) 악(樂: 음악) 사(射: 활쏘기) 어(御: 말타기) 서(書: 글쓰기) 수(數: 수학)인데, 이에 통달해야 진짜 선비도 될 수 있고 사람다운 사람 노릇을 할 수 있다고 했다.

세월이 지남에 따라 많은 제자들이 생겼다. 양반에서 백정에 이르기까지 출신도 참으로 다양했다. 여립은 그 중에서 나이가 젊고 건강하며 진중한 사람들을 뽑아, 대동계(大同契)라는 이름의 단체를 만들었다. 대동계는 전통적으로 향촌에 흔히 있어온 상부상조의 계모임과 같은 것이었다. 여립의 대동계는 학문과 무예를 좀더 체계적으로 연마하며 심신을 단련하고, 단결 합심하여 서로를 돕고, 고장에 어려운 일이 있을 때엔 힘을 합쳐 그 어려움에 대처하는 모임이었다.

대동계 계원들은 매월 15일을 '대동(大同)의 날'로 정하고, 별장이 있는 죽도 옆 천반산(天盤山) 아래 강변의 수련장에 모였다. 그날 깃대봉(旗臺峯)에는 대동(大同)이라 새겨진 커다란 깃발이 휘날렸다. 여립이 모두를 모아 놓고 전체적으로 강론을 펴거나 훈시할 때에는, 깃대봉 아래쪽 커다란 바위 위에 올라섰다. 사람들은 그 바위를 장군바위(將軍岩)라 불렀다.

대동의 날에는 육예를 기본으로 한 무예를 연마하고 시험을 치르고 잔치를 베풀고 자축하며 흔쾌히 놀았다. 수련장 근처에는 커다란 막사도 지어 놓았고, 장군바위 옆에도 작은 막사를 지어 놓았다. 악천후에 대피도 하고 비품보관도 하며, 잔치를 벌이고 놀기도 하는 곳이었다.

계원들이 늘어나면서 대동계가 커지자 효과적인 수련과 질서를 위해서 대동계를 여러 개의 작은 동아리로 분할했다. 그 작은 동아리에는 각각 접장(接長)을 두었다. 접장은 그 작은 조직체의 대장인 동시에 지도자였다.

1587년(선조 20년) 2월 왜구가 침범한 정해왜변(丁亥倭變: 손죽도 왜란)이 일어났다. 고을마다 동원령이 내렸다. 전주부윤 남언경(南彦經)이 갑자기 정여립을 찾아왔다.

"제 목은 영감에게 달려 있소이다."

여립은 의아해서 물었다.

"갑자기 그게 무슨 말씀이오?"

"이번에 쳐들어온 왜구를 소탕하기 위해서 각 고을에 동원령이 내렸소이다. 병사들이 장부에는 있습니다만 실제로는 하나도 없습니다. 이러니 어찌합니까? 영감이 좀 도와주시오."

조선의 관아(官衙)는 대개가 다 이런 꼴이었다. 난리 없는 오랜 세월에 병무(兵務)가 해이해졌다 해도 이런 꼴은 나라가 썩었다는 증좌였다. 그러나 나라가 썩었어도 백성들은 살려내야 했다. 또한 이런 때를 대비한 대동계가 아니던가?

"알겠소. 도와 드려야지요."

여립은 흔쾌히 대답했다.

제자들이 각처로 달렸다. 하루가 다 가기도 전에 접장들이 천여 명의 계원들을 대동하고 모여들었다. 여립은 일사불란하게 그들을 통솔하여 싸움터로 나갔다. 왜구가 물러가자 곧바로 돌아와 계원들을 그들의 생업으로 즉시 돌려보냈다. 모든 것이 지극히 신속하고 정연했다.

대동계원들이 전주부윤의 간곡한 부탁을 받고 왜구를 물리치러 갔다가 돌아왔다는 소문이 퍼지자, 여립의 제자가 되고자 모여드는 사람들이 훨씬 더 많아졌다. 또한 대동계원이 되기를 희망하는 사람들도 급증했다. 개인의 발전을 위하여 공부하면서 또한 고장과 나라를 위해서도 헌신한다는 대견한 긍지가, 대동계원들의 자랑스러운 보람으로 이어졌다.

네 군데의 서당에는 집채를 더 늘려야 했고, 천반산 수련장의 막사와 비품도 더 늘려야 했다. 여립 개인의 재산으로는 감당할 수가 없었다. 하는 수 없이 근처 고장 수령들에게 부탁했다. 모두들 흔쾌히 형편껏 도와주었다.

정여립이 낙향해 있는 동안에도 조정의 동인들은 정여립을 다시 관직에 불러올리려고 임금에게 여러 번 진언했으나, 임금의 완강한 거절로 번번이 허사가 되었다. 여립은 그러나 선조 밑에서의 관직에는 미련이 없었다. 그보다는 산천경개에 더 마음이 쓰였다. 각 지역 제자들의 성화도 있고 또한 호연지기를 기를 필요도 있고 해서, 주로 접장들을 대동하고, 전라도에서 황해도까지 마침내 명산대천을 찾아 한 바퀴 돌아왔다.

그들은 민폐를 끼치지 않으려고 동네나 주막에 들르지 않고 산속 물가에 장막을 치고 거처했다. 갈고닦은 무예실력을 발휘하여 사냥으로 짐승들을 잡아 실컷 고기맛을 즐기기도 했다.

가는 곳마다 사람들이 모여들었다.

"이렇게 잘생긴 사람은 처음이오."

"그의 처방으로 낫지 않는 병이 없다 하오."

"사람의 운명을 손바닥 보듯 훤히 꿰뚫고 있소."

"진실로 신인(神人)이 나타난 것이오."

여립을 따라나서겠다는 사람들도 부지기수였다. 종도 좋고 머슴도 좋으니 여립을 모시고 살 수 있게만 해달라고들 했다. 산천을 구경하며 한 바퀴 돌아온 뒤에는 제자들의 수가 더욱 불어났다.

그는 우수한 제자들을 선발해 네 군데 서당을 각각 맡아 가르치게 했다. 자신은 네 군데 서당을 돌며 서당 유지관리의 일을 맡고 가르침의 자문에 응했다. 간혹 제자들로서는 해결하기 어려운 일이 있을 때는 여립이 직접 나서 해결해 주곤 했다.

이제는 대동의 날에도 수련은 각 접장들이 맡아 시행했다. 자신은 접장들과 상의하면서 전체 수련을 진행시키는 역할을 맡았고, 물자 조달 등의 뒷바라지에 전념했다. 그는 사람들을 가르치는 이 일에 평생을 바쳐도 좋겠다는 생각도 해보았다.

'내 가르침을 받은 사람들이 늘어나면 늘어날수록 그만큼 세상도 좋아지고, 내가 바라는 이른바 대동의 세상, 다 같이 잘사는 세상도 그만큼 빨리 오지 않겠는가?'

여립은 좀더 진지한 성의를 다하기로 마음먹었다. 이런 마음가짐은 벼슬에 뜻이 없어 초야에 묻힌 선비들이나 벼슬에서 쫓겨나 낙향한 선비들이 대체로 지니는 마음가짐과 별반 다를 바가 없었다. 그러나 그들이 가르쳐 펼치려던 세상과 정여립의 이상향은 좀 달랐다.

여립의 세상은 좀더 명백하고 합리적이며 건실하고 진보적인 것이었다. 그리고 진실로 평등하고 자유로운 것이었다. 그러나 진부한 유교적 통념에서는 아무래도 파격적이고 이단적이었다. 그러므로 의구심을 불러일으키거나 경계의 눈초리를 유발할 염려 또한 그만큼 컸다. 그러나 여립은 개의치 않았다.

"왕후장상의 씨가 따로 없듯이, 귀천의 씨가 따로 없소. 공부해서 실력을 쌓고 인의예지로써 남의 존경을 받으면, 그런 사람이 바로 귀인이요, 또한 그런 사람이 바로 왕후장상이 돼야 하는 것이오."

종과 백정을 양반 자제와 함께 앉혀 놓고 이렇게 가르쳤다.

"요순시대는 왜 태평성대였겠소? 임금의 자리를 자식에게 물려주지 않고, 현명한 사람에게 물려주었기 때문이오. 나라는 모든 백성의 공적인 물건이지, 어느 한 집안의 사적인 물건이 아닌 것이오. 유교의 근본을 세운 공자나 맹자의 사상이 바로 이런 것이오."

서당에서 부엌일을 맡은 과부댁이 궁금한 것을 물었다.

"사부님, 충신불사이군(忠臣不事二君)이요, 열녀불경이부(烈女不更二夫)라 했는디요, 그러면 이 말씀은 어찌 된당가요?"

"연산왕을 봅시다. 사람들을 마구 죽이고 나랏일을 죽 쑤는데, 그래도 임금이니까 백성들은 그를 끝내 섬겨야 되겠소? 그리고 여자도 남자와 똑같은 사람이오. 집안일 하나 거들지도 않고 노상 나가서 오입질이나 하다가, 어쩌다 들어오는 날이면 뼈 빠지게 고생하는 부인을 두들겨 패기나 하는 남편을, 그래 평생 섬기고 살아야 되겠소? 인심이 천심이요, 천심의 이치는 명명백백한 것이오."

향교의 교생이 물었다.

"대과에 급제하고 벼슬에 오르고…, 그만하면 선비로서 행세할 수 있는데 굳이 무술을 익혀야 하는지요?"

"물론 행세야 할 수 있지요. 그러나 난리가 났다고 칩시다. 건장한 몸으로 날렵하게 말을 달리고 어김없이 궁시를 명중시켜 적을 물리치는 것과, 허약한 몸으로 겁에 질려 벌벌 떨다 남의 등에 업혀 피란가는 것과, 어느 편이 선비다운 행세겠소?"

날이 갈수록 여립의 서당과 대동계에 동참하려는 사람들이 늘어갔다. 대동의 날에는 그들의 행사를 구경하는 사람들도 늘어났다. 그러나 이런 여립의 세상을 삐딱하게 보는 눈들과 매우 경계하는 눈들도 또한 늘었다. 그런 정황을 알아채기도 하고 제보를 받기도 했지만 여립은 여전히 개의치 않았다.

불운의 천재 송익필

기축옥사에는 정여립에 앞서 '조선의 제갈량'이라고 칭송받던 또 하나의 천재 송익필(宋翼弼)이라는 사람이 관련되어 있었다.

구봉(龜峯) 송익필은 경기도 고양의 구봉산 아래에서 학문을 연구하며 후학을 양성했다. 당시에 이이(李珥), 성혼(成渾), 그리고 송익필 이 세 사람은 사는 지역도 가까워 교유가 빈번했으며, 학문적으로도 존경을 받아 많은 후학들이 그들 밑에서 성장했다. 인간적으로도 고아한 우정을 나누는 그들은 모두 시대의 스승으로 숭앙되었다.

송익필은 학문적으로는 특히 문학, 성리학, 예학에서 뛰어났는데 인간적으로도 매력이 대단했기에 한번 만나 얘기하다 보면 모두들 그에게 심취되곤 했다. 그는 문학에 뛰어난 정철(鄭澈)과도 매우 친교가 두터운 사이였다. 그리고 임진왜란 때의 의병장 조헌(趙憲), 조선 예학의 태두 사계(沙溪) 김장생(金長生), 거유 우암(尤庵) 송시열(宋時烈), 임진왜란 때의 충신 김여물(金汝岰)의 아들로 인조 때 영의정이 된 김류(金瑬) 등이 모두 그의 제자였다.

송익필뿐만 아니라 그의 형제는 모두 익필 못지않게 훌륭한 수재들로서 주위의 칭송을 받았다. 그러나 그들은 불행히도 신분의 벽에 갇히어 사는 불운한 신세들이었다. 과거를 볼 수도 없었고 출사(出仕)할 수도 없었다.

익필의 부친은 송사련(宋祀連)이었다. 송사련의 어머니, 즉 익필의 조모는 성균관 사예(司藝) 안돈후(安敦厚)의 수양딸로 길러졌다. 안돈후는 상처(喪妻)한 후 형의 집 여종 중금(重今)을 데려와 비첩(婢妾)으로 삼았는데 그 비첩은 딸 감정(甘丁)을 데리고 왔다. 안돈후는 감정을 딸로 삼았다.

감정이란 계집아이는 성정이 간교 부박한 터에 말을 요사스럽게 하여 14세쯤에 안돈후의 노여움을 사서 매를 맞고 외가로 쫓겨났다. 그러다 송린(宋璘)이란 선비에게 안돈후의 서녀(庶女) 자격으로 출가하여 송사련을 낳았다. 감정이 천출이었으므로 송사련도 서얼(庶孼) 신분이었다. 송사련의 아들 송익필도 마찬가지였다. 서얼은 관직에 진출할 수 없었다.

안돈후의 아들 안당(安瑭)은 조광조(趙光祖) 등의 신진사류를 천거한 사람으로 좌의정까지 올랐으나, 기묘사화〔己卯士禍: 1519년, 중종 14년에 심정(沈貞), 남곤(南袞) 등 훈구(勳舊)파에게 조광조 등 사류들이 해를 입은 사건〕로 파직되었다.

안당의 아들 안처겸(安處謙)이 그의 모친상 때 거기 문상 온 일부 사람들에게 기묘사화를 일으킨 심정, 남곤 등 일당에 대해 좋지 않게 이야기했다.

"남곤 일당이 사건을 날조해 사화를 일으켰다. 조광조 등은 억울하게 화를 입었다. 남곤 등을 조정에서 제거해야 나라가 바로 선다."

송사련도 거기 있었다. 송사련에게 안당은 말하자면 외숙이었고 안처겸은 외사촌이었다. 그동안 안당의 집안에서는 송사련을 동기간처럼 대해 주었고 그에게 집안의 집사일까지 맡기기도 했다.

그런데 송사련은 심정, 남곤 등과 상의하고 안처겸 일당이 반역을 꾀한다고 고변했다. 이른바 신사무옥〔辛巳誣獄: 1521년, 중종 16년. 송사련, 정상(鄭瑺) 등이 안처겸의 모친상 조문록을 들어 반역을 모의한 역당이라고 무고하여, 안당 일문과 관련자들이 화를 입은 사건〕을 일으켰다.

안당과 그의 아들 안처겸(安處謙), 안처근(安處謹)을 비롯해서 많은 사람들이 역적으로 몰려 처단되었다. 송사련은 이 공로로 정 3품 당상관에 오르고, 안씨 가문의 전답과 노비를 차지했다.

두 집안은 철천지원수가 되었다. 동시에 두 집안으로 해서 안 씨가 속한 동인, 송 씨가 속한 서인의 당파도 서로 원수지간이 되어갔다. 세월이 흐르면서 안당의 억울한 죽음이 알려졌고, 안당 일가는 안당의 손자 안윤(安玧)의 상소에 의해 누명이 벗겨지고 복관되었다.

선조 8년에는 안당에게도 시호가 내려지고 송사련은 반좌지율(反坐之律: 무고나 위증으로 남에게 해를 입힌 사람에게 피해자가 받은 만큼의 형벌을 가하는 제도)의 적용으로 처벌을 받아야 했다.

송사련의 아들인 송익필은 이제 죄인의 자식이 되었다. 송익필은 당대의 거물인 이이, 성혼 등과 교유하는 사이여서 그 형세가 크게 궁색해지지는 않았지만 서인들의 꾸준한 추천에도 벼슬길은 영영 닫히고 말았다.

동인들은 "송사련은 죄인이고 송익필은 그의 자식이니 천만부당하오"라고 핏대를 돋우고 상소를 올렸다. 임금 선조는 사건 때마다 동인, 또는 서인 쪽으로 오락가락했으므로, 당파는 서로 상대를 궁지에 몰아넣고 임금이 자기 쪽을 편들도록 온갖 책략과 아첨을 다했다.

동인들은 송익필 일문에게 치명적인 공격을 가하기로 계획을 세웠다. 송익필 일문을 환천〔還賤: 노비(천인)의 신분으로 되돌리는 일〕시키기로 했다. 신사무옥에 대한 복수이기도 했다. 이발(李潑)을 중심으로 한 동인의 실력자들은 안당의 손자 안윤으로 하여금 송익필 일문을 법사(法司)에 제소(提訴)하도록 했다.

> 송익필 등의 조모 감정(甘丁)은 안돈후의 딸이 아니라 안돈후의 여종첩의 전 남편의 딸로서 미량자(未良者: 양인이 되지 아니한 자)이니 법대로 환천시켜 주시오.

우여곡절 끝에 송익필 형제를 비롯한 감정의 자손 70여 명이 종의 신분으로 전락하고 말았다. 그들은 종이 되었으니 안 씨 가문으로 붙잡혀가서 종살이를 해야 할 처지였다. 그들은 안 씨 가문의 복수를 피해 모두들 흩어져 달아나야 했다.

원래 《조선경국전》(朝鮮經國典)에 의하면 속량되지 않은 종의 신분이라 해도, 도피한 경우에도 60년이 경과한 때에는, 심리할 수 없게 되어 있었다. 그런데도 어찌된 일인지 60년이 더 지난 일이 심리되어, 그 자손들이 모두 환천된 것이었다.

송익필 형제에게는 실로 피를 토하고 죽을 만큼 가혹한 처사였다.

비인간적인 조선 신분제도의 전형적 사례였다. 53세의 송익필은 이산해, 정철, 김장생 등의 집을 전전하며 숨어 살았다. 송익필은 이 피맺힌 원한을 풀고 또한 서인 세력의 세상을 만들기 위해 동인세력을 박살낼 기회를 찾았다. 그런데 그의 눈에 아주 기가 막히게 좋은 먹잇감이 번쩍 띄었다.

바로 정여립의 대동계였다. 정여립이 무사들을 모아 단체를 만들고 무술훈련을 시키며 반체제적 사상을 교육시킨다는 정보는 송익필뿐만 아니라 서인들에게도 가뭄에 단비 같은 기쁨이었다.

송익필은 변성명을 하고 복술가(卜術家)로 가장하여 초야로 잠입해 들어갔다. 그는 가는 곳마다 사람들에게 《정감록》(鄭鑑錄)을 보여주며 은근히 말했다.

"여기 보시오. '목자(木子)는 망하고 전읍(奠邑)은 흥한다'고 했소. 목자는 이씨 왕조고 전읍은 정씨 왕조를 이르는 말이오."

"내가 팔도를 다니며 온 나라를 관찰해 왔는데 호남에 왕기가 솟고 있어요."

"왕기가 솟는 곳을 찾아가 새로운 운명을 받아들이면 가문 대대로 크나큰 복록이 있을 것이오."

송익필은 황해도에 잠입했다. 절간과 지방 토호들의 사랑을 돌아다니며 《정감록》의 도참설(圖讖說: 장래의 길흉을 예언하는 언설)을 유포시키고, 사람들을 사주하여 정여립에 동조하는 일당으로 활동하게 만들었다.

"전라도에 무불통지의 신인(神人) 정 씨가 나타났는데 내가 보기에는 분명 천명을 받은 것 같소이다. 그를 찾아가 친분을 쌓아 두어야 앞으로 새로운 시대에 큰 복록을 누릴 것이오."

"지금 백성들이 사는 게 이게 사는 것이오? 도탄에 빠진 백성들을 위해서도 하루빨리 신인 정 씨가 세상을 다스리도록 도와야 할 것이오."

송익필은 사람들이 정여립의 막하로 좇아가 반역을 부추길 수 있도록 여러 가지 은근한 술책을 썼다. 그러면서 한편으로는 적당한 사람들을 물색하여 자신의 심복으로 포섭했다. 그는 구월산 승려 의암(義巖)을 꼬드겨 재령군수 박충간(朴忠侃)에게 반역의 정황을 밀고하게 했다. 또한 이수(李綏), 조구(趙球) 등을 포섭한 다음, 그들로 하여금 잡혀가 심문을 받고 형틀에 묶여 곤장을 맞고서 자복하는 형식을 취하면서, 안악군수 이축(李軸)에게 발설하도록 만들었다.

후에 이수와 조구는 정여립의 옥사를 다스린 공로의 공신인 평난공신(平難功臣)이 되었다. 이 사실 하나만으로도 송익필의 반역 조작 수법이 얼마나 비상했는지 사람들은 머지않아 짐작할 수가 있었다. 황해도를 잠행하여 돌아온 송익필은 정철에게로 갔다.

정철이 물었다. 정철은 그때 출사를 못하고 있었다.

"좋은 일이 있을 것 같소?"

송익필은 빙긋이 웃었다.

"일은 저절로 터지게 되어 있습니다."

이어서 둘만의 이야기가 길어졌다. 과연 얼마 후 황해감사의 밀서가 올라왔다. 그리고 세상은 발칵 뒤집혔다.

조구가 잡혀가던 날 그의 인척인 변숭복(邊崇福)은 황해도 안악에서 바로 전라도 금구로 달렸다. 사전에 이미 그렇게 예정되어 있었다. 변숭복은 전부터 정여립을 충성스럽게 따르고 그의 일을 열심히 도왔다. 정여립은 그를 친동기처럼 믿었고 여러 가지를 함께 상의했다.

변숭복은 10월 4일 밤에, 다시 말해 안악을 출발한 지 겨우 나흘 만에 금구에 도착했다. 1천 2백 리 거리였다. 그는 체구가 건장하고 힘이 장사이면서도 날렵했다. 축지법을 쓴다고 할 만큼 걸음이 빨랐다.

정여립은 마침 금구 집에 있었다.

"갑자기 웬일이오?"

"예정대로 이번 대동의 날 행사도 진안에서 할 것이지요?"

조구가 잡혀가고 머지않아 한양에서 반역죄로 정여립을 잡으러 올 것이라는 사실을 알리기 위해 쏜살같이 달려온 변숭복은, 그러나 그런 말은 전혀 입 밖에 내지 않았다. 기미도 없었다.

"그렇지요. 궁마(弓馬)를 생각하면 앞으로도 계속 그쪽에서 할 수밖에 없을 것 같소."

정여립은 물론 태평이었다.

대동의 날 행사는 죽도가 있는 진안에서 많이 열었지만 금구에서도 가끔 했었다. 대동의 날 행사는 무술 단련과정이 있는 행사이고 보니 금구는 진안 천반산 아래보다 불편했다.

"막사 손볼 곳도 있고… 좀 일찍 가서 준비하시지요. 참, 그러고 빌려온다는 말들도 미리 시험해 보는 게 좋을 듯싶습니다만… ."

태인과 임실 지인들이 말을 빌려주기로 했기에 그쪽을 들러서 진안으로 갈 예정이었다.

"맞소. 내일 아침 떠나기로 합시다."

다음날 아침 집사에게 한 바퀴 돌아오겠다고 이른 다음 두 사람은 집을 나섰다. 정여립의 아들 옥남(玉男) 소년과 정여립을 흠모하는 지인 박연령(朴延齡)이 가르쳐 달라고 맡겨 놓은 그의 아들 춘복(春福) 소년도 따라나섰다.

여립 일행이 떠난 날 저녁 무렵, 금부도사 유담(柳湛)이 금구에 도착했다. 유담은 정여립이 사실을 알고 어디론가 도주해 숨었다고 생각했다. 즉시 금구 가택을 중심으로 수색을 펼쳤다. 증거가 될 만한 것을 모두 압수했다.

유담은 즉시 보고서를 썼다. 날은 이미 저물고 있었다. 급히 쓴 보고서를 정여립의 서재에서 나온 편지 뭉치들과 함께 수하에게 내주고 밤낮을 달려 임금께 올리도록 했다.

다음날 유담은 정여립의 집 뒤뜰에서 땅바닥에 묻혀 있는 항아리를 발견했다. 그 항아리 속에는 반역의 전모를 알 수 있는 지역조직과 행동지침 등이 적힌 종잇장들이 들어 있었다. 그러나 누가 보아도 정여립 측의 솜씨로는 보기엔 유치한 문서들이었다. 그런데도 유담은 그 종잇장들을 즉시 한양으로 올려 보냈다.

보고를 받은 임금은 펄쩍 뛰고 펄펄 끓었다. 문서의 진위를 따져 보는 게 당연하다고 생각하는 신하들이 많았지만 임금이 분기탱천하는 바람에 말도 꺼내지 못했다. 임금은 즉시 각지에 병력을 증파하고 정여립을 빨리 체포하라며 다그쳤다.

진안현감 민인백(閔仁伯)은 몰래 사람을 풀어 정여립의 소재를 탐문했다. 10월 13일 밤 민인백은 정여립 일행이 진안에 들어왔다는 통보를 받았다. 소집해 놓은 군사들을 조용히 집합시켰다. 그리고 척후들로 하여금 정여립의 행동을 계속 주시하도록 했다.

정여립 일행은 그 밤 죽도에 도착했다. 빌려온 두 마리 말은 천반산 아래 구량천(九良川) 냇가에 세운 임시 막사에 묶어 놓고, 일행 4명은 배를 타고 죽도 별장에 들어가 잠을 잤다.

별장은 소경 아낙을 데리고 사는 환갑쯤의 노인네가 지키고 있었다. 살길이 막막한 노인네를 정여립이 데려와 별장 겸 서당을 지키며 공부하러 오는 사람들을 돌보며 살도록 배려한 바였다. 다음날인 14일 조반 때가 지나자 두 소년은 서당에서 공부하도록 남겨두고, 여립과 변숭복 두 사람은 노인이 젓는 배에 몇 가지 훈련용 무기들을 싣고 나왔다. 그리고 내려놓은 물건들을 막사로 날랐다.

조금 뒤 막사에 묶어 놓았던 말들을 끌고 막사 뒤편 산기슭으로 올라갔다. 고삐에 긴 끈을 묶어 나무에 매놓고 말들은 풀을 뜯어먹게 했다. 그리고 두 사람은 다시 막사로 내려와 아까 막사로 들여놓은 대동의 날 용품들을 손질했다.

나무에 걸어놓고 줄타기 연습하는 밧줄. 흙을 넣어 메고 달리기 연습하는 가마니. 힘겨루기 할 때 쓰는 샅바 등과 활과 화살을 점검했다. 풀어진 활줄(시위)을 활채에 감아 걸었다. 봉술(棒術)용 막대와 목검도 점검하고 길이가 들쭉날쭉한 몇 개 안 되는 삼지창과 도검들도 점검했다.

가을 산의 서늘한 바람 속에서 두 사람은 이마의 땀을 닦았다.

"이 칼은 훈련중에는 장군바위 막사에 갖다 따로 두시지요."

변숭복이 칼 하나를 가리키며 정여립에게 말했다.

도검 중 모양새가 무난하고 깨끗한 환도였다. 대장의 지휘도로 쓰라는 말이었다.

"평소에 내가 그걸로 수련은 하오만…."

어느새 점심때가 되었다. 두 사람은 노인을 불러 배를 타고 죽도로 들어갔다.

아침나절부터 민인백은 수하 병사들과 함께 두 사람을 멀리서 포위한 채 숨을 죽이고 있었다. 두 사람이 죽도로 들어가자 민인백은 재빨리 수하 병사들을 수련장 가까이 숲속으로 전진 배치시키고 거기 잠복했다. 좀 전에 한양에서 내려온 선전관 이용준(李用濬)과 내관 김양보(金良輔)가 곧 당도한다는 기별을 받았다. 그들은 제 2선에서 복병으로 포위하고 있도록 연락을 취했다.

죽도 별장에 들어간 두 사람은 얼마 후 다시 노인이 젓는 배를 타고 나와 막사로 들어갔다. 소년들은 여전히 나오지 않았다. 막사로 들어간 두 사람은 잠시 뒤 나와 산으로 올라갔다. 정여립은 허리에 환도를 차고 있었다. 막사 옆 모래사장 수련장이 내려다보이는 장군 바위 쪽으로 올라갔다.

선전관의 병사들이 재빨리 포위망을 좁혀 왔다. 민인백도 숨소리를 죽여가며 포위망을 화살의 사거리 안으로 바짝 조였다.

정여립과 변숭복은 장군바위 옆에 세워진 작은 막사 안으로 들어갔다. 그 안에도 몇 가지 비품이 있었다. 개립(蓋笠: 삿갓)과 누역(縷繹: 도롱이), 피혜(皮鞋: 가죽신), 대동(大同)이라 쓴 깃발, 지휘봉, 교습용 활과 화살, 수건 등….

두 사람이 막사 안으로 들어서자 이윽고 밑에서 정여립을 부르는 소리가 들렸다.

"수찬 어른, 민인백이올시다. 어명이 내렸습니다. 어명이 내렸으니 받자옵시오."

정여립은 진안현감 민인백을 오래전부터 잘 알고 있었다. 민인백은 성혼(成渾)의 문하에서 공부했다. 성혼을 자주 찾았던 정여립은 거기서 민인백을 알게 되었고, 6년 연상의 선배로서 여러 가지로 그를 도와주었다. 붓과 종이도 사 주었고 모르는 것을 가르쳐 주기도 했다. 민인백이 진안현감이 된 이후에는 술병을 들고 가끔 정여립을 찾아와 환담을 나눴으며 서당 경영의 어려움도 수시로 돌봐주곤 했다.

"아니, 이게 무슨 소리요? 진안현감이 어명이라 하지 않소?"

정여립은 깜짝 놀랐다. 번개 같은 전율이 가슴을 가르며 스쳤다.

"제가 나가 보겠소이다."

변숭복은 안심하고 밖으로 나왔다. 그러나 갑자기 수십 대의 화살이 날아들었다. 변숭복은 가슴과 배에 여러 대의 화살을 맞고 폭 꼬꾸라졌다.

"쏘면 어찌하오? 정 수찬은 자수할 것이오."

변숭복은 꼬꾸라진 채 손을 흔들며 소리쳤다.

애초에 화살은 쏘지 않기로 되어 있었다. 변숭복은 정여립이 달아나 잠적하지 못하고 잘 잡힐 수 있도록, 그를 감시하며 유인하기로 되어 있었다. 마지막 순간에 그러나 변숭복은 철저히 배신당했다.

정여립은 변숭복의 말이 참으로 기묘하게 들렸으나, 다른 말을 듣노라 따져 생각할 겨를이 없었다. 정여립은 막사의 틈새에 귀를 기울이고 또 다른 사람의 목소리에 신경을 썼다. 민인백 쪽으로 포위망을 좁혀온 선전관 김용준이 큰 소리로 외쳤다.

"나는 조정에서 내려온 선전관 김용준(金用濬)이다. 어명을 전한

다. 정여립은 빨리 나와 어명을 받아라. '전 홍문관 수찬 정여립 그대가 대역을 모의했다고 하나, 그대의 충성을 아는바 이를 믿지 않노라. 속히 과인 앞에 달려와 흑백을 가리도록 하라.'"

정여립은 순간 사태를 직감했다.

'서인 놈들이 나를 반역자로 모략했구나.'

어떻든 일은 벌어졌으니 어쩌랴. 정여립은 일단 나아가 어명을 받들고 오라를 받기로 했다.

'좋다. 가자. 한양에 가서 당당히 변론해 보자.'

사실 그는 변론에는 자신이 있었다. 조정에서 임금 이하 어느 누구도 변론으로 자신을 이긴 자는 일찍이 없었다.

정여립은 장군 막사 밖으로 나섰다. 순간 아까보다 훨씬 더 많은 화살들이 날아들었다.

"정여립은 재주가 비상한 놈이다. 어느 사이 사라질지 모른다. 눈에 띄면 무조건 쏘아라. 놓치면 우리 모두 죽는다."

민인백은 사전에 병사들에게 귀띔해 두었다. 정여립은 여러 대의 화살을 맞고 모로 쓰러졌다. 목구멍으로 피가 넘어 나왔다. 숨이 차서 헐떡거렸다. 앞이 뿌옇게 보이고 의식이 가물거렸다.

"너희들은 다음 지시가 있을 때까지 여기를 단단히 지키고 엎드려 있거라."

민인백은 병사들에게 명령한 다음 그의 옆을 바짝 따르는 건장한 병사 한 사람과 함께 조심스럽게 정여립에게 다가왔다. 정여립은 거의 실신한 채 숨을 몰아쉬고 있었다.

민인백이 자기 옆을 바짝 따르는 병사에게 눈짓을 했다. 그는 재빨리 정여립이 차고 있는 환도를 빼어들었다. 그리고는 정여립의 목에 그의 환도를 깊이 찔러 박아 놓았다. 칼끝이 목뒤로 삐죽이 나왔다.

민인백은 그 병사에게 다시 눈짓을 했다. 병사는 꼬꾸라져 숨을 헐떡이는 변숭복의 뒤로 돌아가더니 칼을 빼들어 등을 깊이 찔렀다.

얼마 뒤 선전관이 뒤따라 올라왔을 때엔 정여립과 변숭복 두 사람은 이미 숨이 끊어져 있었다.

"병사들의 화살이 잘못 성급했소만…. 정 수찬은 화살이 날아들자 동료를 찌르고 자결로 마감한 것 같소이다."

민인백이 선전관에게 딴소리를 했다.

"이왕지사 어쩌겠소."

선전관도 어쩔 수가 없었다. 병사들이 거적 들것 둘을 만들어 가지고 왔다. 두 사람의 시체를 거기 올려놓고 다시 가마니로 덮은 다음 새끼줄로 여러 번 단단히 묶었다.

"동헌으로 가자."

두 들것 앞뒤로 병사들을 배치해 단단히 호위하도록 하고 현감과 선전관은 병사들을 이끌고 진안 동헌으로 향했다. 좀 떨어져서 오라에 묶인 두 소년과 별장지기 내외와 그리고 산기슭에서 풀을 뜯던 말 두 마리가 그들 뒤를 따라갔다.

다음날은 대동의 날이었다. 대동의 날 행사는 무참한 비통 속으로 사라지고 이른 아침 대동의 스승은 시체가 된 채 가마니를 덮고 소달구지에 실려 전주 감영으로 이송되고 있었다.

변숭복 역시 같은 모양새로 정여립 옆에 실려 갔다. 밧줄에 묶인 소년들과 노인들이 그 뒤를 따랐다. 전주 감영에서는 선전관이 이들을 호송해 서둘러 한양으로 길을 재촉했다. 일행은 10월 18일 밤에 한양에 도착했다.

선조는 분노로 치를 떨었다. 정여립의 아들 옥남부터 친국하겠다며 끌어오라 외쳤다.

10월 19일, 두 소년이 창덕궁으로 끌려 들어가 선조 앞에 꿇려졌다. 옥남은 참으로 보기 드물게 준수한 얼굴이었다. 광채 나는 두 눈은 고요하고 태도는 차분했다. 무엇을 물어도 막힘없이 대답하며 말씨는 또렷했다. 지켜보는 사람들 모두는 이 뛰어난 소년의 목숨을 아까워하는 기색을 감출 수가 없었다. 그럴수록 선조는 더욱 증오에 불타서 독기 어린 눈으로 옥남을 쏘아보았다.

"네 이놈, 사태가 이 지경이 되었는데도 네가 살 줄 알았느냐?"

"파소지하(破巢之下: 부서진 둥우리 밑에)에 안유완란(安有完卵: 어찌 성한 알이 있겠는가)이겠습니까?"

이미 죽을 것을 안다는 뜻이었다. 옥남은 여전히 차분했다.

임금은 온전히 분노로 펄펄 끓고 있었다. 질문에 두서가 없고 고함을 질러댔다.

"주모자 중에 길삼봉(吉三峰)이란 중놈도 있다지? 그놈이 어떤 놈인지 너도 알지? 바른대로 대라. 이놈!"

"잘은 모르오나 그분은 힘이 장사라서 반석(盤石) 같은 큰 돌도 주먹으로 치면 깨진다고 들었습니다."

선조 옆에서 심문내용을 적는 문사랑(問事郎)은 젊은 문장가로 둘째가라 하면 서운해할 이항복(李恒福)이었다. 주고받는 말을 한문으로 어떻게 적어야 할지 이항복도 잘 몰라 몇 자 적고 지우고 또다시 적곤 하며 임금 앞이라 진땀을 흘렸다.

보다 못한 옥남이 차분하게 일러 주었다.

"여반대석(如盤大石: 소반같이 큰 돌을) 격고즉파(擊叩卽破: 두드려 치면 곧 깨진다)라고 쓰시지요."

이항복도 이 수재소년에 탄복하며 그의 목숨을 진실로 아쉬워했다. 역적의 자식이 너무도 잘난 데 속이 뒤틀린 선조는 옥남에게 모진 고문을 가했다. 더 많은 동조자의 이름을 대지 않는다고 낙형용(烙刑用) 인두로 옥남의 입을 지지라고 펄펄 뛰었다. 그런 임금 탓에 옥남은 옆에서 보는 사람들이 견디기 어려운 악형을 당하고 쓰러졌다.

다음날 여립의 아들 정옥남과 소년 박춘복은 함께 군기시 앞에서 책형(磔刑)으로 처형되었다. 그날 정여립의 생질 이진길도 끝내 불복하다가 맞아서 죽고 말았다.

> 적신 정여립은 치효(鴟鴞: 부엉이, 시경에 나오는 악독한 새)보다 더 악하고 독사보다 더 독한 자이다. 난신적자(亂臣賊子)가 일찍이 없었을까마는 이보다 더 심한 자는 없을 것이다. 여립 등을 능지처참(陵遲處斬)하라.

임금이 교서를 내렸다.

정여립과 변숭복의 시체는 10월 27일 군기시 앞에서 능지처참되었다. 백성들이 구경하는 가운데, 어명에 의하여 정승에서 말단 관원에 이르기까지 모두 참관했다. 또한 몇 토막으로 잘려진 그들의 시체는 한 토막씩 팔도에 돌려져 역적의 비참한 말로를 보여주었다.

애초 이 사건을 처리하는 책임을 맡은 위관(委官)은 우의정 정언신

(鄭彦信) 이었다. 사건처리가 지지부진하고 연루자들을 확실하게 처리하지 않는다고 서인들의 지탄이 빗발쳤다.

"정언신은 역적 정여립과 같은 동래 정 씨입니다."

"애초부터 정여립을 옹호했습니다. 공연히 그랬겠습니까?"

"평소에 역적과 편지 내왕이 많았다 합니다."

정언신은 파직되고 옥에 갇히고 고문을 받았다. 동인들이 물러나고 서인들이 등장했다.

11월 8일, 정철이 정언신 후임으로 우의정으로 임명되고 위관이 되었다. 정철은 문장은 번드르르하게 쓰지만 성격은 과격하고 질투심이 많았다. 동인 편에 대한 적개심이 또한 매우 컸다. 서인 편이 아닌 자, 자신들과 논의가 다른 자들은 모조리 이 역모사건에 엮어 넣었다. 원래 조선의 사형 판결은 3심제였으나 역모사건은 단심제로 처리했다. 정철과 서인들은 단심제임을 기화로 해서 많은 사람들을 방자할 정도로 악랄하게 고문하고 때려죽였다. 이들이 악랄해진 것은 임금의 적개심이 맞장구를 쳐 준 때문이었다.

정철이 위관으로 정여립 사건을 다루는 동안 정철의 사저에는 송익필이 기거했다. 그들은 매일 밤마다 사건의 처리 방향과 살생부에 대해서 논의를 계속했다. 정여립을 받아들인 동인의 실세 이발(李潑)이 가장 처참한 화를 입었다. 그는 고문을 어찌나 심하게 당했던지 몸에 남아 있는 살점이 거의 없다고 했다. 정철은 겉으로는 이발을 구하는 척했으나 뒤로는 갖은 수법을 다해 그를 옭아 넣었다.

정철은 교묘히 일을 꾸며서 이발, 이길(李佶), 백유향(白惟珦) 등을 잡아 척결했다. 이발의 82세 노모가 잡혀와 오랫동안 갇혀 고문을 당했다. 노모는 마침내는 압슬형(壓膝刑)을 당해 무릎이 으깨져 숨졌다. 8세의 어린 아들은 몽둥이에 맞아 머리가 터져 즉사했다. 이발의 형제들, 친척들도 무사할 수 없었다. 기타 수많은 훌륭한 선비들이 연루되어 그들 가족 친척들까지 참혹한 화를 입었다.

학문과 덕망이 높은 선비 정개청(鄭介淸)은 정여립의 집터를 보아주었다고 처형되었다. 그를 따르던 제자 50여 명이 목숨을 잃었고 20여 명은 귀양 갔으며 나머지 400여 제자들은 과거 응시자격을 영원히 박탈당했다.

역시 학식과 덕망이 높은 선비 최영경(崔永慶)은 가공의 인물 길삼봉과 비슷하다고 해서 누명을 쓰고 척살되었다. 전라도사 조대중(曺大中)은 부안(扶安) 관기를 대동하고 가다 보성(寶城)에 와 이별하며 눈물을 흘렸고, 아버지 기일이라 고기를 안 먹었는데, 정여립을 슬퍼하여 그랬다고 장살되었으며, 그의 처자 형제 조카 등이 모두 잡혀와 처형되었다.

형조좌랑 김빙(金憑)은 눈병이 있어 바람만 맞아도 눈물이 났다. 정여립의 처형 때 그도 추국관(推鞫官)으로 시립했는데, 눈병 때문에 눈물이 자꾸 흘러나왔다. 정여립의 죽음을 슬퍼해서 눈물을 흘렸다고 해서, 모진 국문을 받다가 죽었다.

선조의 분별없는 적개심이 불쏘시개가 되어 무려 1천여 명의 선비들이 이 사건에 연루되어 무고히 희생되었다.

당초 위관이었던 정언신은 국문을 받은 후 남해로 귀양 갔다가 다시 함경도 갑산으로 끌려갔다. 정언신은 당시 어느 누구보다도 전략 전술에 대한 지략이 뛰어난 국방의 제 1인자였다. 임진왜란(1592년 4월 13

일) 이라는 미증유의 대란이 겨우 몇 달 앞으로 닥친 1591년 겨울, 정언신은 노쇠한 몸으로 추위를 이기지 못해 삭풍이 몰아치는 갑산 유배지에서 그만 얼어 죽고 말았다. 65세였다.

선조는 좋은 의견을 구한다는 구실로 전국에 명하여 고자질을 유도했다. 포상과 관직이 따르는지라 정여립과 소매라도 스친 사람은 화를 면할 수가 없었다. 모함으로 고변하는 일도 많았다. 무관하더라도 일단 고변되면 무사하기가 어려웠다.

고부 군수 정염(丁焰) 도 고자질을 했다. 승려들이 역당의 괴수 길삼봉과 함께 역모를 도모한다고 모함했다. 그 와중에 서산대사(西山大師) 휴정(休靜) 과 사명대사(四溟大師) 유정(惟政) 도 잡혀와 모진 국문을 받다 겨우 살아났다.

선조는 정여립에 대하여 철저했다. 정여립의 집터(김제시 금구면 금구리) 를 파헤치고 숯불로 지졌다. 그리고 물을 채워 연못을 만들었다. 조상의 묘터도 파헤치고 유골을 꺼냈다. 가루로 빻아 바람에 날렸다.

헌부지례(獻俘之禮)

동평관에 머무는 일본사절 일행은 걱정이 태산 같았다.

'조선조정이 이 난리를 치르고 있으니, 이러다가는 통신사고 뭐고 다 틀린 게 아닐까? 통신사가 못 가면 전쟁이 일어날 테고, 전쟁이 터지면, 대마도는 깡그리 망가질 텐데 ….'

가슴 조이는 나날 속에 하루 세끼 얻어먹는 것도 불편했다. 선위사 이덕형은 코빼기도 비치지 않았다.

조심스럽게나마 감호관에게 투덜대 보는 수밖에 없었다.

"통신사는 도대체 어찌되는 거요?"

감호관인들 무슨 할 말이 있을 수 없었다.

"선위사에게 물어보시오."

그저 한마디뿐이었다. 그러다 근 두 달 만에 선위사 이덕형이 동평관을 찾아왔다.

"통신사 임명은 어찌되는 것이오?"

종의지가 물었다.

"나도 잘 모르겠소. 어찌 돌아갈지 몰라 답답하오."

이덕형은 시무룩한 표정이었다. 조정이 난리인데다 국사를 결정할 당사자들이 다 정여립 사건에 관계되어 통신사 일을 돌볼 형편이 못 되었다.

의정부 3정승부터가 나설 처지가 아니었다. 그사이 영의정 유전이 병으로 죽었는데 후임은 임명되지 않았다. 좌의정 이산해가 선위사 이덕형의 장인이기도 하니 나서면 되겠으나 나설 형편이 아니었다. 전에 정여립을 김제군수로 추천한 일이 있었기에 역당으로 몰렸다. 사표를 내고 물러가 처분을 기다렸다. 임금이 나오라 해서 조정에 나오긴 했으나 조용히 지내야만 했다.

정언신의 후임으로 우의정이 된 정철은 정여립 사건의 위관이 된지라 그 일로 눈코 뜰 사이가 없었다. 사신의 일에 대한 담당부서의 책임자인 예조판서 유성룡도 나설 형편이 못 되었다. 연루자들의 편지에 이름이 한 번 오른 것으로 해서 내쫓으라고 또한 아우성이었다. 사표를 내고 물러가 있었다. 그도 임금이 나오라 해서 나오긴 했으나 우선은 돌아가는 형편이나 볼 처지였다.

이덕형이 비록 기운 빠져 있다고 해도 대마도 사신들로서는 생사 간에 화급을 다투는 일에 그냥 멀뚱거릴 수만은 없었다. 선위사를 만난 김에 종의지가 따지고 들었다.

"잘 모르겠다니 그걸 말씀이라고 하시오? 일본에서는 통신사가 온다고 국왕 이하 온 나라가 맞을 준비로 바쁘게 돌아가고 있습니다. 누가 갈 것인지 명단이라도 나와야 우리도 뭐라 통지할 수 있지 않소?"

"잡아오기로 한 자들이 확실히 나타나야 할 게 아니오?"

"잡아 놓았다는 기별이 벌써 왔소. 통신사가 누군가 결정이라도 돼야 우리도 그자들을 데려오라고 연락할 게 아니오."

"좋소. 내 들어가 여쭤보겠소."

동평관을 나온 이덕형은 예조로 유성룡을 찾아갔다.

"자네는 별일 없는가?"

밤새 안녕이라고 하루 앞을 장담할 수 없는 세태였다.

이덕형은 동평관에 다녀온 보고를 했다.

"왜구 괴수들을 빨리 처단하기 위해서도 통신사 일은 서두르는 게 좋겠습니다."

"맞는 말이네."

"하오면 대감께서 나서 주십시오."

유성룡은 잠시 눈을 감았다가 떴다.

"자네 … 우상대감을 찾아뵙도록 하지."

지금 조정의 핵심세력은 역당들을 족치고 있는 정철이었다. 유성룡은 어떻게 해야 일이 빨리 성사될 것인지 내다보고 있었다.

"우상대감 말씀입니까? 소인이 어찌 … ?"

품계가 까마득히 높은 정승을 어찌 감히 뵐 수 있겠느냐는 생각도 들었지만, 정철의 성정이 불같다는 소문을 들은지라 오히려 역정을 듣고 쫓겨날까 그것이 더 걱정스러웠다. 그러나 유성룡은 빙그레 웃으며 한 마디 덧붙였다.

"생각해 보면 방책이 떠오를 걸세."

이덕형은 물러 나왔다. 이리저리 궁리해 보았지만 어떻게 해야 좋을지 알 수 없었다. 답답해서 장인 이산해를 찾아뵈었다.

자초지종을 들은 이산해는 눈을 껌벅거리더니 결론을 내렸다.

"자네, 유 판서 말씀대로 하게. 우상대감에게 그간의 경위를 보고하게."

"하오나 저는 이조정랑 정 5품관입니다. 정 1품관에게 어찌 직접 보고를 하겠습니까?"

"허어, 자네는 성상께도 직접 말씀드릴 수 있는 선위사야."

마음은 여전히 불편했으나 용기는 얻었다. 다음날 의정부에 들러 짤막한 편지를 전하고 이조에 등청하여 볼일을 보았다.

> 우상대감 시사(侍史: 귀하)
> 허락하신다면 제가 찾아뵙고 그간 진행되어온 일본과의 교섭경위를 말씀드리고자 합니다.
>
> 선위사 이조정랑 이덕형

바로 그날 퇴청 때 들르라는 전갈이 왔다.

이덕형이 정철을 찾아보니 술을 자작으로 들고 있었다. 정철은 술을 과도하게 좋아했다. 공무를 집행할 때에도, 죄인들을 국문할 때에도 술을 마셔 사모가 비뚤어져 있는 경우가 허다했다.

정철은 또 한 잔 들이켜고는 잔을 탁자 위에 탁 놓으며 이덕형의 위아래를 훑어보았다.

"앉지."

이덕형은 조용히 앉았다.

"그래, 그간의 경위를 한번 말해 보게."

정철은 조정을 떠나 있은 지 여러 해였다. 이덕형은 귤강광이 오던 때의 일부터 지금 현소 일행이 동평관에 체류하고 있는 일까지 비교적 자세히 설명해 주었다.

"잘 들었네. 알 만하구먼."

"고맙습니다."

"그래 자네도 생각이 있겠지?"

"일본사람들은 신용할 수가 없어서 … ."

"상관없네. 통신사는 임명해 놓아야 준비할 게 아닌가? 우리 요구대로 안 되면 그만두면 되는 것이고."

"네, 그렇습니다."

"공연히 시간 끌 거 없어. 내가 성상께 말씀드리지."

정철은 듣던 대로 성질이 급했다. 그래서 또한 시원했다. 정철은 다음날 조강에서 임금께 통신사 임명을 건의했다.

"역적 소동으로 내가 깜빡했소. 보내기로 했으니 사람들을 정하도록 합시다. 누가 좋겠소?"

그간 임금의 정신은 온통 정여립 사건에 빠져 있었다.

"알아봐야겠습니다."

"알아보고 대신들이 결정하시오."

"예, 그리하겠습니다."

"그러고 우상은 하던 일을 마무리 지으시오. 나머지 역당들도 빨리 처결토록 하란 말이오. 그래야 내가 잠을 좀 자겠소."

역당의 수괴라는 정여립은 죽었으나 연루자들에 대한 조사는 오래 갔다. 연루되지 않은 사람들도 언제 무슨 날벼락이 닥칠지 몰라 전전긍긍하는 나날이었다. 임금이고 신하고 백성이고 모두 다 심란한 세월이었다. 이런 판에 통신사 이야기는 자다가 봉창 뚫는 소리였다.

정철이 관원들을 시켜 사람들의 의견을 물어보았으나 통신사로 가겠다는 자원자는 아무도 없었다. 통신사로 일본에 가면 살아 돌아오기 어렵다고들 생각하고도 있었다.

"일본은 싸움판이라고 하더라. 풍신수길이란 자가 임금이 되었다고 큰소리친다는데 수틀리면 무조건 죽인다고 하더라. 바다의 풍랑이 엄청나다고 하더라."

이런 소문 때문에 통신사 제의를 받은 사람들은 온갖 핑계를 다해 거절하기 바빴다. 성질 급한 정철이 이산해를 찾았다.

"가겠다는 사람이 없소이다. 어쩌지요?"

"글쎄요."

먼저 뜻을 밝히는 이산해가 아니었다.

"이제 우리가 의논해서 결정해야 하겠지요?"

"우리가요?"

"대신들이 의논하라고 하셨으니 우리가 해야지요. 지금 우리 둘밖에 누가 있습니까?"

"하긴 그렇습니다."

"어차피 해야 할 일인데 지금 결정하는 게 좋겠습니다."

정철은 성정이 급한 만큼 결연하기도 했다.

"그래 봅시다. 헌데 관계되는 두 부서 사람들을 합석시키는 게 어떨지요?"

"두 부서라면 … ?"

"인사담당과 외교담당 말입니다."

"좋습니다. 이조와 예조를 부르시지요."

이조판서가 공석중이라 참판 성혼이 불려오고 예조판서 유성룡이 불려왔다. 성혼이 가져온 관원들의 명단을 놓고 상의에 들어갔다. 의견은 주로 좌상 이산해와 우상 정철이 주고받았다. 유성룡과 성혼은 묻는 말에 그저 대답이나 할 뿐이었다.

이렇게 해서 얼마 뒤 삼사가 결정되었다.

정사에 정철과 가까운 서인 첨지중추부사(僉知中樞府事) 54세 황윤길(黃允吉), 부사에 이산해 및 유성룡과 가까운 동인(東人) 성균관 사성(成均館司成) 52세 김성일(金誠一), 서장관에는 동인 성균관 전적(成均館典籍) 42세 허성(許筬)이 결정되었다.

이렇게 결정된 대로 1589년 11월 18일 선조는 창덕궁 선정전에서 이들에게 직첩을 내렸다. 직첩을 받고 나자 세 사람은 서둘러야 했다.

통신사는 원래 1년 정도 미리 결정되어야만 했다. 타고 갈 마필과 선박을 마련해야 하고, 각종 종사원과 수행원 등 최소 300여 명의 인원을 선발해서 교육시켜야 했다. 전에 다녀온 정몽주(鄭夢周), 신숙주(申叔舟) 등이 남긴 기록을 검토하고, 일본의 역사, 지리, 예법, 풍속 등을 연구하여 숙지해야 했다. 또한 국서를 작성해야 하고 선물을 준비해야 했다. 1년도 넉넉한 시간은 아니었다.

그런데 이번에 결정된 통신사들은 저들이 못된 괴수들을 잡아오기만 하면 당장이라도 떠나야 할 처지였기에 더욱 서둘러야 했다.

조선이 요구한 해적(왜구) 수괴들을 잡으러 간 도정종실과 평조신도 부지런히 서둘렀다. 우선 대마도에서 죄수들을 조사하여 조선으로 데려갈 3명을 점찍어 놓았다. 그리고 서둘러 오도(五島)로 직행했다.

"오도의 도주를 아십니까?"

평조신이 도정종실에게 물었다. 오도의 도주는 우구순현(宇久純玄)이었다. 오랫동안 오도해적의 두목이었다.

"무역을 하자면 해적들도 알아야 하지요."

며칠 후 그들의 배는 오도에 닿았다. 소식을 듣고 도주 우구순현이 달려 나왔다.

"어르신께서 이런 누추한 곳까지 웬일이십니까?"

"자네를 보고 싶어서 왔네."

"저 같은 놈도 보고 싶은 때가 있는 모양입니다요."

도주는 성대한 잔치를 준비하고 있었다. 그런 잔치를 말리고 저녁에 세 사람만 조촐하게 마주 앉았다.

"요즘 해적 재미는 좀 어떤가?"

도정종실이 물었다.

"어르신께서 잘 아실 텐데요? 그 일을 했다가는 큰일 나지요."

얼굴에 칼자국이 있어 험상궂게 보이기는 했지만 우구순현은 천진스럽게 보이는 구석도 있었다.

"어째서 큰일이 나는고?"

"해적질이라니요? 소인으로 말하면 이 오도의 다이묘(大名)가 아니옵니까? 해적질을 해서야 되겠습니까?"

"그랬던가?"

"다 어르신 덕택이 아니옵니까?"

조선에서 왜구라고 부르는 해적들의 노략질 사업은 소득이 많아서 두목들은 군왕처럼 행세하며 잘살았다.

고래로 왜구라고 하는 해적은 주로 대마도, 일기도, 평호도, 오도에 근거를 두고 활동했다. 평호도(平戶島)의 송포가(松浦家)와 오도의 우구가(宇久家)는 왜구의 쌍벽으로 이름을 날려 왔었다.

고려 때에도 왜구 침탈의 폐해는 놀랄 만큼 우심했다. 서양의 해적보다도 그 규모와 활동이 훨씬 더 컸다. 고려 말 한꺼번에 무려 500여 척에 수만 명의 왜구가 고려로 건너와 나라가 흔들릴 지경이었다. 그때에도 송포가와 우구가가 일으킨 침탈이었다. 그들을 진압한 이성계(李成桂)의 황산(荒山: 전북 남원) 대첩도 그때의 일이었다.

우구순현의 대에 와서도 조선뿐만 아니라 명나라까지 진출해서 성세가 아주 좋았다. 몇 년 전의 손죽도 사건도 순현의 노략질이었다.

그런데 재작년 풍신수길이 대군을 몰고 내려와 단숨에 구주를 휩쓸고 나서 이 기회에 해적들도 다 처치하라는 명령을 내렸다. 순현은 밤중에 도망쳐 박다(博多)의 남쪽 당진(唐津, 가쓰라)으로 몰래 건너갔다. 도정종실이 거기 살고 있었다.

순현은 종실에게 매달렸다.

"제 목숨은 어르신께 달려 있습니다. 살려 주십시오."

순현은 애초부터 한구석 천진스러운 면이 있었다. 이상하게도 도정종실의 무역선만은 범하지 않았다. 그뿐만 아니라 다른 해적들이 약탈하려는 것을 막아주기도 했다.

도정종실은 아무튼 고맙게 여기고 있었다. 그런데 순현이 찾아와 목숨을 애걸했다. 종실은 풍신수길에게 자금을 대는 후원자였고 또한 함께 다도를 즐기는 친구이기도 했다. 수길에게 이야기해서 순현을 살려

주었다. 풍신수길은 순현을 살려주었을 뿐만 아니라 그를 오도의 도주로 임명해 주기도 했다.

"작년에 적선정지령(賊船停止令)이 내려졌지 않습니까? 해적선을 띄우는 날에는 끝장납니다."

"그럼 사화동도 이제 소용없겠네."

"아니, 사화동이란 조선인을 아십니까?"

"사실 그자를 부탁하러 왔네. 나한테 넘겨주어야겠네."

"어디 쓰실 데가 있습니까?"

"조선과의 외교문제가 좀 있네."

"조선입니까? 그자는 조선에 가면 죽습니다. 다른 조선사람은 안 됩니까? 100명을 데려가도 좋습니다만."

"관백전하와 관계된 일이네."

"그러시다면야 할 수 없지요."

순현은 한숨을 내쉬었다.

"여기 평조신 어른께서 다시 올 걸세. 그때까지 냄새도 나지 않게 해야 되네."

"예, 알겠습니다. 그리고 저 … 여기 조선사람들을 다 데려갈 수는 없을까요? 노예장사는 할 수 없는데 그냥 밥만 축내니 제가 죽을 지경입니다요."

"그래? 자네 생각해서 그렇게 해보겠네."

잡혀온 조선백성을 다시 조선으로 데려다 준다는 것, 이것은 조선에 생색을 낼 수 있는 아주 좋은 선물이었다.

다음날 두 사람은 배에 올라 구주로 향했다. 구주 땅에 오르자마자 곧바로 소서행장이 있는 우토성으로 갔다. 이야기를 듣자 소서행장은 매우 기뻐하며 도정종실에게 치하했다.

"영감님 덕분에 일이 잘될 것 같습니다. 석전삼성도 좋아할 겁니다."

풍신수길은 분야별로 봉행(奉行)이라는 집정관(장관)을 두었는데 그 중 수석봉행이 석전삼성(石田三成)이었다. 수길이 가장 신임하는 이른바 비서실장이었다. 소서행장과도 대단히 가까운 사이였다. 바로 이 석전삼성이 전쟁을 막기 위한 이 은밀한 계획을 처음부터 뒤에서 도와주었다. 세 사람은 풍신수길을 만나서 보고할 일을 의논했다. 다음날 소서행장은 평조신과 도정종실을 데리고 대판으로 가서 풍신수길을 찾아보았다.

"그래 조선왕은 어찌되었는고?"

풍신수길이 물었다.

"내년 봄에는 틀림없이 전하를 찾아뵌다 했습니다."

"모두들 애썼군. 조선에 가 있는 종의지에게도 칭찬 좀 해주어야겠어. 내가 편지를 써 주지."

수길의 편지도 받고 융숭한 대접도 받고 물러나왔다.

다음날부터 평조신은 부지런히 움직였다. 종의지에게 전할 풍신수길의 편지를 간직하고 오도로 향했다. 거기서 사화동과 조선백성들을 배에 싣고 대마도로 왔다. 대마도에서 미리 점찍어 놓은 죄수 3명을 싣고 조선으로 떠났다.

그가 이들을 데리고 한양에 당도한 것은 다음 해(1590년) 2월말이었다. 한양은 축제 분위기였다. 일본이 자기들 손으로 왜구 두목을 잡아오고 붙잡아간 조선백성들을 자진해서 돌려보냈다 해서 승리감에 들떴다.

"우리 임금이야말로 성군이시다."

조정은 임금의 비상한 재주를 칭송하고 백성들은 덩달아 기쁨에 덩실거렸다. 끌려갔다 돌아온 사람들 대부분은 젊은 어부들이었다. 김대기(金大璣) 공대원(孔大元) 등 116명이나 되었다. 한 어부가 일부러 관원에게 다가와 오도에서 들은 소문을 전해 주었다.

"일본에는 거창한 소문이 파다합니다."

"소문?"

"풍신수길이란 자가 백만 대군을 동원하여 조선을 치러가고 명나라도 치러 간다는 소문입니다."

"그 무슨 터무니없는 소린가?"

"들은 대로, 그것도 여러 번 들은 대로 말씀드리는 것입니다."

"섬나라 오랑캐 주제에 될 법이나 한 소린가?"

"왜놈들은 매우 엉뚱하고 그악스럽습니다."

"그래 봤자 별수 없다. 조선과 명나라를 합치면 일본은 댈 것도 못된다. 덤벼 보았자 새알로 바위치기지."

"그렇긴 합니다만…."

"공연한 헛소문 내면 참형이야. 고향에 돌아가서도 입 꾹 다물어."

"예, 입 꾹 다물어야지요."

그가 돌아간 다음 잡혀온 적괴들에 대한 심문이 시작되었다.

맨 먼저 사화동이 끌려 들어왔다. 문사낭청(問事郎廳: 약칭 문랑)이 직접 신문하고 기록했다.

"네가 진도에 살던 사화동이냐?"

사화동은 주눅 든 기색 없이 고개를 빳빳이 들고 문랑을 쳐다보았다.

"그렇다만?"

햇볕에 그을린 검은 얼굴이 분기로 이글거렸다.

"어찌해 나라의 은혜를 저버리고 왜구의 앞잡이가 되었느냐?"

"나는 나라의 은혜를 입은 적이 없다."

"조선같이 좋은 나라에 태어나 사는 것이 바로 은혜니라. 나라에서 잘살게 생업도 돌봐주었고."

"생업을 돌봐? 사람 웃기지 마라."

"이놈이 감히…."

"나는 어려서부터 먹고살기 위해 바다에 나가 고기를 잡았다. 도미도 잡고 전복도 잡았다. 돈이 될 만한 것들은 잡기만 하면 공물이다 진상이다 해서 다 빼앗겼다. 종당엔 왜구에게 붙들려 일본까지 끌려갔다. 끌려가는 동안 나를 위해 어느 한 놈 나타나 주지도 않았다. 불쌍하게 된 내 마누라는 어떻게 되었는지 아느냐?"

사화동은 목이 메는지 고개를 이리저리 돌리며 하늘을 쳐다보았다. 잠시 그러다 다시 말을 이었다.

"너희놈들이 사람이더냐? 역적의 여편네라고 너희놈들이 못살게 굴어 어린것을 업은 채 바다에 뛰어들어 죽고 말았다. 그래, 이게 나라의 은혜란 말이냐?"

"이놈이 별 헛소리를 다 하는구나."

"헛소리라고? 너희놈들이 뭘 알겠느냐?"

"너와 함께 몇 놈이 더 앞잡이 노릇을 했느냐?"

"그런 놈 없다. 비록 있다 해도 말할 수 없다."

"저놈이? 매맛을 좀 봐야겠다. 사령들 뭐하냐?"

사령들이 달려들어 패고 밟았다. 문랑은 비위가 뒤틀려 혹독하게 매질하라 했다. 정신을 잃으면 물을 끼얹고 정신이 들면 또다시 두들겨 팼다. 몇 번의 되풀이 끝에 사화동은 헤진 입성을 피로 벌겋게 물들이고 축 늘어진 채 질질 끌려 밖으로 나갔다.

다음은 왜어 통변을 세우고 왜구 두목들에 대한 국문이 시작되었다. 오도해적의 두목이란 자에게 물었다.

"이름을 대라."

"긴쇼라입니다."

"이름이 뭐라고? 천천히 다시 말해 봐."

"예, 긴-쇼-라-."

문랑은 한자로 비슷하게 썼다.

"긴시요라(緊時要羅)…, 본거지는 어디냐?"

"본거지라니요?"

"네 집이 어디냔 말이야?"

"대마도입니다."

"너, 오도에 살지 않았느냐?"

"오도에는 가본 일도 없습니다."

"이놈이 거짓말을 하는구나. 너는 오도의 해적 두목이란 말이다."

"엣? 우린 다 대마도 어부입니다. 어떻게 해적 두목처럼 보입니까?"

문랑이 보기에도 전혀 두목 같은 느낌은 들지 않았다. 교의에 죽 앉아 있는 위관(委官)들이 보기에도 미심쩍었다.

깡마르고 초췌한 생김새 어느 구석에서도 해적 두목다운 모습은 찾아 볼 수가 없었다.

문랑은 다음에 앉은 자들에게 차례로 물었다.

그러나 대답은 다 비슷했다. 모습도 다 비슷했다. 다들 대마도의 어부라고 했다. 문랑은 이름을 한자로 비슷하게 적었다. 삼보라(三甫羅), 망고시라(望古時羅).

"이것들이 아주 짰구나. 고얀 것들. 바른말 할 때까지 매우 쳐라."

사령들이 달려들었다. 형틀에 묶고 사정없이 두들겨 팼다. 매질하면서 되풀이해 물어도 대마도 어부라는 대답뿐이었다.

"이것들을 더 쳐라."

"잠깐만요. 생각이 났습니다."

"그래 무슨 생각이 났느냐?"

"오도해적 두목은 중겡입니다."

중겡은 순현(純玄)의 일본 발음이었다.

"중겡이라…."

문랑은 중건(重建)이라 적었다.

"맞습니다요. 중겡이 두목입니다요."

"그럼 피난도의 두목은 누구냐?"

"그런 섬은 못 들었는데요."

"그래?"

위관들이 문랑을 불렀다.

"아무래도 무슨 사정이 있는 것 같으니 신문을 중지하고 사정을 좀 더 알아보도록 합시다."

위관들은 당해 부서인 예조에 들렀다. 예조판서는 황정욱(黃廷彧)

으로 바뀌어 있었다. 선위사 이덕형이 불려갔다.

"동평관에 들러서 사정을 좀더 자세히 알아보시오."

이덕형은 동평관으로 향했다. 그러나 뭘 어찌 물어야 할지 알 수가 없었다. 잘못하다가는 큰 분란이 일어날 수도 있었다. 그래도 뭔가 확인은 해보아야 했다. 이덕형은 조심스럽게 물어보았다.

"이름이 좀 괴상한 것 같아서…, 오도 두목 이름을 어떻게 씁니까?"

"에…, 천한 것들이라 정식 이름(한자 이름)은 없고…, 이름이라고 부르는 것을 소리 나는 대로 일본 글자(가나)로 적지요."

승려 현소가 대답했다.

"그렇군요. 그런데 저들의 말로는 오도의 두목은 중건이라고 했다는데 어찌된 일이오?"

종의지와 평조신의 얼굴에 당황한 빛이 나타났다. 순현(중겡)의 이름을 알아낸 것이 분명한지라 가짜 두목을 잡아온 것이 탄로난 게 아닌가 해서 당황했던 것이다.

현소가 그러나 미소를 지은 채 차분하게 설명했다.

"저들이 대단한 선비가 아닌 이상 죽는 마당에 무슨 말인들 못하겠습니까? 그 중건이란 자는 나라가 떠들썩하게 요란을 떨다가 잡혀 죽은 유명한 강도의 이름입니다. 저놈들이 다급하니까 그 이름을 댄 모양입니다."

이상한 느낌은 분명했으나 이덕형은 달리 더 물어볼 말도 없었다.

이덕형은 동평관을 나와 예조로 갔다.

"전에 오도에 잡혀 있다 돌아온 김대기 등을 불러 확인해 보는 게 어떻겠습니까?"

"알았소. 상의해 보겠소."

다음날 이덕형은 정승과 판서들이 모인 중신회의에 불려 나갔다. 이덕형은 대신들의 힐난을 받았다.

"설사 김대기 등이 와서 저들의 주장이 거짓이라고 증언했다고 해도 그것을 어떻게 입증할 것인가?"

"또한 김대기 등의 말을 현소가 '그들이 잘 몰라서 하는 말'이라고 해버리면 어찌할 텐가?"

듣고 보니 맞는 말이었다. 아무리 미심쩍다 한들 입증할 길이 없는 것이었다. 새로 영의정이 된 이산해가 결론을 내렸다. 역시 노회한 이산해였다.

"정여립 반역사건으로 온 나라가 우울하던 터에 이번 일은 참으로 대한득감우(大旱得甘雨: 긴 가뭄에 단비를 만나다)와 같은 기쁨이오. 만백성이 모두 춤을 추고 있소. 더구나 상심 크시던 성상께서 웃음을 되찾고 계시오. 성상의 영명하신 결단으로 이렇게 훌륭한 결과를 얻었으니 이는 나라의 경사가 아닐 수 없소. 이런 경사에 공연히 분란을 일으켜 재를 뿌릴 수는 없는 일이오. 이 일은 이대로 매듭짓고 헌부지례(포로를 임금께 바치는 일)를 거행하는 일이 마땅합니다."

"옳은 말씀이오."

"옳소이다."

이산해의 결론으로 모든 일은 매듭이 지어졌다.

1590년(선조 23년) 2월 28일 헌부지례가 거행되었다.

종의지는 일본 사절단의 부사이기 이전에 조선의 대마주 병마절도사(對馬州 兵馬節度使)였다. 그가 어명에 의하여 적을 무찌르고 그 괴수들을 잡아와 어전에 바치는 행사였다.

병사들의 호위 속에 종의지와 평조신이 말을 타고 앞장서고 그 뒤를 소가 끄는 4대의 함거가 따라갔다. 의금부가 있는 안국방(安國坊)에서 창덕궁에 이르는 연도에는 구경나온 백성들이 길을 가득 메우고 있었다.

행렬은 금호문(金虎門) 앞에서 멈추고 종의지와 평조신은 말에서 내리고 함거 속 포로들도 끌려 내렸다. 관원들의 안내로 그들은 인정전(仁政殿) 앞뜰로 나아갔다. 병사들의 삼엄한 경계 속에 문무백관들이 품계석을 따라 엄숙하게 도열해 서 있었다. 종의지와 평조신은 앞으로 나아가 죄수들을 꿇려 놓고 비켜서 두 손을 맞잡고 섰다.

잠시 뒤 군악이 울리더니 군복 차림에 칼을 찬 임금이 전상에 나타나 좌정했다. 예조판서의 구령에 따라 종의지와 평조신은 4배를 올리고 종이에 적은 것을 꺼내 읽으며 종의지가 전승을 보고했다.

"대마주 병마절도사 신 종의지, 어명을 받들고 나아가 적괴 사화동, 긴시요라 등을 포박하여 왔나이다. 이에 이들을 어전에 바치나이다."

종의지가 일본말로 읽고 평조신이 우리말로 옮겼다. 전상의 임금이 고개를 끄덕이자 의금부 당상이 앞으로 나와 그들의 죄상을 큰 소리로 읽어 어전에 보고했다. 보고가 끝나자 어명이 내려졌다.

"모두 역률로 다스려 즉시 참형에 처하라."

죄수들은 바로 끌려 나가 다시 함거에 실리고 아우성치는 군중 속을 지나 서문 밖 형장으로 끌려갔다. 죄수들이 나가자 임금은 종의지에게 내구마(內廐馬: 임금의 거둥에 쓰이는 말) 한 필을 선사했다. 그리고 종의지, 평조신 두 사람은 중신들과 전상에 올라 축배를 들었다. 중신들마다 두 사람의 충성을 극구 칭송하며 그들에게 술을 권했고 고마운 정을 표했다.

다음날은 예조판서가 동평관에서 성대한 연회를 베풀고 임금은 특별히 궁온(宮醞)을 내려 그들의 노고에 감사함을 표했다. 시도 때도 없이 쳐들어와 살인, 방화, 약탈, 납치를 일삼던 왜구해적의 두목들을 잡아 없앴으니 이제부터는 어김없는 태평성대였다. 그들을 잡아 보낸 풍신수길도 이제는 의리를 아는 지도자로 여겨졌다.

"이왕 보내기로 한 통신사이옵니다. 혹 시기를 놓치면 양국 사이에 틈이 생길 수도 있사옵니다."

조강에 참석한 신하들이 서둘 것을 건의했다.

"이제는 하루라도 빨리 사신을 보내어 답례토록 하고, 그들의 동정도 살펴오도록 하는 게 좋을 듯하옵니다."

통신사(通信使)

1590년 3월 5일, 이미 결정된 대로 통신 삼사는 창덕궁에 들어가 드디어 출발 인사를 드렸다. 임금은 술을 내 위로하며 당부했다.

"먼 길에 수고가 많겠소. 조심해서 무사히 다녀오길 바라오. 우리는 예의지국이고 저들은 미개한 오랑캐 나라요. 행동거지를 바르게 하되 교만하거나 업신여기는 일이 없도록 하시오. 우리의 국위를 선양하고 덕화를 펴도록 하시오. 그리고 그들의 새 왕과 나라에 대한 정황도 살펴보시오."

"어명을 받들어 명심 거행하겠나이다."

다음날 3월 6일, 삼사를 위시해서 통신사 일행 100여 명이 서울을 떠났다. 차천로(車天輅)를 포함한 문장가, 황진(黃進) 등 군관, 서기, 통변, 의원, 화공, 악공, 기수(旗手), 노자(奴子), 도우장(屠牛匠) 등이 포함되었다.

일본 사절단도 선위사 이덕형의 안내를 받으며 통신사 일행과 함께 귀로에 올랐다.

부산에서는 5척의 배가 통신사 일행을 기다리고 있었다. 통신 삼사가 각기 그 수행원들과 타고 갈 사선(使船) 3척, 식량 등 필수품을 싣고 갈 복선(卜船: 화물선) 2척이었다. 배에는 격군이 따르기 마련이었다. 이 5척의 배를 저어 갈 격군은 200여 명이었다.

4월 27일 도합 300여 명의 조선통신사 일행이 마침내 부산을 떠났다. 그리고 4월 29일 대마도의 북단 대포항(大浦港)에 이르렀고, 5월 4일 대마도의 수도인 엄원(嚴原)의 항구에 닻을 내렸다.

통신사 일행이 일본 땅에 발을 들여놓으면서부터는 예상과는 달리 마땅찮은 일이 자주 발생했다. 우선 일본측 선위사가 코빼기도 보이지 않았다. 당연히 선위사가 마중을 나와서 안내하는 게 도리였으나 그렇지 않았다. 김성일이 따졌다. 바닷길이 순조롭지 못해 도중에서 기다린다는 대답이었다.

일행이 객관에 들고 나서도 마찬가지였다. 도주 종의지부터 비위에 거슬렀다. 그는 객관으로 사신을 만나보러 올 때 예복이 아닌 평복으로 왔다. 아침이면 문안차 사람을 보냈는데 그 사람은 창칼을 든 병정들을 앞세우고 왔다. 확실히 미개한 오랑캐 나라였다.

현소, 평조신 등도 예의를 모르기는 마찬가지였다. 김성일이 도주 종의지에게 조목조목 따지고 국사(國使)에 대한 예의를 제대로 갖추라고 깨우쳐 주었다. 그래도 실례가 계속되자 김성일이 화가 치밀어 한바탕 소동을 일으키려 했다. 정사와 서장관 등이 말려 그때마다 주저앉고 말았으나 김성일의 속은 부글부글 끓었다.

그러다 마침내 피를 보는 사건이 터지고 말았다.

국분사(國分寺)라는 경치 좋은 산사에서 도주 종의지가 사신들을 청하여 잔치를 베풀었다. 사신들이 산사에 이르자 미리 와 기다리던 현소가 맞아들였다. 모두들 현소의 안내로 본당에 자리를 잡고 앉았다. 그런데 정작 초대한 주인공인 종의지는 뒤늦게 나타났다. 그러면서 그는 평교자(平轎子)를 탄 채 문안으로 들어와 마당을 가로지르고 층계 밑 섬돌에 이르러서야 내렸다.

화가 치민 김성일이 자리에서 벌떡 일어섰다.

"나는 자리를 떠야 하겠소."

현소를 향해 한마디 하고 밖으로 나왔다. 뒤따라 허성도 나왔다. 웬일인가 싶어 종의지가 우리 통변인 진세운(陳世雲)에게 물었다.

"몸이 편찮으시어 객관으로 가신다 합니다."

진세운은 사태를 파악했으나 사실대로 차마 말하지 못했다. 정사 황윤길은 일어서지 않았다. 두 사람을 빼고 잔치는 계속되었다.

다음날 종의지의 가신들이 객사로 문안을 왔을 때 통변 진세운이 엎어져 볼기를 맞고 있었다. 김성일이 통변에게 호통을 쳤다.

"어제 내가 왜 나왔는지 뻔히 알면서 어찌해 엉뚱한 대답을 했느냐? 법도를 들어 엄중 항의했어야 하거늘, 어찌해 몸이 편찮아 객관으로 간다고 둘러댔느냐? 네놈이 감히 사신의 체모를 망친단 말이냐? 중벌을 면치 못하리라."

이 소식이 전해지자 평조신이 당장 쫓아와 대신 사과했다.

"저희 부사께서 아직 젊은 탓에 예법을 잘 몰라서 큰 잘못을 저질렀습니다. 너그럽게 용서하십시오."

김성일은 언성을 높였다.

"대마도는 우리의 번신(藩臣)이오. 비록 그렇지 않다 해도 예법이 그럴 수가 없거늘 하물며 번신으로서 이럴 수가 있소? 한양의 동평관에 있을 때의 일을 상기해 보시오. 우리 선위사는 대문 밖에서 말을 내려 의관을 정제하고 들어가 예를 다했소. 이것은 종의지도 자기 눈으로 똑똑히 본 바요."

동평관에서 평조신도 다 지켜본 바였다.

"저희가 큰 잘못을 저질렀습니다."

대마도 사람들은 김성일의 성미를 이제 제대로 알아차리게 되었다. 사신들이 화가 나서 돌아갈 수도 있다는 생각이 들자 정신이 번쩍 들었다. 그리되면 그동안 애쓴 보람도 없이 대마도는 속절없이 망하고 말 것이었다.

그들은 의논 끝에 교군 한 사람을 바닷가로 데려가 목을 쳤다. 종의지는 죄 없이 베어진 그 교군의 머리를 들고 와 사죄했다.

"가마를 멈춰 세우라 했는데 교꾼들이 그냥 메고 들어갔습니다. 실례를 용서하시기 바랍니다."

그 뒤로 그들은 김성일에게는 실수가 없도록 조심하는 눈치가 역력했다. 그들은 김성일이 보이기만 해도 미리 말에서 내릴 정도였다.

정사 황윤길과 서장관 허성은 너무 깐깐하게 예법을 따지고 드는 김성일이 아무래도 불안했다. 예법을 모르는 오랑캐들에게 꼼꼼히 예법을 따지는 것은 잘하는 짓은 아니었다. 그러다 보면 마찰이 생겨 통신사의 일 자체에 차질이 생길 수도 있었다.

황윤길과 허성은 상의하여 김성일에게 편지를 썼다.

우리가 왕명을 받들고 절월(節鉞: 왕이 사명을 부여한 상징물)을 잡아 사명을 띠고 왔는데 체모를 지킨다 하여 사사건건 따지기만 해서야 되겠소? 노기를 띠고 꾸짖다 보면 평지풍파가 일어날 수도 있는데 그래서야 어찌 사명을 다할 수 있겠습니까?

김성일 역시 편지로 답장을 해왔다.

지금 겨우 그들 경계에 들어왔는데 스스로 신중하지 못하고 그저 왜인들의 마음 사는 일만 하고자 합니다. 저들이 비록 무식하기는 하나 매우 영리한지라 우리들의 어쭙잖은 행동을 왜 모르겠습니까? 그대의 병통은 내가 짐작건대 포사(怖死: 죽음을 두려워함)라는 두 글자에서 나왔습니다. 죽음이 두려워서 할 일을 제대로 못하는 겁쟁이란 말입니다.

김성일은 왜인들만 못마땅한 게 아니었다. 그는 우리 편도 왜인 못지않게 못마땅했다. 김성일이 보기에 황윤길과 허성은 왜인들이 무서워 체통을 잃고 그들의 비위만 맞추는 겁쟁이들이었다.

한편으로 황윤길과 허성의 눈에 비친 김성일은 미개해서 법도를 모르는 몽매한 왜인들에게 잘난 체하는 꼴불견이요, 시시콜콜 법도를 따져 평지풍파를 일으키는 골칫거리였다.

같은 객사에서 지내니까 매사 조용히 의논해서 행하는 게 당연한 일이건만 등을 돌리다 못해 숙소를 달리하면서 서로 편지로 공격하는 일이 자주 일어났다.

대마도에서 한 달을 보내고 일행은 일기도로 향했다. 일기도에 이르자 소서행장이 와서 기다리고 있었다. 그러나 사실은 통신사 일행을 맞이하러 온 것이 아니라 현소로부터 보고를 받기 위해서였다.

현소의 자세한 이야기를 듣고 난 소서행장은 적이 실망하는 기색이었다.

"통신사를 간절히 바란 것은 전쟁을 막아보자는 게 아니었소?"

"그야 그렇습니다만 … ."

"우리가 바라는 것은 관백에게 감명을 주어 전쟁을 일으키려는 관백의 마음을 돌리게 하는 것 아니오?"

"저들이 그런 일을 할 수 있습니까?"

"전에 일본에 왔던 정몽주(鄭夢周) 나 신숙주(申叔舟) 같은 인물이 왔다면 가능하지요."

이번의 통신사들 중엔 아무래도 그런 큰 인물이 없는 것 같아 실망스럽다는 뜻이었다.

이런 내막을 알 리 없는 조선사신들, 특히 김성일은 아직도 선위사가 나타나지 않는다고 불평을 토로했다. 현소는 소서행장이 선위사로서 여기까지 마중 나왔다고 했다. 그러나 선위사는 아프다는 핑계로 나타나지 않고 사람을 보내 문안을 드릴 뿐이었다.

일행이 적간관(赤間關: 하관) 을 지나 내해로 들어선 다음에야 겨우 선위사(소서행장) 와의 형식적인 상견례가 이루어졌다.

일행은 내해를 가로질러 대판(大阪) 근처 사카이(堺市) 에서 닻을 내리고 육지에 올랐다. 한동안 거기 인접사(引接寺) 에 머물다 7월 21일 그들의 황도(皇都) 인 경도(京都: 교토) 에 도착해 대덕사(大德寺) 라는 큰절에 여장을 풀었다.

조선통신사는 백년도 훨씬 넘어 오랜만에 왔다. 통신사가 지나는 길가에는 많은 사람들이 운집해 행렬을 구경했다.

여기 경도에는 천황(天皇)의 궁성과 관백(關白: 풍신수길)의 거성이 있었다. '취락제'라 불리는 거성은 실권을 가진 통치자의 집답게 궁성보다 몇 배나 더 거창했다.

〔관백이란 곽광(霍光)의 고사에서 따온 칭호였다. 중국 한나라 소제(昭帝)가 8세의 어린 나이로 즉위하자 무제(武帝)의 유조(遺詔)를 받들어 곽광이 대사마(大司馬) 대장군(大將軍)의 직책으로 어린 황제를 보필했는데 이때 '모든 국정을 그에게 먼저 아뢴다'는 데에서 유래했다. 《한서》(漢書) 〈곽광전〉(霍光傳) 중 "모든 정무를 곽광에게 먼저 아뢴 다음에 천자에게 아뢴다."(諸事皆先關白光, 然後奏御天子)〕

풍신수길은 그때 경도에 없었다. 그는 그해 3월 1일부터 전장에 나가 있었다. 아직도 그에게 복종하지 않는 동산도(東山道: 일본 동부) 지역을 20여 만의 대군을 거느리고 나가 토벌중이었다.

그는 7월 중순에 적의 본거지인 소전원(小田原: 지금의 동경 부근)을 점령하고 계속 북진하여 세력이 미치지 않던 여타 지역을 모두 다 장악했다. 이로써 풍신수길은 일본 전토를 통일하고 명실공히 일인자의 권좌에 올랐다.

9월 1일, 풍신수길이 돌아왔다. 경도는 천지가 진동하듯 요란했다. 수길은 일본통일을 완성한 터라 기분이 매우 좋았다. 조선사절단에 대해서도 부드러운 반응이었다.

"조선왕이 병중이라고? 왕의 사신이 왔으면 왕이 온 것이나 같은 게 아닌가?"

그동안 소서행장이 수시로 보고했고 최측근인 석전삼성, 천야장정(淺野長政) 등도 그럴듯하게 보고했다. 그래서 풍신수길은 조선사신이 조선국왕을 대신해 항복하러 온 줄로 알았다.

"전 일본을 통일한 이때 조선이 항복해왔으니 우리 영토가 두 배가 된 것이다. 참으로 역사적인 경사다. 우선 어전에 보고부터 해야겠다. 궁중에 들어갈 때 조선사신도 데리고 들어가 뵙도록 할 테니 그렇게 알고 준비하라. 보고를 마친 후에는 조선사신들을 내가 취락제에서 따로 만나볼 것이다."

풍신수길은 일을 거판하게 벌여서 자기 존재를 한껏 드높일 작정이었다. 애당초 일본의 천황은 누구 하나 받들지 않는 허수아비 신세였다. 세끼 밥을 먹기도 어려운 옹색한 형편으로 살았다. 초라한 허수아비이긴 했으나 그래도 형식상은 여전히 일본의 국왕이었다.

가문과 전통이 사람들의 행세에 지대한 영향을 미치던 시대에 풍신수길은 사실 내세울 게 전혀 없었다. 그는 머리가 잘 돌아갔다. 천황가를 이용해서 신분상승을 도모했다. 천황을 극진히 섬겼다. 천황일가를 위해서 식읍을 정해 주었고 놀랄 만큼 많은 돈(황금)을 주어 천황에 걸맞은 품위를 유지하며 살게 해주었다. 그러면서도 천황에 대한 예의를 잃지 않았다.

천황일가는 풍신수길이 그렇게 고마울 수가 없었다. 수길의 일이라면 무엇이든지 기꺼이 도와주었다. 수길은 한발 더 나아가 아예 천황가문의 일원이 되기로 했다. 수길로서 못할 일은 없었다. 그래서 태자의 둘째 아들 지인(智仁)을 수길의 유자(猶子)로 삼았다.

유자는 양자와 같은 입양관계였지만, 양자가 양부모 집에 와 사는 것과는 달리, 유자는 자신의 친부모 집에서 그냥 살았다. 수길은 장차 천황이 될 수도 있는 황손의 아버지가 되었다.

지금 수길이 보고드리러 가겠다는 후양성 천황(後陽成 天皇)은 수길의 양자 지인의 형이다. 천황은 몇 년 전 16세의 어린 나이로 등극했는데 물론 수길의 힘으로 그 자리에 앉았다. 언젠가는 수길의 아들이 천황이 되고 수길은 천황의 아버지가 될 것이라고 누구나가 짐작했다.

풍신수길은 보고하러 들어가기 전에 궁중에 따로 행사용 비용을 넉넉하게 보냈다. 물론 성대한 보고대회를 갖기 위해서였다.

그러나 이 보고대회는 소서행장 등에게는 대단히 난처한 행사였다. 풍신수길이 조선사신들을 데리고 들어가겠다는 것 때문이었다.

조선사신들은 결코 항복하러 온 게 아니었다. 많은 사람들 앞에서 조선사신들이 바른 말을 한다면, 특히 부사인 김성일은 분명히 한마디 하고야 말텐데, 그래서 자신들의 모사(謀事)가 드러난다면, 모두 목이 달아날 판이었다.

천황의 측근으로 우대신(右大臣) 금출천청계(今出川晴季)란 사람이 있었다. 명문가의 자손이었으나 걸식을 면치 못하던 신세를 수길이 돈도 주고 땅도 주고 벼슬도 주어 심복으로 심어 놓은 위인이었다.

행장과 삼성이 은밀히 청계를 초대했다.

"폐하께서는 외국사신을 만나보신 적이 있는지요?"

"아직 없지요."

"폐하께서 조선사신들을 만나는 일은 나라의 막중한 대사요. 만일 실수라도 하시면 보통 큰일이 아니오."

“하지만 전하께서 하시는 일인데요.”

“만약 실수가 있게 되면 바로 전하께 누를 끼치는 일이란 말이오.”

“그럼 어찌하면 좋겠습니까?”

“조선통신사는 황궁에 들어올 수 없다고 하시오.”

삼성이 단호하게 말했다.

“무슨 핑계가 있어야….”

“신탁(神託)이라 하면 되지 않소?”

“예, 그럼 신탁으로 하지요.”

“대감만 믿소. 그리고 입 밖에 내지 마시오. 잘못되면 목이 달아날 수도 있소.”

두 사람은 청계에게 커다란 금덩이를 쥐어 주어 돌려보냈다.

신탁이란 황실의 조상 천조대신(天照大神)의 신체라 하는 거울을 모신 사당에 들어가, 천황이 기도를 드리는 중에 듣는 신의 말씀이었다.

궁중에서는 식장을 꾸미고 연회장을 마련하는 등 관백의 보고대회를 치르기 위한 준비가 한창이었다.

청계가 갑자기 취락제로 달려왔다.

“전하, 천황폐하께서 신탁을 받으셨습니다.”

“그래? 무슨 신탁이라 하시던가?”

“폐하께서 일본사람 이외의 오랑캐를 만나시면 폐하께서 큰 탈이 나신다는 신탁이었다 합니다.”

“허어, 언제이신데?”

“목욕재계하시고 오늘 새벽에 온명전(溫明殿)에 드셨습니다. 먼동이 틀 때까지 계시다 나오셨는데 그런 신탁을 들으셨다 하셨습니다.”

수길의 인상이 찌그러졌다.

"험, 신탁을 다시 한 번 받아보시라고 말씀드리게. 행사계획은 바꾸기 어렵네."

청계는 시일을 끌었다. 신탁은 아무 때나 받는 게 아니라는 것을 풍신수길도 알고 있었다. 수길은 하는 수 없이 행사를 연기했다. 그러나 다시 받은 신탁도 똑같은 신탁이었다. 행사를 또 연기하고 기다렸다. 청계는 세 번째 신탁도 같은 내용이었다고 관백에게 전했다.

조선통신사에게는 궁성을 수리하는 중이라고 했다. 두 달이 지나자 풍신수길도 사절단 동행을 단념했다. 수길만 들어가 통일완수를 이룬 보고를 올렸다.

조선사신들은 어디 나갈 수도 없는 처지에서 몇 달을 무료하게 기다려야 하는, 답답하기 그지없는 세월을 보내고 있었다. 그러는 사이 허성은 군관 황진과 함께 기회 있을 때마다 거리에 나갔다.

김성일이 또 법도를 들먹였다.

"국서를 바치기도 전에 구경부터 하는 것은 법도가 아니오."

허성은 목소리를 높였다.

"법도 없는 나라에 와서 법도만 따질 셈이오? 사신으로 와서 아무것도 듣도 보도 못하고 돌아가자는 것이오? 일본의 정황을 살펴보라는 어명도 잊으셨습니까?"

조선사신들을 접대하는 사람들이 풍신수길과 일본의 현실에 대하여 가끔씩 들려준 것으로 알게 되는 정황도 물론 있었다. 그러나 직접 나가서 듣고 보아야 더욱 확실한 정황을 알 수 있었다.

허성은 계속 나다녔다. 황진과 함께 통변을 데리고 거리에 나갔다.

구경도 하고 사람들을 만나 이야기도 했다.

거리에서 만나는 무사들을 유심히 살폈다. 대부분 동부에서 개선하고 돌아온 무사들이었다. 기백이 넘치고 자신감에 차 있었다. 특히 군관인 황진의 눈에 그들은 백전에 단련된 불퇴전의 강병들이었다.

풍신수길이 조선과 명나라를 들이친다는 것은 가는 곳 어디서나 들을 수 있는 화젯거리였다. 일본에서는 전혀 비밀도 아니었다. 사람들은 서슴없이 말했다.

"관백전하는 백전백승하는 막강한 군사 수십만을 거느리고 있으니, 지금이라도 들이치면, 조선은 말할 것도 없고 명나라도 금방 전하의 땅이 될 것이다."

"그 나라에는 군사가 없다더냐?"

"조선에는 군사 같은 게 아예 없고, 명나라에는 썩어빠진 귀족들이 거느리는 군사들이 있기는 하나 나약하기 짝이 없다더라."

오랑캐라고 업신여기는 나라에 퍼진 소문은 결코 터무니없는 소문이 아니었다. 오랑캐나라 왜국이 어찌되었든 거리의 소문은 조선과 명나라의 사정을 잘 알고 있다는 증거였다.

"이번 전쟁에 나가면 먹을 것이 풍족한 조선의 토지를 많이 하사받을 수 있다고 하더라. 그러니 조선 정복군에 가담하여야 오래오래 떵떵거리며 살 수 있다."

거리의 이야기를 들으며 허성과 황진은 등줄기에 식은땀이 흘렀다.

그들은 그들이 보고 들은 바를 황윤길과 김성일에게 자세히 보고했다. 실상을 듣자 황윤길은 적이 놀랐다.

"여기서 들은 바와 같소. 아무래도 큰일이오. 빨리 돌아가 대책을 세워야겠소."

그러나 김성일은 곧이듣지 않았다.

"그래 봤자 별수 없는 오랑캐들이오. 오랑캐들이 지껄이는 소리를 곧이곧대로 믿는단 말이오?"

김성일의 눈에 왜인들은 여전히 떠들어 봤자 별수 없는 오랑캐들이었다.

1590년 11월 7일, 마침내 조선통신사의 접견이 이루어졌다.

통신사 일행은 가마를 타고 대덕사를 떠났다. 풍신수길 쪽에서 접반관 두 사람이 나와 안내를 맡았고 소서행장과 대마도 사람들도 함께 나섰다. 악대가 연주하며 선도하는 가운데 행렬이 지나는 길가에는 구경꾼들이 담을 쌓고 있었다.

일행은 가마를 탄 채 취락제 정문을 통과하여 정전의 앞뜰에 도착했다. 취락제 사람들뿐만 아니라 황궁에서도 대신들과 귀족들이 나와서 앞뜰에 줄서 있었다.

조선 사신단 중에서 8명이 당상의 정전에 오르게 되어 있었다. 황윤길, 김성일, 허성, 차천로 그리고 수행원 4명이었다. 수길의 양자 우희다수가(宇喜多秀家) 등 대신급 8명이 정전에 오를 조선 사신단 8명을 한 사람씩 맡아 당상으로 인도했다. 당상에 오르지 못한 나머지 사람들은 멀찍이 전정 뜰에 깔아 놓은 삿자리에 앉았다.

정전의 내부는 매우 간소했다. 관백이 정좌하는 좌석이 한 단 높은 위치에 있을 뿐 정전은 그냥 커다란 다다미방이었다. 거기에 100여 명의 신하들이 서차에 따라 정좌하고 있었다.

이윽고 검은색 사모를 쓴 풍신수길이 들어섰다. 예닐곱 명의 중신들이 그의 뒤를 따라 들어왔다. 방안에 있던 신하들은 두 손으로 방바닥을 짚고 머리를 조아렸다.

수길이 좌정하고 나자 안내에 따라서 사신단 8명이 일어서서 세 번 절했다. 마당에 앉았던 나머지 사신단원들도 똑같이 따라했다.

황윤길이 국서가 든 상자를 들어 올리자 종의지가 받아서 시종하고 있는 봉행(奉行)에게 넘겼다. 봉행은 상자를 머리 위까지 쳐들었다가 수길의 옆 탁자에 조심스럽게 올려놓았다.

"바다 건너 먼 길에 수고가 많았소."

수길이 한마디 했다.

"귀국에 발을 들여놓은 이후 극진한 대접을 베풀어 주셔서 대단히 감사합니다."

황윤길의 대답이었다.

수길 앞에서 국서를 읽는 절차는 생략되었다. 수길의 옆에는 조선 측 통변도 세우지 않았다. 소서행장과 석전삼성이 사전에 짜 둔 각본대로였다.

정전에 들어온 사신들은 풍신수길의 풍모를 처음 대하면서 꽤나 큰 실망감을 감출 수가 없었다. 겨우 5척쯤 될까? 바짝 마른 체구의 단신이었다. 조그맣고 거무스레한 얼굴도 참으로 볼품없이 생겼는데, 다만 작고 새까만 두 눈에서만은 요상한 광채가 반짝거리고 있었다. 생긴 것이 꼭 원숭이의 모습이었다.

'저런 사람이 일국을 무력으로 통일하고 전권을 틀어 쥔 영걸(英傑)이란 말인가?'

조선사신들은 그를 자꾸 흘끔거려보면서 야릇한 경이를 금할 수가 없었다.

국서를 바치고 나자 바로 연회가 열렸다. 참석자 앞에 조그만 상이 하나씩 놓여졌다. 상에는 떡 한 그릇, 귤 하나, 도미조림 한 접시, 그리고 질그릇 술잔 하나가 올려졌다.

시중드는 여자들이 잔에 탁주를 따르고 나갔다. 수길이 먼저 잔을 들어 올려 마시자 모두들 잔을 들어 한 모금씩 마시고는 잔을 내려놓았다. 안주도 집지 않고 대화도 하지 않고 조용히 앉아만 있었다. 수길의 다음 동작을 기다리는 듯했다. 사신들도 그대로 따라했다.

한참 동안 말없이 앉았던 수길이 일어서더니 역시 아무 말 없이 뒷문으로 나갔다. 좌중에서 조심스런 한숨소리가 터져 나왔다. 꼼짝 않던 일본사람들이 비로소 서로 소곤거리기 시작했다.

얼마 후 색깔 있는 히로소데〔광수(廣袖) : 일본인들이 목욕 후에 걸치는 옷〕 같은 긴 옷을 입고 허리를 졸라맨 웬 남자가 아이를 안은 채 히죽거리며 뒷문으로 들어왔다. 그러자 소곤거리던 일본사람들이 갑자기 조용해지며 두 손으로 다다미를 짚고 머리를 숙였다. 수길이 다시 들어온 것이었다. 그 무식하고 야만스런 거동에 조선사신들은 비위가 몹시 거슬렸으나 어쩔 수가 없었다.

"저 아이는 누구요?"

허성이 옆에 앉은 종의지에게 물었다.

"관백의 외아들입니다. 학송(鶴松)이라 하지요."

풍신수길은 어린아이를 안고 방안을 한 바퀴 휭 돌더니 앞뜰쪽 툇마루로 나가 섰다.

"저것들은 무엇인가?"

수길이 마당에 놓인 짐들을 턱으로 가리켰다.

"조선왕이 전하께 바치는 예물이옵니다."

종의지가 얼른 다가와 말했다.

"그런가? 무엇 무엇인고?"

종의지가 낱낱의 물건들을 가리키며 설명해 주었다.

"호피 100장, 인삼 1상자, 안장 2벌, 꿀 5통, 백미 50섬 …."

얼굴 가득히 밀리는 주름과 함께 흡족해하는 미소가 수길의 얼굴에 퍼졌다.

"하하, 고맙소다. 고맙소다."

"……."

"저기, 조선악공들인가? 한 번 연주를 해야지."

풍신수길이 마당에 줄지어 앉아 있는 사람들을 쳐다보며 한마디 했다. 종의지가 얼른 허성에게 다가와 연주를 부탁했다. 허성이 악공들에게 손짓을 하자 조선의 아악이 연주되었다. 수길은 고개를 약간 모로 꼬고 제자리를 맴돌며 경청하는 듯했다.

"이잇, 히히히 …."

갑자기 수길이 괴상한 웃음소리를 내질렀다. 시동이 뭐라고 외치면서 달려 나가자 금방 한 젊은 여자가 들어왔다. 그 여자는 수길에게서 아이를 받아 안고서 밖으로 나갔다. 그 뒤를 수길도 따라 나가더니 다른 히로소데로 갈아입고 들어왔다. 보아하니 아이가 수길의 옷에 오줌을 눈 것 같았다.

수길은 들어와 좌정하고 연주를 듣는 척했다. 그러면서 그는 마당

여기저기를 바보 같은 웃음기를 띠고 쳐다보고 있었다.

그런 수길을 보면서 황윤길은 그의 바보 같은 행동이 일부러 꾸민 가식일 수도 있다고 생각했다.

'평성(平城)의 속임수가 분명하다.'

외국의 사신단을 대할 때는 평소에 없던 위엄까지 보이려 애쓰는 것이 군주들의 통례인데 수길은 그와는 정반대였다. 상대방이 자신을 얕잡아 보아 자신에 대한 경계를 낮추거나 없애게 하는 고도의 술수가 틀림없다고 황윤길은 판단했다.

〔평성의 속임수: BC 200년, 한 고조 유방이, 흉노의 묵돌(모돈, 冒頓) 선우(單于: 흉노족의 추장)가 허술하고 무력하게 보이도록 한 유인전술에 말려 평성(중국 산서성 대동)까지 쫓아갔다가, 백등산(白登山)의 수모를 겪고 치욕적인 조약을 맺은 사건〕

연주가 끝나자 소리를 높여 감탄사를 연발했다.

"좋소. 좋아. 내 평생 이렇게 좋은 풍악은 처음이오."

그리고 좌중을 향해 선언하듯 한마디 더 했다.

"이제 사신들에게 상을 내리도록 하겠소."

시종 봉행이 시상 내역을 읽어갔다.

"정사와 부사 각 은 400냥, 서장관 300냥, 당상관(차천로 등 당상에 오른 사신단원) 각 200냥 … ."

통역과 악공 등에게도 조금씩 고루 시상이 있었다. 황윤길이 앞으로 나아가 감사의 뜻을 전하고 물러났다.

뒤이어 종의지와 평조신이 불려 나갔다.

"너희들 대마도 사람들의 공로가 가장 컸다. 너희 공로를 조정에 보고한즉 종의지에게는 참의(參議) 벼슬이, 평조신에게는 대부(大夫) 벼슬이 내려졌다."

모든 관작은 수길이 마음대로 정했으나 명예로 받는 왕조의 관작은 형식상 천황의 이름으로 내려졌다. 참의는 3품관이고, 대부는 5품관이었다. 천황 쪽에서 내리는 벼슬은 사실 실속은 없었으나 신분상으로는 매우 영예로운 것이었다. 그렇기에 행세에도 그만큼은 영향이 있는 것이었다.

종의지는 속으로 깜짝 놀랐다. 참의는 높아도 너무나 높았다. 그 자리에 앉은 수백 명의 장수들 중에도 3품관은 극히 드물고, 수길의 각부 장관인 봉행들조차 5품관이었다. 그런데 내려준다고 덜렁 받았다가는 아무래도 많은 사람들로부터 미운털이 박힐 듯했다.

"전하, 황감하옵니다. 제가 어찌 그런 높은 벼슬을 받을 수 있겠습니까? 분수에 넘치는 일이옵니다."

종의지는 사양할 수밖에 없었다.

"허어, 무슨 소린가? 그대들의 공로로 피 한 방울 흘리지 않고 조선을 집어삼켰는데 그만한 벼슬이 무어가 높다는 말인가?"

종의지는 물론 평조신도 등에서 식은땀이 흘렀다. 수길의 이 말을 조선사신들이 알아차리는 날에는 모든 일은 수포로 돌아가고 대마도 관원들은 모두 할복해야 할 판이었다.

"모든 것이 다 위대하신 전하의 덕망으로 이루어진 것입니다. 저희들이 한 일은 그저 미미할 따름입니다."

"허어, 젊은 사람이 겸손해서 더욱 가상하구나. 그렇다면 한등 낮춰 시종(侍從)으로 하지. 그리고 지금부턴 우시(羽柴) 성도 쓰도록 하지."

시종은 4품관이었으니 물론 봉행들보다 위였다. 우시 성은 수길이 풍신 성을 쓰기 이전의 성씨였다.

"전하의 은혜가 하해와 같사옵니다."

다시 더 말이 오고 갔다가는 무슨 사단이 벌어질지 몰라 얼른 대답하고 물러났다. 평조신도 함께 물러났다.

수길의 유쾌한 미소와 함께 식은 다 끝났다. 조선사신들은 시키는 대로 수길에게 절하고 물러나왔다. 사신들은 수길에게 한마디 말도 붙여볼 기회가 없었다. 그들의 수작이었지만 그 수작을 알 길도 없었다. 법도를 모르는 미개한 것들이어서 그러려니 하는 수밖에 없었다.

사신들의 접견이 무사히 끝나 한시름 놓고 있던 소서행장에게 금방 또 걱정거리가 생겼다. 풍신수길이 누구에게나 맞대놓고 떠들어대기 시작했다.

"드디어 조선이 항복해왔단 말이오. 조선이 말이오."

이 소문이 만약에 조선사신들의 귀에 들어가면 안 되는 일이었다. 조선사신들을 빨리 그리고 멀리 떼놓아야 했다. 현소가 조선사신들을 찾았다.

"떠나실 준비는 되셨습니까?"

"답서만 받으면 당장이라도 떠날 수 있습니다."

조선사신들은 하루라도 일찍 돌아가고 싶었다. 서울을 떠나 불편하고 불안한 이국땅에 머문 지 어느덧 반년도 벌써 지났다.

"관백의 말씀인데요, 오늘 여기를 떠나시어 경치 좋은 사카이에서 좀 쉬시라 하십니다."

"아니, 답서도 받지 않고 수도를 떠나라는 법이 어디 있소?"

김성일이 발끈하고 나섰다.

"답서는 신중하게 써야 하고 또 예물도 준비해야 하니 시일이 걸리는 것 같습니다."

"우리는 사신이 되어 국서를 받들고 여기 왔소. 그러니 답서도 없이 여기를 떠날 수는 없소."

역시 김성일이었다.

"관백의 말씀이니 어찌합니까?"

"아무렴, 손님이니 주인의 말을 따라야 하겠지요."

고집부려 더 잘될 일이 아니었다. 황윤길은 대답하며 허성을 돌아보았다.

"별 도리 없지요."

허성이 동의했다.

"나는 못 가오."

김성일은 버티었다.

"우리끼리 또 분란을 일으키잔 말이요? 어차피 안내하는 대로 따라야 하잖소. 어서 갑시다."

황윤길은 김성일을 달래며 수행원들을 불러 떠날 차비를 시켰다. 황윤길과 허성은 옷을 갈아입고 떠날 준비를 했으나 김성일은 앉은 채 꼼짝하지 않았다.

종의지가 수십 필의 말과 일꾼들을 데리고 와서 떠나는 일을 도왔다. 이윽고 접반관들이 현소와 함께 와서 일행을 안내했다. 사카이까지는 백리 길이라 하니 서둘러야 했다.

일행이 출발하여 한 마장을 더 갔는데도 김성일은 나타나지 않았다.

몇 사람이 되돌아 달렸다. 김성일도 어쩔 수가 없었다. 화를 삭이면서 예복을 차려 입고 말에 올라 뒤를 따랐다.

밤중이 돼서야 일행은 사카이에 도착해 인접사로 들어갔다.

숙소에 들어오자 김성일은 황윤길에게 화를 냈다.

"우리가 만만하게 보여서 저 무식한 것들이 더 홀대하는 것이오."

그저 법도만 따져 고집만 부리는 김성일이 황윤길은 한심했다.

"저들이 속내는 따로 있으면서 무식한 척하는 것도 모르겠소?"

김성일은 전혀 생각하는 바가 없는 것 같았다.

"무식한 것들이 속내는 유식하다는 말이오?"

"……."

황윤길은 대답하지 않았다. 그저 말싸움만 될 것 같아서였다.

고집 부려 김성일은 딴 방을 썼다.

"수길이란 자를 어떻게 보았소?"

조용해지자 황윤길이 허성에게 물었다.

"과연 보통의 군주는 아닌 것 같소. 비상한 권술 없이 무력으로만 천하통일을 하지는 못했을 것이오."

"수길의 그 유치한 행동은 어떻소?"

"아무래도 평성의 술수인 것 같소만…."

"허어, 그렇게 보았소? 어쩌면 그토록 내 소견과 같소?"

황윤길은 깜짝 놀랐다.

"밖에 나다니며 견문한 바로는 풍신수길이 그렇게 무식하고 야만스런 존재가 결코 아니었습니다. 소문에 떠도는 조선침공은 절대 허풍이 아닌 것 같습니다."

"잘 보았소. 큰일이오."

"하루라도 빨리 조정에 전해야겠습니다."

사카이에 와 기다린 지 보름이 다 되어갈 때 접반관 전전현이(前田玄以)가 평조신과 함께 답서라는 것을 가지고 인접사에 나타났다.

조선사신 세 사람이 모여 앉아 함께 그 답서를 읽어 보았다. 읽어 가는 동안 세 사람은 누구라 할 것 없이 답답하고 어이없어 한숨을 토해냈다.

"이걸 답서라고 받아가란 말이오?"

읽기를 마치자마자 김성일이 소리를 버럭 질렀다. 접반관 전전현이가 깜짝 놀라는 체하며 물었다.

"도대체 무슨 내용인데 그러십니까?"

승려 출신인 전전현이는 한문에 해박했고 답서의 내용도 잘 알고 있었다.

"조선국왕 각하라고 했는데, 우리 국왕이 일본의 신하란 말이오? 신하의 호칭인 각하로 써 놓았으니 말이오. 또 우리가 일본에 입조하러 왔습니까? 귀국은 먼저 달려와 입조(入朝)하였으니 어쩌고…, 아, 글쎄 우리 임금이 제후로서 천자인 당신네 임금을 찾아뵈었다는 뜻이 아니오?"

김성일이 분기를 참아가며 화낸 이유를 설명해 주었다.

"그런 내용이 있는 줄 몰랐군요."

전혀 모르는 척 전전현이는 두 손을 맞잡고 송구스러워했다.

"그리고 또 '내가 대명국에 들어가는 날 장병을 이끌고 군영에 나온다면 …' 그랬는데 당신네가 명국에 쳐들어갈 때 우리더러 병사와 물자를 동원하여 거기 참가하라는 얘기가 아니오?"

"그게 그런 뜻인가요?"

전전현이가 대답하는 동안 평조신은 꿀 먹은 벙어리처럼 이쪽저쪽으로 눈알만 굴리고 있었다.

"아무튼 저는 답서를 전달했으니 이만 돌아가 봐야겠습니다."

전전현이를 따라 함께 일어서는 평조신을 붙잡아 앉혔다.

"평 첨지는 잠시 여기서 기다리시오. 따로 드릴 말이 있소."

평 첨지와 통역 진세운은 그 자리에 남고 전전현이는 떠났다.

조선사신 세 사람은 옆방으로 옮겨서 대책을 논의했다.

"이것은 국서요. 아랫사람들이 제멋대로 이렇게 썼을 리는 없소. 틀림없이 풍신수길이 한 말을 옮겨 쓴 것인데 우리를 아주 깔아뭉개고 있지 않소? 아예 공갈 협박이란 말이오. 잔뜩 허세를 부리는 이따위 협박장을 국서라고 받아간단 말이오? 국서고 뭐고 내팽개치고 그냥 돌아갑시다."

김성일의 말이었다.

"국서의 꼴은 결코 아닙니다만, 공연히 허세만 부린 것은 아닌 듯하오. 이것이야말로 그의 속내를 보인 것이오. 저번 접견 때 풍신수길을 찬찬히 좀 뜯어보았는데 아무래도 큰일을 벌일 관상이었소."

황윤길의 말이었다.

"어림없는 말씀이오. 생긴 게 꼭 뚱간에 빠진 쥐새끼 같던데 뭘 벌인단 말이오? 그렇게 좀스러운 자가 어찌 감히 명나라를 치겠다는 상상이나 하겠소? 무지망작(無知妄作: 무지해서 망령되게 행동함)도 유분수지. 그만두고 돌아갑시다."

김성일이 언성을 높이자 허성이 가라앉은 목소리로 한마디 눌렀다.

"원래 무식한 놈이 일을 저지르는 것이오. 그렇지만 내 짐작에도 풍신수길이 그냥 허세만 부리는 것은 아닌 것 같소. 무식하다고만 얕잡아 볼 게 아니오. 내가 그동안 나가 본 거리의 정황으로 보아도 명나라는 둘째고 우리 조선을 먼저 치려는 게 틀림없는 것 같았소."

"아니, 서장관마저 왜 이러시오? 다 허풍 떠는 소리요. 그따위 답서는 필요 없소."

"허풍 떤다고 칩시다. 그것도 다 술수일 수도 있고…, 그리고 거리의 정황은 결코 허풍이 아니었소."

"듣기 싫소. 다 그만두고 떠납시다."

김성일이 벌떡 일어서 나가려 했다. 두 사람이 붙잡고 사정하듯 달랬다.

"지금 우리는 미개한 고장에 와 있소. 우리가 그랬다가는 무슨 짓을 당할지도 모르는 일이오. 답서 내용이 이대로는 안 되겠으니 고쳐달라고 해봅시다."

"현소는 글을 잘 아는 사람이니 부사께서 그에게 우리의 뜻을 적어 보내시지요."

허성이 차분한 말씨로 분위기를 눌렀다.

"누가 보아도 도저히 안 될 말들, 각하, 방물, 입조 같은 말들은 고치도록 해 봅시다."

"옳은 생각이오. 그 말만은 고쳐야겠소."

황윤길이 거들었다.

"국서를 고쳐서 받을 양이면 다 뜯어고치라고 합시다."

김성일이 한발 물러섰다.

"미개한 자들에게 너무 과격하게 나가는 것도 현명한 일이 아닐 듯하오. 여섯 자 정도로 마쳐 봅시다."

김성일은 두어 번 한숨을 쉬고 나서 붓을 들었다.

잠시 후 세 사람은 평조신이 있는 방으로 돌아왔다. 김성일이 편지를 평조신에게 내밀었다.

"현소 스님에게 갖다 드리시오. 그리고 국서를 고쳐 오도록 하시오."

황윤길이 국서를 내주었다.

"현소 스님을 모시고 곧 경도로 떠나겠습니다. 될수록 이른 시일 내에 돌아오겠습니다."

통역 진세운을 평조신에게 딸려 보냈다.

현소와 평조신은 경도에 올라가 소서행장과 종의지를 만났다. 그들은 소서행장의 안내로 국서를 작성한 상국사의 승려 승태를 찾아가 상의했다. 수길이 역정을 내면 안 되는 일이기에 글자를 최소로 줄여 '각하'와 '방물' 네 글자만 고쳐 보기로 했다.

종의지가 대마도로 돌아간다는 하직 인사차 풍신수길을 만날 때 승태가 동행하기로 했다. 종의지의 인사를 받자 수길은 조선에 들어갈 일을 생각하며 신이 나 있었다.

"내년에는 조선을 다스리러 들어갈 생각이네. 조선말 통역들이 많이 필요할 것이야. 그러니 그대들이 통역들도 준비하고 또 조선지도도 만들어 주어야 하겠어."

"예 예, 여부가 있겠습니까? 통역은 당장이라도 수십 명을 대령할 수가 있습니다. 그리고 지도도 아주 상세하게 만들어 드릴 작정으로 준비하고 있습니다."

대마도에서는 이미 이를 생존의 문제로 여겨 준비하고 있었다. 전에 귤강광이 데려온 조선사람들을 중심으로 많은 통역들을 길러냈고 그 중 일부는 밀정(정보원, 요코메)으로 여러 차례 무역선에 실어 몰래 조선에 들여보냈다. 밀정들은 중이나 백정, 유랑민 등으로 변장하고 팔도에 흩어져 들어가 모든 것을 정탐했다.

"대마도의 충성이 더욱 기특한지고."

"전하, 한 가지 청이 있습니다."

"청이라고? 대마도의 청이라면 무엇이든지 들어주지. 말해 보게."

"조선말과 일본말에 차이가 있어서인데요. 답서 중 몇 자만 고쳤으면 좋겠습니다."

"무슨 말인데?"

"예, 조선에서는 국왕을 전하라 하고 각하는 아주 밑바닥 사람을 가리키는 말입니다. 그래서 국왕전하라 하고, 그리고 방물(方物)이란 말은 아주 하찮은 물건을 뜻하는지라 그 말을 예폐(禮幣)라고 고쳤으면 좋겠습니다."

"뭐 별것도 아닌데 여기서 바로 고쳐 쓰시오."

수길은 동석한 승태에게 지시했다. 중 승태는 즉시 국서를 다시 쓰기 시작했다.

"그리고 또 종의지!"

수길이 불렀다.

"예, 전하."

“내가 명나라를 치러 갈 때는 조선왕은 군대를 이끌고 나와 앞장서야 할 테니 그렇게 준비하라고 일러주지.”

“예 예, 여부가 있겠습니까?”

“서장(誓狀: 서약서)을 받아오게.”

“예 예, 여부가 있겠습니까?”

승태가 국서 고쳐 쓰기를 마치자 수길이 거기에 관백의 도장을 찍어 주었다.

가도입명(假道入明)

종의지는 고쳐 쓴 국서를 받아 가지고 숙소로 돌아왔다. 대마도 사람들은 모여서 앞으로의 대책을 숙의했다.

"관백의 의도는 분명한 것 같소. 그러니 이제는 관백의 의도를 조선에 사실대로 전해주는 게 어떻겠소? 조선에는 인물들이 있을 테니 알아서 대책을 세울 게 아니오?"

소서행장의 말이었다.

"이제 와서 바른 대로 알리는 것도 난처하오. 우리 대마도는 여태까지 관백도 속이고 조선왕도 속여 왔소. 그래서 조선통신사들조차 사태를 알아차리지 못하고 있소."

평조신의 말이었다.

"이제 와서 진상을 알린다면 조선과의 관계는 악화될 것이고, 소문이 파급되어 우리가 관백을 속인 일이 탄로 납니다."

종의지의 말이었다.

"그렇게 되면 대마도는 전쟁이 나기도 전에 끝장날 것이오."

현소의 말이었다.

그들은 숙의에 숙의를 거듭했다. 그러다 마침내 그들은 기막힌 사자성어(四字成語) 하나를 만들어 냈다.

假道入明(가도입명)

"조선의 길을 빌려 명나라에 조공을 드리러 가는 것이다."

이렇게 조선에 알리자는 것이었다.

"그 조공의 길을 막으면 틀림없이 전쟁이 일어날 것이다, 그런 전쟁을 막을 대책을 강구해야 할 것이다."

이렇게 알리자는 것이었다.

"조선은 까다로운 나라요. 바다를 통해서 직접 조공을 바치라고 할 것이오. 우리가 명나라까지 가는 것은 고사하고 조선땅을 밟는 것조차 허락하지 않을 것이오."

"그러니 전쟁은 틀림없는 게 아니오. 그 사실을 알리자는 것입니다."

"그러면 조선도 전쟁준비를 할 것이고 전쟁은 오히려 앞당겨지고 아주 제대로 치르게 될 게 아닙니까?"

"그건 그렇지가 않소. 조선은 일본이 틀림없이 쳐들어올 것이라 확신하면, 바로 명나라에 알릴 것이오. 그러면 명나라는 전쟁에 말려드는 것을 싫어해서 일본에 사신을 보낼 것이오. 먼 거리에 사신들이 오고 가고 하다 보면 적어도 몇 년이 흐를 것이고, 그러는 사이 관백께서 돌아가시면 전쟁은 없는 것 아니겠소?"

소서행장의 말이었다.

"아니, 관백께서 돌아가시다니요?"

"평생을 전쟁터를 누비며 살다 보니 몸을 혹사해 기력이 많이 손상되어 있소. 관백이 된 이래로는 보신을 한다 하지만 연만한 나이에 젊은 여자들이 저렇게 주야로 곁에 모시고 있으니 관백의 장수는 기대하기 어렵소."

"참으로 그렇게 될 수도 있군요. 그런데 말입니다. 조선에는 알리는 것도 문제요. 웬만한 사람이 가서는 동래부에 전달하는 것이 고작일 것이고, 동래부사가 조정에 보고해 보았자 조정에서는 콧방귀도 뀌지 않을 것이오."

"그렇다면? 좋은 방법이 있소. 회례사를 보내면 될 것 같습니다."

조선 사정에 밝은 평조신이 의견을 내놓았다.

"맞소. 그것 참 좋은 생각이오."

소서행장과 종의지가 동의했다. 조선에서 통신사를 보내준 데 대한 답례로 일본국왕이 답례의 사신단을 보내는 것처럼 꾸미기로 했다. 사신단이 직접 한양에 들어가 조정에 알리자는 것이었다. 정사는 현소, 부사는 평조신이 맡기로 했다.

국서도 하나 더 쓰기로 했다. 현소가 적당히 좋은 말로 쓰고 내용 중에 한 가지 요구사항을 더 써넣기로 했다. 일본사람들이 내왕하던 삼포(三浦) 중 지금은 부산포(釜山浦) 하나만 남았는데, 일찍이 폐쇄된 염포(鹽浦: 울산)와 제포(薺浦: 웅천)를 다시 열어 달라는 요구사항이었다.

그리고 표류해온 조선사람들을 이번 회례사가 조선에 들어갈 때 함께 데려가기로 했다. 이들 조선인의 송환은 조선통신사들이 간절히 바라는 일이기도 했다.

합의가 끝나자 각자의 일을 위해 헤어졌다. 진세운이 고쳐 쓴 국서와 "넉 자는 고쳤고 조공은 조선의 안내에 따라 일본이 명에 입조하여 조공을 드리겠다는 뜻으로 쓴 것이라 그대로 두었습니다" 라는 현소의 편지를 가지고 왔다.

김성일은 화를 내며 펄쩍 뛰었다.

"다시 요구해 고쳐야 합니다."

"부사께서 화를 낼 만하지만 지금 글자 시비로 시일을 끌고 있을 때가 아니니오. 하루속히 돌아가 수길이 획책하는 바를 알려야 할 것이오."

"수길이 뭘 획책한단 말이오?"

"수길은 틀림없이 조선을 칠 것이오."

"수길 따위가 뭘 한단 말이오? 공연한 허튼소리에 벌벌 떨다니 … ."

"…… ."

황윤길은 대꾸하지 않았다.

"답서의 글자로 여기서 시비나 하고 있을 일이 아닙니다. 빨리 돌아가 그대로 보고하면 조정에서 대책을 강구할 것입니다."

허성의 말이었다.

김성일이 다시 현소에게 편지를 써 보냈으나 현소의 답장은 마찬가지였다. 그 밖에 항의할 대상도 없었다. 평조신도 종의지도 보이지 않았다. 선위사라고 하던 소서행장도 보이지 않았다. 김성일도 어쩔 도리가 없었다.

통신사 일행은 이제 회례사로 나타난 현소의 안내를 받아 사카이에서 배에 올랐다. 어느새 12월에 들어서고 있었다.

다음 해 1591년 1월 28일, 조선통신사 일행은 부산포에 도착했다. 현소 등 일본의 회례사 일행과 일본으로 표류해 갔던 조선인 9명과 함께 돌아왔다. 이 땅을 떠난 지 8개월 만이었다.

동래부사 고경명(高敬命)이 수행원들을 데리고 부두까지 마중 나왔다. 수행원 중에는 포졸들도 있었다. 고경명은 일본사신들을 왜관에 안내하여 간단히 대접하고 거기 유숙하게 한 다음, 통신사 일행을 데리고 동래로 향했다.

얼마 후 부산포가 보이지 않는 모퉁이 길에 들어서자 고경명은 행렬을 멈춰 세우고 돌아섰다.

"어명이오."

동시에 포졸들이 달려들어 일행 중 두 사람을 잡아 묶었다. 그리고 대기하던 두 대의 함거에 가두어 실었다. 함거에 실린 사람은 서장관 허성(許筬)과 수행원 성천지(成天祉)였다.

"쉬지 말고 직행하라."

곧바로 서울로 압송하도록 포졸들을 먼저 재촉해 보냈다. 고경명은 아무런 설명도 없이 다시 통신사 일행을 동래로 안내하여 갔다.

동래 객관에서 저녁에 부사의 위로연이 있었다. 사절단이 돌아온 날은 큰일을 무사히 마치고 돌아온 뒤인지라 안도에 따르는 유쾌함으로 해서 분위기는 으레 홍겹기 마련이었다. 그러나 이 저녁은 전혀 그렇지 못했다. 축배를 기리는 말 한마디 없이 지루하게 술잔만 오가고 있었다.

"어명이라 하니 참으로 조심스럽소만 도대체 무슨 일이오?"

수행원 차천로(車天輅)였다. 그는 사행기간 서장관 허성의 일을 도왔었다.

"역적 정여립과 연관이 있는 것 같소이다. 허성의 편지에서 정여립을 칭찬하는 구절이 발각되었다 하오. 성천지는 전주판관으로 있을 때 정여립에게 야장(冶匠: 대장장이)들을 수시로 보내주었다 하오. 돌아오는 대로 잡아 보내라는 어명이었소."

일행 중 여타 사람들에게는 관련이 없는 게 확인된 셈이었다. 다들 마음은 놓였으나 공기는 여전히 무거웠다.

연회가 파해 침소에 돌아온 황윤길은 붓을 들어 장계(狀啓)를 썼다. 사행 동안의 왕복 과정과 견문을 상세히 적고 자신이 파악한 일본의 실상과 관백의 인물 됨됨이를 요약해 적었다.

"…, 하오니 반드시 병화(兵禍)가 닥칠 것이옵니다."

고경명은 황윤길의 장계와 국서를 다음날 파발 편에 조정으로 올려 보냈다.

황윤길 일행은 아직 한양으로 바로 떠나지 못했다. 노자(일꾼) 격군(사공) 등 여기서 보수를 주어 해산시켜야 할 사람들이 많았다.

현소 일행도 선위사가 당도하기 전까지는 떠날 수가 없었다.

정사 황윤길의 장계를 받아본 선조와 신하들은 어처구니가 없었다. 임금은 얼굴이 핼쑥해지고 배석한 신하들은 숨을 죽였다. 개중에는 벌벌 떠는 사람도 있었다.

"일본이 쳐들어온다? 이게 말이 되는가? 통신사란 작자들이 귀신에

씌었단 말인가?"

도무지 믿을 수 없고 상상할 수도 없는 일이었다. 불과 작년 봄 저들은 왜구의 두목을 잡아 바치면서까지 친선의 성의를 다했다. 이쪽에서도 그 성의에 보답하고자 통신사까지 보냈다.

양국 간의 친선과 평화는 의심할 바가 없었다. 이런 가교 역할을 한 선위사 이덕형의 공은 실로 지대했다. 그래서 이덕형은 이조정랑(정 5품)에서 껑충 뛰어 직제학(정 3품)으로 승진했다. 30세 나이로는 파격적인 승진이었다.

그런데 풍신수길이 쳐들어온단다. 쳐들어온다는데 그냥 손 놓고 있을 수만은 없지 않은가? 대책을 세워야 했다.

"2품 이상 모두 들라고 하시오."

임금의 명에 모두들 모였으나 뾰족한 대책이라는 게 나오질 않았다. 너무나 큰 충격에 충동적인 대책이 불쑥거릴 뿐이었다.

"대대적으로 군사를 모집해야 합니다."

"삼도 해안에 성을 쌓아야 합니다."

"명나라에 알려야 합니다."

"군량을 비축해야 합니다."

밤늦도록 여러 의견이 오고 갔으나 여전히 마땅한 대책은 나오지 않았다.

"신립(申砬) 장군을 불러올려 대책을 물어보아야 합니다."

"참, 그게 좋겠소."

임금의 귀가 번쩍 틔었다.

신립은 당시 조선 최고의 명장이었다. 북방 오랑캐(여진족)를 여지

없이 물리친 명장으로 지금 평안병사로 가 있었다. 임금은 신립을 즉시 특진관(特進官: 경연에 참석해 임금의 자문에 응답하는 직책)으로 임명했다.

"통신사들이 올라오면 좀더 소상한 이야기를 들을 수 있을 것입니다. 그때 가서 신립의 의견도 듣고 다시 논의하는 게 좋을 듯합니다."

좌의정 정철의 건의였다.

회의를 마치고 신하들은 헤어졌다. 그런데 그날부터 전쟁이 일어난다는 소문이 퍼져나가기 시작했다. 서울 장안은 물론이요 먼 시골 마을까지 소문은 빠르게도 전파됐다.

사직지신(社稷之神), 이순신을 기용하다

조정이고 백성이고 마음은 들뜨고 일손은 잡히지 않았다. 임금은 비변사(備邊司)에 일러 장수가 될 만한 사람들을 추천토록 했다.

사태의 심상찮은 조짐은 인사이동에도 반영되었다. 그 중 가장 놀랄 만한 인사가 이순신(李舜臣)의 기용이었다.

정읍(井邑) 현감(종 6품)으로 있던 이순신이 진도(珍島) 군수(종 4품)로 승진 임명되었다. 그리고 임지로 떠나기도 전에 가리포(加里浦) 첨사(종 3품)로 승진되었고, 또한 부임하기도 전에 전라좌도(全羅左道) 수군절도사(정 3품)에 임명되었다.

이런 승진발령은 어처구니없을 만큼 놀라운 파격이었다. 종 6품 현감을 7단계나 특진시켜 정 3품 당상관인 전라좌수사로 임명했으니 가히 경악스러운 인사가 아닐 수 없었다.

우의정이면서 특명으로 이조판서를 겸하던 유성룡의 주도면밀하고도 끈질긴 추천이었다.

유성룡은 일본이 쳐들어온다면 바다의 방어가 가장 중요하다고 여겼다. 그렇다면 수군이야말로 조선 방어의 제일 보루가 아니겠는가? 이제 수군에 명장이 있어야 함은 절실하고도 다급한 문제였다.

유성룡은 그래서 여러 날의 노심초사 끝에 이순신을 전라좌수사로 천거했다. 유성룡은 소싯적에 같은 마을에 함께 살았던 이순신의 인품을 일찍부터 잘 알고 있었다.

유성룡은 또한 형조정랑(정 5품) 권율(權慄)을 의주(義州) 목사(정 3품)로 추천했다. 이 또한 4단계 특진의 파격적인 승진발령이었다.

시국이 수상한 탓도 있어 웬만한 파격에는 별말이 없었다. 그렇더라도 이순신의 인사에는 사간원의 반대가 특히·격렬했다. 이순신 이전에 전라좌수사로 임명된 사람은 원균(元均)이었다.

> 전라좌수사 원균은 전에 수령으로 있을 때 고적(考績: 관리의 근무평가)이 거하(居下: 탈락 평점으로 2년 동안 관리임용이 제한된다)였는데 겨우 반년 만에 좌수사로 순차를 뛰어넘어 임명하시니 출척권징(黜陟勸懲: 못된 사람을 버리고 착한 사람을 가려 써 권선징악의 뜻을 펴는 것)의 의미가 없다 하여 많은 사람들이 마땅치 않게 여깁니다. 교체시키라 명하시고 젊으면서도 무략이 있는 사람을 신중하게 선택하여 임명하시기 바랍니다.

원균의 임명을 철회하라는 사간원의 건의였다. 원균은 누가 추천했는지 추천자가 밝혀지지 않았다. 원균은 서인으로 여겨졌다. 원균의 부인이 서인의 실력자 윤두수의 친족이었기에 아마도 그쪽 편에서 추천했을 것이라고 추측할 뿐이었다.

당시 조정은 서인들의 세상이었다. 그런데 임금은 원균의 나이를 고려했음인지 경력을 고려했음인지는 모르지만 사간원의 건의를 바로 받아들였다. 원균 다음으로 임명된 사람은 유극량(劉克良)이었다.

> 전라좌수영은 바로 적을 맞는 지역이어서 방어가 매우 중요한 곳이므로 주장은 잘 가려서 보내야 합니다. 신임 수사 유극량은 인물은 쓸 만하나 가문이 한미하기 때문에 너무 겸손합니다. 군관이나 무뢰배들과도 서로 터놓는 사이여서 체통이 서지 않고 호령이 시행되지 않습니다. 변경의 일을 맡기기 매우 염려스럽습니다. 교체하시옵소서.

미천한 출신으로선 중책을 수행할 수 없다는 사헌부의 건의였다. 유극량의 모친은 면천(免賤)된 노비였다. 이 역시 임금은 건의한 대로 바로 윤허했다. 그리고 불과 5일 만에 이순신이 임명되었다.

> 전라좌수사 이순신은 군수로 아직 부임도 하지 않았는데 첨사로 승진 임명하시고 역시 거기 부임도 하지 않았는데 7단계 뛰어넘어 좌수사에 임명하시니 비록 인재가 부족하다 하오나 관작의 남용이 이보다 더 심할 수는 없습니다. 교체하시기 바랍니다.

사간원이 들고 일어났다. 그런데 이번에는 임금의 태도가 전혀 의외였다.

> 이순신의 일이 그렇다는 것을 나도 안다. 그러나 지금은 상규에 구애될 수 없다. 인재가 모자라 그렇게 하지 않을 수 없었다. 그 사람이라면 중책을 충분히 감당할 터이니 관작의 고하를 따질 필요가 없다.

다시 논의함으로써 그의 마음을 동요시키지 말라.

사간원도 물러서지 않았다.

이순신은 경력이 매우 짧으므로 중망에 부응하기 어렵습니다. 아무리 인재가 부족하다고 하지만 어떻게 현감을 갑자기 수사로 올려줄 수가 있겠습니까? 요행수를 바라는 길이 한번 열리면 뒤따르는 폐단을 막기 어려우니 빨리 교체시키시옵소서.

어찌된 일인지 이번엔 임금의 뜻이 요지부동이었다. 원균에 대해서처럼 이순신 역시 경력에 문제가 있었다. 파직과 백의종군이 있었다. 나이도 젊지 않았다. 이미 47세였다.

"이순신에 대한 일은 바꿀 수 있다면 어찌 그리하지 않겠는가?"

임금의 단호한 뜻에 사간원은 당혹해하면서도 따를 수밖에 없었다.

동인의 우두머리 유성룡이 천거한 이순신이었다. 그렇다면 이제 서서히 서인들의 세력을 깎아내고 동인들에게 힘을 실어주고자 함이었을까? 이순신의 잠재적 능력을 새삼 깨달아 이제라도 적소에 앉히려는 것이었을까?

재작년(1589년) 불차탁용(不次擢用: 순서를 따지지 않고 등용하여 씀)할 유능한 무장을 선정 보고하라는 임금의 명이 있었다. 그에 따라 비변사(정무와 군무의 최고기관)에서 보고한 바 있었는데 이순신은 이름 있는 고관들의 추천을 받았다.

이순신보다 무반(武班)의 선배요 매우 유능한 장수로 소문이 나 있던 원균은 아무도 추천하지 않았다. 추천받은 여러 사람들이 곧바로 병사, 수사, 목사 등 무관의 요직에 발탁되기도 했다.

이순신은 당시 최고의 실세인 영의정 이산해와 우의정 정언신이 추천했다. 당시 조선에서 무인을 알아보는 안목이 가장 탁월했던 정언신이 무명의 그를 추천했다는 것은 의미하는 바가 컸다.

"이순신도 중용하고 싶다, 참작해서 논의하고 보고하라."

중용하고 싶다던 당시 임금의 마음이 이제 좌수사 임명으로 나타났는지는 알 수 없었다. 유성룡의 인품과 예지에 평소 임금은 감동하고 있었는데 그런 유성룡이 그를 끈질기게 추천하는 바라 임금은 두 사람을 믿어보고 싶었다.

"이순신은 내가 책임진다. 더 이상 말하지 말라."

선조는 뜻을 굽히지 않았다.

애초에 유성룡은 이순신을 왜적 방어에 가장 중요한 요처에 보내고 싶었다. 그래서 크게 힘을 갖추어 제대로 실력을 발휘할 수 있도록 하고 싶었다. 이순신을 경상좌수영이나 경상우수영으로 보내고 싶었다. 만약 이순신이 전라좌수영이 아니라 경상좌수영이나 경상우수영으로 갔다면 임진왜란은 분명히 초기에 진압되었을 것이고 일본군은 조선 땅에 발을 내딛지 못했으리라.

그러나 그곳은 거기 걸맞은 경력과 중앙의 배경이 없이는 갈 수 없는 자리라는 점을 유성룡은 잘 알았다. 틀림없이 명장이 될 인물임을 강조하여 추천을 강행하면 역풍이 그만큼 더 거세어져 오히려 이순신에게 해가 될 수 있음도 유성룡은 간파했다.

그래서 그는 형세가 다른 세 수영의 2, 3분의 1밖에 되지 않는 전라좌수영을 택했다. 전라좌수영은 관할은 작고 말썽은 많아 골치 아픈 곳이었다. 좌수영은 5관 5포(五官五浦)였다. 관할구역이 겨우 열 곳이란 의미였다.

물론 그것도 반발이 거세었다. 그래도 임명이 철회되지 않은 것은 참으로 다행이었다. 유성룡은 임금께 내심으로 깊이 감사했고 돌아서서는 남몰래 가슴을 쓸어내렸다.

'조선의 사직지신(社稷之神)이 이순신을 기용하셨구나.'

유성룡은 진실로 사직지신이 돌보았다고 믿었다.

전쟁의 소문은 왕실의 내밀한 후궁에도 밀려들었다. 전쟁 소문이 퍼지자 후궁에서는 이에 못지않은 맹랑한 풍문이 밀려나왔다.

후궁 인빈(仁嬪) 김씨의 소생인 신성군(信城君)이 세자로 책봉될 것이라는 풍문이었다. 신성군은 겨우 열 살을 넘긴 어린아이였다. 정비(正妃) 박씨는 30대 후반에 들어선 지금도 소생이 없어 대군(大君) 왕자는 없었으나 후궁에는 젊은 여인들이 낳은 건장한 군(君) 왕자들이 바글거렸다. 이 난리통에 하필이면 어린아이를 세자로 책봉할 것이라는 괴(怪) 소문이었다.

비상시국이 닥치면 무슨 변이 일어날지 모르는 일이었다. 앞날을 위한 만전지책(萬全之策) 중에서 세자를 세워 두는 일은 빼놓을 수 없고 또한 서두르지 않을 수 없는 일이었다.

"이제 세자를 정할 때가 된 것 같소이다."

"만일의 사태에 혼란을 피하자면 지금 바로 세자를 정해 두지 않을 수 없소."

조정에서 이런 여론이 대세를 이루었다. 그러나 이 일은 신하들로서는 참으로 입에 담기가 어려웠다. 세자책봉은 왕실의 일이었고 임금이 알아서 정하는 것이 상례였다. 후계자 결정을 신하들이 건의하는 경우 임금의 노여움을 사기가 십상이었고 심지어는 죽음에 이를 수도 있었다. 세자를 세우는 것은 사실상 임금의 죽음을 전제로 하기 때문이었다. 그러기에 선조와 같은 범용한 군왕에게는 더욱 조심스러운 일이었다.

그렇다고 가만히 있을 수도 없었다. 대신들이 앞장설 수밖에 없는 분위기였다. 영의정 이산해, 좌의정 정철, 우의정 유성룡 세 사람은 경연 때에 함께 동석하여 일단 말을 꺼내보기로 합의를 보았다.

합의를 본 날 밤에 영의정 이산해는 극비리에 내수사(內需司) 별좌(別坐)로 있는 김공량(金公諒)을 사저에 불러들였다. 김공량은 선조가 가장 총애하는 인빈 김씨의 오라비였다. 선조가 인빈 김씨 소생의 어린 신성군을 세자로 책봉할 것이라는 소문은 이미 돌았다. 이산해가 김공량의 귀에 대고 무언가를 속삭이자 김공량은 깜짝 놀라 그길로 누이를 찾아가 이산해의 속삭임을 남몰래 속삭였다.

그날 밤 인빈을 찾은 선조에게 인빈은 흐느끼며 애원했다.

“정철이 광해군을 세자로 세워서 우리 모자(母子)를 죽이려고 흉계를 꾸미고 있다 하옵니다. 제발 저희 모자를 살려 주십시오.”

“이런 고이얀…. 염려 마시오. 과인이 이렇게 시퍼렇게 살아 있거늘 누가 감히….”

다음 경연 날이었다. 거기에 물론 삼정승도 다 참석했다. 그러나 경연이 끝나도록 아무도 세자 얘기는 꺼내지 않았다. 사태를 이미 예상한 영의정 이산해는 그런 말을 꺼낼 리가 없었다.

'임금이 뜻을 보이기 전에는 오히려 사태를 악화시킬 수 있다.'

사태 예견을 잘하면서도 매우 신중한 우의정 유성룡 역시 그런 말을 꺼내지 않았다. 예정대로 경연이 끝나가고 있었다.

"수고들 하였소. 이만합시다."

선조가 일어나려고 몸을 움직였다.

"전하, 오늘은 꼭 한 말씀 올리고자 하옵니다."

이산해의 짐작대로 역시 성미가 괄괄한 좌의정 정철이었다.

"말씀해 보시오."

선조가 자세를 잡았다.

"여러 왕자 분들께서 훌륭하게 장성하셨습니다. 그 가운데 특히 영특하신 분을 택하시어 후사를 세우시는 것이 어떻겠나이까? 이는 조정의 공론이옵니다."

"아니, 지금 무슨 말씀을 하시는 거요? 과인이 아직 멀쩡한데 후사를 세우자는 것은 무슨 뜻이오? 무슨 저의로 그런 말을 하는 것이오?"

아니나 다를까 선조는 얼굴색이 변할 정도로 대로했다.

정철의 기대와 달리 영상도, 우상도 여전히 입을 꾹 다물고 있었다.

"전하, 저희 뜻도 그러하옵니다."

갑자기 무너진 분위기를 세워보고자 대사간 이해수(李海壽)가 엎드렸다. 그러나 한마디 대꾸도 하지 않고 선조는 벌떡 일어나 이해수를 노려보며 밖으로 나가버렸다.

다음날 정철은 사표를 올리고 대죄(待罪)에 들어갔다. 며칠 후 정철은 좌의정 자리에서 쫓겨나 영돈녕부사(領敦寧府事)라는 한직에 임명되었다. 임금이 정철을 미워한다는 사실이 확인되자 반대파들의 규탄 상소가 빗발쳤다.

> 정철은 파당을 만들어 정사를 편당적으로 처리하였고 권력을 자의적으로 남용했습니다. 성품의 과격하고 부박함이 참람하며, 주색에 일탕하여 국사를 그르치고 사람을 해친 바가 과도하옵니다.

특히 정여립 역모사건을 당하여 정철의 과격한 처사 때문에 천여 명의 선비들이 억울하게 화를 입었었다. 거의 다 동인들이었다. 이제 그 보복이 이루어질 차례였다.

정철은 서인의 우두머리였다. 노회한 동인의 우두머리 이산해가 슬며시 쳐놓은 그물에 정철은 물론 그의 파당 서인들이 걸려들어 파직 당하고 쫓겨났다.

정철은 영돈녕부사에서 파직되어 한직에서조차 내쫓기고 종당엔 머나먼 북녘 강계로 귀양을 가 위리안치(圍籬安置)되는 신세가 되었다. 정철의 수족으로 분류되던 이해수, 이산보(李山甫) 등 많은 신료들이 탄핵을 받아 파직되고 귀양길에 올랐다.

일본에서 돌아오며 정여립 사건의 연루자로 함거에 실려가 옥에 갇혔던 허성(許筬) 등은 덕택에 무죄 방면되었다.

폭풍은 다가오는데

황윤길의 장계로 인해 조정이 어수선해진 가운데 3월에 들어서자 일본에 갔던 통신 삼사가 한양에 돌아와 임금을 뵈었다.

선조가 정사(正使) 황윤길에게 물었다.

"일본이 과연 쳐들어올 것 같소?"

"그러하옵니다. 분명 쳐들어올 것입니다."

황윤길은 장계에서 대강 보고한 일본 견문과 실상을 이제 말로써 생생하게 설명했다. 특히 일본 내에 파다하게 퍼진 조선과 명나라에 대한 침공 소문, 일본사람들이 조선침공에 참여하려는 마음가짐, 노련한 강병으로 단련된 일본군의 실태, 만나 본 일본고관들의 언동, 일본 조야에 알려진 풍신수길의 위력, 일본에서 파악한 풍신수길의 인생역정 등을 세세히 보고했다.

"전하, 하오니 기필코 만전의 대비책을 강구토록 하옵소서."

황윤길의 목소리는 비장하기까지 했다. 분위기는 침통해지고 임금은 미간을 찌푸렸다.

"부사의 소견은 어떻소?"

선조가 부사(副使) 김성일을 쳐다보았다.

"신이 보기에 풍신수길이란 자는 미친놈임이 틀림없사옵니다."

좌중에서 킥킥거리는 소리가 들리고 임금은 찌푸렸던 눈살을 폈다.

"미친놈이라? 허어, 어째서 그렇소?"

"그의 거동은 전혀 정상이 아니었습니다. 외국의 사신들을 만나는 자리에서 아이가 귀엽다고 안고 왔다갔다하며 방정맞게 수선을 떠는 놈이었습니다. 그런 작자가 지껄이는 소리를 사실이라고 어찌 믿을 수 있사옵니까? 지략도 포부도 없는 괴수에 불과하옵니다. 조선이고 명나라고 쳐들어간다는 것은 흰소리에 불과하옵니다."

좌중은 크게 킬킬거리고 선조는 환한 얼굴이 되면서 이번에는 허성에게 물었다.

"그래, 서장관은 어찌 보았소?"

"신이 수행원과 군관을 대동하고 여러 차례 밖에 나가 보았습니다. 신의 관견(管見)으로는 정사의 판단이 정확하옵니다. 외국사신을 접견하는 자리였기에 왕자(王者)의 권위가 돋보이도록 처신하는 것이 정상이었을 것입니다. 그런데 풍신수길은 경망스럽고 천박하게 굴었습니다. 소신이 보기에는 상대를 방심시키고 침략 의지를 감추기 위해서 일부러 그런 것 같았습니다. 필히 대비책을 강구해야 하옵니다."

화색이 다시 사라진 선조가 짜증을 털어놓았다.

"도시 종잡을 수가 없구먼. 다른 의견들을 말해 보시오."

선조가 좌중을 둘러보았으나 아무도 입을 여는 사람이 없었다.

당쟁이 우심한 때였다. 당쟁의 상투적 행태는 무조건적이었고 당동벌이(黨同伐異: 시비를 가리지 않고 뜻 맞는 사람끼리 한 패거리로 뭉쳐 그렇지 아니한 자들을 배척함) 적이었다. 자당은 무조건 옹호하고 타당은 무조건 반대했다. 그러나 지금은 말을 함부로 할 수가 없었다. 삼사의 의견이 전혀 당파적이 아니기 때문이었다.

정사 황윤길은 서인이었고, 부사 김성일은 동인이었다. 서장관 허성도 동인이었으나 허성은 서인 황윤길의 의견을 존중했다. 모두 소신대로 의견을 말한 것이었다.

임금도 신하들도 어찌 생각해야 할지 난감하긴 마찬가지였다. 선조는 무엇이 궁금했던지 무거운 침묵을 깨면서 황윤길에게 물었다.

"풍신수길은 어떻게 생겼는고?"

"허우대는 별 볼품이 없고 행동거지는 같잖게 보였으나 눈에서는 광채가 번득였습니다. 지략과 배포가 보였습니다."

"허어, 그렇소? 부사는 어찌 보았소?"

김성일에게 물었다.

"수길이란 자는 생김새도 그렇지만 특히 그 눈이 꼭 측서(厠鼠: 뒷간에 사는 쥐)와 같았습니다. 전혀 두려울 게 없습니다."

"측서와 같다고? 허허허."

임금이 웃자 좌중에는 폭소가 터졌다. 두려움은 순식간에 사라졌다. 임금과 신료들은 가슴을 폈다. 수길이 쥐새끼라면 일본은 쥐떼의 나라였다. 왈가왈부가 아예 도로(徒勞)인 셈이었다.

역시 김성일이었다. 퇴계 문하의 수재였다. 고매한 식견과 위엄찬 품행으로 해서 일본사람들을 두려워 떨게 만들었다 하지 않던가? 황윤길은 겁을 먹고 일본사람들이 시키는 대로 따라하다 돌아왔다 하는데 허성도 황윤길이 옳다 하니 믿을 건 역시 김성일뿐이었다.

"부사의 판단이 옳은 것 같소."

선조가 미소를 머금고 김성일을 쳐다보았다.

"일본 국서의 요지도 풍신수길이 호언장담으로 우리를 겁주자는 데 있을 것입니다. 하오니 개의치 마시옵소서."

김성일이 한마디 덧붙였다.

일본의 침공은 없다. 안도하는 화색이 좌중의 얼굴들에 쫙 퍼져나갔다. 과연 그렇다. 쥐새끼의 허풍에 떨어야 할 이유는 없다. 임금도 신하들도 전쟁은 결코 없을 것이라 믿었다.

그들은 냉정한 판단에 의해서 믿는 것이 아니라 그저 믿고 싶은 것만을 믿는 것이었다.

'풍신수길이나 일본의 허풍에 떨어서는 안 된다.'

신료들은 김성일을 우러러보면서 황윤길 등을 얕잡아 보기 시작했다.

"그건 그렇고, 일본 국서에 '군사를 거느리고 명나라에 뛰어들겠다'라는 말도 있는데 이런 사실을 명나라에 알려야 하지 않겠소?"

선조가 물었다.

"그러하옵니다. 자세한 내용을 적어 곧바로 명나라 조정에 알리는 게 마땅한 도리이옵고, 또한 예상되는 후환을 막을 수도 있는 길이옵니다."

좌의정 유성룡의 대답이었다. 유성룡은 풍신수길이 공연한 허풍을 떨고 있다고는, 또한 전쟁이 결코 없을 것이라고는 여기지 않았다.

"확실한 증거도 없이 명나라에 알릴 수는 없는 일이옵니다. 그리고 명 조정에서는 우리가 일본과 사사로이 통했다고 책망할 수도 있사오니 아직 이런 사실을 숨겨두는 게 좋을 듯하옵니다."

영의정 이산해의 말이었다.

"지금 곧 사실대로 알려야 하옵니다. 일어난 사실을 숨기고 알리지 않는 것은 대의에도 어긋날 뿐만 아니라, 만일 적이 실제로 침범할 모사를 꾸미고 있을 수도 있는데, 이런 사실이 다른 곳을 통해서 명 조정에 알려지면 더욱 난처하게 되옵니다. 우리가 왜국과 공모하기 때문에 숨긴다고 의심받을 수도 있습니다. 그리되면 죄는 통신했다는 것만으로 그치지 않을 것이옵니다. 사실대로 즉시 알리는 것이 최상의 방책인가 하옵니다. 일찍이 성화(成化) 연간의 전례도 있사오니 바로 알리도록 하옵소서."

〔성화는 명 헌종(憲宗)의 연호(年號, 1465~1487). 성화 연간에 일본이 조선을 통해 명에 조공하기를 청하므로 이를 사실대로 바로 명에 알렸는데 명은 조칙을 내려 일본을 회유했다.〕

유성룡이 다시 아뢰었다. 그는 역시 사태 예견이 예리했다. 그는 일본의 침공을 환란 없이 막는 길은 오로지 명나라에 의한 회유밖에 없다는 것을 확신하고 있었다. 그래서 그 전례를 일부러 상기시켰다.

"전하, 일본의 회례사가 아직 부산에 있사옵니다. 그들이 올라오면 그들의 이야기도 들어보고 또한 선위사의 의견도 들어본 연후에 결정하는 게 좋을 듯하옵니다."

부제학 김수(金睟)의 건의였다.

"좋은 생각이오. 그들 이야기도 한번 들어봅시다."

임금이 일어나 안으로 들어가자 신하들도 헤어졌다. 일단은 전쟁은 없는 것으로 여겨졌다. 바라던 결론이었다.

조정에는 화기가 돌고 백성들도 생기가 돌았다. 사랑과 주막에서도 웃음소리가 높아지며 좀더 많은 술잔들이 돌았다. 술잔들이 돌 때마다 통신사들에 대한 이야기도 안줏거리가 되었다.

"김성일이야말로 조선의 자랑일세."

"사신으로 가서 쥐새끼 같은 것들에게 겁을 먹다니 그게 말이 되나?"

"황윤길 말인가?"

"그 사람뿐만 아니라 허성도 그렇고 수행원들도 그렇고…. 왜놈들이 쳐들어올 것이라고 여전히 헛소리들을 하고 다닌다네."

"겁쟁이들만 따라간 모양이지."

전쟁이 없다면야 그 이상 바랄 게 없지만 유성룡은 조야의 대세에도 불구하고 미심쩍기는 마찬가지라고 생각했다.

일본에 다녀온 사람들 대부분이 전운(戰雲)을 감지하는데, 유독 김성일 혼자만 일본의 여러 징후들을 깡그리 무시하는 게 마음에 걸렸다.

유성룡은 김성일을 찾아보았다. 벼슬은 유성룡이 훨씬 높았으나 김성일은 나이도 연상이고 퇴계 문하의 선배였기에 유성룡이 먼저 찾아가 공손히 물었다.

"부사의 말씀이 확고한데 말씀과는 달리 만일 일본의 침공이 있다면 어찌할 것이오?"

"일본이 끝까지 동병(動兵)치 않는다고 나도 단언할 수는 없소. 하지만 정사의 보고가 너무 지나쳐 조야가 놀라고 겁먹어 어쩔 줄 모르니 이를 풀어야 하겠기에 한 말이오."

'허어, 이 사람이 이거 큰일 낼 사람 아닌가? 사실은 자신도 일본의

침공여부에 대한 확신이 없지 않은가? 그렇다면 이거 참으로 큰일이 아닌가?'

유성룡은 내심 깜짝 놀랐다. 불안하고 미심쩍기 이를 데 없었다.

통신사 일행이 조선에 돌아온 후 일행들 대부분이 자신들의 견문을 이야기하는데, 어느 한 사람도 자기와 의견을 같이하는 사람이 없다는 것을, 김성일은 새삼스럽게 깨닫기 시작했다.

'아무래도 내가 잘못 본 게 아닐까?'

그러나 그것도 자신이 없었다.

'내가 잘못 판단했는지도 모른다.'

그는 그렇게 느끼기 시작했다. 그렇다고 이제 와서 그렇게 말할 수도 없었다.

그런데 일본사신들을 안내하러 부산에 내려간 선위사로부터 긴급 장계가 올라왔다.

"저들을 세심히 관찰 탐문한바 필시 병화(兵禍)가 닥칠 듯하옵니다."

선위사는 전한(典翰) 오억령(吳億齡)이었다. 정철의 측근으로 치부된 서인이었다. 그러나 남달리 안목이 높고 매사에 신중한 성품이었기에 그의 의견은 늘 존중되었다. 그래서 선위사로 임명해 보냈다. 그가 일본사신들을 접촉한 후 내린 판단은 그래서 정확한 것이었다.

"아니, 전쟁이 터진다고?"

조정은 다시 시끄러워졌다. 터진다. 터질 리가 없다. 다시 전쟁을 생각하려니 가슴이 내려앉고 등골이 오싹했다.

그런데 아무리 생각해 보아도 일본이 쳐들어올 까닭이 없었다. 지난해 저희들 손으로 왜구의 두목을 잡아다 바쳐가며 성의를 다했고, 우리 또한 성의에 보답하고자 통신사를 보내지 않았던가. 조선이 풍신수길과 원수진 일도 없는데 까닭 없이 쳐들어온다는 것은 도리상 말이 안 되는 일이었다.

전쟁이 없기를 바라는 마음들이 다시 대세를 이뤄갔다.

"오억령조차 겁쟁이인 줄은 몰랐다."

"저런 겁쟁이가 선위사를 계속하다가는 헛소문만 퍼져 미리 난리가 날 것이다."

"선위사를 바꿔야 한다."

마침내 임금조차 동조했다. 줏대 있는 사람으로 소문난 응교(應敎) 심희수(沈喜壽)가 새 선위사로 임명되었다.

"돌아오는 대로 교체하라."

일본 회례사 현소 일행을 동평관까지 안내하고 나서 오억령은 조정에 들어가 보고했다.

"전란이 불가피한 듯합니다. 대책을 서둘러야 하겠습니다."

오억령은 그간 회례사들과 주고받은 이야기를 정리한 문답록(問答錄)도 제출했다.

"수고했소. 선위사 일은 심희수에게 인계하고 집에 가서 쉬시오."

전혀 뜻밖이었다. 알고 보니 저들의 침략 협박에 놀아난 겁쟁이라는 것이 교체의 사연이었다. 오억령은 한심스런 실소를 금할 수 없었다.

"아니, 선위사가 교체되면 왜놈들의 침략도 교체된단 말인가? 나라를 망치는 자들이 가득하니 이제 일은 크게 벌어지게 되었구나."

일본사신들이 동평관에 든 며칠 후 임금이 통신사로 일본에 갔던 황윤길과 김성일을 불렀다.

"일본사신들과 이제 구면이 아니겠소. 두 분이 나서서 저들에게 환영연을 베풀어주는 게 좋겠소. 터놓고 이야기할 만도 하니 저들의 속셈을 다시 한 번 떠보시오."

불편한 격식을 빼버린 유쾌하고 풍성한 잔치가 동평관에서 벌어졌다. 허물없는 사이처럼 분위기가 부드러워져 술기운 따라 웃음소리도 높아갔다. 김성일이 현소에게 눈짓을 했다. 현소가 알아차리고 김성일을 따라 딴 방으로 옮겨 갔다. 통역 한 사람을 사이에 두고 둘이 마주 앉았다.

"나는 전부터 도대체 이해가 되지 않소. 관백이 조선 길을 빌려 명을 친다는 게 무슨 말이오?"

김성일이 물었다.

"그저 한 가지 뜻이오. 명은 우리 일본의 조공을 받지 않은 지 오래되었소. 이런 수치스러움에 분개하여 보복하려는 것이오."

현소의 말은 간단하고 명확했다.

"옛날처럼 조선을 거치지 않고 바다를 건너 영파(寧波) 쪽으로 가면 될 게 아니오?"

"그걸 어찌 모르겠습니까? 그건 명과 합의한 뒤의 일이 아닙니까? 지금은 형세가 매우 급박합니다. 그러니 조선에서 주선해 주십사 하는 게 아니겠소? 조선의 주선으로 명이 일본을 회유하면 전쟁은 일어나지 않을 것이오. 만일 전쟁이 일어나면 일본은 물론이요 조선도 그 고통이 얼마나 크겠소? 제발 조선에서 주선을 좀 해주시오."

"허 참, 주선해라, 안 하면 전쟁이다, 그러는데 도대체 전쟁을 할 이유가 어디 있단 말이오?"

김성일이 다시 판단해 보니 전쟁은 아무래도 터무니없는 일이었다.

현소 생각으로는 김성일은 도대체 머리가 돌아가지 않는 사람이었다. 일본에 통신사로 왔을 때와 조금도 다르지 않았다. 조선 선비의 오만하고 경직된 사상과 자존심에서 한 뼘도 벗어나지 못하고 있었다. 너무나 답답해 현소는 말없이 김성일을 노려보기만 했다.

"스님, 말이 막혔소? 왜 갑자기 말이 없으시오?"

빈정거리는 투의 말에 현소는 소리를 버럭 질렀다.

"옛날 고려와 원나라는 무슨 이유가 있어서 일본에 쳐들어왔던 거요? 그렇게도 머리가 돌지 않소?"

"허어 참, 별 엉뚱한 소리를 다 듣겠소. 아무리 할 말이 없기로서니 몇백 년 전의 일을 끌어대시다니요."

현소는 무슨 말을 해야 상대가 알아들을지 몰라 참으로 답답했다.

"정신 똑바로 차리고 내 말 잘 들으시오. 관백은 내년에는 반드시 조선을 들이칠 것이오."

현소는 에둘러 이야기할 방도가 서지 않았다. 이제 사태의 핵심을 다 털어놓는 수밖에 없었다.

"스님은 불제자이면서 입만 열면 항상 전쟁이다 침공이다 하십니까? 스님까지 협박하고 나서니 더욱 가소롭지 않소?"

"참으로 답답하시오. 오죽하면 중도 이러겠소? 이것은 협박이 아니고 현실의 급박이오."

"양국 간 도리로 보아서 전쟁은 있을 수 없는 일이오."

"전쟁을 도리로 합니까? 조선백성이 다 도륙을 당해도 도리만 따지겠습니까?"

"으름장이 심하시구려. 듣기 거북하오."

김성일은 일어서고 대화는 끝났다.

무슨 일에나 항상 사람이 문제였다. 다음날 조회에서 김성일은 동평관 연회의 자초지종을 보고하고 끝을 맺었다.

"그들은 여전히 협박이올시다."

임금 이하 대신들도 달리 말이 없었다. 전쟁이 없기를 바라서 전쟁이 없다고 단정하는 사람들이었다.

'가소로운 것들이구나.'

그들은 속으로 콧방귀를 뀌고 있었다.

'대세가 이렇다면 더 큰일이 아닌가? 침공인지 아닌지 모를 때는 침공으로 알고 대비하는 것이 순리가 아닌가?'

유성룡은 은밀히 허성에게 의견을 묻는 편지를 보냈다. 당파를 떠나서 일본의 실상을 말하는 그의 관찰력에 믿음이 갔기 때문이었다.

얼마 후 허성의 답장이 왔다. 김성일을 보는 그의 견해가 자신의 견해와 너무나 똑같아 유성룡은 내심 깜짝 놀랐다.

부사 김성일도 일본에 가서 자신의 눈과 귀로 풍신수길의 존재를 확인했습니다. 군웅쟁패의 전국(戰國)을 통일한 지략과 야심의 효웅(梟雄)이란 것을 일본천하가 다 수긍한다는 점도 확인했습니다. 또한 풍신수길을 만나던 당시, 북벌(北伐)을 하고 돌아온 그의 주위에서, 전쟁 이외에는 마땅히 임무를 부여해 소화시킬 방도가 수월치 않은, 수십만의 전문 군병집단이 웅성거린다는 사실도 확인했습니다.

겉으로 표방하는 이유가 무엇이든, 풍신수길이 그 군병 집단에게 활로를 열어주는 길은 조선이나 대륙정벌밖에 없습니다. 그 길밖에 없다는 것은 풍신수길이나 그 군병집단이나 그 나라 백성이나 다 알고 있었습니다. 왜냐하면 조선과 명나라 침공은 일본에서는 이미 공개된 소문이었기 때문입니다.

통신사 일행 중 거리에 나갔거나 일본인들을 만났거나 소문을 들은 자는 누구나 쉽게 그런 실상을 알 수 있었습니다. 돌아온 일행들 거의 다 조선침공의 징후를 보았는데, 유독 부사만 무시하는 것은, 부사의 판단이 비정상이라는 반증도 됩니다. 부사가 지금도 풍신수길의 조선침공을 여전히 허풍을 떠는 협박으로만 치부한다면, 그것은 조선과 조선백성을 앞장서서 망치겠다는, 대단히 무모하고 방자한 오만임에 틀림없습니다.

누구보다도 도리를 앞세우는 김성일로서는 차라리, '소신으로서는 저들의 의중을 확실히 알 수가 없사옵니다', 이렇게 보고하는 것이 조당에 선 선비로서 백번 합당한 도리일 것입니다. 김성일 자신도 마음속으로는 여전히 '전쟁은 절대로 없다'고 확실하게 단정짓지는 못할 것입니다. 왜냐하면 그의 말과 주장에는 누가 보아도 합당한 사실은 없고, 자신의 편견과 자만으로 보는 일본에 대한 멸시밖에 없기 때문입니다.

일언이폐지(一言以蔽之)해서 정사 황윤길의 보고가 정확한 것이오니 시급히 전쟁대비를 서둘러야 할 것입니다.

유성룡은 일본의 침공을 확신하게 되었다. 그런데 조정의 대세는 일본인들이 허풍을 떤다는 쪽으로 기울었다. 그래서 달갑잖은 일본사신들을 하루라도 빨리 쫓아 보내고자 했다. 그들은 새로운 답서를 예조에 올리고 나서, 하루빨리 국왕 접견을 시켜달라고 졸랐다. 그러면서 현소는 물론 심지어 말단 수행원들조차도 동평관의 관계자와 출입자, 그리고 거리의 행인에게까지 소문을 퍼뜨리는 데 주의를 쏟았다.

"내년에는 일본이 조선을 들이친다. 고려 때 원나라와 함께 일본을 친 원수를 갚으러 온다."

동평관에, 오가는 사람들의 눈에 잘 띄는 곳에 현소는 커다랗게 써 붙여 놓기도 했다.

鳴蟬不知 螳螂欲取
(명 선 부 지 당 랑 욕 취)

노래에 정신이 팔려 매미가 모르고 있구나
사마귀가 곧 그 매미를 잡아먹으려 한다는 것을

설원(說苑)에 있는 유명한 경구(警句)였지만 아무도 관심을 보이지 않았다. 그러다가 소문이 퍼지면서 민심은 불안해졌다.

'아무래도 사신들을 오래 지체시킬 수가 없게 되었구나.'

조정은 초조해졌다. 그렇더라도 명색이 사신이니 양국에 분란을 초래하지 않을 정도로는 대접해서 보내야 했다.

한 달쯤 지난 4월말, 창덕궁에서 문무 2품관 이상이 참석한 가운데 익선관과 곤룡포로 정장한 임금이 일본사신들을 접견했다.

조정신하들이 임금에게 잔을 올리는 헌작례(獻爵禮)가 끝나자 정사 현소가 예조판서 정탁의 안내에 따라 임금 앞에 나아가 잔을 올렸다. 임금이 술잔을 받고 나자 도승지가 임금의 말씀을 전했다.

"먼 길에 수고했소. 예전부터 우리 두 나라는 서로 내왕함이 항상 도리에 맞았소. 이제 다시 예전과 같은 우호를 다지게 되었으니 한집안 같이 되었소. 이에 특별히 그대들에게 내 친히 술을 내리겠소."

말이 끝나자 시립 승지가 술을 따랐다.

"황공하옵니다."

현소가 대답과 함께 따른 술을 받아 마셨다. 그러고 나서 국왕을 향하여 무언가 말을 하려고 얼굴을 들자 예조판서가 그의 앞을 가로막고 나아갈 길을 안내했다. 어쩔 수 없이 안내대로 현소는 조정대신들의 말석에 와서 서고 부사 평조신이 어전으로 안내되었다.

도승지 한응인이 임금의 말을 전했다.

"일본 부사가 잔을 올리는 법은 없었소만 그대는 우리 조선과는 각별한 인연이 있는 바라 특별히 잔을 올리도록 하는 것이니 이 뜻을 새기도록 하시오."

"성은이 망극하오이다."

평조신은 조선말에 능통했다. 감사의 대답과 함께 잔을 올리고 큰절을 했다.

"그대는 조선을 위해 지극한 정성을 다했기에 특별히 종2품 가선대부(嘉善大夫)를 제수하는 바이오."

시립 승지가 미리 준비한 직첩을 내주었다.

"성은에 감읍할 따름이옵니다."

평조신이 사은숙배를 마치자 임금이 자리를 뜨고 예식은 끝났다. 그것으로 그만이었다. 사신들에 대한 특별 배려도 특별 연회도 없었다. 현소는 허망하기 짝이 없었다. 임금을 만나면 반드시 한 말씀 올리려고 벼르고 별렀으나 허사가 되고 말았다.

5월 초, 일본에 보낼 답서가 결정되자 선위사 심희수가 그 답서를 동평관의 현소에게 전했다.

"이제 떠나실 차비를 하시지요."

국서를 받아 읽어 보던 현소는 몹시 마땅찮은 표정을 지었다.

"이거 정작 알맹이는 쏙 빠졌으니 다시 써주셔야 되겠소."

"무얼 다시 쓴다는 말이오?"

"우리가 조선에 와서 부탁한 게 무엇인지 모른단 말이오? '일본이 명나라에 조공을 바치고자 하니 조선에서 주선해 줄 의향이 있다', 이 정도만 한마디 넣어주시오. 제발 우리 사정을 좀 보아주시오."

현소는 애걸했다.

"예전처럼 뱃길로 가란 뜻이오."

심희수는 한마디로 잘라 버렸다.

"누가 그걸 모른다고 했소? 사태가 급박하니 부탁하는 게 아니오? 그것도 못 들어준단 말이오?"

"조정의 뜻엔 변함이 없소."

"정 이렇게 나오면 내년에 틀림없이 전쟁이오."

현소는 심각해졌다.

"이 나라는 도리로 사는 나라요. 우리가 일본에 도리를 어긴 일이 없거늘 무슨 도리로 쳐들어온다는 거요?"

"허허, 정말 답답하오. 모두가 다 꽉꽉 막혔소그려."

"막힌 건 도리를 모르는 당신들 일본이오."

"말끝마다 도리, 도리, 하는데 그래 도리로써 전쟁을 막을 수 있단 말이오?"

"……."

심희수는 대답 없이 돌아갔다가 바로 다음날 동평관으로 왔다.

"답서는 한 자도 못 고친다 하오. 이제 떠납시다."

일본사신 일행은 선위사에게 끌려가다시피 부산으로 내려갔다. 배에 오르면서 현소가 가시 돋친 한마디를 내뱉었다.

"관백이 쳐들어와도 도리만 따지고 있을지 어디 두고 봅시다."

"남의 걱정일랑 마시고 편히 잘 가시오."

심희수는 유쾌한 미소를 머금고 손을 들어 배웅했다.

배가 멀어지면서 심희수는 돌아섰다.

"어리석은 놈들. 이 태평세월에 무슨 전쟁이 일어난다고 헛소리만 하고 다니는고?"

꼴 보기 싫은 일본사신들을 쫓아내듯 보내고 나서 조정대신들은 꽤나 개운한 기분이 들었으나, 명나라에 보고할 일이 남아 있어 속이 아주 시원치는 않았다.

명나라에 알려야 할지 말지에 대한 임금의 하문에도 대답하지 않을 수 없어, 대신들은 머리를 맞댄 결과를 임금에게 보고했다.

영의정 이산해가 아뢰었다.

"명나라에 곧바로 알리는 게 좋을 듯하옵니다. 명을 친다는 말을 들은 이상 알리지 않을 수는 없습니다. 그러나 사실을 그대로 알렸다가는 후일 난처한 일이 생길 수도 있으니 다소 우회적인 방도를 써서 알리는 것이 낫겠습니다. 하와 전에 일본에 잡혔다 돌아온 자들로부터 그런 풍문을 들었다고 하는 게 좋을 듯하옵니다."

"좋소. 그렇게 하시오."

선조의 허락이 떨어졌다.

애초부터 황제에게 직접 보고하는 주문(奏文)으로 알려야 하고 사실을 그대로 알려야 한다고 주장한 사람은 좌의정 유성룡뿐이었다. 그러나 영의정 이산해의 주장대로 결국은 예부에 통보하는 형식의 자문(咨文)으로 알리는 문안이 결정되었다. 물론 통신사의 내왕도 내년에 쳐들어온다는 풍신수길의 호언도 빠져 있었다.

또한 이 일을 알리기 위한 사신을 따로 파견하지는 않고 으레 가야 하는 하절사(賀節使) 편에 자문을 보내기로 했다. 하절사에 김응남이, 서장관에 황치경(黃致敬)이 임명되었다. 김응남은 비변사(備邊司)에 들러 명나라 예부에 보낼 자문을 받았다.

"압록강을 건너거든 명나라에서 이 일을 아는지 모르는지 은밀히 알아보는 게 좋겠소."

대신들의 말이었다. 김응남은 얼른 이해가 되지 않았다.

"무슨 말씀이온지?"

"명에서 알고 있으면 자문을 전하고, 만일 모르면 전할 필요도 없고 이 일은 일절 발설하지 마시오."

"알겠습니다."

대답하고는 나왔지만 이해가 되지 않기는 마찬가지였다.

'알리기로 한 바에야 알든 모르든 알려야 하는 게 아닌가?'

김응남이 300여 명의 하절사 일행을 데리고 떠나던 날 병석에 누워 있던 오억령은 너무 한탄스러워 눈물을 흘렸다.

"임금이고 조당이고 어찌 이렇게 한심스럽단 말인가? 모두 한통속이 되어 나라를 말아먹기로 아주 작심을 하고 있으니 … ."

동원령(動員令)

조선에서 쫓겨나다시피 일본으로 떠난 현소 일행은 대마도에 들어서면서 불길한 예감으로 가슴이 벌렁거렸다. 못 보던 광경을 목도했기 때문이었다.

산기슭 여기저기서 젊은이들이 수십 명씩 모여 조총 쏘는 연습을 하고 있었다. 포구의 뒤편에는 벌목해 온 아름드리나무들이 쌓여 있었고, 한쪽에서는 배를 만드느라 일꾼들이 분주히 움직이고 있었다.

현소 일행이 조선으로 떠난 뒤 풍신수길은 일본 전국에 동원령을 내렸다. 일본은 온통 전쟁준비로 바삐 돌아가고 있었다. 각 지역의 특성과 역량에 따라 징발될 군선과 병력과 사공과 군수품 등이 할당되었다. 현소가 도주 종의지를 만나자 종의지는 풍신수길이 보낸 편지를 보여주었다.

내년 봄에는 반드시 조선을 거쳐 명나라를 치러 가겠다. 대마도는 군사 5천을 동원하라. 그 수송을 위한 군선을 준비하고 따로 나의 직할 수군이 쓸 대선 2척을 준비하라. 각 군부대에 배치할 조선말 통역 60명을 대기시켜라. 상세한 조선지도를 그려 보내라. 또한 조선왕의 회답을 독촉하여 속히 나에게 전하라.

현소와 종의지는 구주로 건너가 우토성의 소서행장을 만났다. 현소가 내민 조선의 답서를 읽고 난 소서행장은 이마를 찌푸렸다.

"아니, 그렇게도 일러 주었는데 조선사람들이 알아듣지 못한단 말이오? 도대체 어찌된 사람들이오?"

"조선은 임금이나 신하들이나 다 유교로 머리가 굳어 버린 것 같습니다. 남들은 자기들과 생각이 다를 수도 있다는 점을 이해하지 못하는 것 같습니다. 그저 도리만 내세웁니다. 도리 없는 전쟁은 있을 수 없다고."

"이거 참 큰일이오. 전에도 한 번 얘기했지만 지난번에 제대로 된 사신이 왔었다면 상황은 달라졌을 텐데 …. 옛날 일본에 왔던 정몽주나 신숙주 같은 사람들도 다 같이 유교를 믿었지만 그들은 세상사를 넓게 보는 안목이 있었지요."

"지난번 통신사로 왔던 황윤길, 허성 등과 이번에 선위사로 내려왔던 오억령 같은 사람은 현실을 바르게 봤습니다만, 그들의 의견이 조선에서는 통하지 않았습니다. 이제 해결책이 없는 것 같습니다."

"이대로는 전쟁에 그냥 휘말리는 수밖에 없는데, 참으로 큰일이오. 일단 전쟁이 시작되면 무자비한 전쟁의 길이 있을 뿐이오."

소서행장은 잠시 고개를 숙이고 나더니 현소를 향해 물었다.

"내년이면 틀림없이 전쟁이 일어난다는 것을 저들에게 알릴 다른 방법이 없을까요?"

"글쎄요. 관백께서 동원령을 내렸다는 것을 구체적으로 알리면 어떨까요? 관백께서 보낸 편지를 보인다든지 … ."

소서행장은 낯빛을 고치며 대답했다.

"우리가 직접 그렇게 할 수는 없소. 그건 적국에게 기밀을 누설하는 일이오. 관백께서 아시는 날엔 우린 다 죽습니다."

"이왕 전쟁할 처지라면 조선이 모르고 있는 게 더 좋지 않습니까?"

종의지가 한마디 했다.

"전쟁을 막아보자는 것이 아닌가? 다른 방법을 생각해 보세."

소서행장은 사위에게 가볍게 핀잔을 주고 말을 이어갔다.

"전쟁이 일어난다는 것을 조선이 분명히 알기만 하면, 반드시 명나라에 알릴 것이야. 그러면 명나라는 무슨 명목으로든 일본에 사신을 보낼 것이고, 먼 길에 사신이 오고 가다 보면 몇 년의 세월이 흘러가는 것이지. 그러다 보면 사태는 달라질 수가 있단 말이네."

"그럼 제가 한번 설득해 볼까요?"

종의지가 고개를 들고 물었다.

"어떻게 말인가?"

"제가 직접 조선에 건너가서 내년에는 틀림없이 조선의 길을 통해 명나라를 치러간다고 한 번 더 분명하게 알리는 거지요."

"그래, 고맙네. 사실은 현소 스님께 한 번 더 부탁을 해보려 했는데 말이야. 직접 나선다니 더 좋을 것 같네."

"중이 전쟁 이야기를 자꾸 한다고 그들에게 핀잔도 먹었습니다. 도주님께서 건너가시는 게 낫지요."

현소가 거들었다.

"천주님의 뜻을 믿고 건너가 보겠습니다."

대마도로 돌아온 종의지는 곧이어 바다를 건넜다. 하절사가 떠나고 난 뒤 얼마 되지 않아서였다.

동래입구에 있는 경상좌수영에 부산포의 한 관원이 뛰어들었다. 그는 땀을 뻘뻘 흘리고 있었다. 어느새 6월이었다. 경상좌수사 박홍(朴泓) 앞에 인도 되었다.

"무슨 일이 일어났느냐? 그렇게 뛰어오다니."

"대마도주가 와서 부산포에서 기다리고 있습니다."

아무런 통지도 없이 대마도주가 건너왔다는 것은 전례 없는 일이었다. 그리고 도주가 와서 만날 일이 있다면 동래부사를 만나는 게 순서였다. 난감한 일이었다. 아무래도 성가신 일일 것 같았다.

"부사가 안 계신데, 돌려보내지 그랬느냐?"

동래부사 고경명(高敬命)은 파면되어 동래를 이미 떠나고 없었다.

"고경명은 본래 성품이 허랑한 자로 부임 이래 매일 술만 마시고 직무를 돌보지 아니하는 고로…."

파면의 이유였다. 고경명이 결코 허랑하지 않다는 것은 파면 당사자들도 다 아는 사실이었다. 과거에 장원급제한 수재인데다 고결청렴하고 다재다능하기로 정평이 난 인물이었다.

이번에 좌의정에서 쫓겨난 정철이 과거를 볼 때 시험관이었으니 조정에 그대로 있었다면 정승도 벌써 되었을 큰 인물이었다. 벼슬을 그만두고 고향에 20년 가까이 묻혀 있다가 정철이 하도 권하는 바람에 다시 나와 벼슬을 하다 보니 동래부사였다. 정철이 쫓겨나는 마당에 그의 일당으로 지목되어 함께 퇴임한 것이었다.

후임 부사 송상현(宋象賢)은 아직 부임치 않고 있었다.

"부사 어른이 안 계시다 했더니 수사 어른을 뵙겠다고 해서 …, 아주 중대한 일이라고 합니다."

"중대한 일이고 뭐고 돌려보내라."

박홍은 잘라 말하고 돌아섰다.

'중대한 일이라고? 혹시 나중에 말썽이라도 생기면 ….'

후환이 있을까 염려되었다. 박홍은 다시 돌아섰다.

"아니다. 내가 직접 가서 쫓아 보내야 할까 보다."

박홍은 10여 명의 기마병을 이끌고 부산으로 갔다.

종의지는 부산에 있는 왜관에 들지도 않고 선창에서 기다리고 있었다. 박홍을 보자 쫓아와 몇 번이고 머리를 숙였다. 선창에는 그가 타고 온 배가 정박해 있었다.

"무슨 일이오?"

박홍은 말에서 내리지도 않은 채 물었다.

"너무 다급해서 이렇게 쫓아왔습니다."

"무슨 일인지 말해 보시오."

박홍은 퉁명스럽게 나왔다.

"내 말을 똑똑히 들으시오. 조선에서 당장 주선을 하지 않으면 전쟁이란 말이오."

종의지가 언성을 높였다.

"무슨 주선을 하란 말이오?"

"우리 관백께서 명국에 조공을 바치려 하는데 조선에서 주선해 주어야 한다 이 말이오."

"그런 일은 조정에서 할 일이 아니오?"

"조정에서 이 급박한 사정을 모르고 있어서 하는 말이오."

"모르다니?"

"주선을 안 하면 당장 전쟁이 터진다는 것을 모르고 있소."

"허어, 그건 또 무슨 소리요?"

"전쟁도 모르시오? 쳐들어오면 전쟁이 아니오? 바로 내년이면 쳐들어온다 이 말이오."

"또 그 허튼소리요? 당신네들은 왔다 하면 그 소리니 할 일이 그렇게도 없단 말이오?"

"정말 답답하오. 왔다 하면 그 소리라 하는데, 그러니까 왜 그 소리만 하는지 따져 봐야 할 게 아니오?"

"그런 소리라면 그만하고 돌아가시오."

"수사 어른! 내년이면 쳐들어온다는데 어찌할 것인지 조정에 물어보시오. 조정에서 회답이 올 때까지 여기서 기다릴 것이니 그리 아시오."

종의지는 배 위로 올라가 앉아서 이쪽을 노려보았다.

박홍은 난감했다. 이 또한 후환이 있을까 염려되었다. 조정에 보고하는 수밖에 없었다. 수영으로 돌아와 조정으로 급사를 보냈다.

기다린 지 여드레 되는 날 조정에서 "지금 이후 이 문제를 언급하는 왜인은 일절 상종하지 말라"는 회답이 왔다. 박홍은 조정의 지시대로 상종하지 않았다.

종의지는 배 위에서 10여 일을 헛되이 기다리다 할 수 없이 그냥 부산포를 떠났다.

"에잇, 모두가 벽창호란 말인가? 당해 봐야만 안단 말인가?"

한편 명나라에 들어간 지 얼마 되지 않은 김응남으로부터 좀 수상한 소식이 왔다.

> 아무래도 일이 심상치 않습니다. 대하는 관원들은 물론이요 마주치는 백성들도 쌀쌀맞기 이를 데가 없습니다. 물 한 모금 얻어먹기도 힘들 지경입니다.

얼마 뒤 또 소식이 왔다.

> 일본의 풍신수길이 조선을 거쳐 명나라로 쳐들어온다는 소문이 파다합니다. 여기서는 전혀 비밀도 아닙니다. 더군다나 명나라 사람들은 조선이 일본과 공모하여 한통속이 되었다고 의심까지 하고 있습니다. 우리가 지금 그 일 때문에 명 조정에 알리러 가는 길이라고 했더니 그때서야 태도가 누그러졌습니다.

당시 명나라 조정 역시 조선을 단단히 오해하고 있었다.

왜국에 잡혀 있던 복건성 사람 허의후(許儀後), 진신(陳申) 등이 몰래 사람을 시켜 왜국의 수상한 정세를 본국 조정에 알렸다.

"풍신수길이 조선을 거쳐 명나라를 들이칠 준비를 하고 있습니다."

유구국(流球國)의 세자 상녕(尙寧)이 또한 사신을 보내 이 사실을 명 조정에 보고했다. 그런데 정작 조선에서는 아무런 통지가 없었으므로 명 조정에서는 의심할 수밖에 없었다.

"조선이 왜국과 내통하고 있는 게 분명하오. 그렇지 않고서야 조선을 거쳐 명에 쳐들어간다는데 우리 명에 알리지 않고 잠자코 있을 수 있소?"

"그렇소이다. 사람을 보내 따져 봐야 할 일이외다."

명나라 대신들이 언성을 높였다.

"조선은 그런 나라가 아니오. 우리에게 성심을 다하는 나라요. 조선은 결코 왜국을 도와 우리를 배반할 나라가 아니오. 반드시 소식이 올 테니 조금만 기다려 봅시다."

각로(閣老: 대신) 허국(許國)만이 조선을 두둔했다. 허국은 전에 조선에 사신으로 다녀온 일이 있었다.

김응남이 도착하여 자문을 전하자 명 조정의 의심은 그때서야 풀렸다. 마음을 졸이던 허국은 몹시 기뻐하며 황제께 고하니 황제는 김응남에게 포상까지 내렸다.

김응남이 북경에서 소식을 전해왔다.

명 조정에서는 풍신수길이 조선을 거쳐 명나라로 쳐들어온다는 사실을 다 알고 있었습니다. 그런데 무슨 연고인지는 몰라도 조선이 일본과 공모하여 함께 명으로 쳐들어온다고 믿고 있었습니다. 이러한 조선을 그냥 둘 수 없다는 여론이 팽배했습니다.

그런데 전에 조선에 사신으로 왔던 허국 대신이 조선을 극구 변호했다 합니다. 조선은 왜국과 공모할 나라가 아니다, 조금만 기다려 보자, 그렇게 주장하는 바람에 잠시 조선의 동태를 두고 보는 중이었다 합니다. 때맞춰 소신이 오지 않았으면 참으로 큰 변이 일어날 뻔

했습니다. 이제 조선에 대해서는 오해가 풀리고 황제도 기뻐하시고 계십니다.

조선조정에서는 다시 동요가 일어났다. 명나라까지 소문이 퍼졌다면 그냥 두고 볼 일이 아니었다. 임금 또한 불안하지 않을 수 없었다.

"이러다 정작 전쟁이 터지면 어찌할 것이오?"

"헛소문이 명나라에까지 퍼진 것이옵니다. 풍신수길은 기껏해야 왜구의 두목 정도입니다. 전쟁을 일으킬 위인이 못 되옵니다."

조정 신료들은 여전히 자신들의 주장에 굳세었다.

"전쟁이 일어난다, 일어나지 않는다 하는 문제가 아니오. 전쟁이 터지면 어떻게 하겠느냐 이 말이오."

임금이 역정을 낼만도 했다. 그러나 무슨 신통한 대답이 나올 리가 없었다.

"답답하구료. 당장 비변사에서 의논하시오. 대책을 세워야 할 게 아니오?"

비변사의 요인들이 모여 여러 날 머리를 맞댔다. 육지에서 막아내는 쪽으로 가닥이 잡혀갔다. 오직 한 사람만이 바다에서 막아내자고 주장했다. 그는 유성룡이었다. 그 의견은 대세에 묻히고 말았다.

최종 대책이 수립되어 임금에게 보고됐다.

"왜국은 섬나라입니다. 수전(水戰)에 능할 것이니 바다에서 막는 것은 불리합니다. 육지에 올려놓고 쳐부수는 게 상책입니다. 그러므로 영남과 호남의 성들을 수축해야 합니다. 추수가 끝나면 영호남 백성들을 동원하여 성을 쌓게 하고, 그 일이 끝나면 장정들을 징집하여 군사

훈련을 시켜야 합니다. 또한 전국에 영을 내려 집집마다 형편에 따라 축성비용을 내도록 하고, 무기로 쓸 활과 화살, 갑옷과 투구도 만들도록 해야 합니다."

"알겠소. 그렇게 하시오."

허락을 하고 나서 선조는 대사헌 홍여순(洪汝諄)을 병조판서에 임명했다. 이 일을 총괄할 책임자를 임명한 셈이었다.

"허어, 나라에 화만 끼칠 사람을 쓴단 말인가?"

홍여순은 어느 모로 보나 이런 중대사를 감당할 위인이 못 된다는 것을 알 만한 사람들은 다 알았다. 홍여순은 뇌물 받기와 아첨하기 외에는 별다른 재주가 없는 인물이었다. 그러나 조정에서는 어느 누구도 반대하지 못했다. 홍여순은 선조의 총애를 받는 정빈(貞嬪) 홍씨의 오라비였다.

조정에서는 하삼도의 방비 업무를 관장할 감사들을 임명해 보냈다. 경상감사에 김수(金睟), 전라감사에 이광(李洸), 충청감사에 윤선각(尹先覺).

전쟁에 대비해 성지를 수축하고 무기를 만들기 시작하자 백성들의 원성이 높아지기 시작했다. 백성들의 처지에서는 해마다 내는 세금에도 허리가 휠 지경인데, 거기다 더해 또 거둬들이는 비용과 무기가 엄청났다. 견디다 못해 전답을 버리고 도망가는 백성들도 적지 않았다.

삼도의 성지 수축에는 아직 애티를 못 벗은 소년으로부터 환갑노인까지 백성들은 거의 다 동원되었다. 엄동설한을 무릅쓰고 강행되는 고역에 원성이 높았다. 부역이 끝나면 또 잡혀가 고된 훈련을 받고 언제 끝날지 모르는 병정 노릇을 해야 한다는 소문이 퍼지면서 도망자들이 속출했다.

이렇게 되자 시비를 따지는 것이 본분인 양 늘 말 많은 선비들이 그냥 있지 못했다. 선비들이야 세금도 부역도 없었지만 나라와 백성들이 잘못되어 가는데 가만히 있을 수 없었다.

"중간에 망망대해가 가로놓여 있는데 무슨 재주로 왜놈들이 떼지어 온단 말이냐?"

"비록 수십 척으로 떼지어 온다 한들 육지에 오르면 낙동강이나 금강 같은 대강들이 곳곳에 가로막고 있는데 무슨 재주로 건넌다는 말이냐?"

비변사가 동요되었다.

"명나라가 알고는 있다 해도 왜놈들은 올 것 같지도 않은데 공연한 소동을 벌이는 것 같소."

"그러게 말입니다. 학식이 있는 선비들도 저렇게 반대하고 있으니 그만두기로 하시지요."

대세는 그만두자는 쪽이었다. 임금에게 보고하려는데 좌의정 유성룡이 또 토를 달고 나섰다.

"온 나라가 움직여 큰일을 하고 있는 중입니다. 어차피 시작한 일인데 좀 고통스럽다 해서 중도에 그만두면 안 됩니다. 정세가 바뀌어 갑자기 다시 시작할 처지가 되면 그때는 일이 되지 않습니다. 한번 흩어진 백성들을 다시 모으기는 어렵습니다. 이왕 시작한 역사이니 백성들 노고의 경중을 좀 고려하면서 일단 마무리는 지어야 합니다."

듣고 보니 그럴 듯도 했다. 영의정 이산해는 망설였다.

"아직 전하께 아뢰지 말고 좀더 두고 봅시다."

유성룡의 이야기가 퍼져나갔다. 많은 사람들이 유성룡을 비난했다. 전에 전적(典籍)으로 있다 합천에 내려와 있던 동년 친구 이로(李魯)도 공박의 편지를 보냈다.

성을 쌓는 것은 좋은 계책이 될 수 없네. 삼가 고을을 보자면 정암진(鼎巖津)이 앞을 가로막고 있는데 왜적이 날아서 건너겠는가? 도대체 무엇 때문에 공연히 성을 쌓느라고 백성들을 괴롭히는가?

수시로 바다를 건너오는 왜구의 거침없는 출몰을 익히 알고 있으련만, 일의대수(一衣帶水: 좁은 강물 또는 바닷물)가 왜적을 막을 것이라고 단정하는 소견이, 유성룡으로서는 한심하기 짝이 없었다. 당시 백성을 위한답시고 언성을 높이는 선비들의 소견이 거의 이와 비슷했다.

일본 통신사로 다녀오면서 오로지 홀로 국위를 선양했다 해서 대사성을 거쳐 부제학에 올라 있는 김성일이, 유성룡을 공박한 이로 등과 함께 공동명의로 임금께 여러 차례 상소를 올렸다.

나라에서 환란에 대비하는 일을 어찌 불평할 수 있사오리까? 하오나 내지의 군현이 일찍이 성곽과 해자가 없었어도 지금까지 보전하여 왔습니다. 백성이 원망하여 돌아서니 대국 진(秦)도 망했고, 백성이 인화로 뭉치니 소국 고구려도 대국 수(隋)를 물리칠 수 있었습니다. 지금 백성들이 과도한 노역으로 흩어지고 있는데 누구와 더불어 나라를 지키겠습니까? 전부터 있던 성곽은 해마다 잘 수리하여 견고히 할 것이나, 아직 세우지 않은 성곽은 일절 중지시켜 쌓지 말아야 합니다. 백성이 다 흩어지기 전에 살 길을 돌봐주어야 합니다.

조정에서 우물쭈물하고 있는 사이 그래도 성 쌓기는 계속되었다.

특히 경상감사 김수는 부지런히 독려하여 가장 많은 역사를 이뤄냈다. 많은 지역의 성곽과 병영들을 수축 또는 신축했다.

그러나 이런 성곽의 축조는 환란에 대비한 것인데도 깊은 사려 없이 진행되는 게 문제였다. 원래 성곽이란 지세에 맞도록 규모를 갖추어 견고하게 축조해야 하나, 김수는 너르게 만들어 많은 사람들을 수용하는 데에만 힘썼다.

진주성 같은 것이 그 대표적인 사례였다. 진주성은 원래 험준한 곳에 웅거하여 난공불락을 보장했는데, 이때에 성이 작다 하여 동쪽 평지로 더 늘려 쌓았다. 그 결과 후일의 전쟁중에 왜적이 더 늘려 쌓은 그곳으로 쉽사리 들어올 수 있었다. 성 쌓기뿐만이 아니었다. 군정의 시행, 장수의 발탁, 병사의 모집과 훈련 등 갖가지가 다 이런 모양으로 요체(要諦)를 얻지 못했다.

아무튼 성 쌓기는 끝나가고 있었다. 그런데 적과 마주칠 제일선의 병마절도사를 시급히 바꿔야 할 처지가 되었다. 경상우병사 조대곤(曺大坤)이 나이도 많은데다 병들어 있었다.

"경상우병사는 이일(李鎰)로 대치하는 것이 좋을 듯합니다."

경연 자리에서 유성룡이 아뢰었다. 당시 조선에서 그래도 기대할 수 있다고 여겨지던 무장은 신립(申砬)과 이일 두 사람뿐이었다.

"명장은 전하 가까이에 있다가 만일 일이 터지면 그때 그곳으로 가면 됩니다."

병조판서 홍여순이 반대하고 나섰다.

"당장 전쟁이 일어나는 것도 아닌데 우병사는 다시 생각해 봅시다."

임금이 홍여순의 말을 거들었다.

"군사를 정돈하여 적을 방어하는 일은 창졸간에 처리할 수 있는 일이 아니옵니다. 불원간 변고가 생기면 이일을 보내야 하온데, 이왕이면 하루라도 일찍 보내 준비시키는 것이 마땅합니다."

유성룡이 다시 아뢰었다.

"명장은 변방에 나가 있을 필요가 없습니다. 일이 생겼을 때 나가서 변고를 진압하면 됩니다."

홍여순의 고집이었다.

"그렇기는 하오나 대저 창졸간에 객장(客將)이 변란의 현지에 내려오면 불리한 점이 많습니다. 그 지역의 형세에도 밝지 못하고 군사들의 용맹함과 겁약함의 실태를 알 수도 없습니다. 이것은 병가(兵家)에서 기피하는 일이므로 반드시 후회하게 될 것입니다."

유성룡이 다시 설명해 아뢰었지만 임금은 귀찮은 듯 딴 곳을 보고 있었다. 유성룡은 머쓱해져 더 이상 아뢸 수가 없었다.

유성룡은 또 걱정되는 게 있었다. 제승방략(制勝方略)이라 하는 방위체제 때문에 아무래도 큰 낭패를 볼 것 같았다. 제승방략에는 막상 급변이 닥치면 싸워 보기도 전에 아군이 지리멸렬해질 위험성이 크게 도사리고 있었다. 며칠 후 비변사에 나가 진관법(鎭管法)의 복구에 대해 의견을 물었더니 찬성하는 사람들이 많았다.

유성룡은 용기를 내어 임금께 아뢰었다.

"국초부터 우리는 진관법을 써왔습니다만 을묘년 이후 제승방략으로 바뀌었습니다. 아무래도 진관법으로 다시 돌아가는 게 좋을 듯하옵니다."

다음날 임금은 고개를 약간 모로 꼬면서 물었다.

"진관법이라 … 내 얼른 생각이 안 나서 … 어떤 것이오?"

"예. 전하. 각도의 군병을 모두 여러 진관(鎭管)에 나눠서 소속시키는 방위조직을 이르는 것입니다. 예를 들면 경상도에는 김해, 대구, 상주, 경주, 안동, 진주 이렇게 여섯 진관이 있습니다. 경상도의 모든 군병은 이 여섯 진관에 나뉘어 소속됩니다. 각 진은 주진(主鎭)의 관할하에 있으나 유사시에는 독자적인 군사행동을 취할 수 있습니다. 그러므로 적병이 쳐들어왔을 때, 한 진의 군사가 비록 실패하더라도 다른 진이 굳게 지키기 때문에, 한꺼번에 다 무너지지는 않습니다."

"알겠소. 그럼 제승방략이란 무엇이오?"

"진관에 상관없이 모든 병력을 요처의 한 곳에 집결시키고, 중앙에서 장수들이 내려와 이를 통솔하여서 싸우는 제도이옵니다. 한 번 경보가 있으면 먼 지방과 가까운 지방이 한꺼번에 움직여야 하고, 장수 없는 군대가 먼저 들판에 모여서 천리 밖에서 오는 장수를 기다리는 것입니다. 장수가 만일 제때에 오지 않고 적군이 먼저 닥치면, 군사들이 창황망조하여 다 무너질 것이니 패전하지 않고 어쩌겠습니까? 많은 군졸이 한번 흩어지면 또다시 수합하기는 어려우니, 이때 비록 장수가 온다 한들 병사들이 없는데 어찌 싸우겠습니까? 이것이 제승방략입니다. 그러니 다시 조종의 진관제도를 수복하는 것이 좋을 듯합니다. 평상시에는 병사들의 소집과 훈련이 편리하고, 유사시에는 병사들의 징발과 집합이 편리합니다. 또한 싸움에 당해서는 전후가 서로 호응하고 안팎이 서로 의지하게 되니, 토붕와해(土崩瓦解)의 지경에는 결코 이르지 않는 것입니다."

"좋은 생각이오. 하지만 일단 공론을 한번 들어봅시다. 각도 감사에게 물어보도록 하시오."

감사들의 의견은 찬반의 수가 비슷했다. 성의 수축을 잘했다고 임금의 신임이 두터운 경상감사 김수가 강력하게 반대했다.

"제승방략을 시행한 지 이미 오래되었으니 이를 갑자기 변경할 수는 없는 일입니다."

임금은 김수를 지지했다.

"김 감사의 의견이 옳은 것 같소."

"당장 전쟁이 일어나는 것도 아니다. 이거나 저거나 장단점은 다 있다. 어느 것을 구태여 고집할 게 뭐냐?"

조정의 생각은 이렇게 돌아갔고, 유성룡의 진관법 이야기는 또 사라지고 말았다.

조정이 미적거리는 사이 부산에 근래에 아예 자취가 없었던 대마도의 특송선이 갑자기 나타났다. 2월이 중순에 들어서고 있었다.

작년 8월 동래에 부임한 부사 송상현은 돌아가는 낌새가 하도 이상해서 새해(1592년) 들면서 조정에 형편을 알린 적이 있었다.

이상한 점은 두 가지였다. 해마다 조선이 내주는 세사미(歲賜米)를 받아가야 할 텐데, 그동안 배가 도대체 보이지 않는 점이었다. 허가된 무역선도 업무로 오가는 특송선도 그동안 전혀 보이지 않았다. 또 하나 더욱 이상한 점은 부산의 왜관이었다. 항상 수십 명의 왜인들이 북적거렸는데 지난가을부터 인원이 줄어든다 싶더니 새해 들면서 아예 다 사라지고 왜관이 텅 비어 버렸다.

봄에 쳐들어온다더니 정말로 침공하려 이러는 것인가? 송상현은 한 순간 섬뜩한 생각도 들었다. 그래서 조정에 알렸다. 이런 이상한 형편을 알린 송상현의 보고에 대한 조정의 답변은 천하태평이었다.

> 우리가 저들의 요구를 딱 잘라 거절했기에 저들은 우리의 위세에 겁을 먹고 물러간 것이다. 성가신 자들이 스스로 내왕을 끊었으니 차라리 잘된 일이다. 염려할 것 없다.

송상현은 이제 양쪽이 다 이상했다. 일본쪽과 조정쪽이 모두 마음에 걸려 매일이 꽤나 불안한 참인데 갑자기 특송선이 나타났다.

"대마도주의 사신이 왔습니다. 동래부사를 만나러 왔다 하니 그리로 안내하겠습니다."

부산첨사 정발(鄭撥)의 서신을 받고, 생전 처음으로 만날 일본사신을 기다리며 송상현은 느껴지는 어떤 흉조(凶兆)를 떨칠 수 없었다.

송상현은 의관을 정제하고 마당에 나와 서성거렸다. 담장 밑 화사한 개나리가 새삼 계절을 알렸다.

'춘래불사춘(春來不似春) 인가?'

마음이 더 서성거렸다.

"부사 영감, 안녕하시오?"

송상현이 돌아보니 부산첨사 정발이 사신을 직접 안내하여 들어오고 있었다.

"어서 오십시오. 이렇게 몸소 찾아오십니까? 송구스럽습니다."

다 같은 종 3품인데 정발은 몸소 찾아왔다.

"정황이 심상치 않습니다. 또 직접 뵙고 싶기도 해서 왔습니다. 대마도주의 사신입니다."

정발이 함께 온 사신을 소개했다.

"오시느라 고생하셨습니다. 동래부사 송상현입니다."

"대마도의 평조익(平調益)이라 합니다. 도주님의 전갈을 가지고 왔습니다."

공손히 허리를 굽히는 사신은 조선말이 유창했다.

"자, 오르시지요. 혹시 평조신 어른과는 친척이십니까?"

"예, 사촌간입니다."

"역시 그렇군요. 다들 평안하시지요?"

"예, 하도 급히 다녀오라는 바람에 편지도 없이 왔습니다."

평조익은 송구한 듯 두 손을 맞잡고 머리를 조아렸다.

"무슨 급한 일이라도 … ?"

"구주(九州) 나고야(名護屋: 본주의 나고야는 名古屋)의 전진기지 공사가 이미 다 끝났습니다. 전쟁물자의 수송기지인 동시에 사령부이지요. 그래서 지금 전국 각지에서 30만 대군이 그리로 몰려들고 있습니다. 3월 1일을 기해서 조선으로 출발한다는 것을, 저희 도주께서 관백을 설득해 겨우 3월 말일로 연기해 놓았다 합니다."

'허어. 이런 변이 있나? 코앞에 닥친 전쟁을 이렇게도 까맣게 모르고 있었다니.'

송상현은 등줄기가 서늘해지고 소름이 돋았다.

"전에 사신들도 말씀드린 걸로 알고 있습니다만 지금이라도 그대로 하지 않으면 조선도 피를 흘려야 합니다."

"어찌해야 합니까?"

"태합(太閤)에게 사신을 보내서…, 아 참, 관백은 전쟁에 전념하고자 생질에게 그 자리를 물려주고 태합이 되었습니다. 사신을 보내서 '일본이 명나라에 조공을 바칠 수 있도록, 조선이 길을 열어주겠다' 이렇게 전하면 됩니다."

"그렇게 하면 일본군은 조선에 오지 않는다 이 말씀인가요?"

"이제는 이미 때가 늦었습니다. 일본 군대는 어차피 건너오게 되었습니다. 하지만 조선과는 전쟁을 하지 않게 되니 피를 흘리지는 않을 것입니다."

"그런 다음은 어찌되오?"

"압록강에 갈 때까지 명에서 조공을 허락하지 않으면 쳐들어가는 것이지요."

"조공이 목적이라 이 말인가요?"

"그렇지요. 그러니까 조선에서는 태합에게 사신을 보내고, 동시에 명나라에도 사신을 보내서 일본의 뜻을 전해 주어야 합니다. 그래야 서로 간에 피를 흘리는 참화를 막을 수 있습니다."

'맹랑하기 짝이 없는 이야기로구나. 남의 집을 제 맘대로 들락거리겠다는 배짱이 아닌가? 결국은 무단히 조선을 침공하겠다는 이야기가 아닌가?'

송상현은 일본의 뜻이라는 것이 어처구니가 없어 화가 치밀었지만 내색은 하지 않았다.

"이렇게 찾아와 일러주시니 참으로 고맙습니다. 허나 이런 일은 지방관이 마음대로 처리할 일이 아닙니다. 조정에 보고하고 지시를 따라야 합니다."

"급히 아뢰어 회답을 받아주시지요. 시간이 없습니다."

"알겠소. 그리해 봅시다."

"그럼 저는 부산 왜관에 가서 기다리겠습니다."

평조익이 나가려고 일어섰다. 송상현이 정발에게 낮은 소리로 뭐라 한마디 하니 정발이 고개를 끄덕였다.

"귀한 손님이 오셨는데 그냥 가실 수는 없습니다. 자, 객관으로 드시지요. 점심이라도 함께하시지요."

정발이 평조익을 객관으로 안내하고 돌아왔다.

"첨사 어른께서는 어찌 생각하십니까?"

"저들도 할 일이 없어 공연히 이렇듯 달려오겠습니까? 헛소리가 아닐 것입니다."

"그런 것 같습니다. 아무래도 큰일은 난 것 같습니다."

"위에서도 생각하는 바가 있겠지요."

정발의 대답을 들으며 송상현은 가슴이 더 답답해졌다. 조정에도 있어 보았다. 지금 조정에 있는 사람들도 잘 알았다. 조정에 보고한들 돌아올 대답 또한 빤히 보였다. 그래도 보고는 해야 했다. 사령을 불렀다.

"객관에서 손님들에게 점심을 대접할 것이니 준비해라."

사령이 나간 다음 장계의 초안을 잡았다. 잠시 후 붓을 놓고 그 초안을 정발에게 읽어 주었다.

"오늘 일을 그대로 적었습니다. 혹시 빠뜨린 것은 없는지요?"

"없는 것 같습니다."

"이 장계는 영감과 연명으로 올리고자 합니다만 혹 하실 말씀은 없으신지요?"

"그럼 한 말씀 더 써주시지요."

"말씀하시지요."

"피할 수 없는 전쟁이 바로 코앞에 닥쳤다고요."

송상현은 다시 붓을 들어 장계 쓰기를 마쳤다. 봉투에 넣고 봉한 다음 조정으로 급사를 띄웠다.

두 사람은 객관으로 나와 평조익과 함께 점심을 들었다. 점심은 성찬이었다.

"조선사람들이 너무 각박하다기에 걱정을 많이 했습니다. 그런데 이렇게 따뜻하게 돌봐 주시니 참으로 감사합니다."

평조익은 대마도주 종의지가 지난해 박홍으로부터 받은 기막힌 홀대에 대한 이야기를 들었었다. 음식과 함께 술도 들면서 평조익은 긴장하던 아까와는 다르게 마음이 많이 편해진 것 같았다. 긴박하게 돌아가는 나고야의 사정 등 더 많은 이야기를 해주었다.

"우리 대마도는 사실상 조선의 은혜로 살아가는 처지입니다. 늘 그 은혜를 잊지 못하는데 어찌 허튼소리를 하겠습니까? 대마도는 전쟁이 없기를 절실하게 소원하고 있습니다."

"짐작이 갑니다. 애쓴 보람이 있어야 할 텐데요."

식사 후 송상현은 자기가 타는 말을 내오라 해서 평조익에게 내주었다. 두 사람은 송상현을 작별하고 부산으로 돌아갔다.

평조익뿐만 아니라 송상현도 정발도 조정의 하회를 학수고대했으나 2월이 다 지나가도 조정에서는 감감무소식이었다.

평조익이 동래로 찾아왔다.

"회답이 늦는 것 같군요. 갔다가 봐서 다시 오겠습니다."

하직인사였다.

"회답도 없이 가셔도 되겠습니까?"

송상현은 난처했다.

"다시 오겠습니다."

"이거 참 미안합니다. 다음번에야 조정의 기별이 와 있겠지요."

멀리까지 전송 나온 송상현에게 평조익은 몇 번이고 땅에 닿게 고개 숙여 인사하고 돌아섰다. 송상현은 금방 돌아서지지가 않았다. 잠시 동안 멀어져가는 평조익을 물끄러미 쳐다보았다.

'30만 대군이라. 반드시 30만이 아니라 해도 대군임에는 틀림없을 것이다. 밀집해 들이닥치는 그들의 난리법석을 우선 대마도가 견뎌내야 하겠지만….'

송상현은 평조익의 멀어져가는 작은 몸이 몹시 가련하게 보였다.

'허어, 이게 남의 일이 아니잖은가?'

송상현은 돌아서며 가슴을 조이는 통증을 참았다.

대마도에 돌아온 평조익으로부터 보고를 받은 도주 종의지는 심정이 착잡했다.

"행장님께 그대로 보고하는 수밖에 없지."

"면목이 없습니다만, 새로 부임한 동래부사는 참으로 좋은 사람입디다. 우리의 진심을 진실로 믿어 주었습니다."

"이름이?"

"송상현이라 했습니다. 앞으로도 그분과는 무엇이든 상의할 수 있을 것 같습니다."

"송상현이라. 내가 한 번 꼭 만나 보아야겠소."

"그분으로부터 참으로 융숭한 대접을 받았습니다. 자신의 말을 내서 저를 태워 주기도 하고 … ."

평조익은 감동받은 만큼 송상현 칭송을 더 늘어놓았다.

세월은 분명히 수상쩍었다. 임금과 조정은 여전히 침략의 구체성을 도외시했지만, 불안한 느낌은 점차 여실해가고 있었다. 그렇다면 이것 아니면 저것으로 단호하고 강력한 방책을 강구해야 했건만, 임금도 조정도 여전히 꾸물대기는 마찬가지였다.

그 수상한 2월에 참으로 중요한 인사발령이 하나 있었다. 작년 전라좌수사가 되려다 실패한 원균이 전라좌수영보다 3배도 더 큰 관할지역을 거느린, 다가오고 있는 거대한 태풍의 바로 길목인, 경상우도의 수군절도사로 임명되어 부임한 것이었다. 이번에도 누구의 추천에 의한 것인지 밝혀지지는 않았지만 조정 내 실력파의 입김이었음은 분명했다. 그리고 임금이 그 임명을 관철시켰다고 했다.

경상우수영은 전운의 불안이 시시각각 실감으로 느껴지는 남해의 최전선이었다. 그러나 사령관으로 부임한 원균은 전운 같은 것은 아예 느껴볼 감각조차 없었다.

그는 휘하 관할수령들이 신고 군례를 마치고 나자 대만족의 미소로 내심을 보였다. 인원과 물산이 예상대로 짐작되었다. 그는 하삼도 수군 진영 중에서 관할이 가장 큰, 말하자면 주물럭거릴 자원이 가장 넉넉한 수영을 마침내 차지한 기쁨에 가슴이 벅찼다.

그는 그밤 수청 드는 기생의 엉덩판을 손바닥으로 찰싹 때렸다.

"허어, 요분질이 제법이구나. 앞으로 내가 네 이 엉덩짝을 아주 팡파짐하게 만들어 주마."

며칠이 못 되어 벌써 그는 한양으로 값진 재물 바리를 실어 보냈다. 그는 재물 바리를 싣고 한양으로 가는 하인에게 속삭였다.

"진미 해산물도 곧 보내드린다고 여쭈어라."

수영에서는 아무도 알지 못했다. 그의 주특기는 물론 여기에서도 유감없이 발휘되었다.

"자네 재물 두었다 뭐하나? 나라에 좀 바치고 집안일도 좀 돌봐야지."

그는 군역면제를 대가로 짭짤히 재물을 바칠 대상을 물색하는 데 게으르지 않았다. 태평세월의 군영에서도 해서는 안 될 짓을, 원균은 대적을 코앞에 둔 최전선에서도 그 자행에 게으르지 않았다.

이보다 1년 전 전운의 기미가 1년만큼은 희미했던 때에 전라좌수영에 부임한 이순신은 작은 미소조차 지을 수가 없었다. 그는 부임부터 노심초사의 연속이었다.

이순신이 전라좌수영에 부임할 즈음 전라도는 몹시 어수선했다. 좌수영 역시 뒤숭숭하고 어지러웠다. 이순신의 눈에는 어느 한 구석도 어느 한 사람도 차분하고 알뜰하게 보이질 않았다.

전라도도 좌수영도 그럴 만도 했다. 손죽도의 왜변 등 수차례 왜구의 잔혹한 침탈을 겪는 동안, 이른바 치안을 담당한 고위인사들이란 자들이 누구 하나 제구실을 하지 않았기 때문이었다.

정해왜변인 손죽도 사건 때 전라좌수사 심암은 고의적 술수로 좌수영의 용장인 녹도권관 이대원을 사지로 몰아 죽게 했다. 결국 진실이 밝혀져 처형되었다. 전라우수사인 원호(元壕)는 매복했던 수영의 배들이 기습공격을 받아 군사들이 적의 창칼에 쓰러져갈 때, 그 사실을 알고도 도와주지 않았다. 심암의 후임 수사 이천(李薦)이란 자는 예하 부하들을 소집하던 중 보성군수 이흘(李屹)을 지각했다 해서 과도한 형장으로 때려죽이고 말았다.

전라도 책임자인 전라감사 한준(韓準)은 적세가 강하다는 소리에 겁이 나 도망갔다가 파면당하는 지경에 이르렀다. 후임 감사 윤두수(尹斗壽)는 탄핵을 당해 쫓겨나는 처지가 되었다.

전라도는 게다가 정여립 사건이 겹쳐 더욱 뒤숭숭했다. 그러는 중에 일선 방어의 핵심인 좌수사는 임명되자마자 부임도 하기 전에 연달아 교체되었다. 상관이 없는 좌수영 예하지역은 상하를 막론하고 불신과 태만, 불법과 부패가 일상이 되어가고 있었다.

그런데 정작 부임한 좌수사는 중앙 고위층의 배경을 업고 당치도 않은 파격으로 승진한 새카만 후배 이순신이었다. 좌수영 예하의 5관 5포 수령들 어느 누구도 불과 달포 전에는 종 6품인 정읍현감 이순신보다도 낮은 사람은 하나도 없었다.

현감 주제에 유성룡이라는 중앙의 고위실세 배경 덕택으로, 순식간에 정 3품 당상관 전라좌수사라는 벼슬을 꿰차고 내려와, 상관이랍시고 버티고 있는 꼴을 예하 수령들이 제대로 보아줄 리는 없었다.

이순신이 나타나자 좌수영 예하는 다들 아니꼽고 눈꼴사나워 면종복배(面從腹背)의 배짱이 되었다.

"무슨 별난 사람이 왔겠냐고? 몇 달 있다 가겠지."

"왜구라도 한 번 닥쳐 보면 알 것잉께, 꼴 좀 보더라고 잉."

5관은 육지의 일반 행정구역이었다. 순천도호부(順天都護府), 낙안군(樂安郡), 보성군(寶城郡), 흥양현(興陽縣), 광양현(光陽縣)이었다. 5포는 바다에 임한 군사기지였다. 방답진(防踏鎭), 사도진(蛇島鎭), 발포진(鉢浦鎭), 녹도진(鹿島鎭), 여도진(呂島鎭)이었다.

이순신의 예하 5관 중 순천의 권준(權俊)은 종 3품 부사였다. 예하 5포는 실전을 거쳐 입신한 무관들이 책임자였다. 다른 3포는 종 4품의 만호였지만 방답진과 사도진의 책임자는 역시 종 3품인 첨사였다. 이순신의 품계와 거의 차이가 나지 않았다.

낙안의 수령 신호(申浩)는 종 4품 군수였지만 나이가 52세로 47세의 이순신보다 5년 연상인데다 같은 무과 출신으로는 9년 선배였다. 광양현감 어영담(魚泳潭)은 직위는 종 6품이었지만 무려 13세 연상이면서 또한 무과로 12년 선배였다. 성정이 불같은 녹도 만호 정운(鄭運)도 이순신보다 두 살 위였다.

예하 수령들 누구 하나 만만한 자가 없었다.

'이 전라도에서 이 인물들을 데리고 내가 어찌해야 하는가?'

이순신은 노심초사했지만 결코 우유부단하지는 않았다. 그는 하루빨리 똑바른 대장 노릇을 하기로 결심했다. 그래야 전쟁에 대비할 수 있기 때문이었다. 우선 예하 장수들을 확실하게 장악하는 일부터 시작했다. 신(信: 부하들의 신뢰)을 바탕으로 한 위(威: 상관으로서의 권위)를 세우기로 했다.

이순신은 자신의 성실하고 근면한 일상생활로 솔선수범하면서, 발로 뛰고, 눈으로 확인하고, 손으로 기록했다. 그 결과로 모든 것을 속속들이 다 파악하고 나서 명령을 내렸다. 다 알고 시키는 데야 예하 수령들도 어찌하는 수가 없었다. 전과 같이 적당히 넘어갈 엄두도 낼 수가 없었다.

이순신은 잠을 설쳤고 강단 있는 몸으로도 여위어 갔다. 그러나 대장의 권위와 예하의 신뢰는 살아나고 위계질서는 세워져 갔다.

이순신은 신상필벌에 엄격했다. 특히 위법과 나태에는 용서가 없었다. 부패척결에 철저했다. 비리의 온상인 방군수포제〔放軍收布制: 각 도의 주진(主鎭)이나 요진(要鎭)에 배치되어 상시 근무해야 하는 병사들을 돌려보내고 그 대가로 삼베를 거두어들이는 제도〕와 대역납포제〔代役納布制: 신역(身役) 또는 군역(軍役) 대신에 1인당 2 필(疋)씩 베를 납부하는 제도〕를 정상적으로 정비해서 비리를 차단하고, 정군(正軍: 장정으로서 군역에 복무하는 부류)과 보인(保人: 군에 직접 복무하지 않는 병역의무자. 실역 대신 군사비용을 내는 부류) 등 병력자원을 정상적으로 확보했다.

부정수탈을 근절시켰다. 아전들이나 유지들의 토색질을 발본색원하여 뜯어먹은 것은 모두 게워내도록 해서 백성들에게 돌려주었다. 백성들의 환호가 대단했다. 군비확충에 전심전력했다. 군비를 나라에서는 전혀 돌봐주지 않았다. 적을 맞아 싸워 승리할 수 있는 능력 여하는 기본적으로 병력과 군비에 달려 있었다. 좌수영의 군비확충을 위해 그는 최선을 다했다. 겨우 1년여 만에 좌수영 관내 기지는 이전의 어떤 수사(水使) 때보다도 튼실해졌다. 커지고 튼튼해지고 속살이 쪘다.

원균이 부임할 무렵쯤엔 좌수영 관할의 전력은 판옥선 24척, 역사상 가히 처음인 거북선 1척, 협선(狹船) 15척에, 출동병력 4천여 명,

방어병력 2천여 명의 만만찮은 규모가 되었다. 이 모두는 오로지 불철주야 노심초사 애쓴 이순신의 노력의 결과였다.

이들을 먹이고 입히고 단련시키고 관리하는 비용 또한 결코 만만찮았다. 예하 기지의 관용 경비와 백성들의 협조로 해냈지만 이순신은 신기하게도 아무런 잡음도 없이 참으로 잘해내고 있었다.

신기한 것은 또 있었다. 그사이 이순신은 이전의 그 어느 때보다도 더 깊은 신뢰와 존경을 받게 되었다는 점이다. 이순신은 유성룡이 예상했던 대로 옛날 한나라 장수 한신처럼 예하 부하가 많으면 많을수록 더 잘해내는 보기 드문 인걸임이 증명되었다.

원균은 이순신보다 1년 늦게 부임했다 하나 그는 참으로 행운아였다. 이순신처럼 불철주야 노심초사 애쓸 필요가 없었다. 이순신의 관할보다 3배가 되는 관할의 모든 병력자원과 물산자원이 넉넉하도록 전임자들이 이미 다 조치해 놓았기 때문이었다.

전쟁, 드디어 닥치다

임진년 3월이 왔다.

조정도 수상쩍은 세월을 그냥 지낼 수는 없었다. 작년 가을부터 겨울을 거치는 동안 백성들을 동원하여 성곽을 수축하고 무기를 준비하면서 아무튼 그럭저럭 전쟁에 대비는 하고 있었다.

3월이 되자 지방의 대비태세를 점검하기 위해서 장수들을 뽑아 내려 보냈다. 이일은 충청도와 전라도로, 신립은 경기도와 황해도로 갔다. 그 두 장군은 모두 두만강변에서 여진족과 싸워 명성을 떨친 조선의 명장이었다. 그러나 그들의 안중에는 벌판에서 싸우는 야전만 있을 뿐 그 이외 다양한 형태의 싸움은 없었다. 그래서 성곽 등 시설에 대한 시비는 별로 없고 무기와 인원만을 주로 따졌다.

"이거 봐. 여기 녹슬었지 않나? 이렇게 녹슬 때까지 왜 그냥 두었나?"

"장부와 맞지 않아. 왜 이렇게 모자라는가?"

호통소리가 들리면 책임 군관이 끌려 나갔다. 검열은 엄격했다. 호되게 곤장을 맞았다. 그뿐이 아니었다. 가끔은 목이 달아났다.

무기는 밤을 새워서라도 장부대로 보충할 수가 있었다. 그러나 병정의 수는 마음대로 되지 않았다.

건국 이래 200년, 가끔 일시적으로 변경의 크고 작은 분란은 있었지만 전쟁에 대해서는 개념조차 없었다. 그러니 대비할 필요도 없었다.

"병정으로 나갈 게 뭐야? 군포로 바쳐야지."

방군수포제니 대역납포제라는 게 있어 병정으로 나가는 대신 군포베를 바치면 되었기 때문에 가난해서 어쩔 수 없는 사람을 제외하고는 거의가 군포를 바치고 병정으로 나가지 않았다. 병정을 많이 모아 놓으면 쓸데없이 먹이고 입히는 데 비용이 엄청났다. 그래서 나라에서도 오히려 베 쪽을 환영했다.

조사해 보니 병정 인원은 장부보다 모자랐고 모자란 만큼의 베 납부도 이뤄지지 않았다. 비상대책으로 어떻게든 채워 놓아야 했다. 수령들은 유지들을 불러 임시방편으로 관고를 채우게 했다.

베가 없으면 사람으로 채워야 했다. 관원들은 동네마다 돌아다니며 농민들을 끌어다 늘어세웠다. 오늘 이쪽 관청에 늘어섰던 농민들이 다음날은 저쪽 관청에 가서 도열했다. 그렇게라도 장부대로 채우지 못하는 날에는 군법시행으로 누군가는 반죽음이 되거나 목이 떨어져야 했다.

특히 신립이 검열하는 경기도와 황해도에서는 관리들이나 백성들이나 벌벌 떨었다. 그는 임금이 총애하는 인빈(仁嬪) 김씨의 소생 신성군(信城君)의 장인이었다. 신성군이 세자로 책봉될 것이라는 소문도 퍼져 있는 판이었다. 또한 조정이나 백성이나 나라의 가장 큰 동량(棟

樑) 으로 보는 조선 제일의 명장이었다. 그만큼 위세가 대단한데다 성미 또한 열화 같아서 사소한 잘못도 용서가 없었다. 지방관들은 백성들을 동원하여 길을 닦고 산해진미를 다해 그를 대접했다. 대신의 행차도 그만은 못할 것이라고들 했다. 그래도 신립이 보기에 성이 차는 곳이 거의 없었다. 가는 곳마다 한두 사람은 목이 잘려 나갔다.

두 명장들의 한 달여에 걸친 순시에도 불구하고 준비태세는 별로 나아진 게 없었다. 4월 초 신립이 인사차 유성룡의 집을 찾았다.

"장군께서 수고가 많소이다."

유성룡이 기쁘게 맞아들였다.

"제가 한 바퀴 돌고 났으니 그런대로 정비도 되고 정신도 들었을 것입니다."

신립은 자기 공로를 자랑했다.

"머지않아 변고가 생기면 신공께서 마땅히 지휘를 맡아 대처해야 될 것이오. 오늘날 일본이라는 나라의 세력(왜군) 으로 보아, 이를 방비함에 있어서, 예전의 다른 세력(야인) 과 비교해 볼 때, 특히 어려운 점은 없겠소?"

"난이(難易) 를 따질 것도 없습니다. 염려할 게 없습니다."

"이 사람 생각으로는 그렇지 않은 것 같소이다. 왜적들이 전에는 다만 칼과 창을 믿고 있었지만, 지금은 조총(鳥銃) 과 같은 우수한 무기를 가지고 있다 하니, 가벼이 볼 수가 없을 것 같소만…."

"그래 봤자 별게 아닙니다. 비록 조총이 있다 하나 어찌 쏘는 대로 맞힐 수가 있겠습니까? 또한 조총이란 말 그대로 새총입니다. 전투를 하는 데 새총이 무슨 대단한 위력을 발휘하겠습니까?"

신립은 일본의 조총에 대해 주의를 기울이지 않았다.

"조총도 그렇고 또 염려되는 바가 있습니다. 무사한 세월이 오래다 보니 우리 사졸들이 나태해지고 겁약해졌습니다. 그러니 사졸들이 군무에 익숙해지려면 아무래도 시일도 좀 걸려야 할 텐데, 갑자기 급변이라도 생기면 어찌합니까?"

"그렇게 걱정하실 필요 없습니다. 제가 나서게 된다면…, 까짓것 싸악 무찔러 버리면 됩니다."

신립은 자신만만한 태도로 돌아갔다. 남의 말은 아예 들어볼 생각도 하지 않았다. 너무 자신만만하니 더욱 염려스러웠다.

'경적(輕敵)은 필패(必敗)라 했는데…, 아무래도 큰일 낼 사람이로구나.'

유성룡은 신립에 대해서 곰곰이 생각해 보았다.

계미년(1583년 선조 16년) 신립이 함경도 온성(穩城) 부사로 있을 때, 1만여 명의 오랑캐들(여진족, 야인)이 변경에 쳐들어온 일이 있었다. 신립이 잘 훈련된 500여 명의 철기(鐵騎: 중무장한 기병)로 적진에 돌진해 들어가 물리쳤다. 비록 잘 훈련된 중무장 기병들이라 하나 1만여 명의 적을 물리친 것은 대단한 업적이었다.

조정에서는 신립이 조선 제일의 대장감이라 했다. 승진을 거듭하여 북병사를 거쳐 평안병사가 되었고, 특진관으로 경연에 참석하게 되었으며, 자헌대부(정 2품)의 품계를 받았으되 더 높은 요직이 기대되고 있었다. 승승장구에 대취한 탓인지 자신의 능력을 과신하고 자만하기만 했지, 무거운 책임을 져야 할 사람으로서 진중한 성찰이나 겸손한 자중 같은 것은 보이지 않았다.

'전쟁은 국가의 존망과 백성의 생멸을 가름하는 절체절명(絶體絶命)의 중대사가 아닌가. 전쟁에는 차선이라는 게 없고, 그래서 전쟁은 반드시 이겨야 하는 것인데…. 나라에서는 신립을 조선 제일의 장수라 여기고 있으니 유사시에는 반드시 최고 사령관이 되어 군대를 지휘하는 장수가 될 것이다. 장수의 자질은 식견 있는 사람이라면 누구나 아는 바이다. 신망, 인애, 용기, 위엄 등과 함께 무엇보다도 심오한 지모(智謀)가 필수적이다. 그런데 사령관이 될 신립은 아무리 보아도 이런 자질을 갖추지 못한 장수임이 분명하다.

생각해 보니 그는 그저 우직 담대한 일개 무부(武夫)에 불과하다. 계미년에 배반한 여진족을 물리쳐 승리함으로써 조선 제일의 장수라는 명성을 얻었으나, 내용을 보면 그 승리라는 게 야인들에 대한 저돌적인 기마공격에 의한 일시적 승리에 불과한 것이다. 결국 일개 무부의 용기 하나만으로 조선 제일의 장수가 된 셈이다. 그런 주제에 신무기로 무장한 일본이란 적세를 얕보고, 반성도 겸손도 없고, 신중도 고찰도 없으니….'

여기까지 생각하다 유성룡은 가슴이 철렁 내려앉았다.

'허어, 옛날의 조괄(趙括)이 진나라를 업신여기던 것과 꼭 같으니…. 이거 보통 큰일이 아니구나.'

조괄은 중국 전국시대 조나라의 명장 조사(趙奢)의 아들로서 그 또한 병법에 통달한 장군이었다. 조사가 수시로 아들 조괄과 병법을 논했는데 조괄이 늘 우세했다. 그렇지만 조사는 아들을 칭찬한 적이 없었다. 조사의 아내가 그 이유를 물었다.

"싸움은 병법만으로 하는 것이 아니오. 괄은 재주는 있으나 융통성이 없고, 지위가 높다 하여 안하무인이오. 장차 나라에서 괄에게 대군을 맡길 때가 있을 것이오. 그러면 당신이 반드시 말려야 하오."

과연 그런 때가 왔다. 조사가 죽은 다음 기원전 260년 장평(長平) 전투에서 조(趙) 나라는 진(秦) 나라와 대치하게 되었다. 조나라 장수 염파(廉頗)는 진나라 군대의 공격에 맞서 싸우지 않고 성을 굳게 지키고만 있었다. 염파는 늙었으나 지모가 있는 장수였다. 그는 적을 물리칠 시기를 기다리고 있었다.

진나라 재상 범저(范雎)는 간자들을 시켜 조나라에 유언비어를 퍼뜨렸다.

"진나라는 염파가 대장으로 있을 때 빨리 조나라 군대를 무찌르지 않으면 안 된다. 만일 조괄이 대장으로 나오면 진나라 군대는 대패 전멸할 것이다."

조나라 왕은 드디어 염파를 소환하고 조괄을 대장으로 임명했다. 이 소식을 들은 조괄의 모친이 급히 왕을 찾았다.

"괄의 아비는 괄이 대장되는 것을 기필코 만류하라 했습니다. 자식놈의 대장 임명을 취소해 주십시오. 만일 그냥 대장을 시키신다면 뒷날의 결과에 대해서는 연좌가 없도록 하시옵소서."

"조사 장군의 염려가 지나치셨군요. 모친께서는 마음을 편하게 가지십시오."

왕은 조괄의 모친을 안심시켜 보내고 예정대로 조괄을 장평 전투의 사령관으로 내보냈다. 장평에 나간 조괄은 진나라의 허술한 군세를 얕잡아 보았다. 염파의 모든 작전 계획을 바꾸어 적극 공세로 나갔다.

그러다 조괄은 진나라 대장 백기(白起)의 유인작전에 말려들어 대패하고 말았다. 백기는 조괄 이하 조나라 군사 40만을 모조리 도륙하고 나이 어린 240명의 군사만 돌려보냈다.

한편 대마도로 돌아간 평조익은 소서행장에게도 묵묵부답하는 조선의 사정을 그대로 보고했다.

소서행장은 대마도에서 데려온 조선말 통역들을 각 부대에 배치하고 나서 수길에게 조선 사정을 보고했다.

"조선은 무슨 일의 결정이 매우 느립니다. 이왕에 연기하신 대로 3월말까지만 기다리시면 좋은 소식이 있을 것입니다."

수길이 기다리는 좋은 소식이란 조선왕이 일본에 입조하는 것이요, 행장이 기다리는 좋은 소식이란 명나라에서 수길에게 사신이 가는 것이었다. 그러나 수길에게도 행장에게도 이제는 좋은 소식에 대한 기대는 매우 불확실한 것이었다. 사태는 이미 그른 것 같았다.

3월 중순, 경도에서 소서행장의 보고를 받은 수길은 예정대로 진격할 수밖에 없다고 생각했다. 구주의 전진기지 명호옥으로 급사를 파견하여 "전군은 순차적으로 바다를 건너라"는 명령서를 내려보냈다.

마침내 천여 척의 배들이 대마도를 부리나케 오가며 병사들을 실어 날랐다. 선발대 약 4만 명의 군사가 대마도에 상륙했다. 대마도는 삽시간에 군사들과 군마들로 들끓었다.

대마도는 평지가 드물고 주로 산이었다. 온 산등성이와 골짜기에 퍼진 군사들은 꿩이며 토끼며 노루들을 쫓느라 법석을 떨었고 잡히는 대로 잡아먹었다. 민가에도 서슴없이 뛰어들어가 닭이며 개며 소들을 닥치는 대로 잡아먹었다. 불과 며칠 사이 대마도에는 축생들의 씨가 말라 버린 듯 닭 우는 소리도 개 짖는 소리도 들리지 않았다.

대마도 부중에서 종의지와 조선 상륙작전에 관해 상의하던 소서행장이 평조익을 불렀다.

"마지막으로 한 번 더 다녀오시오."

평조익은 즉시 배에 올라 부산으로 떠났다. 그는 밤늦게 부산에 상륙하여 첨사 정발을 만났다.

"회신이 있었는지요? 소식을 듣고자 왔소이다."

지난번 송상현과 정발이 연명으로 조정에 장계를 보냈으나 아직도 소식이 없었다. 그냥 보낼 수도 없어 정발은 상관의 의견을 들어보려고 했다.

"왜관에서 좀 기다려 주시오. 무슨 소식이 있는지 내일 아침에 동래에 좀 다녀오겠소."

동래에 있는 상관이라면 경상좌수영의 수사 박홍(朴泓)이었다. 지난번 조정으로 연명하여 장계를 올렸을 때에는 박홍은 그의 고향에 가고 없었다. 후에 돌아온 박홍은 자기 허락도 없이 함부로 장계를 올렸다고 하여 한바탕 노발대발했었다.

정발이 말을 달려가 평조익이 다시 찾아온 사정을 얘기하자 박홍은 화를 벌컥 냈다.

"상종도 하지 말라 하지 않았소? 두고 볼 것도 없소. 빨리 쫓아 버리시오."

정발은 하는 수 없이 부산으로 되돌아와 평조익을 만났다.

"아무런 지시가 없소이다."

평조익은 매우 실망하는 안색이었으나 포기하지 않았다.

"그럼 경상감사를 만나 보겠습니다."

"지금은 어렵겠습니다."

"그럼 동래부사를 만나 보겠습니다. 그분은 우리의 뜻을 이해하실 것입니다."

"그분도 지금은 어렵겠습니다."

평조익은 긴 한숨을 쉬며 함께 온 수행원들에게 손짓했다.

"그냥 돌아가겠습니다. 대마도는 전쟁을 막으려고 별짓을 다했습니다. 앞으로 전쟁이 나면 무슨 참변이 일어날지 모르겠습니다만 우리 대마도의 진심만은 이해해 주십시오."

평조익은 정발에게 공손히 머리 숙여 인사하고 수행원들과 함께 배에 올랐다. 대마도에 돌아온 평조익은 바로 소서행장에게 달려갔다.

"아무런 소득 없이 돌아왔습니다. 죄송합니다."

"음… 하는 수 없소. 이제는 불가불 전쟁이오."

"……."

"부산포의 방비태세는 어떻소?"

"방비랄 게 없습니다."

"지난번 갔을 때와 달라진 것은?"

"그대로입니다."

"수고했소. 돌아가 푹 쉬고 내가 부산으로 건너갈 때 안내를 좀 해주시오."

최선봉으로 조선에 건너가는 소서행장은 마음을 다잡기 시작했다.

3월이 가면서 전쟁을 위해 편성해 놓은 일본군의 각 부대들은 서차에 따라 조선을 향해 움직이기 시작했다.

육군이 15만 9천 6백 명이었다.

제 1 군, 사령관 소서행장(小西行長) 휘하 1만 8천 7백 명
제 2 군, 사령관 가등청정(加藤清正) 휘하 2만 2천 명
제 3 군, 사령관 흑전장정(黑田長政) 휘하 1만 2천 명
제 4 군, 사령관 도진의홍(島津義弘) 휘하 1만 5천 명
제 5 군, 사령관 복도정칙(福島正則) 휘하 2만 4천 7백 명
제 6 군, 사령관 소조천융경(小早川隆景) 휘하 1만 5천 7백 명
제 7 군, 사령관 모리휘원(毛利輝元) 휘하 3만 명
제 8 군, 사령관 우희다수가(宇喜多秀家) 휘하 1만 명
제 9 군, 사령관 우시수승(羽柴秀勝) 휘하 1만 1천 5백 명

후방 경비병력으로 1만 2천 명을 따로 편성하고, 예비병력으로 제 10군에서 제 16군까지 9만여 명을 편성하여 명호옥에 대기시켰다.

수군은 1만 150명이었다.

수군의 숫자는 전투에 임하는 군사들만의 숫자였다. 뱃일을 하거나 노를 젓는 수부(水夫: 뱃사람)들은 군사들의 수보다 많았으나 기록되지 않았다.

제 1 함대, 사령관 구귀가륭(九鬼嘉隆) 휘하 1천 5백 명
제 2 함대, 사령관 등당고호(藤堂高虎) 휘하 2천 명
제 3 함대, 사령관 협판안치(脇坂安治) 휘하 1천 5백 명

제 4 함대, 사령관 가등가명(加藤嘉明) 휘하 1천 명
제 5 함대, 사령관 상산정청(桑山貞晴) 휘하 1천 명
제 6 함대, 사령관 내도통지(來島通之) 휘하 7백 명
제 7 함대, 사령관 득거통년(得居通年) 휘하 7백 명
제 8 함대, 사령관 관정석위문위(管井石衛門尉) 휘하 250명
제 9 함대, 사령관 굴내씨선(堀內氏善) 휘하 850명
제10함대, 사령관 삼약전삼랑(衫若傳三郎) 휘하 650명

풍신수길은 애초에 수군함대는 피해가 크지 않을 것으로 알고 수군만의 예비부대는 편성치 않았다. 그러나 이순신의 등장 이후 함대의 손실이 뜻밖에 커지자 해군장수들을 수시로 차출해서 보충 함대를 연속적으로 내보냈다.

전 일본군 총사령관은 육군 제 8군 사령관인 약관 20세의 우희다수가였다. 그는 무략도 경험도 없는 철부지 애송이였다. 그가 임명된 것은 순전히 풍신수길 가계의 일원이기 때문이었다.

수길은 대권을 잡기 전에 사귄 미인 과부가 있었다. 그 과부에게 8세 된 아들이 있었는데 그 아들을 데려다 양자를 삼았고, 강산(岡山: 오카야마)이라는 곳에 57만 4천 석의 영지를 주어 제후로 삼았는데, 이번에 조선 침략군의 총사령관으로 내보낸 것이었다.

각군 사령관은 조선말 통역 몇 명, 정보원 몇 명 그리고 종군승(從軍僧) 몇 명을 거느리고 나섰다. 종군승들은 전사자의 장례를 돌보고 부상병을 치료하며 필요한 경우에 필담과 문서작성의 일을 맡아볼 요원들이었다. 전투 병력 외에도 전쟁 수행에는 또 필수 인력이 더 있어야

했다. 도로와 창고 등을 만들고 식량과 무기 등 군수품을 나르는 인부(人夫)들과 배를 다루고 노를 젓는 수부(水夫)들도 차출 동원되었다.

모두 합치면 조선침공 전쟁에 동원된 인원은 200만 명을 넘었다. 움직일 수 있는 남자들은 거의 다 동원되었다는 소문이었다.

풍신수길은 또 대판(오사카)에 자기 거성을 정하고 주위에 제후들의 거소를 짓고 필요시 머물게 했다. 제후들이 출정할 때에는 그들의 처자식들은 거기에 기거토록 했다. 말하자면 전쟁에 나가는 장수들의 볼모인 셈이었다.

조선 전쟁을 위해서 동원된 이렇게 많은 사람들 대부분은, 특히 조선으로 건너가 싸워야 하는 사람들 대부분은 흥겹고 신나는 분위기 속에서 마음이 들뜨기까지 했다. 어서어서 조선으로 건너가자고 서둘기도 했다.

그것은 풍신수길이 잔뜩 불어넣고 약속으로 떠들어댄 호언장담에 대한 기대감 때문이었다. 적어도 일본에서는 이제까지 풍신수길은 그의 호언장담에 결코 실망을 준 적이 없었다.

"조선군대는 허수아비들이다. 연습 삼아 싸우면 된다."

군대라는 게 아예 없다고도 했다.

"조선은 어디를 가나 곡물이 넘쳐난다. 쌀이란 말이다. 쌀이 넘쳐난단 말이다."

'쌀밥을 실컷 먹어 보는 거야. 아니지 몇십, 몇백 섬 일본으로 싣고 가 처자식에게도 먹여야지.'

그들은 다 그렇게 생각했다.

"조선에는 동네마다 어여쁜 계집들이 줄을 잇는다."

젊은 병사들은 사타구니를 부여잡고 침을 꼴깍 삼켰다.

"조선놈들 다 겁쟁이들이다. 눈 한 번 부라려도 마음껏 부려먹을 수 있다."

잡아갈 놈이 많으니 노예장사를 해도 부자가 될 것이라고 생각했다.

"조선에서는 거지들도 다 도자기에 밥을 담아 먹는다."

도자기. 일본사람들은 특히 도자기라는 말에 정신이 팔렸다. 이번 전쟁을 도자기 전쟁이라고도 했다. 일본 백성들은 거의 모두 목기(木器)를 썼다. 도자기란 극소수의 특권층이 특히 다도(茶道)라는 것을 즐길 때 쓰는 대단한 사치품이요, 몹시 비싼 명품이었다.

'아, 도자기를 가져올 수 있다니!'

병사들은 가슴이 뛰었다. 그들에게 조선은 그야말로 울타리 없는 지상낙원이었다. 그들에게 조선은 하늘에서 내려준 무릉도원이었다. 한입만 베어 먹어도 부귀영화와 불로장생이 이루어진다는 천도복숭아가 호박같이 커다랗게 주렁주렁 매달린 별천지였다. 그들은 각자 나름대로 낙원을 상상하기 바빴다. 자면서도 낙원의 환상 속을 헤매고 다녔다.

이렇게 전대미문의 대침공이 이미 시작되었는데 조선조정에서는 까맣게 모르고 있었다.

1592년(선조 25년) 4월 13일 진시(辰時: 아침 8시).

"출발!"

제1군 사령관 소서행장의 명령이 떨어졌다. 군선이 움직이기 시작했다. 선봉 1만 8천 7백 명의 정예 전투병이 마침내 대마도를 떠나 조선침공 길에 올랐다. 하느님은 눈을 감고 졸고 있었다. 날씨는 아깝도록 쾌청했고 물결은 밉살스럽도록 잔잔했다.

"조선이 보인다. 드디어 원수 갚을 날이 왔다."

앞선 배에서 멀리 가물거리는 조선의 산들을 바라보는 병정들은 대마도 사람들이었다.

"몽골놈들과 함께 쳐들어왔을 때는 어린애들까지 다 도륙했다지?"

"모닥불을 피워놓고 아이들을 구워 먹었단다."

"조선놈들, 짐승만도 못한 것들 아냐? 이제 저희들도 당해 봐야지."

그런데 젊은 종군승(從軍僧)이 병사들은 잘 모르는 또 하나의 기억을 상기시켰다.

"전에 우리 일본사람들이 조선에 들어가서 몰살당한 일도 있었지. 그러니까 지금으로부터 930년 전이야. 백제를 구하려고 군선 170척에 군사 2만 7천 명이 타고 그 먼 바다를 돌아서 갔었지. 백촌강(白村江: 금강)으로 들어가 싸우려다 신라놈들이 당나라놈들을 끌어들이는 통에 억울하게 당하고 말았어. 몰살이야. 이번에 이 원수도 갚아야 한다고."

젊어도 스님인데 치떠는 병사들을 부추기고 있었다.

소서행장은 점심을 먹으러 선실로 들어가면서 종군승들을 불렀다. 현소(玄蘇), 천형(天荊), 삼현(三玄), 종일(宗逸) 등 네 사람. 종일을 빼고는 모두 조선에 내왕한 스님들이었다. 이들 네 스님들과 점심을 들면서 행장은 자기 속내를 털어놓았다.

"그동안 우리는 이 전쟁을 막으려고 참 많은 애를 썼습니다. 그 때문에 여기 현소스님은 조선에도 여러 번 다녀왔습니다. 그러나 전쟁은 터졌고 이제 살상은 피할 수 없게 되었습니다. 이제는 어떻게 하면 이 어처구니없는 전쟁을 하루라도 빨리 끝낼 수 있을 것인가, 그것을 좀 생각해 주셔야 되겠습니다."

스님들은 이제부터 또 무슨 방책이든 짜내야 했다.

"기회가 되는 대로 저들과 만나서 이야기를 해봐야겠지요."

"그 일도 실제로는 잘될지 모르겠습니다만, 아무튼 무슨 방법이든 의논해서 언제든지 일러주시오."

신시(申時: 오후 4시)가 되면서 마침내 조선땅 절영도(絶影島: 영도)가 다가오고 있었다. 그때 절영도에서는 부산첨사 정발이 300여 명의 수하 병정들과 사냥을 즐기고 있었다. 첫 새벽부터 전함 3척에 병정들을 태우고 나와 정오까지 바다에서 훈련을 하고 나서 섬에 올라왔다.

훈련은 흔들리는 배 위에서 적선으로 가장한 배 위의 하수아비를 활로 쏘아 맞히는 것이었다. 여러 달의 반복 연습으로 병사들의 기량이 괄목할 만하여 오늘 훈련은 한나절로 마쳤다.

오후엔 사냥 솜씨를 겨뤘다. 잡힌 꿩이 수십 마리나 되었다.

"이만하면 오늘 저녁은 성찬이 되겠다. 그만 돌아가자."

해는 어느새 서녘으로 기울고 있었다. 길어진 그림자를 밟으며 묶어 놓은 배 쪽으로 가다가 멀찍이 다가오는 대여섯 척의 돛단배들을 발견했다. 그는 손을 이마에 대며 눈을 박고 자세히 쳐다보았다.

"대마도의 세견선인가?"

그런데 늘 보던 흰 깃발이 아니었다. 붉은색으로 보였다.

"석양빛 때문인가?"

눈을 껌벅이고 다시 보아도 붉은색이었다.

"너, 저것들이 보이지?"

옆에 선 병사에게 물었다.

"왜구들 같습니다."

"무슨 색깔이냐?"

"붉은색입니다."

소서행장 제일군의 깃발은 붉은 바탕의 길쭉한 천 상단에 노란 태양을 그린 모양이었다.

'과연 정말로 쳐들어왔구나.'

정발은 공격태세로 돌아섰다.

"빨리 배에 오르라."

그리고 정발은 배 세 척을 일자진으로 돌려 세운 다음 왜선들을 향해 돌진해 들어갔다. 배에 탄 적들이 또렷이 보였다. 살을 잰 커다란 활을 든 놈들, 굵은 작대기 같은 것을 쳐들고 선 놈들.

활을 쏠 만한 거리에 들었다 싶었을 때 별안간 적선에서 수십 개의 천둥소리가 한꺼번에 울리듯 폭음이 터졌다. 그리고 무슨 구슬 같은 것들이 뱃전으로 물속으로 무더기로 날아들었다. 적선에서는 솜뭉치 같은 푸른 연기가 여기저기서 솟아올랐다.

정발의 병사들은 기겁을 하고 움츠러들었다.

'흠, 조총이라는 것이로구나.'

정발은 힘껏 징을 치고 외쳤다.

"별거 아니다. 화살을 쏴라!"

병사들이 용기를 내어 연속 활을 쏘았으나 화살은 적선에는 아예 미치지도 못하고 물속으로 다 사라졌다. 그러나 적이 쏘는 조총 알들은 연속 따다닥거리며 이쪽의 뱃전에 튀고 박혔다.

"저기요. 저기 배들 말이오."

가리키는 병사의 손끝을 보며 정발은 숨을 멈췄다.

엄청난 수의 돛과 깃발들. 아득한 수평선 가득 어마어마한 수로 늘어선 붉은 전함들이 석양빛에 반짝거리는 몸집을 키우며 육박해 오고 있었다.

'수십만의 일본군이다. 조선을 통째로 삼키려 쳐들어오는 것이 분명하다.'

이게 무슨 사태인지 정발은 확연히 깨달았다. 노략질을 일삼는 왜구 수준이 아니었다. 소문대로였고 대마도 사람들이 예고한 대로였다.

"빨리 돌아가자."

얼른 조정과 지역에 알리고 대책을 세우는 것이 급선무였다. 전속력으로 부산 포구에 돌아와 뭍에 오르려다 정발은 돌아섰다.

"여기다 이렇게 배들을 가라앉혀라."

배를 적에게 선사할 수는 없었다. 병사들은 배에 구멍을 뚫고 돌멩이를 채워 가라앉혔다. 이렇게 가라앉은 배들은 상륙하려는 적선에게는 암초가 될 것이었다. 그러나 이제 그게 무슨 소용이 되겠는가?

정발은 병사들을 인솔해 급히 성내로 들어왔다. 들어오자마자 마구간의 말들을 있는 대로 끌어오게 해서 병사들에게 나누어 주고 일렀다.

"전쟁이 터졌다. 뭐라 쓸 겨를이 없다. 빨리 달려가서 너희가 본 대로 전해라."

"너는 경상좌수영으로."

"너는…."

"너는 … ."

정발은 말 탄 병사 하나하나에게 일러 보냈다. 직속상관인 경상좌수사 박홍은 가까이 동래 입구의 수군영에 있었다. 거제도 가배량(加背梁)에 있는 경상우수사 원균, 그리고 동래부사 송상현에게도 급사를 보냈다.

이윽고 적들은 해안가에 배를 대기 시작했다. 그리고 깃발을 앞세우고 천천히 뭍으로 올라왔다. 그 뒤로 적의 배들은 끊임없이 다가오고 있었다. 먼저 상륙한 일본군은 말 탄 자들의 지휘를 받으며 천천히 부산성을 에워싸기 시작했다.

정발은 병사들과 장정들을 성벽에 배치하고 전투태세에 들어갔다. 마상의 적장이 성문 쪽으로 다가오더니 손을 들어 아는 체를 했다. 대마도주 종의지였다. 그 옆에는 평조익이 따르고 있었다. 함께 따르던 병사 하나가 활을 들고 앞으로 나와 성벽 위로 화살을 쏘아 올렸다. 화살은 흰 종이를 펄럭이며 성벽 안 나뭇가지에 떨어져 박혔다.

병사들이 그 화살을 뽑아다 정발에게 전했다.

"조선과는 싸우고 싶지 않소. 명나라로 가는 길만 빌려 주시면 서로 피는 흘리지 않을 것이오."

정발은 쪽지를 읽고 나서 몇 자 적어 화살에 매었다. 그리고 종의지 쪽으로 날려 보냈다.

"물러가시오. 우리 임금의 명령이 없는 한 절대로 안 되는 일이오."

화살 쪽지를 읽고 난 종의지가 뒤쪽으로 물러나면서 갑자기 요란한 총소리가 울렸다. 적은 일제히 총을 쏘고 화살을 날리며 성벽으로 전진해 왔다. 성위에서도 응사하면서 한참동안 공방전이 벌어졌다.

날이 어두워졌다. 초경(술시: 오후 8시)에 들자 적은 물러가 그들의 배로 올라갔다. 분명 밤을 새우고 내일 다시 쏟아져 나올 판이었다.

아무리 생각해도 큰일이었다. 노련한 정병 수만 명. 활보다 사정거리가 훨씬 더 먼 가공할 무기 조총. 저들은 반나마 조총 무장이었다.

내일이면 저들이 다 쏟아져 올라와 덤빌 것이 아닌가?

"아, 드디어 전쟁이 시작되었구나."

정발은 이를 악물었다.

토붕와해(土崩瓦解)

정발은 부장에게 성을 맡기고 말을 타고 나갔다. 땅거미가 내려앉은 온 바다에 희미한 불빛으로 떠 있는 검은 적선들을 바라보며 좌수영으로 달렸다. 좌수사 박홍은 아까 소식을 듣자 바로 조정에 급보를 올렸다고 했다.

"좌수사 영감, 어떻게 하실 작정이십니까?"

"너무 갑작스러워 방책이 떠오르지 않소."

"야습이오. 오늘 밤의 야습에 나라의 흥망이 달려 있소이다. 오늘밤 야습을 감행합시다."

"하지만 배도 있고 병사도 있어야 할 게 아니오?"

"가까운 만호영의 전함들을 합치면 20, 30척은 될 것이고, 병사도 2천, 3천여 명은 될 것이오. 야습으로 적을 혼란에 빠뜨리면서 관내 진(鎭)들의 수군과 우도 수군 그리고 전라도 수군들까지 모이게 하면 승산이 있습니다."

"어림없는 소리요. 우리 좌수영은 합해 봐야 배라고는 작은 배까지 30여 척이고, 병사는 5천 9백쯤이오. 그나마 수백 리 떨어진 축산포(丑山浦: 영덕 축산항)까지 흩어져 있으니 당장 야습은 어렵소. 또한 저들이 유람하러 오지 않은 바에야 손 놓고 기다려주겠소? 적은 수천 척에 수십만 명은 되오."

박홍은 자기 짐작보다 더 부풀려 말했다.

"오늘 밤의 적은 1천 척 미만이고 병력도 1만이 안 됩니다."

정발은 자기 짐작보다 숫자를 줄여 말했다.

"그래도 우리 병력으로는 아니 되오. 이것들은 선봉이고 내일이면 또 밀려올 것이오. 더구나 위력이 대단한 조총이라는 걸로 무장했다 하지 않소?"

"조총이 있는 것은 사실입니다. 하지만 오늘 살펴본 바로는 저들은 총통은 없습디다. 우리는 총통을 쓰면 됩니다. 조총은 잘해야 300여 보 나가지만 우리 천자총통(天字銃筒)은 1천여 보를 쏠 수 있고 위력도 훨씬 크지 않습니까? 오늘 야습에 이 총통들을 쓰면 적군도 기가 꺾일 것이오."

사실이 그랬다. 수영에는 천자총통뿐만 아니라 지자(地字), 현자(玄字), 황자(黃字) 등의 총통들이 여러 문 있었고 화약도 충분히 있었다. 그것으로 석괴(石塊), 철란(鐵丸), 대장군전(大將軍箭) 등 무엇이든지 쏠 수가 있었다. 우리의 총통들로써는 분명 승산도 있었다.

"지금은 화약도 없소. 10여 근 정도나 될까?"

물론 그럴 리가 없었다. 그러나 뒤져보자고 따질 수도 없었다.

"10여 근도 좋습니다. 이 밤에 씁시다. 야습 밖에는 없소이다."

"허어, 불가하다 하지 않았소? 여기 일은 내가 알아서 할 것이니 돌아가서 성이나 잘 지키시오."

돌아가서 작은 성이 지켜지겠는가? 비겁한 사령관의 의도가 보였다.

'너는 가서 죽어라. 그사이 나는 도망가겠다.'

박홍은 벌써 도망갈 궁리만 하고 있었다.

"수사영감, 부산진의 작은 성 하나 잘 지킨다고 저들이 물러갑니까?"

정발은 첨사였다. 경상좌도 즉 낙동강 이동(以東)의 경상도 수역에서는 수사 박홍 다음가는 고위 지휘관이었다. 정발은 박홍이 싫다면 자신이 수영의 군사들을 지휘하여 나가 싸우고 싶었다. 그리고 이 밤의 야습은 절대로 놓쳐서는 안 될 이 전쟁의 전기(戰機)요 승기(勝機)였다.

"그게 무슨 말이오?"

박홍은 핏대를 세웠다.

정발은 차분한 목소리로 한 번의 기회를 간청했다.

"저에게 한 번만 기회를 주십시오. 오늘 재주를 다해 야습을 감행하고 싶소이다. 무장으로서 놓칠 수 없는 기회라고 생각합니다. 제발 허락해 주십시오."

"돌아가 부산을 지키라 했소."

박홍은 화를 벌컥 내고는 일어서 나가 버렸다.

'자기 관할에서 시작된 전쟁이 아닌가?'

조선 방어의 제일선 수역 사령관인 자신이 먼저 의연히 일어나 반드시 싸워내야 하는 싸움이었다. 정발은 솟구치는 분기를 참느라 어금니를 앙 다물었다. 그러나 어쩌랴. 정발은 나와서 말에 올랐다. 눈물이

핑 돌았다.

몇 줄기 띠구름이 가렸어도 13일의 달빛은 정갈하게 밝았다. 정발은 말 위에서 한참이나 달빛 하늘을 바라보았다. 이 밤따라 가련하고 애틋한 달빛 하늘이었다. 무인으로 지낸 평생에 일찍이 이런 한스러움은 없었다. 주먹으로 눈자위를 누르고 말을 박찼다.

바다에는 괴이한 군선들이 가득히 아득하게 늘어져 있었다. 13일의 달빛으로 일렁이는 파도 따라 군선들은 거기 잠든 야차들에게 차분한 요람을 태워주고 있었다.

'그렇다. 내일이면 다 부서진다. 나라도, 백성도, 그리고 나도 다 부서진다. 그렇다. 부서지자.'

부산성으로 들어서자 정발은 부장을 불렀다.

"별일 없소?"

"예, 별일은 없습니다. 허나 원군은 아무래도 없을 것 같습니다."

"기다려 봅시다."

그러나 원군이 없을 것을 정발은 이미 예견하고 있었다.

"잠시 피했다가 기회를 보는 것이 어떻겠습니까?"

"그건 안 될 말이오."

정발은 성루에 올라가 밖을 한 번 둘러보고 집으로 향했다. 집에는 정발의 타향살이를 돌봐주는 어린 소실이 있었다. 부친의 죄로 집안이 폐가 처분되는 바람에 관비가 되어 생을 포기하려는 것을 구해내 소실로 데려왔다.

"향아, 밥 좀 차려라. 술도 내오고."

정발은 툇마루에 걸터앉아 달을 쳐다보았다. 술부터 우선 몇 잔 연거푸 마셨다. 몸도 마음도 좀 누그러졌다.

"향아, 너는 고향으로 돌아가야 되겠다."

"돌아갈 고향도 없는데요."

"내 말 잘 들어라. 어디든 지금 당장 나가서 멀리 떠나야 한다."

"영감님은요?"

"너도 짐작이 갈 것이다. 내일이면 나는 돌아올 수가 없다."

밥을 다 비우는 동안 향은 고개를 숙이고 말이 없었다.

정발은 풀어놓은 칼을 집어 들고 일어섰다.

"잘 먹었다. 자, 이제 나는 간다. 너도 빨리 나서라. 피란가는 사람들이 있을 것이다. 따라가거라."

"영감님은 어쩌시고요?"

"허어, 또냐? 나는 갈 수가 없다. 너는 이제부터 살아야 할 사람이고…."

정발은 향을 품어 등을 토닥여 주었다.

"어서 나가거라."

"예…."

울먹이는 향을 뒤로 하고 정발은 집을 나섰다. 띠구름에 가린 달이 가라앉고 있었다.

정발은 성루에 올라가 밖을 내다보았다. 바다의 적들은 어두워지면서 더욱 조용했다. 정발은 행여나 하는 마음으로 동편 바다 쪽을 가끔 바라보았다. 박홍도 그렇고 좌수영 관내 어느 진영에서도 끝내 아무도 나오지 않을 모양이었다.

정발은 성문을 내려가 병사들을 위로했다.

"날이 새면 좀 늦더라도 원군이 올 것이다."

물론 빈말이었으나 사기는 돋워야 했다. 이제 날이 새면 죽기 위해서 힘든 싸움을 싸워야 한다. 적은 약 2만, 이쪽은 겨우 350. 무기도 이쪽은 고작 활인데 적은 위력의 조총이었다.

4월 14일 새벽 인시(寅時: 새벽 4시).

먼동이 트면서 적은 마침내 움직이기 시작했다.

"장군님예!"

잠시 눈을 붙였던 정발은 번쩍 눈을 떴다.

"저기 보이소."

바닷가로 쏟아져 나온 적들은 모래사장을 가득 메운 채 그대로 성난 파도가 되어 밀려들고 있었다. 말 탄 군관들이 앞장서 이리저리 뛰면서 파도는 옆으로 좍 퍼져나갔다. 그리고 삼면으로 멀리 성곽을 포위했다.

"전투태세로!"

성벽의 북들이 연달아 울리면서 병사들은 모두 전투태세로 들어가 일제히 성첩(성가퀴) 뒤에 숨어 대기했다.

묘시(卯時: 오전 6시)쯤 되자 적들은 포위를 좁히며 사정거리 안으로 달려들었다. 까마귀 떼처럼 가득히 시야를 메운 적병들은 수십 겹으로 웅성거리며 밀려들었다. 조총을 마구 쏘아대며 다가왔다. 그러나 성벽 위에는 쏘아 맞힐 병사들이 하나도 보이지 않았다.

"쏴라!"

적이 사정거리에 들자 정발이 외쳤다. 성벽 위에서는 순식간에 화살이 쏟아져 내렸다. 겨냥할 것도 없었다. 바글거리며 밀려오던 적들은 몇십 명씩 쓰러지자 우왕좌왕 허둥댔다. 성벽 위에서는 연속해서 화살이 쏟아졌다. 사상자가 100여 명쯤은 되었을까? 적들은 사상자를 끌고 사정거리 밖으로 물러났다.

성 위에서는 북소리와 함께 함성이 터졌다. 적은 다시 총을 쏘며 또 밀려들었다. 그러다 또다시 물러났다.

부산성에 바짝 붙어 서쪽으로 야산이 하나 있었다. 그 산마루턱에 오르면 성안이 환히 다 보였다. 정발은 부산성에 부임하면서부터 그것이 걱정이었다. 정발은 지난밤 거기 오르는 숲속에 병사 30명을 몰래 매복시켜 놓았다.

아니나 다를까. 물러서 웅성거리던 적이 반나마 그쪽으로 이동하고 있었다. 30명의 병사들은 대견하게 싸웠다. 화살이 다해서는 창칼로 대항하며 끝까지 분전하였다. 그러나 적병들 속에 파묻혀 전멸되고 말았다.

이제 적병들은 산마루턱에 올라 마음 놓고 성안으로 총탄을 퍼부었다. 조총부대가 한바탕 쏘고 물러나면 궁시(弓矢) 부대가 한바탕 쏘고 궁시가 물러나면 또 조총이 …. 엄청난 적들의 쉴 틈 없는 파상사격에 성내의 병사들은 푹푹 쓰러지고 …. 그런데 화살도 다 떨어졌다.

적들이 성벽을 넘기 시작했다. 이윽고 성문도 열리고 기마병들까지 쏟아져 들어왔다.

지휘하던 문루에서 정발은 자기를 보고 달려오는 적장을 향해 활을 당겼다. 적장이 말에서 떨어져 꼬꾸라지자 적들은 더욱 많이 달려들었다. 다시 쏘려고 보니 화살이 없었다. 죽은 병사의 화살을 찾아 돌아섰다.

"조반 드셔야지요."

주먹밥 보자기를 받쳐 들고 서 있었다. 향이었다.

"허어, 안 갔단 말이냐? 빨리 내려가거라."

죽은 병사의 전동에서 화살을 집어 올려 성루로 오르려는 적들을 쏘았다. 화살은 더없었다. 칼을 빼들고 자세를 잡는 순간 총탄이 가슴을 뚫었다. 정발이 앞으로 쓰러지자 향이 두 팔로 안아 눕혔다. 적병들이 몰려 올라왔다. 향은 품속의 장도를 꺼내 입속에 넣어 물고 정발 옆에 엎어졌다. 정발 40세, 향 18세였다.

몰려온 적병들이 칼로 창으로 두 사람을 마구 찌를 때 군관 하나가 그들을 제치고 나섰다. 피범벅이 된 두 사람의 목을 잘랐다. 그리고 머리통을 허리둘레에 매어 찼다.

진시(辰時: 8시). 불과 한 시진(時辰) 만에 300여 호의 부산성은 완전히 지옥이 되고 말았다. 나뒹구는 1천여 시체는 거의 머리가 없었다. 그리고 관고, 민가 가릴 것 없이 샅샅이 뒤졌다.

양곡류의 마대가 성 밖으로 옮겨져 침략군의 군량으로 동산처럼 쌓였다. 병졸들은 여기저기서 아귀다툼으로 멱살잡이로 다투고도 있었다. 비단, 놋그릇, 도자기 그릇, 숟가락, 잘린 머리에 꽂혀 있는 비녀, 목 없이 버려진 시체의 손에 낀 가락지 등을 서로 차지하려 핏대를 세웠다.

"성벽은 허물고 집들은 다 태워라"

반나절 사이 부산은 온전히 초토가 되고 있었다. 솟아오르는 불길과 연기가 멀리 좌수영 쪽에서도 아주 잘 보였다.

그 아침 수사 박홍은 일찍 휘하 군관들을 불렀다.

"어젯밤 배정받은 대로 각 관, 포에 가서 전투태세에 만전을 기하라 전하고, 돌아와 그곳 상황을 보고하라."

군관들이 각처로 달려나가자 박홍은 수하 수십 명을 데리고 수영 뒷산 꼭대기로 올라갔다. 부산성을 에워싸고 움직이는 엄청난 군사들, 펄럭이는 깃발들, 쉴 새 없이 탕탕거리는 조총소리. 박홍은 가슴이 떨리고 식은땀이 흘렀다. 더 이상 앉아 있을 수가 없었다.

"더 볼 것도 없다. 내려가자."

박홍은 병사들을 데리고 본영에 도착하자 여기저기 가리키며 명령을 내렸다.

"태워라."

무기와 양곡을 넣어둔 창고였다.

"배도 다 태워라."

정박해 둔 전함을 다 태워 버리라 해놓고 그는 안으로 들어가 장계를 쓰기 시작했다.

> 소신이 멀리 부산성을 바라본즉 어느 사이 성안은 적군의 깃발로 가득 차 있었습니다. 첨사 정발이 원래 용렬한 장수인지라 벌벌 떨다 항복해 버린 게 틀림없습니다. 소신은….

박홍은 글씨를 더 써나갈 수가 없었다. 손이 떨리고 가슴이 벌렁거렸다. 금방이라도 왜적들이 여기 들이닥칠 것만 같았다. 그는 보고서를 쓰다 말고 그냥 그대로 접어 봉투에 밀어 넣었다.

"쉬지 말고 달려라."

병사는 말에 채찍을 퍼부으며 한양으로 달렸다.

박홍은 어젯밤 남몰래 달아날 준비를 다해 놓았다. 그리고 전세가 불리해 후퇴한 것처럼 꾸미려 했다. 안방을 거쳐 뒷마당으로 가니 가노(家奴)가 다 준비해 놓고 기다리고 있었다. 소실을 말에 태우고 가노에게 일렀다.

"일러준 대로 잘 모시고 가거라. 나는 볼일을 좀 보고 곧 쫓아갈 것이다."

소실이 뒷문을 빠져나가자 박홍도 샛길 찾아 몰래 달아나 소실의 뒤를 쫓았다. 박홍은 5관(五官) 10포(十浦)를 관장하는, 판옥선만도 30척을 보유한 경상좌도 수군절도사였다.

각 관포에 나갔던 군관들이 돌아와 보니 수사는 없고 본영은 안팎으로 불타고 있었다. 상황을 짐작한 병사들도 거의 다 달아나고 없었다. 돌아온 군관들도 달아났다. 그런데 돌아와서 본영의 꼴을 보더니 의분에 떠는 사람도 있었다.

"본영을 지킬 사람은 모여라."

늦게 돌아온 군관 오억년(吳億年)이었다. 의분에 떨며 지킬 준비를 하는 병사들도 있었다. 타고 있는 창고의 불을 끄고 병장기를 성첩으로 옮기고…. 그들은 오억년의 지시에 따라 본영을 지킬 준비를 해나갔다.

박홍이 달아나던 그 시각 부산포를 초토화시킨 왜군들은 서쪽으로 서평포(西平浦)와 다대포(多大浦)로 향했다. 작은 성곽에 의지한 서쪽의 두 포는 부산포와는 달리 순식간에 무너져 적군의 차지가 됐다.

거기서도 한바탕 살육을 벌인 적들은 전사한 병사의 것이든 노쇠한 백성의 것이든 상관없이 머리를 잘라내 옆구리에 꿰어 차고 다시 동쪽으로 이동하며 살기를 뻗쳤다.

날이 저물자 이동을 멈추고 일부는 부산성에서, 일부는 행진하던 그 자리에서 숙영에 들어갔다.

다음날 4월 15일 아침 유시(酉時: 오전 6시).

선봉군의 주력이 동래방면으로 진격을 개시했다. 소서행장은 종의지 등과 함께 천천히 뒤따라가고 있었다. 신록이 짙어가는 조선 산야의 풍광은 참으로 평화롭고 아름다웠다.

'이 평화의 땅에 내가 지옥을 만들러 왔구나.'

천주교의 가르침에 열복하는 소서행장으로서는 이 현실이 속 깊이 난감했다. 어제 부산성에서는 자신으로서는 전혀 예상치 못한 일이 벌어졌다. 자신이 데리고 온 장병들은 모두가 다 미쳐 날뛰는 짐승이요 야차(夜叉)였다.

"사라미다."

어린아이고 꼬부라진 노인이고 가리지 않고 괴성을 꽥꽥 지르며 닥치는 대로 베고 찌르고 밟았다.

"사라미다."

치마만 둘렀다 하면 노유를 가리지 않고 어느 때고 어느 곳이고 닥치는 대로 덮쳐 뭉갰다.

"사라미가 사람이란 뜻이지요?"

소서행장이 물었다. 소서행장은 아버지 따라다니며 익혔던 조선말 몇 마디는 기억했다. 그러나 오래 쓰지 않은 터라 자신이 없었다.

"예, 맞습니다. 조선말의 '사람'이란 말을 일본 발음으로 하다 보니 '사라미'가 된 것입니다. 사람이란 뜻이지요."

동행하는 평조신의 대답이었다.

'그렇다면 조선사람들은 개, 돼지만도 못한 존재가 아닌가? 개, 돼지는 꼭 필요한 때 잡아먹기 위해서나 죽이지만…. 조선사람들은 잡아 죽이는 놀이의 대상이었다. 태합의 은근한 말마따나 이런 것이 바로 전쟁연습이란 말인가?'

소서행장은 일본 국내에서도 여러 번 전쟁을 겪었다. 싸움은 오로지 군사들끼리였다. 신분을 밝히고 정정당당하게 싸웠다. 승부가 결정되면 그것으로 종결이었다. 백성을 괴롭히거나 다치는 일은 있을 수 없는 일이었다. 그것은 비겁한 일이요 추악한 일이었다.

그런데 조선에 들어오고 보니 그게 아니었다. 본국이 아니고 타국에서 벌이는 전쟁은 양상이 이렇게도 다르다는 것을 실감했다. 핏발이서 날뛰는 병정들을 막을 수도 없고 막을 자도 없었다.

'사랑과 평화를 간원하시는 천주님의 뜻을 내 이다지도 배반할 줄은 몰랐구나.'

아픈 가슴을 안은 채 소서행장은 병사들이 아니라 악귀들을 몰고 가고 있었다.

진시(辰時: 오전 8시).

성을 순시하는 송상현에게 척후들로부터 속속 소식이 들어왔다.

"적병이 까맣게 몰려오고 있습니다."

적들은 먼저 동래 해운포(海雲浦)로 몰려갔다. 뒤에 적을 남기지 않기 위해서 좌수영 본영을 먼저 치려는 것이었다. 그러나 좌수영은 텅 비어 있는 듯 조용했다.

"방비가 있다 했지?"

소서행장은 척후병에게 물었다.

"합, 어젯밤에는 분명히 전투준비를 하고 있었습니다. 정문 앞에 목책도 세웠습니다."

어젯밤은 거의 보름밤이었다.

"숨어 있을 것이다. 공격하라."

앞선 왜병들이 조총을 마구 쏘며 다가갔다. 활의 사정거리쯤 갔을 때였다. 과연, "쏴라"하는 좌수영 군관 오억년의 외침이었다.

동시에 화살이 수없이 날면서 왜병 수십 명이 쓰러졌다. 적병들은 잠시 물러났다가 다시 더 많은 수로 떼지어 덤볐다.

오억년 이하 1백여 명의 좌수영 병사들은 재주껏 기운껏 열심히 싸웠다. 그러나 워낙 열세로 중과부적이었다. 적병들은 순식간에 좌수영 영내로 몰려 들어가 조선병사들을 제압해 버렸다. 항전하던 백여 명 조선장병들은 한 사람의 항복도 없이 끝까지 분전하다 모두 전사했다. 잠깐 사이에 제압당한 전투였지만 오억년과 함께한 조선병사들은 그들의 사령관 박홍처럼 떨지도 않았고 달아나지도 않았다. 최소한 자신들의 숫자만큼의 적병들을 죽이고 모두 장렬히 전사했다.

적의 주력은 이제 동래성으로 이동했다.

"성을 둘러싸고 있습니다."

송상현은 남문 문루로 오르려다 말고 내아로 말을 몰았다.

부인과 아이들을 마지막으로 보기 위함이었다. 송상현은 가솔을 피란시키라는 주위의 건의를 받아들이지 않았다. 아이들은 자고 있었다. 다소곳이 서 있는 부인에게도 별로 할 말이 없었다.

"기다리지 마시오."

송상현은 잠시 서 있다 돌아섰다.

"어찌할까요?"

부인 이씨가 물었다.

"사대부의 부인답게 처신하면 되오."

송상현은 부인의 어깨를 두어 번 다독여주고 밖으로 나왔다.

"사또."

대문 옆에 서 있던 금섬(金蟾)이었다.

"아니. 너 두꺼비구나. 함경도로 가라 하지 않았느냐?"

"나으리께서 여기 계신데 제가 어디로 가겠습니까?"

송상현이 북병사 휘하의 평사(評事)가 되어 임지인 경성(鏡城)으로 가던 중 함흥(咸興)에서 우연히 금섬을 만났었다. 기생으로 팔려가는 신세를 비관해 성천강(城川江)에 몸을 던진 것을 송상현이 구해냈다. 그녀는 소실이 되어 송상현을 모셨다.

"딴소리 말고 어서 떠나거라."

"남문에 가서 나으리를 보살피겠어요."

"허어, 절대 안 된다. 어서 떠나라."

송상현은 말에 올라 부리나케 달려 남문 문루로 올라왔다. 적들은 동래성의 정면인 남문 주위로 바싹 다가와 있었다.

"저놈들이 뭘 들고 있습니다."

비장 송봉수(宋鳳壽)가 손으로 적진을 가리켰다. 앞에 나온 적병들이 판자 하나를 높이 쳐들고 있었다.

"부사는 대답하시오!"

그 옆에서 가사를 입은 스님이 조선말로 크게 외쳤다. 판자에는 글자가 쓰여 있었다.

戰則戰 不戰則 假我道(전즉전 부전즉 가아도)

싸울 테면 싸우고 싸우지 않을 테면 우리에게 길을 빌려 달라.

글씨를 보고 의미를 확인한 송상현은 문루 다락의 판자 하나를 뜯어오게 했다. 그리고 붓을 들어 몇 자 적었다.

死易 假道難(사이 가도난)

죽기는 쉬워도 길 빌려주기는 어렵다.

"이것을 멀찌감치 던져라."

비장 송봉수가 그 판자를 들어 올려서 힘껏 내던졌다. 판자가 남문 앞에 떨어지자 적병 하나가 그것을 주워들었다. 적병은 판자를 들고 아까 큰 소리로 외친 스님과 함께 뒤쪽 커다란 깃발 아래로 갔다.

잠시 후 적진 여기저기서 일제히 북소리가 울렸다. 그리고 적병들이 조총을 마구 쏘아붙이며 성벽 쪽으로 전진해 들어왔다. 성벽에 우박처럼 쏟아져 떨어지는 총탄들, 그리고 엄청난 폭음과 연기와 냄새 때문에 성가퀴에 숨은 조선병사들은 더욱 움츠러들었다.

"놀랄 것 없다. 그렇게 숨어 있다가 가까이 오면 쏴라."

어떻게 쏘든 우글거리며 다가오는 적병들은 쏘는 대로 꼬꾸라졌다.

"왜놈들 별것도 아니다."

성벽 위의 장병들은 기운차게 잘 싸웠다. 삼중 사중으로 포위한 적들은 일진이 물러가면 다음 일진이 나오고 그게 물러가면 그다음이 나오고…, 파상적으로 총과 활을 번갈아가며 연속으로 밀려왔다.

그렇게 얼마를 싸웠을까, 적들이 다 물러서더니 장수들이 저 뒤쪽 큰 깃발 아래로 달려갔다. 새로운 작전지시가 내리는 모양이었다.

송상현은 서문, 동문, 북문 쪽을 돌아보았다. 다들 잘 싸우고 있는 것 같았다.

'지금쯤 나타나 주면 얼마나 좋을까?'

송상현은 북으로 소산역(蘇山驛) 쪽을 바라보았다.

"거기 매복하고 있다가 배후에서 적을 치겠소."

휘하 장병들을 데리고 나간 경상좌도병마절도사 이각(李珏)은 그림자도 보이지 않았다.

'그 녀석은 잘 갔는지….'

북쪽을 바라보자 동시에 어제 가노 편에 보낸 부채 생각이 났다. 송상현의 부친 송복흥(宋復興)은 사헌부 감찰(監察)을 끝으로 청주(淸州) 향리에 돌아와 노후를 보내고 있었다. 아무래도 부친을 뵈올 후일이 없을 것 같았다. 송상현은 부채를 펼쳤다. 그리고 거기 몇 자 적었다.

孤城月暈 列鎭高枕 君臣義重 父子恩輕

(고성월훈 열진고침 군신의중 부자은경)

달무리에 갇힌 달처럼 이 동래성이 갇혀 있습니다.
변방에 늘어선 여러 요새는 잠이 깊었습니다.
군신의 의리가 너무 무겁사와 부자의 은정이 가벼워집니다.

다시 공격을 시작하면서 적병들은 동북쪽으로 몰렸다. 동래성의 동북쪽은 성곽이 산에 걸쳐 있었다. 부산에서와 마찬가지로 고지에서 성내를 굽어보며 공격할 모양이었다. 그렇다면 동문과 북문에서 더욱 잘 싸워야 했다.

북문은 좌병사 이각의 조방장인 홍윤관(洪允寬)이 맡고 있었다. 그는 용장이므로 믿을 만했다. 동문은 울산군수 이언함(李彦諴)이 맡고 있었다. 아무래도 마음이 놓이지 않았다. 송상현은 남문을 비장에게 맡기고 동문으로 달려갔다.

"영감, 피곤하시지요. 잠시 쉬시지요. 제가 대신 서 있겠습니다."

"아니, 이 사람을 어찌 보고 그러시오? 무관 이언함이오. 이언함!"

이언함은 주먹으로 갑옷 앞자락을 탁탁 쳤다. 그는 역시 무관이었다.

"제가 잘못했소이다. 노여움을 푸시오."

"가서 남문이나 잘 지키시오."

송상현은 무안을 당하고 돌아섰다. 송상현이 떠나자마자 동문 쪽으로 적병들이 새까맣게 달려들었다. 연달아 우레같이 터지는 총소리에 놀랄 새도 없이 총탄은 우박처럼 쏟아지고, 병사들이 수없이 꼬꾸라져 떨어졌다. 도대체 방어가 되지 않았다.

무어라 소리쳐 병사들을 독려해야 하겠으나 이언함은 가슴이 떨리고 눈앞이 캄캄해져 주저앉고 말았다. 그리고는 굴러떨어지듯 문루를 내려와 나무 그늘 뒤로 숨어 엎드렸다. 동문 성가퀴를 지키던 병사들도 와르르 쏟아져 내리더니 사방으로 다 흩어져 달아났다.

이윽고 동문 깨지는 소리가 들린다 했더니 순식간에 함성이 솟고 적병들이 성안으로 몰려들었다.

'어찌한다?'

이언함은 잠시 생각을 가다듬었다.

'선비란 마땅히 대의에 순사해야지.'

칼을 잡은 손에 힘을 주었다. 그러나 이 판국에 휩쓸려 죽는 것이 대의란 말인가?

'그렇지, 호사불여악활(好死不如惡活)이라. 죽어서 대접받느니 초라하게라도 사는 것이 낫지.'

적병들이 이언함을 발견하고 빙 둘러쌌다. 이언함은 칼을 버리고 두 손을 번쩍 들었다. 갑옷 입은 적장이 적병들을 제지했다.

"장수냐?"

통역을 시켜 물었다.

"울산군수 이언함이라 합니다."

"울산군수라…. 묶어라. 다치지 않게 데려가라."

이언함은 묶여서 성 밖으로 끌려나갔다.

북문을 거쳐 서문으로 가 보려다 말고 송상현은 남문으로 달렸다. 함성소리는 더욱 커지고 적병들은 엄청나게 밀려들었다. 송상현이 남문 문루에 올라와 보니 이제 일은 다 그른 것 같았다. 동문으로 쏟아져 들어오는 적병들이 사방으로 퍼져나가고 있었다. 이제까지 그럭저럭 잘 견뎌내던 병사들과 장정들이 활이고 칼이고 다 내팽개치고 달아나

숨을 곳을 찾고 있었다.

'마지막이 왔구나.'

층계 아래를 보니 마침 신여로(申汝櫓)가 서 있었다. 그는 울산에 홀로 사는 노모가 있었다. 가서 노모를 모시고 다시는 여기 오지 말라 하고 어제 내보냈던 청지기였다.

"너, 내아로 달려가서 내 조복을 가져오너라."

북문도 서문도 뚫렸다. 시시각각 성안은 적병들로 채워지고 있었다.

신여로는 금방 보자기를 안고 문루로 올라왔다. 송상현은 붉은 비단의 공복(公服)인 단령(團領)을 갑옷 위에 껴입었다. 그리고 북쪽을 향해 사배를 올렸다.

"전하, 만수무강하옵소서."

어느새 남문도 뚫리고 적들은 문루로도 몰려들었다. 문루 다락에는 비장 송봉수와 청지기 신여로가 송상현을 호위했다.

적병 몇이 다락으로 올라왔다. 신여로가 피를 토하고 쓰러졌다. 그리고 잇따라 송봉수도 쓰러졌다. 또 다른 적병이 급히 층계를 올라왔다. 올라온 그는 칼을 겨누고 있는 적병을 가로막고 송상현 앞으로 다가섰다.

"부사영감."

평조익이었다.

"성은 이미 끝났습니다."

송상현은 성내를 둘러보았다. 문루마다 불길이 오르고 성내 곳곳에 검은 연기가 솟아올랐다.

'북문의 조방장 홍윤관(洪允寬), 서문의 양산군수 조영규(趙英珪)

는 장부답게 죽었으리라.'

"영감, 저를 따라오시지요. 안전하게 모시겠습니다."

"그럴 수는 없소."

또 적병들이 층계를 오르는 소리가 들렸다.

"영감, 얼른 피하셔야 합니다. 저를…."

평조익이 말을 다하기도 전에 방금 올라온 대여섯 적병이 평조익을 밀쳐내고 송상현 앞으로 달려들어 칼을 쳐들었다.

송상현은 양손으로 허벅다리를 짚고 호상에 꼿꼿이 버티고 앉은 채 꿈쩍하지 않고 적들을 노려보았다.

"이 노-옴. 어딜 함부로 덤비느냐?"

평조익이 칼 쳐든 놈을 밀치며 소리쳤다.

"도주께서 생포하라 하셨다."

그러나 평조익의 말을 들었는지 못 들었는지 기합소리와 함께 그놈은 송상현을 칼로 내리쳤다. 송상현은 피를 토하며 쓰러졌다. 다음 순간 송상현은 일어나려고 몸을 틀었다. 동시에 그놈은 다시 칼을 내리쳤다. 송상현의 몸이 잠시 부르르 떨다가 조용해졌다.

화사한 단령 자락이 솟는 핏물에 검붉게 젖어들고 있었다.

장렬한 운명이었다. 42세.

망국의 간성(干城)들

칼로 내려친 놈이 허리를 구부려 송상현의 머리를 썽둥 잘라냈다. 송상현의 상투를 잡아 풀어헤치고 피가 줄줄 흐르는 머리통을 허리춤에 꿰어찼다. 그리고는 층계를 뛰어 내려갔다. 덩치가 꽤나 커 보이는 곰보장수였다. 다들 그 뒤를 따라 내려갔다.

곰보장수는 의기양양하게 남문 밖으로 뛰었다. 저만큼 뒤쪽에 있는 사령관의 지휘소로 달려갔다. 곰보장수는 송상현의 머리통을 내려놓으며 어깨를 으쓱거렸다.

"적의 대장입니다."

호상에 앉은 소서행장은 거적 위에 팽개쳐진 송상현의 머리를 내려다보았다. 눈을 부릅뜬 채 분기가 역력한 얼굴 표정은 살아 있는 사람 같았다.

"동래부사 송상현입니다."

옆에서 평조익이 설명했다. 소서행장은 송상현의 이야기를 평조익과 종의지로부터 들어서 그 인품을 잘 알고 있었다.

"너희들 수고했다. 나누어 가져라."

소서행장은 곰보장수에게 금화(金貨) 몇 닢을 포상으로 내려주고 돌려보냈다. 소서행장은 마음이 착잡했다. 화평을 의논할 상대를 잃게 된 아쉬움이 컸다.

"연고자를 수소문해서 장사를 지내주도록 하시오."

평조익은 연고자를 수소문했지만 찾을 수가 없었다. 그런데 송 부사의 행방을 좇아서 제 발로 찾아온 사람들이 있었다. 동래부 관원 송백(宋伯)과 노복 두 사람이었다.

평조익은 그들과 함께 대마도 병사 몇 사람을 데리고 나섰다. 남문다락의 시체를 수습해서 동문 밖 밤나무 숲에 장사를 지냈다. 장례를 위해 함께한 승려 현소가 비목을 세웠다.

朝鮮忠臣宋公象賢之墓
(조 선 충 신 송 공 상 현 지 묘)

동래성의 전투도 겨우 반나절로 끝이 났다. 성내에서는 부산성에서와 똑같은 꼴이 벌어지고 있었다. 적들의 괴성과 기합소리에 뒤섞여 찔리고 베어져 죽어가는 단말마의 비명이 온 천지에 가득했다.

왜병도 100여 명이 죽었다. 그러나 조선쪽에서는 3천여 명이 학살되었고, 500여의 남녀가 묶여 끌려갔고, 수백 수레의 전리품이 실려 나갔다. 왜병들은 집집마다 들쑤시고 다니며 쓸 만한 것들은 다 실어 냈다. 어느 집 부엌에나 있는 그릇들, 말하자면 밥사발, 국대접, 반찬

중발, 간장종지, 탁주병 같은 도자기류에는 특히 넋을 잃고 닥치는 대로 다 쓸어 담았다.

애초부터 왜군은 약탈 전리품만 전담하는 부서를 따로 편성 운용했다. 그 부서는 6개조로 편성돼 있었다. 각 군마다 그런 부서가 있었다.

제 1 조, 도서조(圖書組)로서 서적, 그림 등을 담당했다.
제 2 조, 공예조(工藝組)로서 도자기, 비단, 종이 등을 위시하여 각종 예술품과 그것들을 생산하는 장인(匠人) 등 전문 인력을 담당했다.
제 3 조, 포로조(捕虜組)로서 학자, 관원, 젊은 남녀 등 인적 자원을 담당했다.
제 4 조, 금속조(金屬組)로서 무기, 기구, 활자 등 금속자원을 담당했다.
제 5 조, 보물조(寶物組)로서 금은보화 및 각종 진기한 물품들을 담당했다.
제 6 조, 축생조(畜生組)로서 각종 가축들을 담당했다.

부산과 동래에서 약탈한 전리품 일부가 제 1차 진상품으로 풍신수길에게 전달되었을 때, 그가 입을 벌리고 가장 기뻐했던 것은 조선백성들의 부엌에서 약탈해온 그릇들이었다.

왜병들은 아무짝에도 쓸모없는 어린이, 늙은이 또는 거추장스런 사람들은 창칼로 한 번씩 찌르거나 아니면 발길질로 거꾸러뜨려 성 밑 해자에 산 채로 처넣었다. 송상현이 부임하여 더욱 깊이 판 해자는 조선백성들의 한스런 수장(水葬)터가 되었다.

'나으리 옆에서 죽으리라.'

송상현이 함경도 고향으로 가라던 두꺼비는 도망치지 않았다. 아비 규환의 성내를 달려 남문으로 갔다.

"이거 미인이구나."

그러나 가다가 적병에게 잡혔다. 완강하게 반항하며 적진으로 끌려갔다. 데려간 놈이 야욕을 채우지 못하자 좀더 억센 놈에게 넘겼다. 그놈 역시 이기지 못하자 칼질로 분풀이를 했다.

송상현의 소실이라는 것이 알려지자 평조익이 대마도 병사들을 시켜 송상현 무덤 옆에 묻어주도록 했다.

해가 기울면서 아수라장의 천지도 조용해졌다. 적들은 동래성으로 들어와 숙영할 준비에 들어갔다. 대마도주 종의지도 동래부 동헌 가까운 객관에 들었다.

"데려오시오."

휘하를 거느리고 객관 마당에 들어서자 종의지는 평조익에게 지시했다. 잠시후 곰보장수가 마당으로 들어섰다.

"네가 동래부사 송상현을 죽였느냐?"

"예, 제가 단칼에 처치했습니다. 그놈의 머리는 소서 장군님께 갖다 바쳤습니다."

곰보장수는 또 한 번의 상급을 기대하며 득의의 미소를 짓고 있었다.

"생포하라는 지시를 못 들었나?"

"못 들었습니다."

"꿇어라."

"합."

곰보장수는 종의지 앞에 납작 엎드렸다.

"이 사람 말을 못 들었나?"

평조익을 가리켰다.

"합, 언뜻 들은 것 같습니다만, 적장이야말로 반드시 죽여야 한다고 생각했습니다."

"생포하라는 명을 들으면 무기를 즉시 멈춘다는 것을 모르나?"

"잠시 … ."

종의지는 분기가 솟구쳤다.

"감히 내 명을 거역하다니. 건방진 노옴. 에잇."

종의지의 칼이 허공을 갈랐다. 번쩍하는 순간 곰보장수의 머리가 마당에 굴렀다.

"나라의 일을 망친 놈이다. 이놈을 성 밖 해자에 처넣어라."

휘하 병사들이 시체를 거적에 말아 들고 밖으로 나갔다.

주력부대의 뒤쪽에서 독전하고 있던 종의지는 동문이 뚫리고 왜병이 성안으로 쏟아져 들어갈 때 평조익을 불렀다.

"송상현을 어떻게든 살려내시오."

평조익은 부리나케 뛰어 남문 다락으로 올라갔다. 아슬아슬한 찰나였지만 곰보장수는 송상현을 생포할 수가 있었다. 평조익은 분명히 그를 제지하며 생포를 외쳤었다. 종의지는 송상현이라는 인물을 반드시 살려내 만나보고 싶었다. 소서행장도 마찬가지였다. 그들에게 송상현은 보기 드문 조선의 인물이었다.

이제 땅거미가 깔리고 동래부 동헌에는 여기저기 촛불이 켜지고 있었다. 동헌은 소서행장의 지휘본부가 되었다. 가운데 자리한 소서행장의 좌우에는 장수들, 스님들, 통역들, 정보원들이 배석하고 있었다.

묶여 끌려가던 이언함이 소서행장 앞에 불려왔다.

"울산군수라 했소?"

소서행장이 물었다.

"예, 그렇습니다."

묶인 채 꿇고 있었다.

"군사들이 몰라 뵈었습니다. 실례를 용서하십시오. 풀어드려라."

이언함의 포박을 풀게 했다.

"편히 앉으시오. 전투 전에 알린 바와 같이 우리는 조선과는 결코 싸울 뜻이 없소. 길만 빌려주면 될 것인데 왜 이 참변을 당하는지 조선조정의 뜻을 이해할 수가 없소."

조선조정이 명나라를 치러 나간다는 일본에 길을 내줄 리 없다는 것을 소서행장도 잘 알았다. 그것은 애초부터 군색한 구실이요 빤한 수작이었다. 그러나 소서행장은 진심으로 일루의 소통을 기대하고 있었다. 그것은 조선이 어떻게든 명나라를 앞세우도록 하는 일이었다.

"……."

"어찌 생각하시오?"

"강화를 해야 하지 않을까요?"

"옳소. 지금의 군사들은 선봉에 불과하오. 뒤이어 백만 대병이
상륙할 것이오. 그러면 어찌되겠소?"

"그래서는 안 되지요."

"물론 그래서는 안 되지요. 그래서 영감의 협조를 좀 구하려 합니다. 여기 현소스님과 상의해 주시오."

현소가 이언함을 데리고 다른 방으로 들어갔다.

"사신으로 조선에 여러 번 오셨지요. 스님에 대한 말씀 많이 들었습니다."

"참으로 큰일입니다. 오늘 성이 떨어졌을 때 그 참담한 광경을 보았지요?"

현소는 심각하게 나왔다.

"정말 큰일입니다."

"그냥 큰일이 아니라 조선은 멸종될 것이오. 항복해도 소용없으니 말이오. 다 죽이지 않소?"

이언함은 가슴이 철렁 내려앉았다.

"나는 어찌되는 것이오?"

"영감도 당연히 죽지요. 허나 영감 하기 나름이오."

"어찌하면 되오?"

"이덕형을 아시오?"

"알고말고요."

"이덕형은 말이 통하는 사람이었소."

"그랬군요."

"내 장군한테 특청을 해서 영감을 방면키로 했습니다. 그러니 이 길로 한양으로 올라가 이덕형을 만나시오."

"그래서요?"

"우리는 이달 25일쯤이면 상주에 들어갈 것이오. 그때 상주에서 나하고 만나자고 그분에게 연락하면 됩니다."

"알겠소."

두 사람 분의 저녁 밥상이 들어왔다. 소주병도 들어왔다.

"자 한잔 하시고 이제 푹 쉬십시오. 내일 올라가시면 됩니다."

소주 덕택인지 이언함은 깊은 잠에 빠질 수 있었다. 다음날 현소와 함께 북문으로 나왔다. 현소는 두 통의 편지를 내밀었다.

"한 통은 내 편지고, 한 통은 소서 장군의 공문이오. 영감도 강화를 위해서 애써 주시오."

"알겠소. 고맙소이다."

이언함은 왜군이 내준 나귀를 타고 큰길로 나서 북쪽으로 향했다. 그는 한참 가다가 주위를 둘러보았다. 아무도 보는 사람이 없자 오솔길로 들어갔다. 숲길이 이어졌다. 나귀에서 내려 두리번거렸다. 누구도 보이지 않았다. 그는 소나무 밑에 작은 구덩이를 팠다. 두 통의 편지를 좍좍 찢어서 발길로 문질렀다. 흙발에 짓이겨진 조각들을 구덩이에 넣고 흙을 덮어 묻었다.

다시 사방을 둘러보았다. 안심이었다. 그는 구사일생으로 탈출한 사람처럼 얼굴과 옷에 흙을 문지르고 상투를 풀어헤쳤다.

'골칫거리를 치우고 나니 속이 시원하구나.'

그는 나귀를 재촉하며 상쾌한 봄바람에 식은땀을 날렸다.

동래성이 떨어지던 날 소산역에서 달아나 울산 본영으로 돌아온 좌병사 이각은 술부터 내오라 소리쳤다. 소실 오월(五月)이 술상을 차려왔다.

"왜놈들 다 달아났겠지요?"

이각은 안주도 집지 않고 서너 잔을 연거푸 비웠다.

"이제 다 죽었다."

"누가 죽어요?"

"임금이고 정승이고 다 죽었다. 조선은 한 달도 못 간다."

"그렇다면 이 눈치 저 눈치 볼 것 뭐 있어요? 살 궁리를 해야지요. 지금 죽을 수는 없어요."

이각이 듣고 보니 그럴듯한 말이었다. 그렇지, 다 망하는 판인데 충성이고 의리고 따질 게 없었다.

"이럴 때일수록 돈이 제일이지요. 돈만 있으면 저승에서도 살아 나온다 하지 않소?"

오월은 신통한 소리만 지껄였다.

"그래, 네 말이 옳다."

이각은 동헌으로 나왔다. 마침 지나가는 진무(鎭撫) 한 사람을 불렀다.

"너, 말이고 나귀고 다 끌어다 광목 천 필을 실어라."

"네에? 어디 쓰실 것입니까?"

"쓸데가 있다."

"열 필 정도라면 모를까? 천 필은 안 됩니다."

늘 그랬듯 소실에게 주려는 것이라고 생각했다. 광목은 바로 군수품을 구하는 돈이었다.

"안 된다고?"

"당연하지 않습니까?"

나라의 재물을 사사로이 그렇게 많이 횡령하는 것은 있을 수 없는 일이었다. 이각은 칼을 빼들었다.

"감히 누구한테 거역이냐?"

'첩에게 광목 천 필이라니 ….'

"너무하시다 생각되지 않습니까?"

"이게 누구한테 감히 …."

이각은 칼을 들어 후려쳤다.

"이 날강도야."

다시 칼로 후려쳤다. 진무는 피를 토하며 바닥에 뻗었다.

병마우후(兵馬虞侯: 참모장) 원응두(元應斗)가 달려 나왔다. 병사들을 지휘하여 어김없이 광목 천 필을 실었다. 말, 노새, 나귀 그리고 소까지 동원했다.

"고향에 가서 기다려라. 틈나는 대로 갈 것이다."

짐바리 긴 행렬을 이끌고 가복들의 호위를 받으며 오월은 나귀에 올라 콧노래를 흥얼거렸다.

"저승에서도 살아올 사람이야."

왜군 제 2군 사령관 가등청정이 이끄는 2만 8백여 명은 부산에 상륙해서 양산, 언양을 거쳐 4월 19일 울산성으로 밀려들고 있었다.

왜적의 북상 소식에 이미 전 경상도는 전율하고 있었다.

"병사는 분명 무슨 방책이 있을 것이다."

울산성 북쪽의 여러 고을 수령들은 병마절도사에 기대를 거는 수밖에 없었다. 수령들은 경상좌도 병사의 본영인 울산성으로 속속 모여들었다. 병사들도 3천여 명이나 모였다.

좌병사 이각은 동서남북의 각 성문에 적당히 수령들을 배치하고 전투태세를 갖추도록 지시했다.

"적들이 벌써 태화강가에 당도했습니다."

우후 원응두가 이각에게 보고했다.

"집합시켜라. 출동이다."

우후가 직속부대를 집합시켰다.

이각은 즉시 400여 명 휘하를 이끌고 동문으로 향했다. 동문은 안동 판관 윤안성(尹安性)이 지키고 있었다.

"장군, 어디로 나가십니까?"

"작전이다. 서산에 나가 진을 칠 것이다. 적이 오면 배후에서 친다."

바로 동래성에서 취했던 작전이었다.

"주장은 성내에서 독전하셔야 합니다."

"무얼 안다고…, 말이 많다."

윤안성을 말채찍으로 후려쳤다.

"시간 없다. 빨리 달려라."

우후가 앞서고 400여 명은 재빠르게 동문을 빠져나갔다.

이 꼴을 바라보던 성내의 병사들도 움직이기 시작했다. 몇 명씩 움직이기 시작하던 병사들은 삽시간에 봇물이 터지듯 우르르 성 밖으로 쏟아져 나왔다.

울산성의 이 광경을 서산 언저리에서 눈살을 찌푸리고 바라보던 이각이 내뱉었다.

"겁쟁이들 같으니라고. 다 틀렸다."

"작전을 바꿔야겠습니다."

"그럴 수밖에."

이각이 잽싸게 말에 올랐다. 우후도 따라서 말에 올랐다. 두 사람은 뒤도 돌아보지 않고 산모퉁이를 돌아 사라져 갔다. 400여 명 병사들도 살길을 찾아 제각기 흩어졌다.

19일 왜군 제 3군 사령관 흑전장정은 1만 2천의 대군을 휘동하여 김해성을 에워쌌다. 부사 서예원(徐禮元)은 가까운 고을에 연락하여 도움을 청했다. 그러나 고을 원님이나 백성이나 거의 다 달아나고 없었다.

다만 초계군수 이유검(李惟儉)과 함안(咸安) 선비 이영(李袊)이 몇십 명 장정들을 모아 달려왔다. 약 300명의 장정들을 지휘하여 서예원은 남문을 맡고, 이유검은 서문을 맡고, 이영은 동문을 맡아 싸웠다.

적들은 먼저 보리밭으로 달려갔다. 무성하게 자란 보리를 베어 한 짐씩 메고 와 성 밖 해자에 던졌다. 해자는 메워지고 보릿단은 성 높이만큼 올려 쌓였다. 그 보릿단 위에서 총을 쏘았다. 성가퀴에 숨은 장정들도 잘 싸웠다. 틈을 주지 않고 화살을 쏘았다. 대견스럽게도 성은 끄떡없고 적들은 꼬꾸라지며 주춤거렸다.

정신없이 한바탕 싸우는 사이 날이 저물었다. 적들은 물러가고 성안도 차분해졌다.

동문을 지키는 이영 옆에는 아들 명화(明和)도 와 있었다.

"너 남문에 가서 화살을 좀 받아오너라."

김해는 비교적 큰 성이어서 양곡과 무기로써는 성을 오래 지킬 만했다. 명화는 장정 몇 사람과 함께 남문으로 갔다.

"부사는 서문으로 순시 나갔습니다."

명화 등은 서문으로 갔다.

"두 분은 아까 동문으로 가신다 했습니다."

서예원과 이유검은 미리 약속한 다음 밤을 이용해서 북문으로 빠져나가 달아났던 것이다. 소문은 빠르게 퍼졌고 동시에 병사들도 성 밖으로 빠져나가 달아났다.

"어르신, 다 달아나고 우리만 남았습니다. 돌아가시지요."

선비 이영을 따라온 함안의 장정들이었다.

"그렇다면 우리가 더 잘 지켜야지."

"우리만 남아서는 싸움이 되지 않습니다. 나가셔야 합니다. 지금이 아니면 빠져나갈 수가 없습니다."

아들 명화도 가세했다. 이영은 입은 옷을 벗었다. 옷은 낮 전투의 부상으로 많은 피가 배어 있었다. 이영은 그 옷을 아들에게 넘겨줬다.

"내가 죽었다는 소식이 들리면 이 옷으로 나를 삼아라. 너희들은 지금 다 나가거라. 나는 남아서 할 일이 있다."

아버지를 두고 갈 수 없다고 몸부림치는 명화를 잡아끌고 장정들은 서문으로 빠져나갔다. 이영은 앉은 채 잠깐 눈을 붙였다. 날 샐 무렵 깨어보니 장정 대여섯이 자기 옆에서 역시 앉은 채 자고 있었다.

날이 밝아 오면서 적들이 몰려들었다. 동문으로도 쏟아져 들어왔다. 이영과 장정들은 쏟아져 들어오는 무리 속으로 몸을 날렸다. 그리고 바람개비 돌아가듯 칼을 휘두르며 돌아갔다. 그러나 모닥불에 날아든 불나방의 날개 짓처럼 잠시 반짝 파닥이다 모두 사라졌다.

순식간에 사방에서 밀려든 왜병들은 남녀노소를 가리지 않고 눈에 띄는 사람들은 다 죽이고 아무데고 불을 질러 온 성을 다 잿더미로 만들어 버렸다.

왜군이 물러간 후 이영의 유족들은 김해 성내를 샅샅이 뒤졌으나 시신은 흔적도 없었다. 유언을 따랐다. 명화가 받아온 피 묻은 옷을 시신 삼아 함안 동지산(冬只山)에 장사지냈다.

부산, 동래를 거쳐 양산을 순식간에 함락시킨 제1군 소서행장은 서둘러 밀양으로 달렸다. 그는 조선군 주력이 대구에 모인다는 첩보를 들었다. 그 주력부대를 무찌르는 선봉의 전공을 놓칠 수가 없었다.

1백여 병사의 희생을 겪은 동래성을 생각하며 소서행장은 밀양도 만만찮을 것으로 여겼다.

"밀양은 조심해서 접근하라."

장수들에게 새삼스런 지시를 내렸다.

애당초 밀양부사 박진(朴晉)은 송상현을 도우려 동래성으로 들어갔었다. 그러나 성내 방어가 불안하여 이각의 뒤를 따라 성을 나왔다. 작원(鵲院)의 샛길에 병사들을 잠복시키고 적을 기다렸다. 그러나 적들은 이를 간파하고 앞으로 오지 않고 뒤쪽 산을 넘어 쏟아져 내렸다. 박진의 병사들은 아예 대적을 포기하고 뿔뿔이 다 흩어지고 말았다.

박진은 밀양으로 돌아왔다. 병사도 없이 방어할 도리가 없었다. 양곡과 병기가 있는 창고를 태우고 산으로 달아났다.

의외로 밀양에 무혈 입성한 소서행장은 차분한 마음으로 대구를 향해 나아갈 수 있었다.

방어의 최일선인 경상도는 초전부터 참혹할 수밖에 없었다. 방어의 고위 책임자들을 어쩌면 그렇게도 잘 골라서 배치했는지 조정의 처사에 감탄하지 않을 수가 없었다. 하나같이 망국의 간성(국가방위 요직의 책임자)들만 골라 배치했다. 비겁하고 무능하고 맥없고 간교하고 … .

좌도 수군절도사 박홍은 준비해서 달아났고, 우도 수군절도사 원균은 겁에 질려 달아났다. 좌도 병마절도사 이각은 핑계대고 달아났고, 우도 병마절도사 조대곤은 노쇠한 병골이었다. 경상감사 김수(金睟)는 요리조리 숨어만 다녔다.

경상감사 김수는 우도 진주에서 적침 소식을 들었다. 좌도 동래로 가려다 적병이 다가온다는 소식에 다시 우도로 달아났다. 정처 없이 여기저기 떠돌며 지시를 하달했다.

"모두들 적이 닿지 않는 깊은 산속으로 피란하라."

"고을수령들은 병사들을 대동하고 대구로 모여라."

제승방략이었다. 그러나 김수 자신은 어디서 무얼 하는지 나타나야 할 때와 나타나야 할 곳에는 모습을 드러내지 않았다.

경당문노(耕當問奴)

조정에서 왜군 침입을 처음 안 것은 4월 17일이었다.

그때까지 조정에서는 초미의 중대사를 마무리 짓지 못해 그 일에 매달리고 있었다. 전쟁 대비는 아예 잊어버린 채 거의 한 달 반의 세월을 허비하고 있었다.

전 임금 명종의 외아들인 순회세자(順懷世子)의 부인 덕빈(德嬪) 윤씨가 세상을 떴다. 그런데 그에 대한 시호(諡號)를 결정하지 못해서 장례날도 잡지 못하고 있었다. 순회세자 12세 때(명종 18년, 1563년) 10세 어린 나이로 시집온 윤씨는 다음 해 세자가 13세로 요절하자 11세로 과부가 되었다. 지금껏 외롭게 29년을 살다 지난 3월초 숨졌다.

세자의 4촌인 선조는 세자의 요절 덕택에 임금이 되었다. 선조는 윤비의 인생이 가엾기도 하고 그에게 죄송하기도 했다.

"왕후에 못지않은 예장으로 모셔라."

만조백관은 거기 매달렸다. 예법에 따라 결정해야 할 복잡한 사안이 많았으나 가장 어려운 일은 시호 제정이었다. 생전의 행적을 두 글자로 정하기가 쉽지 않았다.

한 달이 넘도록 당파별로 추천하는 글자를 고집하다 영의정 이산해의 중재로 겨우 결정한 것이 공회(恭懷)였다. 이제 임금의 윤허만 남았다. 창경궁의 빈청(賓廳: 궁중의 회의실 겸 대기실)에 모여 시호에 합의를 본 3정승 이하 중신들이 한시름 놓고 하삼도의 가뭄 걱정을 하고 있을 때였다.

경상좌수사 박홍의 급보 장계가 들이 닥쳤다.

부산에 왜적의 배 수백 척이 당도하여 ….

도승지 이항복이 다 들을 수 있도록 장계를 소리 내어 읽었다. 일순에 공포의 바람이 휩쓸고 모두 숨을 죽였다. 영의정 이산해가 승전색(承傳色: 내시)을 임금께 보냈다. 그러나 승전색은 그냥 돌아왔다.

"아직 기침(起寢) 전이옵니다."

임금은 총애하는 인빈(仁嬪) 김씨의 처소에 들어 있었다.

군무 책임자 병조판서 홍여순(洪汝諄)만이 일어서서 뒷간 찾으려는 사람처럼 불안하게 왔다갔다 하고, 나머지 모두는 겁에 질려 얼빠진 모습으로 멍하니 앉아만 있었다.

도승지 이항복이 나섰다. 승전색에게 장계를 들려 인빈 처소인 영화당(映花堂) 안으로 들여보냈다. 이항복은 처소 밖에서 기다렸다. 기다린 지 꽤 오래되었는데 승전색은 나오지 않고 인빈의 핀잔소리가 들려나왔다.

"상감께서 기침 전이시온데 웬 소란이오? 변방에 왜구 몇 놈 들어왔기로서니 대신들이 체신도 없소?"

이항복은 그냥 돌아올 수밖에 없었다.

"그래요. 참으로 송구한 일이오. 멀리 변방에서 왜구 몇 놈 나댄다고 주무시는 전하께 소란을 끼쳐드렸으니 … ."

"그 명나라 조공인가 뭔가 그 때문에 왜구들이 보채는 게 아니겠소?"

"그렇군요. 그런 걸 가지고 온 조정이 겁을 먹었으니 체통이 서지 않는 일이외다."

"화풀이 좀 하다 물러가겠지요."

화제는 다시 중대사인 장례절차로 돌아가며 점심시간이 되었다. 한둘 일어서려는데 입이 무거운 동지중추부사 이덕형이 좌의정 유성룡 옆으로 와 낮은 소리로 한마디 여쭈었다.

"전에 대마도 스님 현소와 대담해 본 바로는 이게 아무래도 심상치 않습니다. 어찌될지 모르니 일단은 대비해야 좋을 것 같습니다."

옆에 있던 이항복도 같은 의견이었다.

"그게 좋겠습니다. 장계 내용으로 보면 잠시 동안의 소란이 아닐 것 같습니다. 대책을 강구해 두면 좋겠습니다."

유성룡의 발의로 모두는 다시 앉아 대책을 논의했다.

"맞소. 손 놓고 있다 큰일을 당할 수도 있소."

전과 달리 모두들 진지했다.

"신립(申砬)을 보냅시다."

"신립까지야 … . 이일(李鎰)을 보내면 됩니다."

이일을 보내기로 합의하고 몇 자 적어 보내 임금에게도 알렸다. 그러나 기다려도 임금은 대답이 없었다. 시장기에 쫓겨 다들 헤어졌는데 해질 무렵에 임금의 소집통보가 왔다.

신하들은 창덕궁 선정전으로 다시 모였다. 임금은 첫마디부터 짜증을 부렸다.

"쉬고 있는 곳에 장계를 들여보내고…. 무엇이 그리 급하다고 이리 소란이오?"

"황공하옵니다."

신하들은 공손히 엎드리는 수밖에 없었다.

"나라의 근본은 법도요. 법도 중에서도 기본은 예법이오."

"황공하옵니다."

"지금 나라의 가장 큰일은 무엇이오?"

임금은 영의정 이산해를 바라보았다. 이산해는 임금의 마음속을 들여다보고 있었다.

"덕빈께 시호를 바치는 일이 가장 크옵니다."

"그래요. 시호는 합의 보았소?"

"예, 저희들 짧은 소견으로는 공회(恭懷)라 함이 어떨까 해서 합의는 보았습니다. 하오나 성상께서 영특하신 판단으로 달리 정하심이 옳은가 하옵니다."

"공회라… 공회, 그거 좋소. 예조에서는 내일 당장 시호를 바칠 수 있도록 준비하시오."

"명심 거행하겠나이다."

예조판서 권극지(權克智)가 대답했다.

"그리고 참… 이일 장군을 보내는 일은 아뢴 대로 시행하시오."

대신들은 임금이 이제야 정신을 차리는가 여겼는데,

"새삼 일러두거니와 예법은 나라의 근본이오. 잊지 말도록 하시오."

도로 예법 타령을 하며 임금은 자리를 뜨려고 일어섰다. 그때 또 급사의 전갈이 도착했다.

> 부산성을 바라본즉 어느 사이 성안은 적군의 깃발로 가득 차 있었습니다. 첨사 정발이 원래 용렬한 장수인지라 벌벌 떨다 항복해 버린 게 틀림없습니다…

박홍의 두 번째 장계였다. 4월 14일 함락되는 부산성을 바라본 다음 겁에 질려 쓴 장계였다.

임금은 순간 창백해졌다.

"첨사가 벌벌 떨다가… 그냥 성을 넘겨줬다고?"

"…… ."

"가만, 그 장계를 가져온 병사를 이리 데려오라. 내 직접 물어보아야겠다."

조금 후 경상도 병사가 저 밑 층계 앞에 엎드렸다.

"부산에 들어온 적은 얼마나 되느냐? 네가 본 대로만 말해라."

"그기 저… 몇 명인지는 알 수가 없고예, 바다고 땅이고 간에 왜놈들이 쫘악 깔리 버렸심더."

"저런 변이 있나? 정발은 어찌되었다더냐?"

"무신 수로 살았겠십니꺼?"

"그래 소문은 어떻냐? 왜놈들이 곧 물러간다고 하더냐?"

"어데예. 그냥 서울까지 올라간다 카데예."

승지가 윽박질렀다.

"여기가 어딘 줄 알고 함부로 지껄이느냐?"

임금이 가로막았다.

"아니다. 애썼느니라. 옷과 음식을 주어 보내라."

위사가 병사를 데리고 나갔다. 날이 저물었다. 내시들이 불을 켜며 돌아가는데 또 급사가 달려왔다.

> 부산이 함락되고 왜적 대군이 동래로 쇄도하고 있습니다. 이 동래성도 얼마를 지탱할지 알 수가 없습니다. 저들의 가도입명(假道入明)은 허언이 아니었습니다. 사세가 변방의 작은 분란이 아니온즉 만전을 기하사 나라를 보전하소서.

동래부사 송상현의 장계였다. 나라의 흥망을 언급하고 있지 않은가?

"도대체 어, 어쩌다 일이 이, 이 지경이 되었단 말이오?"

임금은 목청을 높였다. 그러나 몸이 떨려서 말이 제대로 나오지 않았다. 떨고 있기는 신하들도 마찬가지였다. 고개를 떨어뜨리고 말이 없었다. 홍여순이 용기를 내어 떨고 있는 공기를 잡아보려 했다.

"삼포왜란 때에도 바닷가에서 난동을 부렸을 뿐 깊숙이는 들어오지 못했습니다. 섬나라 놈들이라 수전은 능하나 육전은 자신이 없기 때문입니다. 적은 부산에서 더 멀리는 오지 못할 것입니다. 경상도 군사들을 모아 반격하면 별수 없이 물러갈 것입니다. 송상현이 너무 겁을 먹은 것 같습니다."

말을 들으니 조금 안심은 되었으나 떨림이 가시지는 않았다.

임금은 술을 내오라 했다. 술이 한 순배 돌아가자 몸도 마음도 좀 누그러졌다.

"왜놈들, 섬에서 자란 놈들이라 물고기와 꼭 같습니다. 물고기가 육지에 올라오면 맥을 출 수가 있겠습니까? 이일 장군이 내려가 싹 쓸어버리면 일은 끝납니다."

어린애들 앞에서 해주는 신나는 옛날이야기 꼭 그런 것이었다.

"그러겠지. 부산 지경에서 끝나겠군."

자정이 다가오고 있었다. 화색이 돌아온 임금이 예조판서를 돌아보았다.

"공회빈(恭懷嬪)에게 시호를 바쳐야 하오. 변방의 일도 중요하지만 예에 어긋남이 없이 대사를 치러야 하오. 백관은 목욕재계하고 내일 진시(오전 8시)에 빈전(殯殿) 뜰로 모이시오."

말을 마치고 임금은 일어서 나가려고 했다.

그러나 임금의 평심 회복을 변방의 일이 또 가로막았다. 시골 군관이 헐떡거리며 다가와 층계 아래 엎드렸다.

"경상좌병사의 장계요."

이각이 보낸 장계였다.

> 적의 대군이 순식간에 동래성을 유린하고 북상중입니다. 적은 소향무적(所向無敵: 가는 곳마다 상대가 없다)의 강군으로 조선의 전 강토를 병탄할 기세이옵니다.

임금이 털썩 주저앉았다. 모두의 가슴속을 공포의 전율이 벼락 치듯 강타했다. 다들 넋을 잃을 뻔했다.

임금은 불끈 쥔 두 주먹을 쳐들고 부르르 떨었다.

"김성일 이 노-옴! 모두들 쳐들어온다고 하는데 혼자 잘난 체 안 쳐들어온다고 떠들었지? 이놈을 당장 잡아오너라. 내 친히 국문하리라. 능지처참을 해도 시원찮은 노-옴."

금부도사가 달려와 명을 받고 나갔다. 달이 아직도 밝은 17일의 밤이었다.

"어찌하면 … 좋단 … 말이오?"

임금이 맥이 빠졌는지 숨찬 목소리로 독백처럼 중얼거렸다.

"전하, 너무 상심치 마시옵소서. 송서(宋書)에 경당문노(耕當問奴: 농사일은 머슴에게 묻고)요, 직당문비(織當問婢: 길쌈일은 여종에게 묻다)라 했사옵니다. 특진관 신 장군(신립)이 여기 있사오니 하문하시오면 좋은 방책이 나올 것이옵니다."

영의정 이산해는 역시 능구렁이였다. 조선 제일의 장수가 여기 있는데 뭐 걱정이냐, 그를 내세우면 될 게 아니냐 하는 투였다.

임금은 고개를 앞으로 내밀고 신립에게 물었다.

"그래 신 장군의 의견은 어떻소?"

"왜적들 기를 써봤자 경상도 지경은 벗어나지 못하옵니다. 이일 장군이면 넉넉히 감당할 것이오니 예정대로 그를 보내시면 되옵니다."

대장군 신립에게 듣고 보니 아무것도 아니었다. 신립도 필요 없고 이일이면 족하다는 말에 임금이고 신하들이고 얼굴에 화색이 돌았다.

'이렇게 간단한 것을 공연히 벌벌 떨었군.'

일은 당장에 해결되었다. 그리고 좀더 보강만 하면 되었다. 경상도 지경에서 도성으로 올라오는 큰길은 두 갈래였다. 적이 어느 길로 올지 모르니 거기에 장수들을 더 보내자는 데 합의를 보았다.

이일을 예정대로 경상도 지역방위사령관인 경상도 순변사(巡邊使)로 내려보내고, 성응길(成應吉)을 부사령관격인 좌방어사(左防禦使)로 좌도에, 조경(趙儆)을 우방어사로 우도에 보내고, 또 별동대장(別動隊長)격인 조방장(助防將)으로 유극량(劉克良)을 죽령(竹嶺)에, 변기(邊璣)를 조령(鳥嶺)에 보내 방어토록 했다.

자정도 이미 지났다.

"전하, 시호를 바치는 일은 어찌하옵니까?"

권극지가 물었다.

"이 판국에 일이 되겠소? 후일로 미뤄야지."

축시(丑時: 새벽 2시)였다. 임금이 안으로 들어가자 신하들도 돌아갔다.

한양에서 김성일을 잡으러 금부도사가 떠나던 날 김성일은 행운의 군공을 세우고 있었다. 애초에 경상 우병사 조대곤(曺大坤)이 노쇠하여 시국에 대처할 수 없다 하여 김성일로 바꿨다. 김성일은 물론 문관이었다. 비변사에서 반대했으나 임금이 고집을 부렸다. 김성일은 임지 창원(昌原)으로 내려갔다.

"기꺼이 한 몸 바쳐 싸우라는 뜻이구나."

그는 휘하 20여 명과 밤낮을 가리지 않고 남으로 달렸다. 그는 의령(宜寧)에서 김해가 벌써 적의 수중에 들어갔다는 소식을 들었다. 그는 남강을 건넜다. 해망원(海望原: 마산)에 이르러 임지를 빠져나와 있는 조대곤과 만났다. 거기서 인절(印節: 조정에서 지방관에게 주는 인장과 병부)을 교환하여 교대 절차를 마치고 떠나려 할 즈음이었다. 가면 같은 투구를 쓴 대장이 인솔하는 왜병 몇 명이 저만큼 앞에 보였다. 적의 척후병이었다.

"왜적이다."

부하들이 겁을 먹고 달아나려고 했다.

"물러서는 자는 참하리라."

김성일은 칼을 빼들었다. 그리고 군관 이종인(李宗仁)에게 명했다.

"네 앞장서 조선의 용맹을 보이라."

이종인은 말을 달려나갔다. 부하들도 뒤따랐다. 이종인이 연속 화살을 날리며 쫓아가니 적들은 달아났다. 그 중 한 놈이 화살을 맞고 쓰러졌다. 이종인은 왜적을 멀리 쫓아버리고 그놈의 머리를 잘라 가지고 왔다.

김성일은 그 머리를 상자에 담아 소금을 채우고 장계와 함께 조정으로 올려 보냈다. 그리고 길을 재촉하여 함안(咸安)으로 들어갔다. 김성일은 거기서 금부도사에게 체포되어 거꾸로 한양으로 압송되어 갔다.

김성일이 보낸 왜병의 머리는 한양 거리에 효수(梟首)되었다. 그런데 이 머리 하나가 한양의 분위기를 싹 바꿔놓았다. 침울했던 한양은 두려움을 털어내고 새삼 기운을 내게 되었다.

장대 끝에 묶어 놓은 왜 상투 아래 대롱거리는 머리통은 전혀 공포의 신병(神兵)이나 무적의 강병이 아니었다. 헤벌어진 입으로 뻐드렁니가 튀어나온 상판은 흡사 쪼그라든 오이지 동강이었다.

"요따위 것들이야 싸-악 다 밟아 뭉개버릴 수 있다."

임금도 오랜만에 미간을 펼 수 있었다.

"장한 일이옵니다. 죄를 용서하시고 더 큰 공을 세우게 하시옵소서."

"장계에 토로한 것처럼 죄당만사(罪當萬死: 만 번 죽어 마땅함)이나 충신임엔 틀림없사옵니다. 공으로 갚게 하시옵소서."

김성일 살려 주기를 여러 사람이 진언했다.

"김성일의 장계에 '죽음으로 국가에 보답하겠다'라는 말이 있는데 그가 그렇게 할 수 있겠소?"

임금이 물었다.

"소신은 그가 비록 선견지명은 좀 부족했더라도 이번의 결심은 꼭 지킬 것이라 믿습니다. 그를 경상우도 초유사(招諭使)로 삼아 병정을 모집하고 백성들을 안돈시키도록 조처하심이 좋을 듯하옵니다."

유성룡의 건의였다.

"그리합시다."

김성일은 금부도사에 끌려 직산(稷山)까지 왔다가 풀려 다시 경상우도로 내려가고, 경상우병사로는 함안 군수 유숭인(柳崇仁)이 임명되었다.

대군을 대구에 집결시키고 있습니다.

어딘지 모르게 숨어 다니는 경상감사 김수의 장계였다.

대구 수성천(壽城川) 냇가는 각지에서 모여드는 장정들로 우글거렸다. 그들은 서울에서 대장이 내려오기를 기다리고 있었다.

전쟁이 터졌다고 해서, 감사의 명이 떨어졌다고 해서, 기르지 않은 군사가 생길 리는 만무했다. 그렇다고 고을이 감당해야 하는 병력 동원을 못하는 날에는 수령의 목이 달아나기도 했다.

경상도 관할 각 고을에서는 닥치는 대로 아무나 잡아서 숫자를 채워 몰고 와야 했다. 제법 무기를 다뤄 본 병사들도 더러 있었지만, 활 한 번 창 한 번 잡아본 적이 없는 주로 농민들이 마구잡이로 끌려왔다. 적이 들어오지 않은 경상도 지역은 이리저리 몰려가는 병사들로 또한 난리였다.

용궁(龍宮: 예천군 용궁면) 현감 우복룡(禹伏龍)도 군사 수백 명을 데리고 대구로 이동하다가 영천(永川) 길가에서 밥을 먹고 있었다. 그때 백여 기의 군사가 말을 탄 채 북쪽 방향으로 가면서 내리지 않고 그냥 지나갔다. 먼지가 심하게 날려 먹는 밥에 먼지가 앉았다. 우복룡은 대단히 괘씸하게 여겨 그들을 제지하고 말에서 내리게 했다.

"어디의 군사인데 북쪽으로 가느냐? 대구 쪽이 아니다. 매우 수상하구나."

"우리는 하양(河陽: 경산시 하양읍) 군사인데 조방장을 찾아 조령 쪽으로 가는 길입니다."

하양의 군관이 나서며 병사의 공문서를 보여주었다. 급하게 써준 듯 갈겨쓴 공문이었다.

우복룡은 자기 휘하에게 눈짓을 하며 속삭였다.

"가짜 공문이다. 반란군에 틀림없으니 포위하고 쳐 죽여라."

용궁 군사들은 순식간에 하양 군사들을 에워싸고 모두 쳐 죽였다.

"수고했다. 저것들을 다 저쪽 숲속으로 옮겨 놓고 오늘은 여기서 자고 간다."

밤이 되자 우복룡은 심복을 시켜 죽은 군사들의 머리를 풀어헤치고 칼로 밀게 했다. 심복들은 뒤통수 쪽은 남겨 놓고 앞머리만 밀었다. 그리고 뒤통수에 왜상투를 엮어 세웠다.

우복룡은 공문서를 찢어 없앴다. 그리고 왜적을 만나 다행히 다 쳐죽였다고 김수에게 보고했다. 김수는 확인도 하지 않고 큰 공을 세웠다고 조정에 보고했다.

> 다들 도망가는 판에 용감히 대적해서 이렇게 큰 공을 세우다니 참으로 가상하도다.

조정에서는 우복룡을 통정대부(通政大夫)로 승진시키고 안동부사에 임명했다. 변란으로 나라가 어지러운 시기는 처세에 능한 자들이 입신할 수 있는 좋은 기회도 되었다.

(2권으로 계속)

·작품해설·

고승철 소설가

임진년인 2012년의 6월 2일(음력 4월 13일), 한국인 대다수는 주말 휴일을 맞아 들뜬 기분으로 아침을 맞이했으리라. 이날이 역사상 어떤 의미를 띠었는지 까맣게 모르는 채 등산을 갈까, 데이트를 할까, 가족 나들이를 떠날까, 골프채를 휘두를까, 저마다 즐거운 '놀토' 계획에 가슴 설레며 … .

이날은 임진왜란 발발 420주년이 되는 국치일(國恥日)이다. 7갑년(60년×7=420년) 전인 1592년 음력 4월 13일 아침 선조 임금과 문무백관, 백성들이 1392년 조선 개국 이후 200년간 지속된 달콤한 평화의 꿈에 젖어 쿨쿨 잠자고 있을 때 일본의 대규모 선단은 대마도를 출발해 부산에 들이닥쳤다. 서울은 불과 20일 만에 점령되었고 문약(文弱)한 임금은 야반도주했다. 7년간 강토는 야만스런 일본군의 총칼에 의해 처절하게 유린되었다. 인구의 거의 절반이 살육당하고 문화재와 삶의 터전 대부분이 불태워졌으니 민족사 최대의 비극적 사건이었다.

"수백 년 전에 벌어진 전쟁이 오늘날 우리에게 무슨 상관이 있다고 호들갑이냐?"라고 심드렁히 말하는 이도 있으리라.

역사는 자연사 박물관 한구석에 먼지 쌓인 채 전시된 박제된 부엉이가 아니다. 켜켜이 쌓인 세월의 더께가 오늘날 우리의 삶에도 영향을 미친다는 점에서 역사는 살아 숨쉬며 현실을 직시하는 '미네르바의 부엉이'이다. 그러니 분통 터지고 불쾌하더라도 임진왜란 당시의

‘불편한 진실’을 제대로 살펴야 오늘의 한반도 상황을 이해할 수 있다. 이는 좀더 나은 미래를 준비하는 필수과제이기도 하다.

임진왜란은 흔히 조선-일본의 양국 전쟁으로 인식된다. 그러나 당시 중국 왕조였던 명(明)이 개입했으므로 조선-일본-명 3국 전쟁이고 동아시아의 판도를 바꾼 대규모 국제전이다. 명은 조선을 도우려 출병했다가 국력이 쇠약해져 곧 청(淸)에 의해 멸망된다. 물론 명의 파병은 조선을 동정해서라기보다는 일본군이 조선을 거쳐 명으로 진격하는 것을 막기 위한 조처였다.

이 전쟁의 명칭부터 따져보자. 조선에서는 ‘임진왜란’(壬辰倭亂)이라지만 일본에서는 ‘분로쿠 전쟁’(文祿の役)으로, 명에서는 ‘임진동정’(壬辰東征) 또는 ‘항왜원조’(抗倭援朝)라 불렀다. 임진왜란은 임진년에 왜구들이 일으킨 난(亂)이라는 뜻이다. 일본에서는 당시 연호(年號)인 ‘분로쿠’에다 전쟁을 뜻하는 역(役)이란 글자를 붙였다. 중국에서는 임진년에 동쪽을 정벌했다는 의미에서 동정(東征)을, 조선을 도왔다고 원조(援朝)라는 말을 사용했다. 중국은 350년쯤 후인 6·25 전쟁 때도 중공군이 한반도에 넘어온 것을 ‘항미원조’(抗美援朝)라 불러 세월이 흘러도 한반도를 바라보는 눈이 바뀌지 않음을 입증했다.

오늘날에는 ‘조일(朝日)전쟁’으로 부르는 학자들이 늘어나고 있다. 2006년 6월 경남 통영시에서 “임진왜란: 조일(朝日)전쟁에서 동아시아 삼국전쟁으로”라는 주제로 국제 학술대회가 열린 점에서 알 수 있듯이 ‘동아시아 삼국전쟁’이라는 용어가 대두되기도 했다. 나흘 동안 진행된 이 대규모 학술대회에서 참석자들은 이 전쟁의 공식 명칭을 ‘임진전쟁’(The Imjin War)으로 정하기로 합의했다.

그 학술대회에서 김자현 미국 컬럼비아대학 교수는 기조연설을 통해 “임진왜란은 서로 복잡하게 얽혀서 긴장된 외교관계에 있던 국가

들 사이에서 발생한 전쟁"이라면서 "임진왜란과 같이 예민한 주제를 연구하는 학자는 특정 참전국이나 인물을 '악마'로 규정한다든가 '비인격화'하는 식의 접근은 지양해야 한다"고 강조했다. 맞는 말씀이다. 학자들은 냉철한 '머리'로 사료를 분석해야 한다.

그러나 조상들이 흘린 피로 벌겋게 물든 산하(山河)에서 살아온 비(非)학자 후손들은 전쟁 참사를 '가슴'으로 느끼지 않을 수 없다. 과거의 잘못을 스스로 징계해서(懲) 그런 실수가 되풀이되지 않도록 조심하려면(毖) '가슴'과 '머리'가 함께 작동해야 한다.

《소설 징비록》을 읽으면 '가슴'이 마구 뛴다. 인명이 마소처럼 무더기로 도륙당하는 싸움터에 들어간 듯한 공포감에 전율하는가 하면, 왜군을 물리치려 목숨을 초개처럼 버리는 의병들의 드높은 기개에 숙연함을 느낀다. '성웅'(聖雄)으로 추앙되는 이순신 장군의 신출귀몰하는 전술 전략에 벌떡 일어나 갈채를 보내지 않을 수 없고, 일신의 안전만 좇는 임금 선조의 비겁한 행동에 비분강개하지 않을 수 없다.

《소설 징비록》은 일반 독자에겐 '머리'로 이해되는 역사책으로도 유익하겠다. 문학적 상상력이란 미명 아래 사실(史實)을 지나치게 왜곡한 여느 역사소설들과는 사뭇 다르다. 이 작품의 특징은 사료(史料)를 바탕으로 역사적 사실을 충실히 반영하되 그것만으로는 설명되지 않는 틈새를 작가의 상상력으로 메웠다는 점이다. 등장인물 대부분이 실존 인물이다.

1, 2, 3권으로 나뉜 이 장편소설의 분량은 200자 원고지 기준으로 5,300매이다. 거의 대하(大河)소설 길이이다. 참 묘한 것이 방대한 원고인데도 첫 쪽을 펼쳐 마지막 쪽을 덮을 때까지 지루함을 전혀 느끼지 못한다는 점이다. 빠른 스토리 전개, 현장감 넘치는 묘사, 경쾌

한 문체 덕분이리라. 엑스트라로 등장하는 병졸들의 실감나는 경상도, 전라도 사투리 대사를 읽는 재미도 쏠쏠하다. 작가는 이런 세밀한 부분에까지 신경을 쓰며 완성도를 높인 듯하다.

이 작품의 제목과 모티프는 서애 유성룡의 저서 《징비록》에서 비롯됐다. 그래서 유성룡과 이순신이 주요 인물로 등장한다. 그러나 국난을 이기는 데는 이들 영웅 못지않게 의병장과 의병들의 역할이 컸기에 의병 활약상도 비중 있게 다루어졌다. 기존의 임진왜란 관련 소설들이 이순신의 독무대였던 데 비해 《소설 징비록》은 다양한 지사(志士)형 호걸들이 골고루 등장하는 합동무대이다.

1권에 소개된 정여립, 송익필의 생애는 무척 드라마틱하다. '대동계'라는 조직을 만들어 학문과 무예를 닦던 '불운의 천재' 정여립이 원통하게 참살당하는 최후 장면은 압권이다. 2권에 나오는 의병장 곽재우, 권응수, 고경명, 조헌, 정문부 등의 헌신적 리더십은 오늘날 크고 작은 조직을 이끌어가는 리더들에게도 훌륭한 멘토가 될 수 있겠다.

《소설 징비록》은 임진왜란이 조선-일본-명 3국 전쟁임을 입체적으로 보여준다. 일본과 명의 조정 내부 사정이 자세히 묘사된 덕분이다. 특히 일본의 정치지도자인 풍신수길(豊臣秀吉, 도요토미 히데요시)의 언행에 대한 묘사는 독자가 바로 그 옆에서 관찰하는 듯 생생하다. 부산에서 불과 40여㎞ 떨어진 대마도의 권력자들이 조선과 일본 사이에서 '줄타기' 외교술을 벌이며 생존을 꾀하는 상황도 흥미진진하다.

오늘날 한국-중국-일본 3국의 역학관계를 보면 420년 전과 그리 변하지 않았다. 세계 경제 10대 강국에 드는 이들 3국은 평화공존 체제를 유지하고 있다. 그러나 영토 문제, 통상 마찰, 남북한 통일 등 여러 사안에 대해 갈등이 빚어지면 국지적으로 물리적 충돌이 생길 가능성도 있다. 이들 3국의 국민들은 저마다 자존심을 갖고 상대국에 무릎을 끊으려 하지 않는다.

한국은 임진왜란에 이어 1894년 발발한 청일전쟁 때도 청(淸)-일본 양대 세력의 헤게모니 쟁탈전 때문에 억울하게 희생당했다. 이들이 남의 나라 조선 땅에 와서 열전을 치르는 바람에 평양이 쑥대밭이 됐다. 20세기 들어 일본은 한반도와 중국 일부(만주)를 통치했다. 6·25 전쟁 때 한국군과 중공군은 치열한 공방전을 벌였다. 이렇듯 3국은 역사적 구원(舊怨)을 안고 상호협조해야 하는 현실을 맞고 있다.

"역사를 모르는 사람은 조상이 받았던 비참한 고통을 되풀이하는 벌을 받는다"는 말이 있다. 역사의 교훈이 얼마나 소중한지 깨우치게 하는 경구(警句)이다.

《소설 징비록》은 지도자의 역할이 막중하다는 사실을 다시 일깨운다. 무능한 임금 선조, 부패한 장군 원균은 나라와 군대를 망쳤다. 살신성인(殺身成仁)하는 명장 이순신, 원모원려(遠謀遠慮)하는 현인 유성룡은 백성과 나라를 살렸다.

지금까지 임진왜란을 다룬 대표적인 장편소설로는 춘원 이광수(1892~1950)의 《성웅 이순신》, 월탄 박종화(1901~1981)의 《임진왜란》, 하남 김성한(1919~2010)의 《임진왜란》, 김훈의 《칼의 노래》, 김탁환의 《불멸의 이순신》 등이 꼽힌다.

이들 명작에 이어 이번영의 《소설 징비록》이 새로운 대표작으로 탄생했다. 작가는 이 작품을 완성하기 위해 지난 10여 년간 숱한 국내외 자료를 살피며 사관(史官)으로서의 문제의식을 벼렸다고 한다. 또 직접 스포츠유틸리티 차량을 몰거나 배를 타고 명량해전, 한산대첩, 노량해전 등 격전의 현장을 수십, 수백 차례 답사했단다. 《소설 징비록》이 문학이 주는 감동과 역사서가 던지는 교훈을 함께 제공하는 걸작으로 자리 잡기를 기대한다.